MOCTEZUMA XOCOYOTZIN

HISTÓRICA

TLATOQUE 8

TLATOQUE

SOFÍA GUADARRAMA COLLADO

MOCTEZUMA XOCOYOTZIN

ENTRE LA ESPADA Y LA CRUZ

El papel utilizado para la impresión de este libro ha sido fabricado a partir de madera procedente de bosques y plantaciones gestionadas con los más altos estándares ambientales, garantizando una explotación de los recursos sostenible con el medio ambiente y beneficiosa para las personas.

Moctezuma Xocoyotzin
Entre la espada y la cruz

Primera edición en Penguin Random House: noviembre, 2021

D. R. © 2013, Sofía Guadarrama Collado

D. R. © 2021, derechos de edición mundiales en lengua castellana:
Penguin Random House Grupo Editorial, S. A. de C. V.
Blvd. Miguel de Cervantes Saavedra núm. 301, 1er piso,
colonia Granada, alcaldía Miguel Hidalgo, C. P. 11520,
Ciudad de México

penguinlibros.com

ISBN: 978-607-380-909-2

Impreso en México – *Printed in Mexico*

Ya es tiempo de hacer justicia a la creencia que forma
parte de los prejuicios sobre la Conquista, a saber, que
los mexicanos tomaron a los españoles por dioses.
En particular, que Cortés fue confundido con el
dios Quetzalcóatl. La idea carece de fundamento

CHRISTIAN DUVERGER

Los historiadores nacionalistas y patrioteros, tanto de
España como de México, han menospreciado sistemática-
mente su figura y despreciado su memoria. La objetividad
histórica le debe una disculpa a Motecuzoma Xocoyotzin

JAIME MONTELL

Sobre esta saga

LA HISTORIA DE MÉXICO TENOCHTITLAN se divide en tres periodos. El primero consiste en la peregrinación de las siete tribus nahuatlacas —mexicas, tlatelolcas, tepanecas, xochimilcas, chalcas, tlaxcaltecas y tlahuicas—, su llegada al valle del Anáhuac, la sujeción de los mexicas, entre otros pueblos, al señorío tepaneca y su liberación. En el segundo periodo se lleva a cabo la creación de la Triple Alianza entre Texcoco, Tlacopan y México Tenochtitlan, el surgimiento del imperio mexica, su crecimiento, conquistas y esplendor. El tercer periodo trata sobre la llegada de los españoles al continente americano, su trayecto desde Yucatán hasta el valle del Anáhuac y la caída del imperio mexica.

El objetivo de la saga Tlatoque es novelar ampliamente la vida de los gobernantes del Anáhuac, los *tlatoque*, plural de *tlatoani*, que significa "el que habla". Acamapichtli, Huitzilíhuitl y Chimalpopoca, pertenecen al primer periodo; Izcóatl, Motecuzoma Ilhuicamina, Axayácatl, Tízoc y Ahuízotl, pertenecen al segundo periodo; y Motecuzoma Xocoyotzin, Cuitláhuac y Cuauhtémoc al tercer periodo.

Esta colección está dividida en esos tres periodos, de los cuales ya se han publicado *Tezozómoc, el tirano olvidado* (2009), *Nezahualcóyotl, el despertar del coyote* (2012), *Tlatoque, somos mexicas* (2021), *Moctezuma Xocoyotzin, entre la espada y la cruz* (2013) y *Cuitláhuac, entre la viruela y la pólvora* (2014).

Cabe aclarar que Tezozómoc y Nezahualcóyotl no fueron tlatoque de México Tenochtitlan —el primero era de Azcapotzalco y el segundo de Texcoco—, pero era imprescindible narrar sus vidas para comprender el surgimiento del gran imperio mexica.

Aunque no es necesario leer los primeros volúmenes de esta saga, se recomienda hacerlo (antes o después, como el lector lo desee) para complementar la información.

Títulos de la saga Tlatoque

Tlatoque I, *Tezozómoc, El tirano olvidado* (2009)
Tlatoque II, *Nezahualcóyotl, El despertar del coyote* (2012)
Tlatoque III, *Tlatoque, Somos mexicas* (2021)
Tlatoque IV, *El castigo de los dioses* (por publicarse próximamente)
Tlatoque V, *La reina mexica* (por publicarse próximamente)
Tlatoque VI, *Esplendor y terror* (por publicarse próximamente)
Tlatoque VII, *La perfección del imperio* (por publicarse próximamente)
Tlatoque VIII, *Moctezuma Xocoyotzin, Entre la espada y la cruz* (2013)
Tlatoque IX, *Cuitláhuac, Entre la viruela y la pólvora* (2014)
Tlatoque X, *Cuauhtémoc, El ocaso del imperio* (2015)

prólogo

La historia del México antiguo comenzó a escribirse, por decirlo así, con los antiguos códices, o libros pintados en los que los habitantes de estas tierras dejaban su *tlapializtli*, que significa «acción de preservar algo», en este caso su testimonio y forma de pensar. Por desgracia muchos de esos libros pintados fueron presas de la destrucción de los conquistadores que se ocuparon de demoler todo aquello que consideraban demoniaco. Afortunadamente algunos sobrevivieron. Cabe mencionar que la forma de aprendizaje de los alumnos era viendo los *tlacuilolli* (pinturas) y memorizando la crónica que sus maestros repetían constantemente. Por otra parte, algunos libros pintados eran destruidos por los mismos tlatoque para borrar de la historia sus fracasos o penurias, pues tenían por interés mostrar a sus descendientes una historia plagada de triunfos.

Luego los conquistadores, frailes y algunos que jamás llegaron al nuevo continente, narraron lo que se había descubierto en el Nuevo Mundo: Andrés de Tapia, Francisco López de Gómara, Antonio de Solís, Hernán Cortés, Bernal Díaz del Castillo, Andrés de Olmos, Toribio Paredes de Benavente *Motolinía*,

Bernardino de Sahagún, Gerónimo de Mendieta, Juan de Torquemada, Bartolomé de las Casas, por mencionar algunos. En todos ellos abunda la confusión, la desinformación, la exageración y la invención. Esto se debe a que se copiaban entre sí o simplemente narraban lo que escuchaban de los ancianos que les contaban sobre el México antiguo, muchas veces cayendo en errores que hoy en día han sido descubiertos. Pues no por ser ancianos (los que les narraban), debían saber la verdad. Olmos y Motolinía (entre otros frailes) veían lo que se les contaba como obra del demonio. Bernal exageró en algunos datos o simplemente mintió. Cortés escribió a conveniencia. Las Casas escribió de forma apologética y criticando la ambición de los conquistadores, aunque Motolinía lo acusó de jamás haber defendido a los indígenas. Sahagún enfocó su atención en las costumbres y tradiciones de los pueblos.

Después de la conquista de México, a principios del siglo XVII, los mismos descendientes de los antiguos mexicanos (por decirlo de una manera general), se dieron a la tarea de escribir lo que recordaban, reescribir lo que hubo en los libros pintados destruidos, transcribir y traducir los códices rescatados, o mantenidos a salvo. Algunos lo hicieron de forma anónima; otros, casi de forma anónima, pues se sabe muy poco de ellos, como Hernando de Alvarado Tezozómoc, Domingo de San Antón Muñón Chimalpain y Fernando de Alva Ixtlilxóchitl, herederos de la realeza, que se basaron en documentos de sus antepasados, dieron su versión de los hechos con la intención de defender y justificar ante el mundo lo que sus antecesores hicieron; sin embargo, en muchos de sus comentarios se nota la influencia católica, no se sabe si por una conversión genuina o por temor a la inquisición.

En el siglo XVIII, aparecieron Lorenzo Boturini con un ensayo filosófico; Francisco Javier Clavijero, con visión religiosa, con absoluta ausencia de fechas antes de Acamapichtli, lo cual pudo haber hecho con el firme propósito de evitar incongruencias como lo hizo Mariano Veytia. Cabe mencionar que ellos no se conocieron ni mucho menos intercambiaron ideas. Clavijero con la idea de que Veytia escribía la historia de la Nueva España y no del México antiguo le envió una carta, pero Veytia jamás la respondió. De hecho no se sabe si llegó a sus manos. Se cree que éste murió antes de recibirla e incluso antes de ver publicada su obra. Mariano Veytia por su parte, quien escribió con intenciones novelescas y crítica devota a su religión, siguió a Ixtlilxóchitl, llamándolo siempre Fernando de Alva y omitiendo Ixtlilxóchitl, quizá desdeñando este nombre, o creyendo que al mencionarlo perdería credibilidad su obra; ocasionalmente menciona a Boturini y a Sigüenza; de ahí en fuera sigue sin citas ni bibliografía, contradictorio a otros historiadores. Pese a todo esto tiene grandes aciertos (comprobables) y datos únicos e invaluables.

Durante el siglo XIX surgieron las obras del Barón de Humboldt con una «imagen romántica» de lo que llamó «pueblos semi-bárbaros»; Alfredo Chavero, muy bien documentado, y a veces con un conato de novela; Manuel Orozco y Berra, mucho más informativo, pero aun así inclinado a su catolicismo y vagabundeando en comentarios religiosos; William Prescott, Joaquín García Icazbalceta, entre muchos otros.

El mayor error de los historiadores y narradores, hasta entonces, fue creer —o en su defecto pretender que sus lectores creyeran— que tenían la razón, o a su entender el dominio de la verdad, una verdad absoluta, que a fin de cuentas resultó ser relativa, parcial e ingenua.

Finalmente, en el siglo XX, surgió un grupo de investigadores, filólogos, etnólogos, y arqueólogos más cautelosos y críticos, enfocados a estudiar las fuentes, códices, y textos indígenas, como Francisco del Paso y Troncoso, Eduard Seler, Pablo González Casanova, Walter Lehmann, Hugh Thomas, Manuel Gamio, George C. Vaillant, Alfonso Caso, Ángel María Garibay, Miguel León-Portilla, Eduardo Matos Moctezuma, José Luis Martínez, Alfredo López Austin, Leonardo López Luján, Juan Miralles, Jaime Montell, Christian Duverger, por mencionar algunos.

La historia del México antiguo se escribió desde distintas trincheras. Mucha tinta se ha derramado en este camino y como consecuencia se han creado muchos mitos; entre ellos la creencia de que los mexicas veían a los españoles como dioses —en particular a Hernán Cortés como Quetzalcóatl—, y la supuesta cobardía de Motecuzoma Xocoyotzin, quien ha sido injustamente menospreciado —y en ocasiones ninguneado— por historiadores y novelistas. Un gobernante se convierte en tirano cuando se le ve desde la oposición, generoso cuando se está de su lado; héroe cuando gana la guerra, cobarde cuando la pierde y traidor cuando cede al diálogo con el enemigo.

Para que un mito se infle basta con repetirlo una y otra vez; para desinflarlo, se necesita leer con lupa y a cuentagotas todos los documentos que existen sobre el tema. Motecuzoma Xocoyotzin, quien —además de ser un poeta versado, sacerdote ferviente, guerrero temerario, político astuto y hombre analítico— estuvo al frente del suceso más importante de la historia del continente americano, y consciente del alto riesgo que conllevaba una batalla contra un ejército invencible, por la calidad de sus armas y el avasallador número de las tropas aliadas, decidió —para librar a su pueblo de una masacre— adoptar como estrategia una lucha de inteligencias contra, quizá el único adversario a su altura, Hernán Cortés.

Para poder entender a Motecuzoma necesita ignorarse lo que él ignoraba. Es por ello que en la presente obra decidí abordar la Conquista de México desde la mirada de este tlatoani, poniendo a los conquistadores en un plano de fondo, muy distante.

No pretendo mostrar una imagen exacta de lo que ocurrió en el México antiguo, pues —como escribió Miguel León-Portilla—, intentarlo sería ingenuo. Tampoco quiero menospreciar la figura de Hernán Cortés, pues eso sólo mostraría un rencor, por supuesto, ajeno y pueril; ni mucho menos, enaltecer el recuerdo de Motecuzoma, que no fue ninguna víctima. Cortés y Motecuzoma, dos adversarios que se encontraron sin jamás esperarlo, vivieron lo que les tocaba e hicieron lo que pudieron para ganar cada uno su propia batalla.

20 de marzo de 1520

A LAS CUATRO DE LA MAÑANA, COMO HAN SIDO TODAS TUS madrugadas desde que eras niño, abres los ojos, Motecuzoma Xocoyotzin, y te dispones a cumplir con tus obligaciones. Pero ahora ves el techo de tu habitación, inhalas y exhalas profunda y lentamente; los vuelves a cerrar y esperas que al abrirlos todo sea como antes. Pero ese *antes* ya se encuentra muy lejano.

Cuando eras un niño te levantabas, aunque fatigado, apurado para eludir el regaño de tu padre. Los años que estuviste en el *Calmecac* (escuela para los *pipiltin*) y los que fuiste soldado, capitán, sacerdote y tlatoani fueron estrictamente iguales. Ahora sólo permaneces acostado hasta que aparece la luz del sol. Te acomodas de lado izquierdo y cuando te cansas te acuestas bocarriba. Piensas en la desdicha de tu pueblo. Te acomodas de lado derecho. Se te duerme el brazo y harto de estar acostado te sientas y observas la habitación casi vacía y descuidada.

En tu mente cruza una ráfaga de recuerdos. Lo que más te gustaba hacer era subir a la cima del *Coatépetl*, (Templo Mayor), y observar el horizonte antes de que aparecieran los primeros rayos de sol. Cuando eras aún un escuincle solías gritar y correr alegre con tus hermanos hacia los templos; competían por llegar primero a la cima. Tenían fuerza, juventud y muchas ganas de vivir. Y cuando algún sacerdote los encontraba jugando en los *teocallis* ustedes salían corriendo.

La vida era mirar el lago de Tezcuco a la sombra de un árbol que los cobijaba. Contemplabas con devoción los cuerpos bronceados de las niñas que jugaban cerca de las canoas. Era una flor de Tenochtitlan la que más te atormentaba. Hablaba sin cesar, pero no contigo. Y cuando la tarde llegaba abusabas del apuro de ella y la perseguías de lejos, sin ser visto; rondabas por su casa y luego volvías a la tuya y recibías las reprimendas acostumbradas. Tenías juventud. La juventud ya no está. Las noches de pasión se han desvanecido. La gloria se ha derrumbado. Las sonrisas se han diluido en tu recuerdo.

Te frotas las mejillas, los labios y la nariz. Inhalas con profundidad. Te sientes demolido. Ya no puedes ir a cantarle y bailarle a Huitzilopochtli. Extrañas el sonido de los *teponaxtles* y las caracolas. Los muros del palacio de Axayácatl son tan gruesos que no se escucha nada. Extrañas la ciudad, el aire libre, los campos, el lago, los teocallis; extrañas tu libertad, tu juventud, tus mujeres, el poder. Tú, el *huey tlatoani* de la ciudad en el centro del lago de Tezcuco, Méxihco[1] Tenochtitlan, y señor de trescientos setenta pueblos que se encuentran desde el mar del poniente hasta el oriente —cuarenta y cuatro de ellos conquistados por ti mismo— Motecuzoma Xocoyotzin, te encuentras preso.

---

1 *Méxihco* se pronuncia en náhuatl *meshico*.

1.

8 de noviembre de 1519

MOTECUZOMA XOCOYOTZIN NO SONRÍE AL PASAR, CARGADO en ricas andas, por la calzada de Iztapalapan que los *macehualtin*[2] comenzaron a barrer desde la madrugada y donde luego colocaron la majestuosa alfombra de algodón en la cual el tlatoani está transitando justo en este momento en compañía de Cacama, tecutli[3] de Tezcuco; Totoquihuatzin, *tecutli* de Tlacopan[4]; Cuitláhuac, tecutli de Iztapalapan, el joven Cuauhtémoc, e Itzcuauhtzin, señor de Tlatelolco y más de doscientos *pipiltin* (nobles), que llevan sus cabelleras largas atadas sobre la coronilla con una cinta roja, todos descalzos, en silencio, sin mirar a nadie. Miles de hombres, mujeres, niños y ancianos —en la calzada, en las canoas, en las azoteas y en las calles— yacen arrodillados, con las frentes y manos tocando el piso, pues está prohibido ver al huey tlatoani. Ya casi nadie recuerda su rostro, ése que muchos conocieron

2   *Macehualtin* es el plural de *macehualli*, que significa, *plebeyo, siervo, peón*.
3   *Tecutli* en náhuatl significa señor o gobernante.
4   Actualmente Tacuba.

apenas hace dieciséis años; y los más jóvenes ni siquiera lo conocen.

Al final de la calzada están esos hombres de los que tanto se ha hablado en los últimos años, esos hombres barbados, cubiertos de atuendos que parecen de oro sucio y opaco. Es verdad que tienen venados tan grandes como las casas que no huyen de la gente; que entienden el idioma de los barbudos y obedecen; exhalan con tanta fuerza que parece que se tratara de un fuerte y breve chorro de agua de las cascadas. Sus pasos son ruidosos, como golpes de palos huecos. Vienen caminando hacia el huey tlatoani. Son cuatrocientos cincuenta hombres blancos y aproximadamente seis mil soldados tlaxcaltecas, cholultecas, huexotzincas y totonacas.

Se escucha un trueno, un estruendo ensordecedor que espanta a los miles de macehualtin arrodillados, un estallido salido de una de las cerbatanas de fuego que traen los hombres barbados. Sólo Motecuzoma y los pipiltin han visto asustados el humo y el fuego extendiéndose rápidamente y que imposibilita ver de lejos. La gente no se ha atrevido a levantar la cabeza. Aunque sólo unos cuantos *mexihcas* han visto esos palos de fuego, como le llaman algunos, todos los demás saben que cuando se escucha el trueno alguien cae muerto con la cabeza o el pecho despedazado. Lo saben porque de eso se ha hablado en todos los pueblos y en todas las casas desde hace muchos días. Los barbudos se han apoderado de muchos pueblos de las costas y otros tantos cerca de *Méxihco* Tenochtitlan, utilizando estas trompetas de fuego, como las llaman otros.

En cuanto Motecuzoma baja de sus andas, ayudado por Cacama, tecutli de Tezcuco y Totoquihuatzin, tecutli de Tlacopan, se advierten sus sandalias decoradas con *teocuitlatl*, (oro) y piedras preciosas, y unas correas que cruzan en forma de equis por sus pantorrillas. Cuatro miembros de la nobleza sostienen las cuatro patas del palio rojo, decorado con plumas verdes, oro, *iztac teocuitlatl* (plata), chalchihuites y perlas, que evita que al huey tlatoani lo incomoden los rayos del sol. Motecuzoma, Cacama y Totoquihuatzin tienen en sus cabezas las tiaras de oro y de pedrería que los distinguen como señores de la Triple Alianza, y visten exquisitos trajes de algodón anudados sobre los hombros izquierdos.

Los extranjeros bajan de sus grandes venados y caminan hacia el tlatoani. Hay mucho silencio. Se miran a los ojos con gran asombro. Motecuzoma, Cacama y Totoquihuatzin —cumpliendo con el saludo ceremonial— se arrodillan ante los hombres blancos, toman tierra con los dedos y se la llevan a los labios.

Un hombre que trae un cuchillo muy largo, fino y delgado, de un metal parecido a la plata, atado a la cintura, se quita la gorra, la pone cerca de su pecho, sonríe, agacha la cabeza y comienza a hablar frente al huey tlatoani. Su lengua es incomprensible. Otro hombre habla segundos después, pero en lengua de los mayas. Luego una niña, de aproximadamente quince años, que viene con los barbados, pero que no es como ellos, sino que tiene la cara y la piel como todas las que viven en Méxihco Tenochtitlan, tan hermosa como cualquier doncella, camina junto a los que vienen al frente; se acerca al huey tlatoani, sin mirarlo, se arrodilla, pone su frente y sus manos en el piso y pide permiso para hablar.

Motecuzoma ha sido muy bien informado en los últimos años. Sabe que al hombre que viene al mando del invencible ejército que llegó del mar, en todos los pueblos, le llaman

Malinche (dueño de Malintzin),[5] y deduce que esa niña que camina junto a él es Malintzin Tenépatl, esclava y lengua del señor de barbas largas.

—Mi tecutli Hernando Cortés, capitán de la tropa española enviada por el tlatoani Carlos de España —habla Malintzin—, dice que se alegra mucho de que por fin puede ver a tan grande señor, y que se siente honrado de que usted le permita conocerlo. También le agradece todas las mercedes que desde su llegada le ha hecho.

En cuanto Malinche se aproxima, Motecuzoma percibe un hedor desconocido. Se acerca con una confianza que hasta el momento nadie se ha permitido, y extiende los brazos hacia el frente. «¿Qué está haciendo?», se preguntan rápidamente todos los miembros de la nobleza. «¿Cómo se atreve?». Cuitláhuac y Cacama se apresuran para interceptar al hombre blanco —y también se percatan de su mal olor—, le toman de las manos y le dicen que está prohibido tocar al huey tlatoani. Los hombres que acompañan a Malinche se alteran y apuntan con sus cerbatanas de fuego. Se escuchan rumores. El tecutli Malinche alza las manos, da un paso hacia atrás y habla pero no se le entiende. Entonces el otro hombre traduce a la lengua maya y la niña Malintzin al náhuatl.

5   Sobre el significado de Malintzin hay muchas versiones. Una de ellas dice que fue bautizada como Marina y ya que en náhuatl no existía la letra r pronunciaban el nombre como Malina y que al agregarle la terminación tzin, que en náhuatl es un sufijo que indica respeto o cariño, se le llamaba Malintzin. Otra versión dice que Malinalli era su nombre en náhuatl y que significa hierba seca y que simplemente se le llamaba Malintzin en forma de respeto. Otra versión es que Mali en náhuatl significa cautivo, y con el tzin, Malintzin era «venerable cautiva». Otra versión asegura que su nombre se deriva de Malinalli, nombre del decimosegundo día del mes mexica, y que por ser nombre propio, se podían suprimir las últimas dos letras, li, quedando como Malinal.

—Mi señor Hernando Cortés quiere hacerle un regalo. —La niña mira directamente a los ojos del huey tlatoani.

Motecuzoma voltea a ver a Cacama y a Totoquihuatzin.

—Niña —Cacama la regaña—, cada vez que te dirijas al huey tlatoani Motecuzoma debes hacerlo de esta manera: Tlatoani, notlatocatzin, huey tlatoani: (Señor, señor mío, gran señor).

Con humildad Malintzin agacha la cabeza y responde que así lo hará. El tecutli Malinche le pregunta qué le han dicho y ella le cuenta lo ocurrido. Entonces él se arrodilla ante el huey tlatoani y todo su séquito lo imita.

—Señor, señor mío, gran señor —dice Malinche sin levantar la cabeza.

—Dile que ya se puede poner de pie —le dice Motecuzoma a Malintzin, quien a su vez le dice en lengua maya al otro hombre, al que llaman Jeimo[6] y que habla la lengua de los barbados.

En cuanto Malinche se pone de pie se quita un collar de margaritas y diamantes de vidrio que trae puesto y se lo ofrece a Motecuzoma. Cuitláhuac y Cacama se disponen a detenerlo, pero en esta segunda ocasión, Motecuzoma les dice que no intervengan. Malinche se acerca al tlatoani y le pone el collar.

—Tráiganle dos collares de regalo —Motecuzoma dice en voz baja sin quitar la mirada del hombre blanco.

Minutos después uno de los hombres de la nobleza se acerca con dos collares hechos de piezas de conchas rosadas y con unos pendientes de oro con forma de camarones. Se las entregan a Cacama quien se prepara para entregárselas a Malinche.

6 Jerónimo de Aguilar.

—Espera —dice Motecuzoma muy sereno—. Yo se lo daré.

Cacama, Totoquihuatzin, Cuitláhuac y el resto de la nobleza no pueden creer que el huey tlatoani esté dispuesto a tener contacto con los extranjeros. Motecuzoma camina lentamente hacia Malinche y le pone el collar.

—Sean todos usted bienvenidos a esta su casa —dice Motecuzoma.

Cuitláhuac avanza al frente, se arrodilla, toca la tierra con los dedos y se la lleva a los labios. Se pone de pie y vuelve a su lugar. El acto lo repite cada uno de los miembros de la nobleza. Sólo se escuchan los ruidos que hacen los venados gigantes con sus hocicos y sus patas, el graznido de las aves acuaticas, el trino de los pajarillos, el arrullo de las tórtolas y el agua meneándose inquieta en el lago.

—Cuitláhuac, acompaña al tecutli Malinche —ordena Motecuzoma.

Aunque no está de acuerdo, Cuitláhuac agacha la cabeza y camina hacia Malinche, le toma del brazo y espera a que Motecuzoma suba a sus andas. En cuanto comienzan a caminar se escuchan los gruesos graznidos de las caracolas, el retumbo de los teponaxtles, el silbido de las flautas y las sonajas. La gente, como en tiempos pasados, cuando Motecuzoma volvía victorioso de las guerras, les entregan girasoles, magnolias, flores de maíz tostado, flores de tabaco amarillas, flores de cacao. Cuelgan en los cuellos de los hombres barbados collares de guirnaldas y adornos de oro. Muchos de los extranjeros se muestran a la defensiva ante los regalos de los macehualtin. Alzan sus armas y apuntan con sus arcos de metal. Méxihco Tenochtitlan, de quince kilómetros cuadrados, tiene doscientos mil habitantes. Todos observan curiosos —desde las azoteas, las canoas en los canales y las ramas de los árboles— las armas extrañas de esos hombres, sus venados gigantes, sus barbas largas, sus trajes de plata opaca y sus perros llenos de pelo, pues los de estas tierras apenas si tienen pelambres en la frente y el pecho.

Adelante va un grueso contingente de danzantes. Los siguen los sacerdotes —con las orejas como si se las hubieran mordido por el autosacrificio— que echan incienso hacia los lados; luego vienen los capitanes veteranos, con sus trajes de águila y jaguar, y sus *macahuitles*[7] y escudos en cada mano. Otros traen arcos y flechas. Después avanzan los venados gigantes, moviendo sus cabezas de izquierda a derecha, defecando al mismo tiempo que caminan. Una docena de hombres barbados jalan de sus correas a los perros que ladran exaltados, olfatean, vuelven a ladrar, orinan y vuelven a ladrar.

La gente se pregunta qué significa lo que está dibujado en el estandarte que carga sobre los hombros uno de los extranjeros.

Siguen más venados gigantes y los niños ríen al escuchar las exhalaciones que suenan como chorros de agua. Los extranjeros cargan tantas cosas que parece que trajeran cascabeles de metal. Luego marchan decenas de hombres con más arcos de metal y cerbatanas de fuego.

Hasta el final entra el tecutli Malinche con sus capitanes que lo protegen. Cientos de guerreros —con sus atuendos de guerra, macahuitles, arcos, flechas, cerbatanas, lanzas y escudos provenientes de Tlaxcala, Tepoztlan, Tliliuhquitepec, Huexotzinco, Cempoala y Cholula— cantan orgullosos porque

---

7   El macahuitl era una macana o garrote de madera que tenía unas cuchillas de obsidiana —vidrio volcánico— finamente cortadas y que tenía el mismo uso que una espada.

han logrado entrar a la ciudad de Méxihco Tenochtitlan, un lugar que para algunos de ellos ha estado prohibido por años.

A ellos, los tenochcas no les dan muestras de bienvenida. La celebración se extingue rápidamente. Cuitláhuac los guía hasta un muro de piedra gruesa, con pilares que resguardan el palacio de Axayácatl, conocido por todos como las Casas Viejas —ubicado en el lado oeste del recinto sagrado y construido por el abuelo de Motecuzoma Xocoyotzin, el tlatoani Motecuzoma Ilhuicamina, cincuenta años atrás y remodelado por el padre de Motecuzoma Xocoyotzin, el tlatoani Axayácatl— el cual tiene en la parte del centro dos pisos y cuatro construcciones exteriores de un piso.

—Aquí es —señala Cuitláhuac a la entrada del palacio de Axayácatl.

Pero Malinche no le pone atención. Está impresionado con el majestuoso teocalli que se ve al fondo. Está bastante lejos pero resalta por sobre todos los edificios.

—Es el Coatépetl, el monte sagrado —explica la niña Malintzin—. Está dedicado a Huitzilopochtli, dios de la guerra y Tláloc, dios del agua.

Malinche quiere ir a ver ese edificio que vio desde que estaba a punto de entrar a la ciudad. Entonces Malintzin le expresa a Cuitláhuac los deseos de su dueño.

—Motecuzoma los está esperando —dice Cuitláhuac ignorando lo que acaba de escuchar.

Al entrar, Malinche y sus hombres cruzan un amplio patio hasta llegar a la sala principal donde ya se encuentran Motecuzoma y el resto de la nobleza.

—Siéntate aquí. —El tlatoani toma a Malinche de la mano y lo guía hasta el asiento real.

Todos los miembros de la nobleza están asombrados al ver lo que hace el huey tlatoani.

—Esta es tu casa —dice Motecuzoma mirándolo directamente a los ojos—, come y descansa. Este palacio puede albergar a más de doscientos hombres. He dado instrucciones para que los miembros de la nobleza los atiendan como se merecen. Volveré después para hablar contigo. —Moctezuma sale y se dirige a su palacio.

2

CONTABA MI PADRE AXAYÁCATL QUE CUANDO YO NACÍ, en el *calpulli* (barrio) de Aticpac, en el año 1 Caña (1467), mi tío abuelo, Tlacaeleltzin, el *cihuacóatl* (supremo sacerdote), hombre de sesenta y nueve años, me observó en brazos de mi madre por unos minutos en silencio, y sin acercarse dijo: «Tú serás tlatoani».

Crecí sabiendo que era uno de los probables sucesores de mi padre. No sabía aún quién le seguiría en el puesto, pero mi tío abuelo, el gran cihuacóatl Tlacaeleltzin, se encargó de educarme con mano dura siempre que tuvo oportunidad. No hubo día en mi infancia —si se cruzaba en mi camino— en el que él no me corrigiera. Su actitud tan seria y soberbia me hizo pasar muy malos ratos. Jamás me permitió hacer berrinches ni responder de forma insolente ante mis mayores.

Mi padre también fue muy estricto. No recuerdo el día exacto, pero lo que no puedo olvidar es la primera vez que me castigó. Si cierro los ojos puedo ver otra vez la imagen de la mano de mi padre acercándose a mi boca. En la otra tenía un punzón, el cual se veía enorme. Yo lo veía enorme. Tragué saliva cuando sentí sus dedos ásperos en mi labio inferior; lo jaló hacia afuera y sin avisarme lo perforó.

—No debes mentir —Me dijo al mismo tiempo que giraba su mano de derecha a izquierda para que el punzón perforara mi piel.

Mucho después, mi madre me contó que entonces yo tenía cinco años de edad.

En mi mente había un solo pensamiento:

«Te odio».

Tenía los brazos extendidos hacia abajo, apretando mis muslos con las manos.

—No llores —ordenó mi padre, como siempre lo hacía, con la misma mirada inflexible.

Pero yo nunca lloraba. Enterré las uñas en mis muslos cuando sentí la segunda perforación. Cerré los ojos para no ver las enormes manos de mi padre. Los cerré para no ver a mi madre, para que su llanto no me contagiara, para no pensar en lo que me estaba ocurriendo.

«Te odio».

Luego sentí la tercera perforación. Seguía con los ojos cerrados. No quería ver el rostro de mi padre.

—Que no se repita —dijo mi padre tras sacar el punzón de mi labio—. Abre los ojos.

Obedecí.

—Esto es para que aprendas que no debes mentir, jamás. —Me apuntó al rostro con el dedo índice. Sus ojos estaban tan abiertos que parecía que se le iban a salir y añadió—: «Por ninguna razón». —Me dio la espalda y se fue.

Me llevé la mano a la boca y respiré profundo para no llorar. Era otra de las reglas que mi padre me había impuesto. No llorar. Por nada. Jamás. Ya antes me había castigado con azotes o golpes. Y me había dejado largas horas encerrado. Mi madre decía que yo dejé de llorar cuando empecé a caminar. Aprendí que no llorar era equivalente a no mostrar mis sentimientos, que a fin de cuentas era lo mismo que mentir. Supuse que mentir estaba permitido. Y sin comprenderlo comencé con una mentira ligera, luego con otra. Eran mentiras para eludir mi culpa por alguna travesura. Hasta que mi padre me descubrió, me castigó perforándome el labio inferior y me dejó solo con mi dolor. De pronto vi la palma de mi mano teñida de rojo. Fue la primera vez que vi sangre. Mi sangre escurriendo desde mi boca hasta mi pecho. Sentí su sabor y me gustó.

Imposible olvidar mi infancia. Imposible ignorarla. No entendía porque los niños teníamos tantas obligaciones y castigos por no cumplirlas. Sonreí el día que mi padre nos avisó a mis hermanos y a mí que seríamos entregados a los sacerdotes para que nos educaran: creí que me había liberado de mi padre, quien no preguntó por mi alegría. Estoy seguro de que pensó que se debía a un interés por mi educación.

Mis hermanos y yo salíamos a jugar con otros niños: primos y vecinos. Nos correteábamos unos a otros con palos de madera, simulando ser guerreros. Algunos teníamos caparazones de tortugas que nuestros padres nos regalaban para que jugáramos, utilizándolos como escudos. A las ramas les arrancábamos las hojas y «brazos» para construir pequeñas lanzas que luego nos aventábamos. Corríamos a veces hasta la orilla del lago y —si alguien nos daba permiso— nos escondíamos en las canoas. Desde entonces fui mandón. Por lo mismo yo siempre era el capitán, aunque fuese un juego. Premiaba a los que demostraban su valor y a los cobardes los castigaba o los expulsaba.

La guerra era un juego.

Ninguno de nosotros sabía lo que nos esperaba a partir del día siguiente.

—Van a enseñarnos a ser guerreros —dijo uno de mis primos.

Me fui a dormir esa noche imaginando que nunca más volvería a ver a mi padre, que mi vida cambiaría a partir de entonces. Y cambió. Cambió por completo.

Al amanecer mi padre habló conmigo. Ignoré su largo discurso. Sé que algo decía sobre la obediencia y nuestro futuro. Hubo una despedida solemne antes de entrar a una de las pequeñas aulas. Yo no sabía aún que volvería a casa y que seguiría mi vida con mi padre. Sonreía. Lo único que me interesaba era alejarme de los castigos. Todos los niños corríamos llenos de alegría. A la entrada de uno de los sacerdotes nadie le dio importancia. Al primer llamado de atención sólo algunos obedecieron. Luego ingresó otro sacerdote y dio un grito descomunal que provocó un silencio repentino. La desobediencia de un niño provocó que los dos hombres fueran tras él. Lo arrastraron hasta el frente del cuarto pese a sus patadas y gritos. Uno de los sacerdotes sacó un punzón igual al que mi padre había utilizado para castigarme por haber mentido y se lo enterró en las costillas, una y otra vez. El niño lloró y le ordenaron que no lo hiciera, de lo contrario seguirían con el castigo.

La mirada del sacerdote me hizo recordar los ojos de mi padre. Apenas había llegado y sentía que ya no soportaba estar ahí. Observé en varias direcciones y encontré a mis compañeros con gestos llenos de terror. Era una desilusión. La evidencia de que la vida era así en todas partes. Que no sólo se trataba de nuestros padres. Que la educación era general. Miré con odio al sacerdote. Sus ojos me irritaban más que los piquetes que le propinaba al niño, que se esforzaba por no llorar. Y yo me preguntaba por qué aquel niño no podía contener el llanto.

Comenzaron a llevarnos a los teocallis para que aprendiéramos a orar mientras echábamos incienso a los dioses. Hacía mucho frío, era de madrugada y nos llevaron casi desnudos. De mi nariz salía mucho líquido. Todo mi cuerpo temblaba. Los sacerdotes hacían oraciones al dios Huitzilopochtli; mientras, los niños debíamos permanecer hincados, soportando el clima, el hambre y las diminutas piedras en la tierra que se nos incrustaban en las rodillas. Hubo un momento en el que tuve deseos de gritarles y salir corriendo. Pero ya tenía la experiencia y la consciencia para entender que eso sólo sería motivo para otro castigo.

—Tengo frío. —Me atreví a interrumpir la oración de los sacerdotes.

Las llamas en la fogata bailoteaban con el viento mientras una recua de hojas secas se deslizaba de un lado a otro del recinto sagrado, que entonces era mucho más pequeño. El sacerdote, que también estaba arrodillado, detuvo sus oraciones, bajó la cabeza y manos hasta la tierra y habló sin mirarme.

—Es para que valoren los privilegios que nos da el Sol.

—Tengo hambre —insistí.

—Sólo así le darán valor a lo que se llevan a la boca. Deben acostumbrarse a sufrir el hambre, el calor y el frío. De igual forma, prepárense para los días calurosos porque tampoco podrán quejarse.

Al día siguiente muchos niños amanecimos enfermos, lo cual no sirvió para evadir nuestras responsabilidades. Nos dieron unos brebajes hechos con hierbas y nos sacaron al sol. Decían que la mejor cura para esa enfermedad era estar activos. Cinco días después estábamos completamente sanos.

Mi odio hacia mi padre fue creciendo con el paso del tiempo. Creía que yo merecía un mejor destino sin darme cuenta de que lo que mi padre hacía por nosotros era lo mejor. La educación era su mejor herencia. Pero nada de eso lo comprendía a esa edad.

Pronto fui acostumbrándome a las tareas y a obedecer, para no recibir los castigos. Nunca más volví a enfermarme por pasar casi desnudo toda la noche frente al teocalli de Huitzilopochtli. Mi cuerpo se acostumbró al poco alimento que recibía y mi mente a soportar el autosacrificio que debíamos hacer todos los días: perforarnos la lengua o los labios o alguna otra parte del cuerpo. Aprendí a pescar, a sembrar, a cosechar, a barrer los teocallis. Aprendí las primeras enseñanzas sobre nuestra religión, como los demás niños, sin entender. Repetíamos y repetíamos sin interés, sin ganas de saber por qué estábamos ahí. Para nosotros era una obligación, un camino sin salida, un procedimiento para no recibir castigos. Tardé muchos años en comprender la religión desde su esencia.

Hasta los seis años de edad creía que mi padre había sido tlatoani desde siempre. Tampoco entendía mi situación. No me importaba. Nunca pregunté sobre la jura ni las fiestas que se hicieron. Tal vez porque no me interesaba la alegría de mi padre o cualquier cosa relacionada con él.

Mi primer encuentro con la muerte fue cuando tenía siete años. Estaba jugando con mis hermanos a la orilla del lago. Ellos corrieron al interior de la isla mientras yo me quedé observando a dos hombres que golpeaban a otro. Le perforaron el pecho con un cuchillo y huyeron sin percatarse de que yo los espiaba. Por un momento me quedé paralizado. No sabía si debía callar o correr a avisar a mi padre o alguien del gobierno. No sentía miedo. En verdad no sentía miedo. Nunca he sabido qué es eso. No sé por qué. Cuando era niño me preguntaban si sentía miedo y yo no sabía qué responder porque no entendía el significado del miedo. Por eso no hice nada al ver a esos hombres. Por eso no sentí miedo al caminar hacia el hombre caído. No pude quitar la mirada de ese pecho lleno de sangre; tenía un color claro y brillante. Por un instante sentí deseos de tocarlo, meter mis dedos en su herida. Contemplé su rostro inmóvil, sus ojos abiertos que parecían observar el horizonte. De pronto el hombre se movió e hizo un ruido con su garganta sin mover los labios. Sus ojos se dirigieron a mí. Tenía las manos sobre el pecho. Los dedos de sus manos se movían como si quisieran cerrarse. Me estaba observando. De pronto dejó de moverse. Me incliné un poco para comprobar su muerte. En ese momento escuché el grito de un niño y corrí para que no me encontrara ahí, junto al cadáver.

Nunca me pregunté por qué habían asesinado a aquel hombre, pero sí me intrigaba saber qué había sentido al morir. Tampoco le comenté a nadie sobre lo que había visto ni lo que sentía al respecto. Ni siquiera a mi madre, a quien amé como a nadie. Ella solía observar la luna por largos ratos, a veces toda la noche. Yo sabía cuando lo hacía y salía tras ella, que sin decir una palabra, ponía su mano en mi cabeza y me acariciaba el cabello sin quitar la mirada del cielo. Decía que prefería ver la luna cuando salía, porque es el momento en el que se ve más grande. Ya luego se sentaba en algún lugar. Cuando yo era todavía muy pequeño, ella me sentaba en su regazo y me acurrucaba. Ella veía la luna y yo observaba sus labios, y extendía mi mano para acariciarlos. En cuanto ella sentía mis dedos, se inclinaba y me besaba la frente o las mejillas o la nariz o la boca; y yo me quedaba dormido. Fui creciendo y seguí con el mismo ritual de seguirla, hasta que una noche mi padre le prohibió que me cargara.

—Ya está muy grande ese niño para que lo trates así.

Mi madre no amaba a mi padre. Para el matrimonio no importan los sentimientos de la mujer. Uno va y la pide;

y si no se la dan se la roba. Ellas están obligadas a amar y respetar a su hombre en cuanto se convierten en esposas o concubinas. Si mi madre lo obedecía no era por amor. Jamás logró amarlo, pero nunca le faltó al respeto. Siempre obedeció sus órdenes. Sus otras concubinas eran distintas: sumisas, pero a sus espaldas hacían cosas que mi madre jamás se atrevió ni con el pensamiento.

El día que ella murió supe que estaba verdaderamente solo. No derramé una sola lágrima. Cuando vi su cadáver, contemplé sus ojos cerrados, su gesto. Era como si se hubiese ido a dormir con alguna preocupación en la cabeza, algún enojo. No la toqué; no porque le tuviera miedo, sino porque lo que yo tenía frente a mí no era mi madre sino un cuerpo muerto. Los cadáveres no me provocan sentimiento alguno; la sangre sí.

3

EL FRÍO DE LA MADRUGADA ES INTENSO. PERO A MOTECU-
zoma, que se encuentra en la cima del Coatépctl, eso no le
importa. Lleva varias horas ahí, reunido con los sacerdotes en
una ceremonia en la que no hubo música ni danzas. En esta
ocasión han estado haciendo oraciones desde que anocheció.
La llegada de los extranjeros les quitó el sueño.

—¿Qué estoy haciendo? —se ha preguntado el tlatoani
Motecuzoma Xocoyotzin una y otra vez.

La tarde anterior, luego de instalar a los extranjeros en
Casas Viejas, Motecuzoma se fue a su palacio para dialogar
con los miembros de la nobleza. Quería saber sus impresiones
y sólo recibió reclamos y cuestionamientos. Una hora después
regresó a Casas Viejas —donde volvió a percibir el mismo
hedor—, invitó al tecutli Malinche a que se sentara en el
trono y mandó colocar otro igual para él.

Los dos miembros de la nobleza que habían colocado la
silla, descalzos y vestidos con ropas de henequén, dieron unos
pasos hacia atrás, sin darle la espalda al tlatoani, y se colocaron en cuclillas a unos metros de distancia del trono, con la
cabeza inclinada y la mirada dirigida al piso. Pidieron permiso
para retirarse en un tono de voz muy bajo. Motecuzoma le

respondió, de forma casi inaudible, a otro de los miembros de la nobleza que se encontraba de pie a un lado suyo, quien a su vez respondió en voz alta. Los dos hombres se pusieron de pie y sin alzar la mirada caminaron hacia atrás.

Después dio la orden de que entraran todos los pipiltin con los regalos que había preparado para los huéspedes: plumas finas, joyas, seis mil piezas de la más fina ropa de algodón, comida, plata y oro. Fue un proceso muy largo debido a que cada una de las personas que entraban se arrodillaba, hacían las reverencias al tlatoani, entregaba su ofrenda, luego caminaba hacia atrás sin darle la espalda al tlatoani, se sentaba en cuclillas con la cabeza y mirada hacia abajo y pedía permiso para salir; Motecuzoma le respondía al noble que estaba a su lado, éste hablaba y el otro salía sin mirar al frente y sin darle la espalda al tlatoani.

Luego Motecuzoma habló y el que llaman Jeimo tradujo así:

Estáis en vuestra naturaleza y vuestra casa, holgad y descansad del trabajo del camino y guerras que habéis tenido, que muy bien sé todos los que se vos han ofrecido de Putunchán acá, y bien sé que los de Cempoala y de Tascatelcatl os han dicho muchos males de mí. No creáis más de lo que por vuestros ojos veredes, en especial de aquellos que son mis enemigos y algunos de ellos eran mis vasallos y se me han rebelado con vuestra venida y por favorecerse con vos lo dicen, los cuales sé que también os han dicho que yo tenía las casas con las paredes de oro y que las esteras de mis estrados y otras casas de mi servicio eran asimismo de oro, y que yo era y me hacía dios y otras muchas cosas. Las casas ya las véis que son de piedra y cal y tierra

En ese momento, Motecuzoma se puso de pie y alzó sus vestiduras para que el tecutli Malinche viera su sexo.

A mí véisme aquí que soy de carne y hueso como vos y como cada uno, y que soy mortal y palpable.

Con gran insistencia se tocó con las manos el pecho, el abdomen, caderas, genitales y piernas.

Ved cómo os han mentido; verdad es que tengo algunas cosas de oro que me han quedado de mis abuelos: todo lo que yo tuviere tenéis cada vez que vos lo quisiéredes; yo me voy a otras casas donde vivo; aquí seréis provisto de todas las cosas necesarias para vos y para vuestra gente. Y no recibáis pena alguna, pues estáis en vuestra casa y naturaleza.[8]

Al terminar de decir esto se retiró y permaneció en la sala principal de su palacio con todos los miembros de la nobleza: ministros, sacerdotes y capitanes del ejército.

Todos hicieron la misma pregunta: ¿Qué debemos hacer? Aunque todos creen tener la respuesta nadie sabe realmente cómo sacar a los barbados de sus tierras. No hay evidencia de la existencia del tlatoani que tanto mencionan y que los pipiltin de Méxihco Tenochtitlan apenas si pueden pronunciar. ¿Calo o Alos? —Qué nombres tan difíciles los de estos extranjeros— dice uno de los sacerdotes.

Toda la tarde y noche del día anterior estuvieron entrando informantes al palacio. «Acaban de comer». «Han puesto sus armas en las azoteas de las Casas Viejas». «Están cuidando todas las entradas».

—¿Cuántos días piensa darles hospedaje? —preguntaron en varias ocasiones a Motecuzoma.

—No lo sé —respondió mordiéndose el labio inferior.

—Debemos ponerles un límite.

—No es tan fácil —respondió Motecuzoma apretando los puños—. No sabemos en realidad cuánto poder tiene su tlatoani.

—¿Y si están mintiendo?

8   Segunda Carta de Relación de Hernán Cortés.

—Por eso mismo necesitamos averiguar. —Se llevó las manos a las sienes e hinaló profundamente.

—Consultemos a los dioses.

Salieron de las Casas Nuevas y se dirigieron al Coatépetl al inicio de la madrugada, donde permanecieron haciendo oraciones hasta el amanecer.

En cuanto el horizonte comienza a iluminarse Motecuzoma decide volver a las Casas Nuevas. Hoy ha decidido ayunar. Ordena que le preparen el *temazcalli*, un baño de vapor que tiene en su palacio y que sirve para curar los malestares físicos y emocionales. Al entrar en aquel cuarto oscuro y lleno de vapor se sienta en el piso, extiende los brazos y cierra los ojos por unos minutos.

—¿Qué debo hacer?

Una hora más tarde sale del temazcalli y se dirige a su habitación donde ya lo esperan varios pipiltin para vestirlo con un atuendo nuevo.

—¿Qué debo hacer? —Se pregunta justo antes de salir de las Casas Nuevas y dirigirse a las Casas Viejas.

El palacio está rodeado de soldados tlaxcaltecas, totonacas y cholultecas. Motecuzoma entra en silencio, seguido de un numeroso contingente de pipiltin, sacerdotes, ministros y capitanes del ejército. Los extranjeros que se encuentran en el patio no muestran reverencias. Parece que bromean. Algunos siguen con sus arcos de metal y sus trompetas de fuego en las manos. Antes de entrar a la sala principal uno de los capitanes anuncia la llegada del tlatoani. Malinche, que se encuentra rodeado de sus soldados, les ordena que se callen y muestren reverencia al tlatoani. A pesar de que todos obedecen se escuchan risas y murmullos. Toda la sala apesta a sudor, a orines, a mierda, a carne podrida. Malinche, arrodillado ante Motecuzoma regaña en voz alta a los que siguen desdeñando la presencia del tlatoani. Por fin todos callan.

—Tecutli Malinche —dice Motecuzoma y se le acerca—. Ponte de pie.

La niña Malintzin habla en maya y luego el otro extranjero lo dice en su lengua. Malinche se levanta sin mirar a los ojos al tlatoani, quien se siente complacido con el respeto que muestra el capitán.

—¿Qué tal pasaron la noche?

Motecuzoma quiere saber cómo le ha llamado Malinche, pues no escuchó su nombre ni la palabra tlatoani, y le pide a Malintzin que le diga a Malinche que repita la palabra.

—*Su Majestad*.

Motecuzoma intenta repetirla: *Su matad*.

—*Su Majestad* —corrige Malintzin.

—¿Hablas su lengua? —pregunta Motecuzoma.

—Muy poco, mi señor.

—¿Es difícil aprenderla?

—Sí.

Malinche observa y sonríe al mismo tiempo que acaricia el puño del largo cuchillo que cuelga de su cintura. Luego Malintzin le explica que el tlatoani está interesado en su idioma.

—¿Quiere aprender nuestra lengua? —pregunta Malinche a su joven intérprete.

—Sólo preguntaba —responde Motecuzoma—, tecutli Malinche.

—Hernando Cortés —corrige.

El tlatoani se queda en silencio y observa a Malinche, quien una vez más dice su nombre.

—*En... en...* —Trata de pronunciar el tlatoani— *en... ando Coté...*

—*Erre, erre* —explica Malinche mostrando el movimiento de la lengua.

—*Ede... Ede...* —Motecuzoma intenta pronunciar ese sonido inexistente en la lengua náhuatl—. *Ede...*

—*Erre, erre...*

—*Ege... Ege...*

Los extranjeros siguen arrodillados. Motecuzoma frunce el ceño y niega con la cabeza.

—Dice mi señor Cortés que no se preocupe —traduce Malintzin—, que ya habrá tiempo.

«¿Tiempo?», se pregunta Motecuzoma en silencio. «¿Cuánto tiempo piensan estar aquí?». Observa a los extranjeros y se cuestiona una vez más: «¿Qué más quieren? Ya les dimos la bienvenida, ya les hicimos regalos, ya les ofrecimos nuestra amistad. ¿Quieren más plumas?, ¿más mantas de algodón?, ¿más alimento?, ¿más oro?, ¿más piedras preciosas?».

—Me han dicho que hay un mercado muy grande en *Tlaltelulco.*

—Tlatelolco —corrige Malintzin.

A pesar de que tiene muchas cosas importantes que atender, Motecuzoma decide llevarlos personalmente. No es que tenga grandes deseos de pasear con ellos pero sabe que no es conveniente que anden solos por la ciudad. En cualquier momento podrían llevar a cabo una matanza como la que hicieron en Cholula; o peor aún, convencer a los tlatelolcas de que se revelen contra Méxihco Tenochtitlan.

—Niña, dile a tu dueño que les voy a mostrar la ciudad. Ya pueden ponerse todos de pie.

Aún no salen de las Casas Viejas» y ya los esperan cientos de mexihcas curiosos. Los capitanes del ejército tenochca les ordenan a gritos que se quiten del paso y que se arrodillen ante el tlatoani.

—Señor, señor mío, gran señor —dice uno de los capitanes—, no podemos salir aún. Mucha gente no obedece a nuestras órdenes.

—Quieren ver de cerca a los extranjeros —agrega otro capitán.

Malintzin le explica lo que sucede al tecutli Malinche, quien a su vez da una orden a uno de sus soldados. Minutos después se escucha un trueno ensordecedor y una nube de humo se esparce entre ellos. Motecuzoma y su séquito permanecen de pie, mirándose entre sí. Les inquieta que los extranjeros utilicen sus armas con tanta frecuencia.

—Vamos —dice el tlatoani mirando hacia el frente.

Al cruzar la salida de las Casas Viejas se encuentran con miles de personas arrodillas, llenas de temor. Los miembros de la nobleza se preparan para acompañarlos también. En cuanto Motecuzoma sale ya lo esperan cientos de soldados. Llevar a sus invitados escoltados por el ejército no es costumbre de ninguno de los pueblos del Anáhuac, pero Motecuzoma ya no confía en los extranjeros. Sube a sus andas ayudado por dos miembros de la nobleza. Malinche y sus hombres suben a sus grandes venados. Los siguen los *tamemes* (cargadores) y miles de soldados tlaxcaltecas, cholultecas, huexotzincas y totonacas.

Ahí continúan miles de personas por todas partes: arriba de los árboles, en las azoteas, en los canales, en las canoas. Siguen asombrados al ver a los extranjeros montados en sus venados gigantes y con sus palos de fuego y sus arcos de metal. Ni Motecuzoma ni sus tropas pueden controlarlos. Ahora todos ven el rostro del tlatoani.

Al llegar a Tlatelolco, los hombres barbados quedan asombrados al ver tanta gente, tantas mercancías, tantos animales. Luego de un recorrido muy lento, debido a lo difícil que es pasar por el tianguis, se dirigen a los teocallis de Tlatelolco, donde los recibe Itzcuauhtzin. Después vuelven a Tenochtitlan y los llevan a la Casa de las Aves, un sitio muy grande con estanques donde se crían miles de pájaros de muchas categorías.

—A las aves de rapiña las mantenemos en aquellas jaulas —explica y señala Motecuzoma al llegar, sobre sus andas, a un mirador.

—¿Cuántas personas están a cargo de todas estas aves? —pregunta el tecutli Malinche montado sobre su venado gigante.

—Trescientas.

—¿Para qué tenéis tantas? ¿Os las coméis?

—Solamente unas clases; como las codornices, los guajolotes y los patos. Pero a la mayoría las veneramos por sus extraordinarios plumajes. Todos los días las aves nos regalan sus plumas.

—¿Se las arrancáis?

—No. No hay necesidad de eso. Se les caen solas.

Caminan por un corredor hasta llegar a unas jaulas a las que llaman la Casa de las Fieras. En una de ellas se encuentran un par de jaguares. El tecutli Malinche y sus capitanes observan con mucha atención y tratan de reconocer aquellas fieras jamás vistas en sus tierras. Más adelante se encuentran ocelotes, gatos monteses, coyotes, zorros y muchas otras fieras.

—¿Con qué los alimentáis? —Malinche jala la rienda de su venado gigante para evitar que avance.

—Con las partes del cuerpo que no utilizamos de los sacrificados.

El tecutli Malinche niega con la cabeza y hace un gesto que Motecuzoma no logra reconocer.

—Ahora vamos a ver a las serpientes —dice el tlatoani con entusiasmo.

El lugar destinado a las serpientes es mucho menor. Los españoles buscan en varias direcciones y lo único que ven son cántaros alineados.

—¿Y las serpientes? —pregunta Malinche.

Motecuzoma baja de sus andas, se acerca a uno de los cántaros, le quita la tapa, mete la mano y saca una serpiente tan gruesa como sus brazos.

—Ese animal está enorme —Malinche se acerca, después de bajar de su venado.

—¡No! —dice el tlatoani en voz alta—. ¡Es muy peligrosa! Si lo muerde, usted moriría en unos cuantos minutos.

Luego de mostrarle una docena de serpientes, Motecuzoma los invita a ver a los enanos y a la gente deforme que tienen en unas jaulas.

—¿Por qué los tenéis prisioneros? —pregunta Malinche al mismo tiempo que observa a un par de niños pegados por el pecho.

—Por sus deformidades.

—Miren, acá tenemos al niño araña. —Señala a un niño con cuatro piernas, quien debido a su defecto mantiene su espalda de manera horizontal y se sostiene sobre sus manos y cuatro pies.

4

TU MIRADA SIEMPRE TE DELATA, MOTECUZOMA. EL ENOJO, el arrepentimiento, la vergüenza, la tristeza y el asombro se ven claramente en tus pupilas oscuras, tus cejas pobladas y rectas, tus párpados gruesos y caídos, tus ojeras onduladas y largas. Lo sabes bien: puedes fingir siempre y cuando no te vean a los ojos.

Nunca fuiste capaz de engañar a tus padres. En una ocasión estuviste a punto de lograrlo. Habías cometido una falta imperdonable, de esas que tu padre, el huey tlatoani Axayácatl, no perdonaba. Habías robado un macahuitl porque querías saber qué se sentía tener un arma de esas en las manos. Uno de los soldados te delató. Fuiste detenido por una tropa junto al lago y llevado ante tu padre, quien siempre tuvo la habilidad para reconocer tus emociones a través de tus ojos.

—¿Robaste esa arma?

—No.

Tu madre estaba ahí, a un lado tuyo, mirándote muy seriamente. No sentiste vergüenza por haberle mentido a tu padre. Pero sí mucha tristeza de que tu madre, tu joya más preciada, estuviera ahí, delatándote con sus cejas arrugadas;

mas no por ello, tu padre te habría descubierto. Porque no la estaba mirando a ella, sino a ti.

—Estás mintiendo —dijo tu padre—. Lo veo en tus ojos.

—Sí, padre. —Te arrodillaste tras admitir tu falta.

—Iba a castigarte con cincuenta azotes en las palmas de las manos, pero por haberme mentido ordenaré que te den el doble.

Tus ojos estaban en los de tu madre. Brillaban. Sabías que ella se sintió mejor en cuanto admitiste tu falta.

Te llevaron al patio principal del Calmecac, reunieron a todos los alumnos alrededor tuyo; te arrodillaron ante una piedra tan grande que te llegaba a la cintura y te ordenaron que pusieras sobre la piedra las manos con las palmas hacia arriba. Uno de los maestros dio el discurso de siempre sobre las leyes y los castigos que merecían los delincuentes. Luego llegó uno de los soldados y comenzó a azotarte. El primer golpe fue el que más te dolió. Los siguientes los ignoraste pensando: «No duele, no duele».

Después de la muerte de tu madre abandonaste los juegos para siempre, Motecuzoma. Eso que hacían los demás niños ya no tenía gracia. Por primera vez los observabas de una manera distinta, como si jamás hubieras sido parte de esos juegos. Te sentías tan extraño frente a ellos. No sabes qué fue lo que pasó, solamente dejaste de pensar en cosas infantiles.

Te dedicaste a aprender. Sentías una necesidad desmedida por mostrarles a todos que no eras como los demás, que no estabas ahí por ser el hijo del tlatoani. Cumplías fácilmente con todos los quehaceres en el Calmecac. Todos tus compañeros te trataban bien, con respeto. Querían ser tus amigos, pero tú no sentías lo mismo; sin embargo, nunca se los dijiste. Jamás negaste que fueran tus amigos ni los rechazaste. Algo en ti te decía que debías conservar todas esas amistades aunque sintieras que eran un estorbo.

No sólo la muerte de tu madre cambió tu forma de ver el mundo; también presenciar por primera vez un sacrificio humano. Estabas al pie del teocalli de Huitzilopochtli, el cual aún no era tan grande como ahora. Viste cómo llevaban al primero de muchos guerreros enemigos, capturados en la última batalla. Un grupo de sacerdotes tenochcas forcejeaba con el prisionero. Lo cargaron de los brazos y piernas. La multitud observaba, algunos en silencio, otros murmuraban y otros vociferaban jubilosos. El hombre al que iban a sacrificar gritaba frenético. Todo eso que estabas viendo ya lo sabías, pero sólo de voz de tus maestros. Era un acto que no podías dibujar en tu mente porque antes de eso, la guerra y los sacrificios eran sólo un juego.

La altura del teocalli de Huitzilopochtli era tan corta que podía verse perfectamente lo que ocurría en la cima: el hombre intentando dar patadas y manotazos para huir de la muerte, y los sacerdotes sacrificadores sometiéndolo para acostarlo sobre la piedra de los sacrificios. Uno de los sacerdotes levantó los brazos, empuñando el cuchillo, miró al cielo, dijo una oración al dios portentoso, luego dejó caer sus manos sobre el pecho del prisionero, quien liberó un grito estruendoso. Con un estacazo le perforó la piel. Maniobró para abrirle el pecho al hombre que seguía vivo y dando gritos de dolor, gritos que se quedaron por siempre en tu recuerdo, Motecuzoma. Poco después el sacerdote sacó el corazón del prisionero y lo mostró al pueblo mientras la sangre le escurría por los brazos, dirigiéndose a los cuatro puntos cardinales. Finalmente el cuerpo fue lanzado por la escalinata del teocalli. Una lluvia de sangre salpicó a todos los que se encontraban presentes, conforme el cadáver rodaba y rebotaba escalones abajo. En ese momento pensaste:

«Deberíamos hacer más sacrificios».

La muerte se apoderó de ti, Motecuzoma Xocoyotzin; entró en tu mente para nunca más abandonarte. La comprendiste. Esa noche soñaste con cuerpos destazados, llenos de sangre. Viste ese líquido sagrado escurriendo lentamente por los escalones de los teocallis. Había mucha sangre; suficiente para saciar la sed del dios portentoso, para lavar los teocallis, para dar vida, para nutrir al Sol.

—Necesitamos más sangre para alimentar a nuestro pueblo —dijiste años después ante tu maestro, que además era uno de los sacerdotes del teocalli de Huitzilopochtli.

Escuchaste a tu espalda el bisbiseo de algunos compañeros. Tus palabras eran claras pero el significado no. Para ellos que aún eran muy jóvenes, no.

—Explícanos lo que estás pensando, Motecuzoma.

—Necesitamos más guerras.

Las miradas de tus compañeros fueron afiladas como flechas.

—¿Más guerras? —preguntaron algunos.

—¿No te es suficiente con las guerras que ya tenemos? —preguntó otro.

Ya con eso tenemos bastante sangre y muertos.

—Pero no tenemos suficientes prisioneros —respondiste sin quitar la mirada de los ojos de tu maestro.

Al salir te encontraste con algunos compañeros de estudio. Tenían las mismas sonrisas burlonas. Sus miradas te persiguieron. No era la primera vez que mostraban esa actitud.

—Ahí va el gran guerrero —espetó uno de ellos liberando una carcajada.

—¡Necesitamos más sangre! —Lo secundó su compañero, exagerando su tono burlesco—. ¡Sangre! ¡Queremos sangre!

Te detuviste sin decir una palabra. Experimentaste la misma ira que habías sentido años atrás cuando tu padre te había castigado perforándote los labios. Los dos muchachos caminaron amenazantes hacia ti.

—No hay duda. Ser el hijo del tlatoani no te hace mejor. —Tu compañero sonrió para provocarte más enojo.

—Aparentemente —dijiste al mismo tiempo que le enterrabas la rodilla derecha en los testículos.

El otro se apresuró a auxiliar a su compañero que se encontraba retorciéndose en el piso. Sin esperar liberaste un segundo puntapié.

—Ustedes y yo somos hijos de la nobleza y con destinos similares. Pero no somos iguales —dijiste mientras uno se reponía del dolor en los testículos y el otro trataba de detener el sangrado de su nariz.

Lo que sí era cierto, Motecuzoma, era que tú estabas condenado a recorrer el mismo destino que ellos si no aprendías el dominio de la palabra, el arte del convencimiento, la única arma con la que podrías contar el resto de tu vida.

En lugar de permanecer en el teocalli te fuiste a tu casa. Tenías muchas dudas sobre lo que acababas de hacer. Golpear a dos de tus compañeros era lo de menos. Incluso te habías quedado con deseos de propinarles unos cuantos golpes más. Lo que te preocupaba era tu reputación. No la reputación del hijo del tlatoani sino la de Motecuzoma Xocoyotzin. Ganar enemigos era lo que menos buscabas. Tampoco podías volver con la cabeza agachada y pedirles perdón.

—No entiendo tu comportamiento, Motecuzoma —dijo tu maestro al verte al día siguiente—. El mejor de mis alumnos, el más sabio, en el que pongo todas mis expectativas se comporta como uno más del vulgo.

Jamás te había regañado ni elogiado. Te sorprendió que de un día para otro te hubiera convertido en el mejor y el peor de sus alumnos. Abría y cerraba los dedos de las manos como si intentara apresar algo. Imaginaste que en ese momento te indicaría el castigo merecido: azotes, quizás, perforaciones en la lengua, o de manera benigna, trabajos arduos.

—Eres uno de los hijos del tlatoani. Tienes la peor carga de todos los infantes.

Aunque no debías ver a tu maestro directo a los ojos imaginaste sus gestos y sentiste deseos de decirle que estabas harto de ser el hijo del tlatoani, que sus enseñanzas te aburrían, que no creías todo lo que decía, que tú tenías una teoría mejor sobre la religión.

—No eres como los demás. Y no estoy hablando de tu linaje.

Levantaste la mirada a pesar de tenerlo prohibido.

—Tu razonamiento es privilegiado.

—Lo dice porque soy hijo del tlatoani.

—No te lo dije antes precisamente porque eres hijo del tlatoani. No quería que te volvieras insolente. Pronto iniciarás tus entrenamientos militares y deberás tener mucho cuidado, Motecuzoma.

Aquel día tu maestro habló un largo rato sobre tu futuro. Tú simplemente guardaste silencio, sufriendo la incomodidad de verlo abrir y cerrar los dedos de las manos una y otra vez.

Ese mismo año 2 Casa (1481) murió tu padre y tú tenías catorce años. No te dio tiempo para reconciliarte con él. Si hubiera vivido más tiempo su relación habría cambiado mucho, Motecuzoma. Pero en aquellos días no lloraste ni mostraste sentimientos de dolor o de arrepentimiento. Ahora ves todo de forma distinta. No eras el único niño que odiaba a su padre, ni mucho menos el único que era castigado con severidad.

Por primera vez presenciaste los funerales de un tlatoani y la elección de otro; y tu vida cambió por completo. Ya no eras más el hijo del tlatoani, sólo eras un miembro de la nobleza, uno más entre las decenas de sobrinos del nuevo tlatoani Tízoc.

Tu ingreso a las tropas mexihcas fue como el de todos. Ser Motecuzoma, hijo de un tlatoani difunto, no te otorgó privilegios. Por el contrario, tu hermano Macuilmalinali y tú fueron tratados incluso con mayor severidad por parte de sus compañeros e instructores. Eran los más jóvenes del grupo: un par de muchachitos —casi niños— enclenques e ingenuos. Cualquier broma u hostilidad sería pasada por inadvertida ante los ojos de los capitanes y sacerdotes. Se les dijo desde el primer día que para poder soportar un combate debían comenzar por aguantar los acosos en los entrenamientos.

El primer ataque no se hizo esperar: Macuilmalinali se encontraba a un lado tuyo cuando un grupo de jóvenes los rodearon con sonrisas y saludos cordiales. Ni una sola evidencia de sus planes.

—Oh, gran señor Macuilmalinali —dijo uno de ellos arrodillándose ante tu hermano—. Hemos venido para entregarle esta humilde ofrenda.

Sin preguntarse qué era lo que estaba en el bulto tu hermano lo tomó y lo abrió sólo para encontrar ropas de mujer.

—¿No le gusta nuestro obsequio? —Le siguió un empujón bien propinado en el pecho, lo cual llevó a Macuilmalinali a caer de nalgas. Otro joven se había acomodado, agachándose, con rodillas y codos en el piso detrás de tu hermano. Las risas se transformaron en carcajadas. Apenas si intentaste auxiliar a Macuilmalinali, cuatro manos te rodearon el pecho. Forcejeaste sin poder liberarte.

—¿Es usted quien quiere ponerse el atuendo de guerra?

Lograste disparar un nutrido escupitajo en el rostro de uno de ellos antes de que cayera de rodillas por un fuerte golpe en los testículos. A una distancia muy corta estaba Macuilmalinali acostado bocarriba, iracundo, lanzando patadas y golpes a los que pretendían desvestirlo.

Para defender el honor tuvieron que propinar y recibir golpes hasta que sus agresores se cansaron. Terminaron con sangre en los labios, los ojos hinchados y cuantiosos moretones por todo el cuerpo.

El segundo ataque fue una semana después. Llevaban más de medio día concentrados en la tarea que les habían asignado sus instructores: recolectar espinas para el sacrificio. Debían volver al campo de entrenamiento en cuanto completaran el número indicado. De regreso al Calmecac, el mismo grupo de jóvenes les cerró el paso.

—¿Ahora sí vas a ponerte estas ropas? —preguntó uno de ellos extendiendo la mano con los trapos.

—Sí —respondiste y te acercaste.

Macuilmalinali se quedó desconcertado, pues sabía que aquellos que acceden a vestirse con ropa de mujer se condenan a hacerlo por siempre.

—¿Quieres que me vista yo solo o quieres ayudarme? —dijiste en cuanto él se acercó a ti para darte la ropa.

Él liberó una sonrisa mordaz.

—¿La señorita quiere que le ayude?

—Sí —ya tenías las prendas de mujer en una mano.

Aún recuerdas sus ojos y su aliento. Te miró asombrado y asustado. Logró sujetarte del brazo mientras tu mano apretaba el cuchillo que justo en ese instante le habías enterrado en el abdomen. Habías sacado el arma, que llevabas escondida, aprovechando que tenías las prendas femeninas en una mano. Fingiste un intento por desvestirte delante de ellos y sin decir más defendiste tu honor. Los demás infantes quedaron mudos al ver a su amigo caer de rodillas. Dirigieron las miradas en todas las direcciones. No había más testigos que ellos y Macuilmalinali. Le sacaste el cuchillo y te limpiaste la sangre con las ropas que te habían dado.

—¡Vámonos! —exigió uno de ellos asustado y comenzó a correr. Los demás lo siguieron apurados, sin decir una palabra.

Macuilmalinali quedó tieso a tu lado.

—Ya no nos van a molestar —dijiste—. Vámonos.

Esa noche, Motecuzoma Xocoyotzin, hubo gran alboroto. Las tropas tenochcas recorrieron toda la ciudad preguntando a quien se cruzara en su camino si habían visto algún extranjero merodeando por el tianguis o por las orillas del lago.

A los aprendices les ordenaron que se formaran en el campo de entrenamiento. Había cientos de antorchas encendidas alrededor. Se escucharon los grillos y algunas aves nocturnas. Un grupo de soldados marchó a paso lento frente a ustedes. El capitán —cuyo penacho era de plumas azules y rojas— se aproximó y se detuvo delante de cada uno, acercando considerablemente su rostro mientras fruncía el seño. Era fácil percibir su aliento.

—¡Esta tarde fue asesinado uno de sus compañeros! —gritó el capitán y caminó de un extremo a otro, empuñando el macahuitl con la mano derecha—. ¡Quien haya visto algo que dé un paso al frente!

No hubo quién moviera un pie. Sólo se escuchó el viento y los grillos. Levantaste la mirada hacia el cielo y observaste las miles de estrellas.

—¿Tenemos al culpable entre nosotros? —se acercó a uno de tus compañeros—. ¿Fuiste tú?

—¡No, capitán!

Repitió lo mismo frente a cada uno de los alumnos: «¿Fuiste tú?». «¡No, capitán!». «¿Fuiste tú?». «¡No, capitán!». A tu izquierda se encontraban los testigos, aquellos jóvenes que bien pudieron cambiar tu destino: «¿Fuiste tú?». No se atrevieron a delatarte.

—¡Daremos con los culpables y los condenaremos a muerte! —sentenció el capitán y se marchó.

Nunca te sentiste mal por haber matado a ese joven. Pensabas que para eso estabas aprendiendo a usar las armas, para matar; la vida de un hombre no debía tener valor alguno para un soldado si es que tenía intenciones de sobrevivir.

Para ejercitarse en las armas utilizaban macuahuitles sin piedras, y flechas y lanzas sin filo, por lo cual no mataban. Los golpes eran asestados con la misma fuerza que en un combate verdadero, dejándolos lastimados por días o semanas.

—Deberíamos utilizar armas reales —dijiste un día al capitán.

—¿Eres ingenuo o pretendes burlarte de mí?

—Si utilizáramos armas de verdad no terminaríamos tan lastimados.

—Terminarían muertos, Motecuzoma. —Acercó su rostro al tuyo—. ¿Escuchaste? —te golpeó la sien con sus dedos índice y medio—. Muertos.

—¿Y qué vamos a llevar a las batallas? —Me sorprende que digas comentarios de esa índole siendo hijo de un tlatoani.

—Sabemos que es un entrenamiento, que nuestras vidas no corren peligro. Por ello no nos esforzamos lo suficiente para protegernos de los golpes. Si nuestras armas cortaran, seguramente enfocaríamos toda nuestra atención en los movimientos de nuestro contrincante.

—Ay, muchacho. —El capitán liberó una risa casi inaudible. Luego el resto de la tropa lo siguió.

Las risas subieron de tono.

—Por eso muchos soldados mueren en su primera batalla.

—Porque no entrenaron lo suficiente.

—¡Cierto! Y también porque no sabían a lo que se enfrentarían en realidad; porque creían que seguía siendo un juego de niños que se dan de golpes con palos. En cambio, si un guerrero conoce —antes de ir a la guerra— el sabor de la victoria, el valor de un preso, el sentimiento de ver morir a su contrincante, podrá ser un mejor combatiente.

—Para eso existen las Guerras Floridas. Para entrenar y para conocer el sabor de la victoria o de la derrota. Eso lo conocerás en su debido momento. Ya me habían comentado sobre ti, pero no imaginé que llegaras a tanto. Crees saberlo todo. ¿Quieres enseñarme a mí cómo entrenar a mis tropas? Yo he liderado muchas campañas. ¡Yo! ¿Lo entiendes? Sé muy bien lo que hago. No te confundas, muchacho. Ser hijo de un tlatoani no te da lo que a mí me ha dado la experiencia. Tu linaje te ha hecho soberbio.

Poco después, cuando Tízoc había muerto y Ahuízotl fue electo tlatoani, comenzaste a participar en las batallas y te convertiste rápidamente en uno de los mejores y más valerosos guerreros, no sin antes conocer el sabor de la derrota. Tras las guerras contra Cuauhtlan y la Huasteca regresaste con un gran número de prisioneros que tú mismo capturaste. En consecuencia el tlatoani Ahuízotl te puso al frente de las tropas que marcharon contra el ejército del Istmo de Tehuantepec, el pedazo de tierra más angosto entre los dos mares, donde un grupo de comerciantes había sido víctima de imperdonables ofensas.

En esa ocasión regañaste a uno de tus soldados por atreverse a juzgar la decisión del tlatoani de enviar sus tropas para vengar una ofensa.

—Es absurdo que cada vez que alguien ofende a un mexihca, en algún pueblo, el tlatoani envíe sus tropas para castigar a los ofensores. Yo creo que lo único que busca son excusas para hacer la guerra.

Llevaban más de una semana caminando en medio de un calor insoportable, que no tenía comparación con el clima de la ciudad isla, Méxihco Tenochtitlan, donde bien podía hacer calor de día pero de noche bajaban las temperaturas y los días amanecían tan frescos que daba gusto ver el alba. Donde estaban caminando, hacía calor día y noche. Te detuviste al escuchar las palabras del soldado y lo miraste de frente.

—Tienes razón en lo que dices. El tlatoani busca excusas para hacer la guerra. Cualquier ofensa es motivo para alzarnos en armas. ¿Y sabes por qué lo hace?

—Por ambición —respondió el soldado con el mismo gesto soberbio que cargan todos los que juzgan a sus gobernantes sin entender las dificultades de gobernar.

—Lo hace para que tú, ellos —señalaste al resto de la tropa—, tus hijos, tu mujer, tu padre, tu madre, tus abuelos y tus hermanos no tengan que ser vasallos de otros pueblos. Tu inexperiencia no te permite comprender lo que acabas de decir. Desconoces el sufrimiento y el hambre que vivieron nuestros ancestros hace cien años. Aún no entiendes por qué somos el *altépetl* (señorío) más poderoso de toda la Tierra. Si nuestro tlatoani ignorara las ofensas, tarde o temprano seríamos vistos como unos cobardes, y seguramente atacados, y muy probablemente vencidos por nuestros enemigos. Está es mi única advertencia. Piensa mejor lo que dices.

El soldado bajó la cabeza y pidió perdón por su comentario. No volvió a hablar en todo el camino. Al llegar al Istmo de Tehuantepec fue uno de los más valerosos. Volvieron victoriosos a Méxihco Tenochtitlan.

Fueron tantas tus hazañas en los combates y tantos los prisioneros que capturaste personalmente, que pronto recibiste los altos rangos militares llamados: *cuachictin*, (cabeza rapada), *tlacatécatl*, (comandante de hombres) y *tlacochcalcatl* (gran general).

5

Luego de llevar al tecutli Malinche y sus hombres a conocer las casas de las aves y las fieras, Motecuzoma los lleva a conocer los lugares de recreo que posee: inmensos jardines llenos de todo tipo de flores hermosas y exóticas por donde pasan bellos ríos de agua tan transparente que se pueden ver las piedras en el fondo, y grandes estanques saturados de aves y peces.

—Mi señor Cortés pregunta a quién pertenece todo esto —traduce la niña Malintzin.

—Esto es sólo para el tlatoani, la nobleza y huéspedes —explica Motecuzoma sentado en las andas que cargan seis hombres.

El tecutli Malinche lo observa desde su venado gigante, sin dejar de acariciar el puño de su largo cuchillo de plata. Ya es más de medio día y no han comido. Muchos de los hombres de Malinche se quejan y piden agua. Entonces Motecuzoma les manda traer garrafas.

—En este lugar se cultivan únicamente plantas medicinales.

—Dice mi señor Cortés que le gustaría volver a la ciudad —traduce la niña Malintzin.

—Allá, en ese cerro, está Chapultepec. —Señala Motecuzoma—. Es uno de mis lugares favoritos de recreo. Tiene un mirador en la cima desde donde se puede ver el lago de Tezcuco, la isla de Méxihco Tenochtitlan y muchos pueblos más.

El tlatoani observa al cielo y calcula el tiempo. Entonces ordena que los lleven al recinto sagrado. Los cientos de soldados que los siguen ya están agotados por el calor. Jamás las calles de la ciudad habían estado tan sucias, pues los venados gigantes no han dejado de cagar. Miles de personas curiosas se acercan para verlos y los capitanes de las tropas les gritan para que se quiten del camino. Uno de los miembros de la nobleza —que siempre carga tres varas altas y delgadas— camina delante de las andas que cargan a Motecuzoma y grita: ¡Arrodíllense ante el huey tlatoani! Antes de entrar al recinto sagrado extiende su brazo con una de las varas para que el tlatoani se sostenga al bajar de sus andas. Pronto una decena de hombres se apresura a acomodar una alfombra de algodón para que Motecuzoma no pise el suelo. Pero él les hace una seña con la mano para que en esta ocasión no la pongan. Luego le pide a Malinche que él y sus hombres bajen de sus venados gigantes y que los dejen afuera, pues están por entrar a un lugar sagrado y por lo tanto merece respeto. Los extranjeros obedecen y otros soldados de menor rango se llevan a los venados gigantes a las Casas Viejas. Entonces el tlatoani le explica al tecutli Malinche y a su gente el nombre y la función de cada uno de los edificios.

—Éste que ven aquí, —señala un edificio que consta de inmensos muros y columnas, decorados con franjas verdes, amarillas y rojas, que rodean todo el lugar, con más de doscientas aulas y cinco patios— es el Calmecac, escuela donde asisten únicamente los miembros de la nobleza y donde se preparan los futuros sacerdotes.

Luego señala un ojo de agua, rodeado por una pequeña plataforma de roca.

—Este es el Tozpalatl, que abastece de agua a todo el recinto sagrado.

Los guía al otro extremo y les muestra una edificación, ubicada detrás del altar de las calaveras, que tiene un patio en forma de rectángulo y dos muros.

—Este es el juego de pelota.

Es un lugar tan grande que en su interior caben todos los hombres que acompañan a Motecuzoma y Malinche.

—¿Para qué es eso? —Malinche señala los anillos verticales de piedra que se encuentran en la parte central de los muros.

—Los jugadores deben pasar una pelota de caucho por esos anillos, pero solamente golpeándola con las rodillas o las caderas. La gente se sienta a observar el juego desde esas gradas.

—Qué juego tan extraño —dice el tecutli Malinche y todos sus soldados hacen comentarios entre sí. El tlatoani se percata de que están burlándose.

—No es solamente un juego. —Se dirige a ellos con seriedad—. Tiene un significado religioso: es la lucha entre el día y la noche, la batalla entre Tezcatlipoca y Quetzalcóatl.

El tecutli Malinche y sus hombres lanzan unas carcajadas.

—Sigamos por este otro lado —dice el tlatoani muy molesto por la actitud de los extranjeros.

Pronto Malinche y sus hombres comienzan a hablar en un tono escandaloso.

—¿Qué demonios es esto? —pregunta Malinche frente a una larga plataforma rectangular, en cuyos extremos se hallan unas paredes decoradas con cientos de cráneos labrados en piedra y recubiertos por estuco; y en cuyo centro, a todo lo largo, se ubican cientos de cráneos verdaderos, algunos aún con carne, ojos y cabello fresco, perforados de forma vertical por varas de madera.

—Son los cráneos de los enemigos vencidos en batalla. Este es el altar de las calaveras (*huey tzompantli*).

—Esto es… —El tecutli Malinche cierra los ojos y se tapa la boca y nariz— Repugnante.

El tlatoani se sigue derecho, ignorando la actitud de Malinche. Muchos de los soldados extranjeros observan el tzompantli con desdén, otros con curiosidad.

—De este lado se encuentra el adoratorio del dios Tonatiuh —explica Motecuzoma—, también conocido como la Casa de las Águilas. Aquí se llevan a cabo, en honor al Sol, los combates entre los prisioneros y los Guerreros Águila y Jaguar. Lo cual significa para el enemigo la más gloriosa de las muertes.

Más adelante se encuentran con cuatro edificios alineados entre sí.

—Estos teocallis están dedicados a Coacalco, teocalli de los dioses de los pueblos derrotados en batalla; Cihuacóatl, deidad femenina, relacionada con la tierra; Chicomecóatl, dios relacionado con la agricultura; y Xochiquetzal, dios de las flores.

En el centro de esas cuatro construcciones se encuentra un edificio con un muro circular en la parte trasera, cuyo techo tiene forma de cono, y en el frente tiene muros rectangulares y unos escalones que llevan hasta la cima donde se encuentra un patio rodeado de almenas. Allí hay una serpiente de aspecto terrorífico y un adoratorio cilíndrico con un techo cónico de madera y paja.

—Este es el edificio dedicado a Quetzalcóatl, dios del viento. La boca de esa serpiente es la entrada al teocalli —explica orgulloso Motecuzoma, pues este teocalli ha sido

construido en su gobierno; y diseñado por él mismo⸺.
Tenemos en nuestro panteón la figura divina llamada Quetzalcóatl, quien está relacionado con uno de los astros, y tiene
un ciclo en el cual es visible por las noches, y desaparece en el
horizonte antes de reaparecer como un astro de la mañana,
luego desaparece de nuevo antes de recobrar su forma de
astro nocturno. Este ciclo de muerte y de resurrección, esa
alternancia de caracteres matutinos y vespertino, convierte a
Quetzalcóatl en una personalidad cíclica, hecha de apariciones
y desapariciones.[9] No significa que Quetzalcóatl vaya a regresar
físicamente.

La veneración a la serpiente emplumada inició en Teotihuacan, se formalizó en Xochicalco; pasó a Zuyua, ubicado
en Xicalango, Isla de Términos y a Champotón, punto de
concentración de varios grupos: quichés, cakchiqueles,
itzaes, xiues, entre otros. Los sacerdotes que de ahí salieron
adoptaron, todos, el mismo nombre: *Serpiente Emplumada*,
que fue traducido a las lenguas de cada región. En Tajín, es
conocido como el Señor del Viento, el Señor del Rayo, del
Trueno y de los Relámpagos, el Dios Huracán, el 1 Pierna,
Venus-Quetzalcóatl. En Chichén Itzá, es conocido con el
nombre de Kukulcán. También como: Ah Mex Cuc, Hapai
Can, Nac-xit, Mizcit Ahau y Gucumatz. Finalmente su religión
se dispersó por todo el sur, pasando Chiapas, Chichén Itzá,
Utatlán, Iximché, Zaculeu, y Chuitinamit,[10] y después se
regresaron a Tollan, luego a Tezcuco y Méxihco Tenochtitlan.

9   Esos rasgos míticos incitaron a algún exegeta a sobreponer la imagen de
Quetzalcóatl en la de Cortés. Véase *Cortés* de Duverger, p. 360.
10   Utatlán, Iximché, Zaculeu y Chuitinamit eran los antiguos señoríos de
Guatemala.

El noble príncipe, Ce Acatl Topiltzin Quetzalcóatl 1 Caña Serpiente Emplumada,[11] fue uno de esos sacerdotes. Mixcóatl, su padre, murió antes de que Quetzalcóatl naciera y su madre murió el día que él nació. Por esta orfandad sufrió el desprecio de muchos. Sin embargo, este gran pensador contó los días y acomodó el calendario —que antes consistía de 270 días y luego de 370—, a 365 días, por el compuesto de 18 meses de 20 días cada uno, y los 5 *nemontemi* o días complementarios.

Quetzalcóatl, un hombre sabio y justo, siempre estuvo en busca de paz. Pocos lo conocían. Si necesitaba informarle algo a su gente lo hacía por medio de los hombres que decían lo que él pensaba.

Tezcatlipoca —quien además de estar celoso de Quetzalcóatl, exigía sacrificios humanos y guerras contra otros pueblos— planeó varias estrategias para que la gente dejara de seguir a Quetzalcóatl. Entonces se disfrazó de anciano y se presentó ante Quetzalcóatl y le hizo un agüero: «Si no abandonas Tollan —le dijo— habrá muchas muertes y no podrás hacer nada para evitarlo». Después le invitó a beber un licor muy fuerte que llevaba consigo y Quetzalcóatl accedió, a pesar de ser abstemio; por lo tanto perdió el conocimiento. Enseguida Tezcatlipoca lo cargó hasta la plaza principal y lo acostó en el piso para que todos lo vieran ebrio.

—Ahí está su sacerdote —señaló frente a la multitud—. ¿Éste es el hombre que tanto les habla de la pureza del cuerpo y de los pensamientos? ¿Nunca se han preguntado por qué no sale de su palacio? Ahí está la razón. Por eso se esconde, por eso no sale a verlos, por eso no habla con ustedes, por

11   Las fechas de su nacimiento y muerte varían: 895 y 943, d. c. y que murió en: 935, 947, 1042 o 1116, d. c.

eso dice que está en meditación, porque en sus momentos de pensamiento se embriaga.

Al despertar, Quetzalcóatl se sintió tan avergonzado que decidió marcharse para siempre. Ninguna súplica lo detuvo. Quemó sus casas, sepultó sus riquezas, dio libertad a los pájaros, y se alejó para siempre en compañía de sus parciales.

Caminó al sur, pasó por muchísimos pueblos, compartió su sabiduría y construyó ciudades. Luego se fue a morir a Tlillan Tlapallan, el cual no es un lugar o región geográfica, sino la bóveda celeste comprendida entre el Oriente y La Orilla Celeste del Agua Divina.

Malinche y sus hombres dirigen su atención al edificio que se encuentra justo frente al teocalli de Quetzalcóatl, el Coatépetl, el Monte Sagrado, el huey teocalli. Motecuzoma intenta explicarles que los teocallis que se encuentran a los costados están dedicados a los Tezcatlipocas: al norte al Tezcatlipoca rojo y al lado sur el negro, dioses relacionados con la muerte, la destrucción, la hechicería y la oscuridad.

—Estos dioses rigen los puntos cardinales y el eje central de abajo hacia arriba: del cielo a la tierra —explica pero Malinche no deja de ver el Coatépetl de aproximadamente 60 metros de alto, con una enorme escalera doble, delimitada por alfardas que alojan cuatro cabezas de serpiente, hechas de basalto.

—Mi señor Cortés quiere subir —traduce la niña Malintzin.

—En un momento —responde Motecuzoma y señala unas construcciones de un solo nivel, en forma de ele—. Esos edificios que se ubican entre los teocallis de los Tezcatlipocas y el Coatépetl son los recintos de los guerreros águila —al lado norte— y los guerreros ocelote —al sur—. Ahí se albergan los furiosos guerreros que se pondrán al servicio de Tonatiuh, dios del Sol.

El tecutli Malinche se encuentra contemplando las dos serpientes completas, que parece que se miran retadoramente entre sí, una orientada hacia el norte y la otra hacia el sur, sobre la plataforma principal.

—Mi señor Cortés quiere subir al huey teocalli —insiste Malintzin.

—Vamos —responde Motecuzoma.

— ¿Qué es esto? —pregunta Malinche y señala el monolito esculpido justo al inicio de las escaleras.

—Es la imagen de la diosa desmembrada Coyolxauhqui, arrojada al nivel terrestre por su hermano Huitzilopochtli.

La niña Malintzin traduce y el tecutli Malinche muestra indiferencia a lo que escucha, pues él y sus hombres están asombrados al ver el piso de la plaza empedrado con lozas blancas, lisas y pulidas.

—Es increíble que esté tan limpio —exclama Malinche.

Dos miembros de la nobleza se acercan a Malinche y le ofrecen sus manos para ayudarle a subir los escalones.

—Va a cansarse mucho al subir a este gran teocalli —dice Motecuzoma.

—A mis hombres y a mí no nos cansa nada —Malinche responde mirando hacia la cima del teocalli. Luego libera una risa soberbia.

Apenas si suben veinte escalones los extranjeros ya empiezan a jadear.

—Este teocalli ha sido reconstruido once veces —explica Motecuzoma mientras sube por los escalones con gran agilidad, al igual que todo su séquito de pipiltin, sacerdotes y capitanes—. Cada nueva ampliación ha cubierto a la anterior.

—¡Esperad! —dice Malinche y respira agitadamente.

Motecuzoma sonríe al ver que no sólo el tecutli Malinche está completamente agotado.

—Este teocalli se orienta hacia la puesta del sol, hacia el poniente y su plataforma rectangular simboliza el nivel terrestre del Universo.

Aún no llegan a la mitad y todos los extranjeros se sientan en los escalones para descansar. El tlatoani los observa en silencio y piensa que bien podría deshacerse de esos intrusos en ese momento. Nadie ha podido sobrevivir una caída por los escalones. Pero intentar empujarlos también es un gran riesgo, pues ellos podrían llevárselos consigo. Además traen sus trompetas de fuego y sus arcos de metal. «¿Cómo confiar en alguien que jamás suelta sus armas?», piensa.

Subir la otra mitad de los escalones se vuelve un lento y ridículo ritual en el que muchos de ellos suben sentados, mirando hacia la ciudad.

—Dice mi señor Cortés que estos escalones están muy altos.

Al llegar a la parte superior del teocalli, Motecuzoma les muestra orgulloso el extraordinario paisaje que se ve desde esa altura: los teocallis, que relucen blancos por la cal de los recintos sagrados; toda la ciudad de Tenochtitlan, con sus canales y calles hechas con una simetría exacta, llena de árboles y flores; el lago de Tezcuco, repleto de canoas y aves acuáticas; las tres calzadas, divididas por puentes de madera levadizos, que permiten el libre flujo de agua de un lado a otro de éstas, que llevan a Iztapalapan, Tlacopan y Tepeyacac; el acueducto que provee de agua del cerro de Chapultepec a la ciudad; todos los pueblos en las islas cercanas, a las orillas de la laguna, en tierra firme y sobre los montes.

Malinche y sus hombres apenas si pueden respirar. Contemplan la ciudad con las espaldas corcovadas y sus manos sobre las rodillas. Al dirigir su mirada al otro lado observan el gran teponaxtle, cuyo resonar se escucha a más de dos leguas de distancia.

—Mi tecutli Cortés quiere que le muestre sus dioses —dice Malintzin.

—Este es el teocalli de Tláloc, dios del agua y de la lluvia, dios de los mantenimientos. —Motecuzoma señala el adoratorio decorado con almenas de roca, con formas de caracoles y un tablero de franjas blancas y azules—. Y éste es el teocalli de Huitzilopochtli, dios de la guerra, dios tutelar del pueblo mexihca —el adoratorio que ahora señala está ataviado con un tablero de color rojo y varios cráneos labrados pintados de color blanco, y tiene almenas con formas de mariposas—. Este teocalli representa las dos actividades principales de los mexihcas: la agricultura y la guerra.

Luego los invita a caminar al interior de uno de los adoratorios, el cual está techado con maderas muy finas y labradas con extremo cuidado. Los recibe una nube de humo espeso y oloroso que sale del copal, que arde en los braseros que se encuentran en el interior. En la entrada están colgados unos cascabeles de oro. El piso y las paredes tienen gruesas costras de sangre. En el centro se encuentran dos altares, los cuales tienen, cada uno, dos bultos corpulentos. Uno de estos representa la imagen de Huitzilopochtli, cuya cabeza y cuerpo están tachonados con piedras preciosas, perlas y oro. Tiene en el cuello un collar de corazones de oro, plata y piedras azules. Unas serpientes fabricadas con oro y piedras preciosas recorren el cuerpo de Huitzilopochtli que sostiene en una mano un arco y en la otra un par de flechas. A un lado se encuentra un ídolo menor, que carga una lanza y un escudo, fabricado con oro y piedras preciosas.

En el otro altar yace la imagen de Tezcatlipoca, cuyos ojos están hechos con espejos de metal finamente pulido. Su cuerpo también está decorado con oro y piedras preciosas. A su lado se encuentra la imagen de un dios menor cuyo aspecto es de hombre y lagarto. Está relleno con semillas.

Malinche se estremece al ver unos cuchillos para el sacrificio, manchados con sangre, y los corazones de los hombres que fueron sacrificados hace uno o dos días; sus órganos vitales siguen en uno de los braseros. De pronto y sin avisar sale del adoratorio. Les cuenta a los demás soldados lo que acaba de ver. El tlatoani no entiende lo que dicen pero infiere que no están de acuerdo con lo que acaban de ver. De pronto Malinche le dice algo a Jeimo Cuauhtli, y él a Malintzin. Ella asiente con la cabeza y se dirige a Motecuzoma.

—Dice mi tecutli Cortés que no puede entender por qué usted que es un señor de tanta grandeza y sabiduría no entiende que esos ídolos son tan sólo cosas malas, llamadas diablos; estos lo tienen completamente engañado.

Y si usted desea verificarlo, mi tecutli Cortés puede colocar una cruz y una imagen de la virgen para que usted compruebe el temor que esos demo… —Malintzin nota la ira en los ojos de Motecuzoma— …nios tendrán ante… esos —por un momento se arrepiente de lo que está diciendo— …objetos santos.

—Si yo hubiera sabido que iban a faltarle el respeto a nuestros dioses no los hubiese traído hasta aquí. Observa furioso a Malintzin—. Tú sabes que eso que acabas de decir se castiga hasta con la muerte. Ellos nos dan salud, lluvias, buenas cosechas y muchas victorias; los mexihcas estamos obligados a venerarlos y hacer sacrificios para ellos.

Malintzin baja la cabeza avergonzada y comienza a traducir. Malinche no necesita esperar a que Jeimo Cuauhtli hable, por lo que ha visto comprende que Motecuzoma está muy molesto; sabe que por el momento ha sido suficiente.

—Necesitamos descansar —dice Malinche—. Vámonos.

Motecuzoma y su séquito los observan sin hablar. Los extranjeros se sientan en los escalones y bajan lentamente.

6

Me ejercité en las tropas, cumplí con mis obligaciones y finalmente recibí el nombramiento de soldado. Todavía no acudía a ninguna guerra. Ya había cumplido trece años.

Principalmente me dediqué a estudiar los astros. Aprendí la lectura de los libros pintados. Medité sobre los acontecimientos que ocurrían día a día. Recorrí pueblos y conocí señores importantes que pronto se convertirían en mis aliados. No hablé de mis ideas religiosas y militares. No propuse ni discutí. No era tiempo aún.

Mi primer combate fue un fracaso. Salvé la vida gracias a que los soldados más adiestrados salieron al frente. Yo recibía pocos golpes al igual que el resto de los soldados de mi edad, la mayoría entre trece y quince años.

Incluso hubo una discusión entre capitanes esa madrugada antes de salir a combate. Uno de ellos quería que los más jóvenes marcháramos primero. El otro le respondió que no arriesgaría a un grupo de niños.

—¡No son niños! ¡Son soldados!

—¡Inexpertos!

—¡Pues no es la primera vez que llevamos soldados jóvenes a la guerra! ¡Y si no sobreviven será porque así lo quiso el dios Huitzilopochtli! ¡Él sabrá protegerlos!

Finalmente llegó el capitán general de todas las tropas. Luego de escuchar a ambos capitanes decidió mandarnos atrás.

—Bienvenidos a las tropas. —Nos saludó a poca distancia. Luego se dirigió a los capitanes—. A ellos… —Señaló con el dedo índice—. Denles teponaxtles y caracoles para que anuncien la batalla. Y a estos otros déjelos hasta atrás. Y protejan sus vidas.

Aprendí a partir de entonces que a las tropas hay que inculcarles el deseo de defender su honor. La humillación de uno debía ser la de todos. Si alguien ofendía a Huitzilopochtli ofendía al tlatoani, a sus sacerdotes, su ejército y su pueblo. Tardé muchos años en llevar esto a cabo.

Poco nos duró el privilegio recibido en la primera batalla porque en las siguientes comenzaron a morir soldados de todas las edades y tuvimos que ir al frente. Entonces aprendí en realidad a usar las armas; comprobé que cuanto había dicho al capitán tiempo atrás sobre las guerras floridas era correcto.

Salíamos a las batallas de madrugada y volvíamos al atardecer, cansados y heridos. Comíamos, curábamos nuestras lesiones, reparábamos nuestras armas y dormíamos lo posible —a veces cuatro o cinco horas— para volver al ataque antes de que saliera el Sol. Estábamos tan flacos y quemados por el Sol que apenas si nos reconocían en nuestras casas cuando volvíamos.

En una ocasión perdimos una batalla y fue uno de los momentos más tristes que viví hasta entonces. Las cicatrices de la guerra no sólo se llevan en brazos y piernas, también en la amargura de la derrota. Había pasado poco más de dos años fuera de Méxihco Tenochtitlan y sentía como si hubieran sido diez. Salí con cuerpo de niño y volví hecho un hombre. Mis brazos y piernas eran flacos pero fuertes. Mi voz cambió. Las mujeres que antes encontraba a mi estatura ahora las veía al nivel de mi hombro, o más cortas.

Entramos en silencio, con parsimonia, por la calzada de Tepeyacac. Sentí las miradas de la gente sobre nosotros. Había duelo por todas partes. Mujeres viudas con semblantes cadavéricos, niños tan huérfanos como desnutridos, padres y madres pálidos con lóbregas ojeras.

Comprendí que no sólo los soldados habíamos sufrido la hambruna. Entendí la necesidad de prevenir que la miseria arrasara con Méxihco Tenochtitlan en guerras futuras.

Al entrar al palacio mexihca nos encontramos con un gran banquete. Tízoc fue recibido con gran regocijo por sus esposas, sacerdotes, ministros y consejeros que se veían igual de saludables que antes.

—Vengan a comer —dijeron.

—¿Y tu pueblo? —pregunté.

—¿Qué con el pueblo?

—¿Qué van a comer tus vasallos? ¿Ya los viste?

—Ya me ocuparé de eso.

—¿Cuándo? ¿Hoy o en una semana?

Me dirigí a la servidumbre del palacio y les ordené que llevaran toda la comida a la entrada del palacio.

—¿Qué estás haciendo? —preguntó enfurecido.

—¡Voy a alimentar a los tenochcas!

Todos los presentes se mantuvieron al margen. Sólo algunos se atrevían a murmurar.

—¿Qué le ha ocurrido a este muchacho? —Alcancé a escuchar.

Los sirvientes se mantuvieron en espera de lo que diría Tízoc.

—¡Vamos! ¿Qué esperan? —grité a los sirvientes.

—¡No se muevan! ¡Yo soy el tlatoani!

—¿Les vas a negar el alimento? ¡Respóndeme! Si es así, saldré en este momento y le diré a todos los mexihcas que su tlatoani no les quiere dar de comer.

No respondió. Su respiración se agitó.

—¡Lleven la comida afuera! —dirigí nuevamente a los sirvientes.

Tras dar aquel banquete a la gente me fui al teocalli de Huitzilopochtli donde solía pasar la mayor parte de mi tiempo. De pronto mi maestro Tlecuauhtli apareció a mi espalda.

—Tuviste suerte. Otro tlatoani habría ordenado que te mataran por lo que hiciste.

No respondí.

—A mí no me engañas, Motecuzoma —dijo.

—¿De qué habla? —pregunté sin quitar la mirada del teocalli del dios portentoso. Unos nubarrones surcaron el cielo.

—Eso que hiciste. Salir ante el vulgo y gritar: ¡Tenochcas! ¡Vengan a comer! Eso no era suficiente para alimentar a un pueblo. Ni siquiera a uno de los barrios. Algo te traes entre manos.

—Debemos ganarnos la lealtad del pueblo. —Dirigí los ojos a mi maestro—. Dale de comer a tu pueblo para que luego ellos te preparen los banquetes. De lo contrario un día te servirán veneno.

Sonrió poniendo su mano en mi hombro.

—Tú y yo nos estamos entendiendo.

—Al volver a Tenochtitlan y ver tanta gente desnutrida sentí mucha ira por haber desperdiciado tanto tiempo en una guerra y volver sin riquezas.

—A ti te dolió el fracaso.

Me quedé en silencio. Jalé aire. Tlecuauhtli mostró la dentadura al mismo tiempo que alzó las cejas.

—No es eso —mentí—. Sólo que…

Tlecuauhtli hizo una mueca de ironía y movió la cabeza de izquierda a derecha. Gotas espesas de lluvia comenzaron a golpear el piso y los escalones del teocalli.

—Vámonos —recomendó mi maestro.

Negué con la cabeza.

—Aquí me voy a quedar.

Seguí a Tlecuauhtli con la mirada mientras bajaba por las escaleras del teocalli. Pronto vi cómo se hicieron enormes charcos en la plaza principal. La gente que había estado caminando por ahí corrió apresurada para esconderse de la lluvia. Luego oscureció y grandes relámpagos iluminaron el cielo. Siempre me ha gustado quedarme bajo la lluvia, y sentir el regalo del dios Tláloc. Es cuando mejor acomodo mis ideas. Volví a mi casa hasta la madrugada, cuando la lluvia había terminado.

Muy pocas veces me he quedado dormido hasta que sale el Sol. Esa mañana un dolor de cabeza me despertó. Escuché el ruido de los guajolotes y algunos niños jugando. Me senté un rato en mi petate y observé la luz que entraba. Arrugué los ojos, liberé un bostezo y percibí mi mal aliento. Cuitláhuac seguía dormido en el otro petate. Tras ponerme de pie le di una patada en la pierna para despertarlo. Luego me apuré a bañarme para acudir al Coatépetl.

Llegué tarde. La ceremonia matutina a nuestro dios portentoso había terminado. Sólo estaba mi maestro Tlecuauhtli.

—Le suplico perdone mi tardanza, maestro —dije arrodillado.

—Ponte de pie y acompáñame.

Caminamos hasta el lago. Luego abordamos una canoa. Mi maestro me ordenó remar. No habló ni yo me atreví a preguntar a dónde nos dirigíamos. De pronto ordenó que me detuviera. Estábamos en el centro del lago. Alrededor podíamos ver a centenares de canoas. Había hombres pescando y otros llevando mercancías.

—¿Qué quieres? —preguntó sin preámbulo.

—No entiendo, maestro.

—Sí. Sabes a lo que me refiero. —Se masajeaba los dedos de la mano derecha—. ¿Hasta dónde quieres llegar?

Los pescadores se encontraban tan ocupados que resultaba imposible que nos estuvieran escuchando. Sentía la mirada de mi maestro como un par de lanzas. Estuve a punto de responder, pero me tragué mis palabras.

—Te conozco bien, Motecuzoma.

Observé media docena de gansos que nadaban cerca de nuestra canoa. Metían sus cabezas en el agua y luego se sacudían.

—Sé que no estás de acuerdo con la forma de gobernar de Tízoc.

—Hay muchas cosas que debemos cambiar.

—Pensé que ya lo entendías. Los ministros y sacerdotes estamos para aconsejarlo.

Mi maestro Tlecuauhtli guardó silencio por un instante. La canoa se bamboleaba suavemente. Un ganso pasó volando muy cerca de nosotros.

—Hemos decidido nombrarte consejero.

No supe cómo responder. Estaba seguro de que con lo que había hecho el día anterior había perdido todas las posibilidades de recibir un cargo importante. Además yo era un soldado inexperto.

—Eres muy joven, pero has demostrado tener la capacidad para ostentar el puesto. —Tlecuauhtli volteó la mirada al horizonte y sonrió tenuemente —. Te hemos elegido por tu temeridad e inteligencia. Tienes un gran poder de convencimiento. Pero no es suficiente. Debes mejorar. Ya aprenderás. El poder de la palabra hay que saber usarlo en todo momento y con todos: tus hermanos, tus capitanes, tus mayores, incluso con el vulgo. Para que el pueblo te obedezca primero debes hacer que te ame.

—¿Qué valor tendrán mis argumentos a la hora de tomar decisiones en el gobierno?

—Todo dependerá de tus argumentos. El respeto debes ganártelo.

—Me esforzaré.

Luego me preguntó si aceptaba el cargo. En cuanto le dije que sí, él habló por un largo rato sobre las obligaciones que tendría y me explicó muchas cosas que yo ignoraba sobre el gobierno, cosas que aunque uno pertenezca a la nobleza no las conoce. Al terminar me dijo que remara de vuelta a la ciudad. Después caminamos hasta la casa de los sacerdotes.

Mi entrada al oscuro teocalli fue lenta y fría. Jamás me sentí tan observado como aquel día, a pesar de la poca concurrencia. Creí reconocer a todos, pero luego me di cuenta de que estaba equivocado. Había muchas personas que jamás había visto. O por lo menos que no recordaba.

—Entra —dijo uno de los que no conocía.

Caminé lentamente, observando alrededor. Había una hoguera en el centro y teas en las paredes que alumbraban el interior.

—Quítate el penacho. No querrás que alguna de esas hermosas plumas caiga en el fuego —dijo uno de los sacerdotes.

Al frente se encontraba un hombre maduro.

—Es el *cihuacóatl* —dijo una voz a mi lado—. Arrodíllate ante él.

Ya lo conocía, sabía que era el hijo de Tlacaeleltzin, el cihuacóatl anterior, pero hasta entonces no habíamos tenido un trato cercano.

—Bienvenido, Motecuzoma —dijo en cuanto me hinqué frente a él—. He escuchado tanto sobre ti que ya ansiaba este momento.

Nunca había visto a un hombre que me impactara tanto. Era como si estuviera frente al huey tlatoani de toda la Tierra.

—Tras la muerte de Tenochtli se designó a un consejero supremo para que fuese la conciencia del tlatoani, y se le nombró cihuacóatl. Su tarea principal es cuidar de los mexihcas y hacer de ellos un pueblo próspero. Hubo dos antes que yo. El primero fue hijo de Tenoch y el segundo fue mi padre Tlacaeleltzin. Igual que él, estuve a punto de ser elegido tlatoani, pero decidí convertirme en cihuacóatl. Antes de que malinterpretes mis palabras debo aclarar que no te hemos mandado llamar para eso. Tú tienes otro destino. Mientras tanto debes curtirte como soldado y sacerdote.

Aquella propuesta resultaba tentadora aunque aún no entendía por completo. Me parecía hasta cierto grado algo inverosímil verme como uno de los consejeros del tlatoani. Entonces volvieron a mi mente las ocasiones en que presencié reuniones de mi padre con los ministros y sacerdotes.

—¿Cuánto valen las palabras de un consejero?

—¡Qué preguntas, muchacho! Es por todos sabido que nuestras recomendaciones son siempre bien recibidas por el tlatoani. Somos el poder detrás del poder. El tlatoani debe ser tan sólo un instrumento del gobierno. Hay jerarquías: primero el dios portentoso, Huitzilopochtli; luego el cihuacóatl y sus sacerdotes; finalmente, el tlatoani. Ya lo sabes. Muerto el tlatoani, el pueblo queda desvalido, y corremos el riesgo de que en cualquier momento el enemigo nos declare la guerra. Pero habiendo un cihuacóatl la ciudad jamás se queda desprotegida.

—¿Cuándo comenzaré?

—Espera, muchacho. No es tan sencillo. Para eso todavía falta mucho. Como ya te dije, debes instruirte. Nosotros nos encargaremos de eso. Mientras tanto seguirás en las tropas, como hasta el momento. De tus logros como guerrero y de tu aprendizaje dependerá el tiempo que te tardes en ser consejero. Mientras tanto habrá muchos cambios.

—¿A qué se refiere?

—Tízoc no está bien.

—¿Está enfermo?

—No.

—No entiendo.

—Será mejor que no lo entiendas. Por lo menos no por el momento.

Tízoc murió poco después.

Yo fui nombrado consejero del señorío de Méxihco Tenochtitlan en el año 3 Caña (1495). Tenía veintiocho años. Recibí muchos halagos e hice muchas amistades a partir de entonces. Luego fui nombrado sacerdote del Coatépetl en el año 7 Caña (1499).

Y en el año 10 Conejo (1502) murió Ahuízotl, quien fue tlatoani por dieciséis años. Murió de hartos malestares en el intestino que le hicieron sufrir mucho los últimos meses de su vida: todo lo que comía lo defecaba en forma líquida. Se quejó tanto de los dolores; decía que sentía que iba a reventar. Quedó tan flaco que apenas si podía mantenerse de pie.

Cuánto disfrutaron sus enemigos al enterarse de que por fin había acabado la vida de Ahuízotl, quien había emprendido más guerras que cualquier otro tlatoani, y con lo cual logró que Méxihco Tenochtitlan se convirtiera en la ciudad más poderosa de toda la Tierra. Hizo vasallos a los pueblos del norte, sur, poniente y oriente.

En cambio, Tenochtitlan sufrió tanto al saberse huérfana. Miles de mujeres lloraron su muerte, arrodilladas, desahuciadas. Se enviaron mensajeros a Acolhuacan, Tlacopan y todos los pueblos tributarios; y éstos llegaron con prontitud, como siempre y como debe ser, en compañía de toda su nobleza y centenares de tamemes que trajeron las ofrendas correspondientes a un funeral: oro, piedras preciosas, jade, ropas, mantas, plumas y los acompañantes del muerto —esclavos destinados a ser sacrificados el día del funeral—, que se llevaría el tlatoani al más allá. Los días siguientes llegaron los demás reyes de todos los señoríos, tales como Colhuacan, Xochimilco, Iztapalapan, Chalco, Cuauhnáhuac y de lugares más lejanos. Colocaron su ofrenda en la habitación real en la que yacía el cuerpo de mi tío Ahuízotl y le dirigieron, como era nuestra costumbre, solemnes y extensos elogios.

Éramos tantos los presentes que resultaba muy difícil caminar. El lugar se impregnó con los aromas de la gente, el cadáver y el humo del copal. Diez días y diez noches estuvimos ahí, escuchando los elogios de cada una de las personas que llegaban, los cuales duraban, en ocasiones, varias horas, pues es nuestra costumbre ser grandes oradores, en todo tipo de eventos: fiestas a los dioses, nombramiento de algún señor y funerales.

El cuerpo del difunto tlatoani fue hermosamente ungido y vestido con sus mejores prendas, cadenas y brazaletes de oro, piedras preciosas y un magnífico penacho de plumas azules, verdes y rojas, se le puso una pieza de jade en la boca, luego fue cubierto con mantas finas y colocado sobre unas andas, en las cuales fue llevado en hombros por los señores principales. A ellos los siguieron los cantores y los músicos que tocaban tristemente los teponaxtles, caracolas y las flautas. Recorrimos los ciento ocho barrios para que todos los pobladores lo vieran antes de partir. Caminamos por las tres calzadas: la de Tlacopan, al oeste; la de Tepeyacac, al norte; y la de Iztapalapan, al sur. Luego nos dirigimos al centro de la ciudad. Marchamos lentamente frente al Tozpalatl, el Calmecac, el juego de pelota, el huey tzompantli; el adoratorio del dios Tonatiuh, llamado La casa de las Águilas. Marchamos por los cuatro teocallis dedicados a dioses menores, por los recintos de los Guerreros Águila al norte y los Guerreros Ocelote al sur, por los teocallis dedicados a los Tezcatlipocas, y finalmente por el grandioso Coatépetl, el mayor del recinto.

Ahí nos esperaban centenares de guerreros, formados, firmes, respetuosos; con sus escudos, arcos, flechas y macahuitles. Todos galanes con sus penachos, sus cabezas de jaguares y águilas, ricamente fabricadas en madera.

Se escuchó entonces el grueso silbido de la caracola. Aunque el recinto sagrado estaba lleno de gente, por el silencio que lo habitaba parecía estar vacío. Distantes, se escuchaban las narices aspirando el líquido que les fluía por la tristeza. Pronto aparecieron los sacerdotes con sus pebeteros, caminaron hasta el cuerpo del difunto tlatoani y comenzaron a incensarlo. Lo rodearon repetidamente hasta que el humo los cubrió por completo. El silbido de las caracolas seguía sonando como un lamento. Cargamos el cuerpo y a paso lento subimos los ciento veinte escalones hasta llegar a la cima del Coatépetl, donde nos esperaba la imagen del dios portentoso, el dios de la guerra, nuestro venerado Huitzilopochtli. Desde ahí, donde se podía ver claramente toda la ciudad y el lago de Tezcuco y los pueblos vasallos, pusimos el cuerpo sobre gruesos trozos de madera aromática que pronto arderían.

Los que habíamos subido hasta la cima del huey teocalli nos apartamos del difunto y caminamos hacia los lados para que el pueblo pudiera verlo. Abajo, la gente que se encontraba frente al teocalli también se movió hacia las orillas, dejando completamente vacío el especio frente al teocalli dedicado a Huitzilopochtli. A lo lejos replicó lento un teponaxtle: *Pum, pum, pum*. Le acompañó el grueso y largo graznido de una caracola. Todos seguíamos en silencio. El *pum, pum, pum* del tambor fue acompañado por el de otro tambor de mayor tamaño. Luego se escucharon unos cascabeles. Un danzante —con casco en forma de cabeza de águila, y un penacho sobre éste con unas plumas tan largas que medían más de la mitad de su cuerpo— llevaba en sus manos un recipiente lleno de copal, y caminó al centro. Esparció el humo a los cuatro puntos cardinales, se arrodilló frente al huey teocalli, besó la tierra y luego se puso de pie. El *pum, pum, pum*, se escuchó con ritmo más raudo como un: ¡*Pum-pum-pum-pum, pum-pum*! Luego oímos un grito: ¡Ay-ay-ay-ay, ay! El danzante sacó unas sonajas que llevaba entre el *maxtlatl* (calzoncillo) y la cintura, y comenzó a bailar en un mismo eje, dando vueltas a la derecha y luego a la izquierda. Con cada brinco que daba, los cincuenta cascabeles que tenía amarrados en cada una de sus pantorrillas sonaban en sincronía con los teponaxtles, como si sus pies fuesen los que tañeran el ¡*Pum-pum-pum-pum, pum-pum*! Enseguida entraron cuatrocientos danzantes que le siguieron el paso. Todos con finas, largas y coloridas plumas en sus cabezas, escudos en una mano, flechas y macahuitles en la otra.

Luego de varias horas —cuando ya había oscurecido— las danzas se suspendieron para incinerar el cuerpo de Ahuízotl.

Se apagaron todas las hogueras para que sólo el fuego del tlatoani nos iluminara. Y mientras ardía entre las llamas, los danzantes continuaron ofrendándole sus pasos. *¡Pum-pum-pum-pum, pum-pum!*

Cuando las llamas consumieron el cuerpo, los danzantes se detuvieron una vez más para abrir paso a los esclavos, los enanos, corcovados, doncellas y algunos sacerdotes que acompañarían al difunto en su camino. Fueron pasando lentamente, entre la muchedumbre, hacia el huey teocalli. Subieron en silencio los ciento veinte escalones para entregarse a los cinco sacerdotes que los cargaron de los brazos, piernas y cabezas para ponerlos de espaldas al fuego. Y ante el ardor de las llamas el sacrificado forcejeaba y gritaba y aullaba. Entonces retumbaban los teponaxtles, chillaban las caracolas, resonaban los miles de cascabeles y gritaban los danzantes: ¡Ay-ay-ay-ay, ay! Los gritos del sacrificado se perdieron entre tanto ruido. Pero los que estábamos en la cima del huey teocalli podíamos escuchar claramente sus baladros de dolor mientras uno de los sacerdotes le enterraba en el pecho un cuchillo de obsidiana. ¡Ay-ay-ay-ay, ay! *¡Pum-pum-pum-pum, pum-pum!* Abajo la gente danzaba; en los escalones los esclavos esperaban con las cabezas agachadas; arriba los sacerdotes forcejeaban con el sacrificado mientras el otro sacerdote con mucha dificultad le abría el pecho con sus dos manos, para luego introducirlas en lo más profundo y arrancar el corazón del sacrificado que seguía vivo, gritando de dolor, pero sin fuerzas para seguir bregando. Cuando el ejecutor arrancó el corazón lo alzó ante la imagen de Huitzilopochtli, mientras los torrentes de sangre fluían por sus brazos, y luego lo mostró a la gente que observaba desde abajo, después lo arrojó al fuego en forma de ofrenda.

Poco a poco fueron pasando los que decidieron acompañar al tlatoani difunto. El fuego ardió hasta el amanecer. A medio día, cuando sólo quedaban cenizas, recogimos los restos y los guardamos en una olla de barro que esa misma tarde enterramos en el *cuauhxicalli* (jícara de águilas).

7

—Qué palacio tan hermoso —dice el tecutli Malinche mientras él y sus hombres contemplan con gran asombro la entrada.

Al ingresar se encuentran con una aglomeración de señores principales, cada uno con sus propios sirvientes.

—¿Cuántas entradas tiene vuestro palacio? —pregunta el tecutli Malinche con la mano en el puño de su largo cuchillo de plata.

—Veinte —responde Motecuzoma.

—¿Cuántas habitaciones?

—Cien aposentos.[12]

Hay tres patios muy grandes. En el del centro se halla una fuente muy grande y bella, cuya agua viene del acueducto.

Los hombres blancos están sorprendidos al entrar a una sala donde se encuentran muchas estatuas fabricadas en oro, plata, piedras preciosas y plumas. La primera es idéntica a un jaguar parado en las patas traseras, y con las patas delanteras en posición de ataque; a un lado se encuentra un águila con las

---

12 Algunos historiadores aseguran que cada habitación medía aproximadamente nueve metros cuadrados.

alas abiertas y las patas en posición de tocar tierra; enfrente se halla una serpiente colgando de la rama de un árbol; en el otro extremo yace un venado corriendo; a un lado está un conejo comiendo hierba. Hay muchos más. Son tantos los animales que tienen representados en estas estatuas, que parece un zoológico. Motecuzoma les explica que ahí es donde hacen juntas los miembros de la nobleza. Luego entran a otra sala, destinada a los capitanes de las tropas.

—La nobleza no puede entrar a esta sala —dice Motecuzoma— ni los capitanes de las tropas pueden entrar a la otra.

En el palacio viven más de trescientas personas, entre familiares y huéspedes. Motecuzoma Xocoyotzin tiene además una corte que entra y sale todos los días al palacio para atenderle exclusivamente a él, pues le está prohibida la entrada a los criados.

Malinche y sus hombres notan que esta gente no hace más que esperar las órdenes de su señor, muchos de ellos conversando en voz baja, en las antesalas de la casa real.

—Señor, señor mío, gran señor —traduce la niña Malintzin—, dice mi señor Cortés que está asombrado por toda la belleza que se ve en sus palacios, que son tan maravillosos que le parece que en España no hay uno semejante.

Motecuzoma ordena que se sirva la comida, la cual ya está lista, camina lentamente hasta su lugar, y se sienta sobre un pequeño banco artísticamente labrado pintado y acondicionado, que tiene una almohada de cuero; la mesa es de baja estatura y decorada con finos manteles.

El banquete consiste, además de mucha fruta, de platillos no sólo de la región sino de muchos pueblos lejanos de los que los tenochcas han aprendido: tamales hechos con hojas de amaranto cocidas; tamales hechos con espigas de maíz revueltos con amaranto y almendras molidas de hueso de capulín; tamales con carne de guajolote y chile amarillo; tlacoyos —tortilla blanca rellena de frijol—, pescado en salsa de ciruela, gallina asada; pipián —guisado de gallina con chile colorado, tomates y pepitas molidas de calabazas—, codornices asadas, mole de chile amarillo con tomates, mole verde, mole rojo, mole de olla, ranas con chile verde, ajolotes con chile amarillo, huauzontles —planta verde con forma de arbusto— con chile verde de tiempo de secas, quelites —hierbas silvestres comestibles— con chile verde, camarones con chiltepín, tomates y pepita de calabazas molidas, gusanos de maguey con salsa de chiltepín, guacamole rojo, salsa de guaje con tomates, atole de aguamiel, atole agrio, atole de pinole, atole de cacahuate, atole de maíz de teja, sopa de hongos, nopales con charales —peces de cinco centímetros de longitud—, tacos sudados, pescado enchilado, pozole blanco, pozole rojo, camote con guanábana, y diversos tipos de tortillas: grandes, chicas, gruesas, delgadas, hechas de maíz blanco, maíz negro, maíz rojo, maíz verde y blanco, maíz pinto, maíz negro y morado, maíz rojo y negro, maíz encalado; y canastas llenas de chiles: chile chipotle, chile serrano, chile chilcostle, chile ancho, chile mulato, chile guajillo, chile ozolyamero, chile chiltepín, chile mora, chile manzano, chile de árbol, chile jalapeño, chile habanero y chile pasilla.

Motecuzoma escoge tres platillos, señalándolos con el dedo: quelites con chile verde, pozole rojo y codornices asadas. Tres hermosas doncellas se apresuran a servirle y llevárselo hasta su mesa.

Malinche y sus hombres esperan a que les sirvan de comer pero eso no ocurre. Entonces pregunta a la niña Malintzin y ella le explica que nadie puede comer al mismo tiempo que el tlatoani.

En cuanto Motecuzoma termina, las doncellas comienzan a ofrecerles comida a los extranjeros, quienes comen apresurados, y sin esperar a que les sirvan otra vez se dirigen a las ollas por dos o tres porciones más. Hacen mucho ruido al masticar.

Al terminar se sientan a descansar y Motecuzoma los observa sin hablar.

—Mi señor Cortés dice que no cree que alguno de los sultanes, o reyes de los que hasta ahora se tiene noticia haya tenido tantas ni tales ceremonias como usted —traduce Malintzin.

Pero el tecutli Malinche no obtiene respuesta a este último elogio, pues el huey tlatoani está distraído: su mirada se encuentra enfocada en el final del salón. Se pone de pie sin dar explicación alguna y camina hacia una columna muy cerca de la entrada. Lo siguen varios de los pipiltin, pero él les pide que vuelvan a sus lugares.

—¿Qué estás haciendo aquí? —pregunta.

—Quería ver —responde atemorizada una niña de nueve años.

—No es un buen momento para que estés aquí.

—¿Por qué?

—Tecuichpo, no puedo explicarte en este momento. ¿Dónde está tu mamá?

—Allá. —Señala hacia afuera de la sala, sin tener la certeza de la ubicación—. Con las otras concubinas.

—Vamos. —Motecuzoma toma de la mano a su hija y la lleva a la sala donde permanecen todo el tiempo sus concubinas.

—¿Quiénes son ellos?

—Unos extranjeros venidos de tierras muy lejanas.

—¿Qué quieren?

El tlatoani se detiene en medio del pasillo, observa a la niña y la toma de los hombros.

—No lo sé.

—¿Van a quedarse mucho tiempo?

—No lo sé.

—¿Es cierto que tienen unas trompetas de fuego?

—Sí.

—¿También pueden matar a muchas personas con esas armas?

—Sí. Y por eso debes mantenerte alejada de ellos.

—¿Por qué?

—Porque son muy peligrosas y tú eres una niña.

—¡Ya no soy una niña! —grita y se va corriendo por el pasillo.

Al volver a la sala principal, Motecuzoma permanece en la entrada, en silencio. Observa que Malinche y varios de sus hombres más importantes[13] se han reunido para hablar. El tlatoani duda, duda todo el tiempo, y ahora se pregunta de qué están hablando los barbudos, qué están tramando, qué más quieren. Ya les regaló mucho oro, ya los invitó a hospedarse, ya los llevó a conocer la ciudad. Ha hecho muchas cosas en contra de su voluntad y la de diversos miembros de la nobleza. Sostuvo prolongadas discusiones con ellos en las que algunos se mostraban a favor de recibir a los extranjeros y otros en contra. Hizo todo lo que estuvo en sus manos para evitar que llegaran a Méxihco Tenochtitlan. Finalmente Malinche alcanzó su objetivo, según él: conocer al tlatoani y entregarle un mensaje de su tlatoani Carlos Quinto.

13   Pedro de Alvarado, Juan Velázquez de León, Diego de Ordaz, Sandoval, Bernal Díaz del Castillo y cinco españoles más de los cuales Bernal no menciona sus nombres.

De pronto uno de los hombres barbados se percata de que Motecuzoma está en la entrada y todos los demás voltean a verlo. El tlatoani jala aire y camina hacia su asiento. Malinche y sus hombres se acercan a él con mucho respeto.

—¿Qué es lo que quieren? —pregunta Motecuzoma.

En cuanto Malintzin y Jeimo Cuauhtli traducen, Malinche responde:

—Ya os lo he dicho, mi señor *Mutezuma* —pronuncia Malinche—, vengo a traeros un mensaje del rey Carlos de España.

—¿Cuál es ese mensaje?

Malinche sonríe y camina hacia el tlatoani, vuelve a sonreír y se tapa la boca con una mano, fingiendo que se acaricia la barba.

—Es cierto. —Hace una pausa y observa a uno de sus hombres, le hace algunas señas y él se apresura a llevarle un rollo de papel. En cuanto Malinche lo tiene en sus manos, se lo entrega al tlatoani.

—No sé qué quiere decir todo esto. Yo no entiendo estos rayones.

—Si gusta puedo leerlo para vos.

Motecuzoma le entrega el documento al cihuacóatl, que se encuentra de pie junto a él, y éste se lo lleva a Malinche.

—Ilustre *Mutezuma*, rey de la gran ciudad de *Temixtitan*…

Cortés mira rápidamente a uno de sus hombres y se percata de que su sonrisa es demasiado evidente. Os pido que recibáis a mis embajadores, liderados por el señor y capitán don Hernando Cortés, quien lleva instrucciones sobre el adoctrinamiento que vuestra gente necesita, para conocer la verdadera religión de nuestro dios y su hijo amado, Jesucristo, y su madre, la virgen María. También los he enviado debido a que he recibido información de que algunos pueblos se han quejado mucho de las injusticias que hay por esos lugares.

—¿Qué injusticias? —Motecuzoma frunce el ceño y mira al cihuacóatl, quien se encoje de hombros.

—Los tlaxcaltecas se han quejado con mucha tristeza de los mexihcas.

Motecuzoma arruga los labios. Los miembros de la nobleza están molestos por lo que están escuchando. Muchos de ellos quisieran intervenir, pero saben que en esta ocasión no pueden decir una sola palabra.

—Los conflictos entre Méxihco Tenochtitlan y Tlaxcala son asuntos que conciernen únicamente a estos dos pueblos y no a su tlatoani.

—Pero no son los únicos que se quejan.

—No importa. Lamento mucho que su tlatoani no esté de acuerdo con la forma de gobernar de los tenochcas.

—Por eso he venido. —Malinche habla con suavidad—. No pretendo intervenir, quizá me expresé mal. Quería escuchar lo que vos teníais que decir.

—¿Eso qué significa?

—Que me gustaría quedarme hasta que logremos poner un remedio a los conflictos entre Méxihco Tenochtitlan y sus enemigos. Por supuesto que no pretendo incomodaros. En verdad me siento muy alegre de poder estar aquí, platicando con vos. En cuanto vuelva a España, le diré al rey que vos sois un hombre verdaderamente admirable.

—Ya le dije que los asuntos de Méxihco Tenochtitlan no le conciernen a su tlatoani.

Malinche cambia el tema con astucia.

—También tengo la misión de hablaros del dios verdadero.

—Los únicos dioses verdaderos que conocemos son los que tenemos en Méxihco Tenochtitlan. Muchos pueblos tienen sus propios dioses y nosotros jamás hemos estado en contra de ellos. Al contrario, muchos de los dioses que tenemos los adoptamos de otros pueblos. Si ustedes quieren podemos poner un teocalli para sus dioses.

—Eso no es suficiente. Vuestros dioses son demoniacos, son falsos, sin ningún valor; debemos destruir esos teocallis.

El rostro de Motecuzoma se encuentra serio. Los miembros de la nobleza también están molestos.

—Si no lo hacen, el día que mueran vuestras almas irán al infierno.

—¡Eso no lo permitiremos! —Motecuzoma alza la voz por primera vez—. Creo que ya hemos hablado demasiado de esto.

Ante esta reacción Malinche cambia su actitud. Sabe que no es el momento adecuado.

—No quiero incomodaros más. Me retiro para que vos podáis descansar —dice Malinche y se arrodilla ante el tlatoani. Los hombres que lo acompañan hacen lo mismo.

8

Escuchas tu nombre y sientes un escalofrío recorrer todo tu cuerpo. No estás soñando; uno de los miembros del Consejo —llamado Tlalocan, formado por doce altos dignatarios civiles, militares y religiosos— acaba de pronunciar tu nombre: Motecuzoma Xocoyotzin.

Apenas ayer finalizaron las exequias de Ahuízotl y hoy el Consejo se reunió en el palacio de Axayácatl para elegir al nuevo tlatoani. Asistieron también los dos señores aliados de la Triple Alianza —Nezahualpilli, tecutli de Acolhuacan[14] y Totoquihuatzin, tecutli de Tlacopan— y como testigos, familiares del difunto tlatoani y señores principales.

—Miembros del Consejo —saludó Tlilpotonqui, el cihuacóatl, un hombre de sesenta años años, tan delgado como sabio, el mismo que había instruido a Ahuízotl por muchos años—, ha llegado el momento de elegir al nuevo tlatoani, al hombre que nos guiará y protegerá de los peligros que asechan a nuestro pueblo. Todos ustedes saben que para dicha elección tienen preferencia los hermanos legítimos

---

14   El reino de Acolhuacan, también era conocido como el reino de Texcoco o el reino chichimeca.

del difunto tlatoani, pero debido a que ya todos han muerto deberemos seleccionar a uno de sus hijos legítimos o sobrinos. Recuerden que no podemos poner los ojos en aquellos que sean niños, adolescentes, ni de edad avanzada. Mencionaré primero a los siete hijos del difunto tlatoani Tízoc...

—¡No! —respondieron casi todos sin esperar a que el sacerdote los nombrara. Incluso tú, Motecuzoma, estuviste a punto de levantar la voz, pero sabías que te estaba prohibido. Tú también rechazabas que los hijos del hermano mayor de Axayácatl ocuparan el puesto más importante en el gobierno mexihca. El cihuacóatl no intentó persuadirlos y continuó:

—Los hijos del difunto Ahuízotl.

El cihuacóatl asintió con la mirada y comenzó a nombrar a los hijos de Ahuízotl. Tras mencionar a cada uno de ellos enumeró sus virtudes. Habló tan bien de ellos que por un instante tuviste la certeza de que alguno de ellos sería el elegido. Todos escucharon atentos y con gran respeto. Luego de un rato el cihuacóatl continuó diciendo los nombres de los otros hijos de Ahuízotl. Hubo quienes se mostraron indiferentes y otros entusiastas. Después dijo:

—Los hijos del difunto Axayácatl.

—¡Macuilmalinali! —dijo una voz—. El hijo mayor de Axayácatl, quien está casado con la hija de Nezahualpilli.

—No —respondió Nezahualpilli—. No ha demostrado ser apto para un cargo tan importante.

Todos vieron el rostro enfurecido de Macuilmalinali, quien no debía intervenir.

—Cuitláhuac —dijo uno de los doce miembros del Consejo.

Muchos mencionaron la nobleza y virtudes de Cuitláhuac. El cihuacóatl los escuchó atento hasta que terminaron de hablar. Tú también estuviste de acuerdo en que tu hermano sería un digno representante del gobierno mexihca. Sin poner atención al discurso, observaste al entusiasta y valeroso Cuitláhuac, su penacho de plumas rojas, su cabellera trenzada hacia la espalda, su atuendo fabricado con algodón y sandalias de cuero, y pensaste que sí tenía el porte para ser tlatoani.

—Tlacahuepan —dijo otro de los miembros del Consejo y los demás respondieron con entusiasmo.

Los elogios hacia tu hermano son tantos que parece que él será el elegido.

Finalmente el cihuacóatl menciona tu nombre: Motecuzoma Xocoyotzin. El escalofrío que recorre tu piel parece interminable. Todos te observan. El cihuacóatl, Tlilpotonqui, habla de ti con gran entusiasmo.

—Sin duda alguna, el *tlacatécatl* (comandante de hombres), Motecuzoma Xocoyotzin es uno de los príncipes con mayores virtudes en el ejército y gran valor. Posee, a sus treinta y cuatro años, la edad adecuada para gobernar. Siempre ha demostrado su aplomo al hablar en las reuniones del Consejo. En los asuntos religiosos es el más fiel y...

Ya no escuchas lo que dice el cihuacóatl, ni pones atención en sus movimientos. Aquel hombre delgado camina de un lado a otro mientras habla. Te señala en ocasiones y todos voltean a verte, pero tú evades las miradas. Nunca te ha gustado que te observen de manera prolongada. No te has dado cuenta que el cihuacóatl ya dejó de hablar de ti y ahora están deliberando los doce altos dignatarios civiles, militares y religiosos. Mencionan una vez más los nombres y virtudes de los candidatos. Pronostican la forma en que cada uno actuaría en caso de llegar a ser huey tlatoani. La nobleza escucha atenta sin intervenir. Los candidatos observan en silencio. Algunos están seguros de que serán los elegidos, incluso sonríen discretamente. Otros se muestran serios, temerosos y hasta molestos, por no haber sido favorecidos en los argumentos del Consejo. Tú, Motecuzoma Xocoyotzin, sigues ausente. Siempre has sido callado, discreto, profundamente respetuoso de los designios de los dioses, y amante de los versos y cantares que con tanta frecuencia se elaboran en los teocallis y en las escuelas.

El cihuacóatl y los doce altos dignatarios civiles, militares y religiosos del Consejo siguen discutiendo. Sabes que esto puede tomar horas o incluso días. De pronto te pones de pie en medio de tan importante evento y sales sin dar explicaciones. Los soldados que cuidan la entrada te observan con atención. Murmuran. Algunos están seguros de que has sido descartado en la elección. Al llegar a la calle caminas sobre un puente de madera para cruzar uno de los más de veinte canales que cruzan la ciudad de forma paralela, de norte a sur y de este a oeste. Al llegar al otro lado te pierdes entre el tumulto. Mujeres y hombres van de un lugar a otro, cargando petacas[15] llenas de maíz, cacao, tomate, chile; otros llevan animales. Recorres la ciudad que hoy es la más importante de todo el valle, la ciudad que construyeron tus ancestros bajo el mando de tus abuelos, Acamapichtli, Huitzilíhuitl, Chimalpopoca, Izcóatl, Motecuzoma Ilhuicamina, tu padre Axayácatl, y tus tíos Tízoc y Ahuízotl.

Te diriges a los baños y ahí, tras desnudarte, te lavas todo el cuerpo por segunda vez en el día. Te sientes indigno de gobernar a Méxihco Tenochtitlan, tienes la certeza de que otro lo hará mejor. Pero, ¿no es eso lo que buscaste todos estos años? Para eso te casaste con la hija del tecutli de Ehecatepec: para ganarte la simpatía del soberano de Tlacopan, quien al

15   La palabra «petaca» proviene del náhuatl, petlacallis, que significa caja hecha de petate.

momento de elegir al nuevo tlatoani estaría a tu favor. Gracias a eso, tras la muerte de tu suegro, fuiste nombrado tecutli de Ehecatepec. Con el mismo objetivo te casaste por segunda ocasión con Miahuixochitl, la princesa de Tula, cuyo antiguo linaje tolteca te daría mayores posibilidades al momento de elegir un huey tlatoani.

Alzas la mirada y observas el cielo y las aves que vuelan de un lado a otro. En el horizonte ves los volcanes Popocatépetl e Iztaccíhuatl, así como otros cerros más cercanos. Metes una jícara en el agua, la llenas; respiras profundo, cierras los ojos y viertes el agua sobre tu cabeza.

Ahora que has purificado tu cuerpo te sientes preparado para entrar al recinto sagrado. Te pones tu *tilmatli*, el manto que te cubre el torso y es anudado por arriba del hombro izquierdo; penacho, brazaletes, sandalias, y caminas nuevamente por el mismo lugar por donde llegaste. Pasas por los puentes de madera que cruzan los canales hasta llegar a la calzada de Tlacopan, que te lleva directo al recinto sagrado. En cuanto llegas caminas por el lado izquierdo del juego de pelota y del otro lado observas el edificio de un solo nivel que alberga el Calmecac. Por todas partes ves a los nuevos alumnos que cumplen con sus labores: algunos barren, otros preparan cantos y versos, y otros ensayan sus danzas. Te detienes frente a uno de ellos y le pides su escoba. Él sin cuestionarte te la entrega. Sigues tu camino rumbo al huey teocalli, de aproximadamente sesenta metros de alto. Subes por los ciento veinte escalones, y al llegar a la parte superior te encuentras en el gran patio, donde se ubican los teocallis de Tláloc, dios del agua, de la lluvia y de los mantenimientos, y de Huitzilopochtli, dios de la guerra.

Tal ha sido tu devoción religiosa que hace algunos años fuiste nombrado sumo sacerdote de Huitzilopochtli. Desde antes de recibir este nombramiento ya permanecías largos días enclaustrado en el cuarto del huey teocalli haciendo penitencia. Te conoces bien, Motecuzoma, sabes por qué lo hacías. Tenías un objetivo: ganarte las simpatías de los sacerdotes y del pueblo para tarde o temprano ser nombrado tlatoani. Ya como supremo sacerdote, decías que Huitzilopochtli hablaba contigo siempre que te encerrabas en ese cuarto.

Aprendiste que para hablar en público la primera regla era no hablar. Tu silencio, Motecuzoma, decía más que tus palabras. Cuando abrías la boca era para dejarlos a todos asombrados. Eso te hizo muy temido y reverenciado.

Te arrodillas, tocas la tierra con una mano y te la llevas a la boca. Luego te pones de pie y comienzas a barrer. Barrer el patio superior del huey teocalli siempre ha sido una de tus actividades predilectas. Desde esta altura te sientes protegido porque estás cerca de los dioses, te sientes libre como las aves porque puedes ver toda la ciudad y el lago y los pueblos que yacen en las orillas: Tlacopan, Azcapotzalco, Chapultepec, Tezcuco, Tepeyacac, Iztapalapan y muchos más. Aquí arriba el viento sopla más fuerte y por lo tanto el calor es menor. Barres los interiores de los teocallis de Tláloc y Huitzilopochtli y el patio superior. Barres, barres y barres, hasta que de pronto escuchas tu nombre, Motecuzoma. Reconoces esa voz. Es el cihuacóatl que ha subido hasta la cima del huey teocalli. Dejas de barrer y lo observas con atención. Pese a su edad y que subió ciento veinte escalones prominentes no se nota cansado. Pronto ves que el cihuacóatl no ha subido solo; detrás de él vienen los doce miembros del Consejo, los señores de Acolhuacan y de Tlacopan, y los señores más importantes de toda la nobleza. El cihuacóatl se arrodilla ante ti, y al instante todos los que lo acompañan hacen lo mismo.

—Mi señor —dice el cihuacóatl. No puedes creer que el hombre que tanto te impactó hace algunos años y al que debías mostrar reverencia ahora está arrodillado frente a ti—, venimos a pedirle que acepte ser huey tlatoani de Méxihco Tenochtitlan.

Levantas la mirada y observas el recinto sagrado, la ciudad entera, sus canales, las calzadas, el lago, los pueblos alrededor, y no puedes creer que tú, sí, tú, Motecuzoma Xocoyotzin, hayas sido elegido huey tlatoani de Méxihco Tenochtitlan. Sientes que tu pecho retumba como los teponaxtles. *Pum, pum, pum, pum.* Serás el hombre más importante de toda la Tierra. Oh, Motecuzoma, esto es tan... No encuentras palabras para responderles. Respiras agitadamente. Carraspeas y tragas saliva. Ahí están, frente a ti, arrodillados, esperando que aceptes.

—Sí —te tiembla la voz—. Acepto ser huey tlatoani de Méxihco Tenochtitlan.

Todos celebran tu respuesta, te hacen los honores correspondientes y te acompañan al palacio de Axayácatl, donde te esperan familiares, amigos y pipiltin. Al llegar la noche se lleva a cabo una celebración en privado: se mandaron traer bebidas de maguey y mujeres públicas. Siempre te ha enloquecido verlas recién bañadas; oler sus pieles perfumadas con sahumerios olorosos; tocar sus cuerpos untados con ese ungüento amarillo al que llaman *axin*; acariciar sus rostros pintados; y ver sus dientes teñidos de rojo.

Danzan para ustedes, con el mismo poder erótico de siempre. Luego, cuando las bebidas los alegran, tres de ellas, las más hermosas, se dirigen a ti, Motecuzoma, el tlatoani electo. Dos te llenan la espalda y rostro de besos y caricias, mientras la otra te devora el falo mostrándoles a todos las dimensiones de sus nalgas.

Al fondo uno de los ministros comienza a masturbarse, de la misma forma en que lo hacen en los rituales de fertilidad. Por otro lado, uno de los mancebos se arrodilla para complacer a uno de los consejeros. El resto de las mujeres caminan alrededor de la sala para satisfacerles la vista. Los que logran seducirlas reciben sus regalos carnales.

Dos de ellos están compartiendo a una de ellas, quien está arrodillada con las manos en el piso. Uno le acaricia la nuca al mismo tiempo que ella le chupa el sexo; y el otro le agasaja el trasero con las manos mientras la penetra.

Te excita ver a otros en el acto tanto como hacerlo. Muchas veces te has preguntado cómo hace el vulgo para disfrutar de estas pasiones si no tienen los privilegios de la nobleza. Con tanta miseria apenas si pueden tener una mujer para toda su vida.

A altas horas de la madrugada tu hermano Macuilmalinali está tan ebrio que tienen que ayudarle a caminar a su casa. Tú los acompañas.

—Ahí tienen —libera una carcajada mientras se sostiene con ambos brazos de los cuellos de dos hombres—, al nuevo tlatoani.

—Te está escuchando la gente —le dices con risas.

—¡Y qué me importa! —se detiene tambaleándose, se aleja de los hombres que lo ayudaban a caminar; luego extiende los brazos y dirige la mirada al cielo—. ¡No le tengo miedo a su tlatoani!

Todos están ebrios.

—¡Es el nuevo pelele del cihuacóatl! —dice.

Llegan a la casa de Macuilmalinali. Sus tres mujeres se apresuran a atenderlo. Él se quita el penacho y se lo entrega a una de ellas, que al caminar rumbo a una habitación donde guardará el preciado atuendo, tropieza y cae de frente. Al levantarse todos ustedes se dan cuenta de que se ha arruinado el hermoso plumaje. Macuilmalinali decide castigarla. Tú, Motecuzoma y los demás salen para que la mujer no se sienta avergonzada al recibir una golpiza en público.

9

LA NOCHE SE ACERCA Y MOTECUZOMA SIGUE SENTADO en uno de los escalones de la sala principal de su palacio. Hace varias horas que el tecutli Malinche y sus hombres se retiraron a descansar a las Casas Viejas. El tlatoani ordenó a los miembros de la nobleza que se retiraran. No puede dejar de pensar.

Vuelve a su mente aquel año 7 Pedernal (1512) en que el cihuacóatl se acercó a él y le anunció que tres embajadores de tierras mayas habían llegado. Le dijo al cihuacóatl que los hiciera esperar, pero él insistió en que iban a anunciarle algo de suma importancia.

—Hazlos pasar.

Los hombres estaban en los huesos, pues tenían mucho tiempo caminando. Hicieron las reverencias ante el tlatoani y le pidieron permiso para hablar.

—¿Qué los ha traído de tierras tan lejanas?

—Mi señor, el *halach uinik*[16] de los cocomes, le manda decir que el año pasado llegaron a nuestras costas unos

---

16 En la cultura maya el halach uinik (verdadero hombre) es el equivalente al tlatoani (el que habla) de los aztecas.

hombres blancos y con las caras llenas de barbas.[17] Mi señor pensaba sacrificarlos a los dioses pero estos huyeron y fueron capturados por los *tutul xiu*, quienes por ser nuestros enemigos decidieron quedárselos como trofeos. Luego se enteró de que habían sacrificado a la mayoría y que solamente habían dejado vivos a dos de ellos, quienes con el paso del tiempo se han vuelto como nosotros.

Ese par de hombres blancos le advirtieron a todos los que conocían que muy pronto llegarían por ellos más hombres iguales que ellos. Asimismo hablaban con insistencia de la llegada de un dios, llamado Cristo.[18]

Por aquellos años ocurrió algo jamás visto: apareció en el cielo una bola de fuego. El tlatoani les preguntó a los agoreros el significado de la señal del cielo pero ninguno supo. Enfurecido les respondió:

—¿Ése es el cuidado que tienen sobre las cosas de la noche? ¿Para qué tengo astrólogos, hechiceros y adivinos?

Al recibir otra respuesta negativa los mandó encarcelar. Días después fue a verlos a las cárceles para interrogarlos una vez más. Se veían débiles, pues no habían comido ni bebido desde aquel día.

—¿Ahora sí me van a decir el significado de la nueva señal del cielo?

Ellos sabían que no debían mentirle. Inventar cualquier agüero sería catastrófico para todos pero principalmente para ellos.

---

17 En el año 6 Caña (1511) naufragó por las costas de Yucatán —hoy en día Quintana Roo— un grupo de españoles de los cuales únicamente sobrevivieron Gerónimo de Aguilar y Gonzalo Guerrero.

18 El mito de que los nativos confundieron a Hernán Cortés con Quetzalcóatl lo inventaron los frailes franciscanos en el año 1560 para justificar el regreso de los restos mortales de Hernán Cortés a la Nueva España. Véase: *Cortés*, de Christian Duverger, p.358

—¿No me van a responder?

No alzaron las miradas.

—Ahí se quedarán hasta que mueran de hambre.

Tras salir de ahí se dirigió a su palacio donde habló con el cihuacóatl y le ordenó que mandara traer a todos los astrólogos, hechiceros y adivinos que quisieran tomar el lugar de los ajusticiados. El cihuacóatl obedeció sin cuestionarlo.

Tres días después llegó el cihuacóatl con los nuevos astrólogos, hechiceros y adivinos. Muchos de ellos habían venido de tierras lejanas. Obedeciendo a los rituales se arrodillan ante el tlatoani, pidieron permiso para hablar y se presentaron uno a uno. Motecuzoma los analizó cuidadosamente, sin interrumpirlos. Sabía que muchos de ellos eran farsantes.

—La bola de fuego que apareció en el cielo —dijo el primero de ellos— significa que muy pronto usted derrotará a todos sus enemigos y será dueño de toda la Tierra.

Sin responderle, Motecuzoma bajó la mirada y evitó una sonrisa. Sonaba bastante bien como para ser verdadero. Luego pasó al frente el segundo.

—La bola de fuego que apareció en el cielo —dijo con mucha seguridad— significa que pronto morirán todas las aves y peces.

El tlatoani cerró los ojos sin responder. Luego le dijo en voz baja al cihuacóatl que hiciera pasar al siguiente.

—La bola de fuego que apareció en el cielo significa que muy pronto habrá muchas guerras.

Tampoco lo convenció.

—La bola de fuego que apareció en el cielo significa que habrá en todos los pueblos mucha hambre y muerte.

—Significa que pronto derrotará a los tlaxcaltecas.

—Huitzilopochtli quiere más sacrificios humanos.

—El hijo de Nezahualpilli le declarará la guerra.

El tlatoani comenzó a aburrirse de los supuestos agoreros: «¿Qué esperas que te digan, Motecuzoma?», se preguntó. «Hay pronósticos que llaman tu atención por lo inesperados que son y otros que por lo catastróficos simplemente te provocan risa. Pronosticar no cuesta nada, lo sabes. La gente suele vivir de estos rumores. Les encanta inventar mitos. En verdad no crees tanto en los presagios, Motecuzoma, sino en lo que la gente cree. Te preocupa lo que piensen, pues sabes cuán peligroso puede ser un agüero en la mente colectiva. Tu enojo no se debe a que los agoreros crean en el fin de tu gobierno, sino que se haga público. Esto podría provocar el fin de tu gobierno. Tú debes ser el único y más grande tlatoani».

Entonces tomó una decisión: ordenó que mataran a todos esos agoreros por farsantes. Por ello, los días siguientes los ocupó en llamar a todo aquel que afirmara saber algo sobre los prodigios. Les dijo de la manera más amigable que le interesaba saber qué era lo que se rumoraba por las calles y quién lo decía y luego los mandó matar. Necesitaba cerciorarse de que se acabaran los cuentos, pero ya se habían esparcido por todo el valle de forma inevitable y exagerada.

Con el paso de los días llegaron más y más rumores, muchos tan absurdos que el tlatoani no sabía si reír o enojarse.

—Unos testifican que en las noches se escuchan los lamentos de una mujer que grita: «¡Oh, hijos míos, ha llegado su destrucción!».

—Otros han asegurado haber visto a un ave con la cabeza de un hombre.

—Muchos afirman que usted, el mismo tlatoani, Motecuzoma Xocoyotzin, está espantado por tantos prodigios, que por eso ya no sale.

«¿Es cierto eso, Motecuzoma? —Se preguntó—. ¿Tienes miedo? Hace mucho que no sales, pero no se debe al miedo, sino a tu gusto por la soledad y tienes tantas tareas que no deseas más ser visto. Mantener el orden absorbe todo tu tiempo, tanto que el cihuacóatl y los sacerdotes deben agendar los asuntos de gobierno. Y cuando menos te das cuenta aparece un nuevo conflicto. Una vez más estás ahí escuchando y pensando cómo solucionarlo».

A finales del año 12 Casa (1517), un grupo de comerciantes de miel y sal que venían desde uno de los señoríos mayas le contaron a la gente que iban conociendo, sobre la llegada de unas casas flotantes[19] en las costas de Kosom Lumil.[20] El rumor pronto se dispersó por todos los pueblos cercanos a Tenochtitlan y llegó a los oídos de Motecuzoma antes que los comerciantes. Entonces el tlatoani los mandó llamar y les pidió que le contaran lo que habían visto en sus tierras.

Los mayas que los vieron llegar a esas costas llenas de arrecifes de coral y bancos de arena remaron en sus canoas hasta las casas flotantes, pero temerosos de aquello desconocido volvieron a tierra firme y encendieron las hogueras para anunciar con el humo a los demás pueblos que algo estaba ocurriendo en el mar. Al día siguiente los señores principales de los mayas fueron a verlos hasta las casas flotantes, cuyo interior era de madera, la cual crujía todo el tiempo; tenían habitaciones muy pequeñas, oscuras y malolientes.

—Luego los señores principales los llevaron al pueblo —dijo el informante—, pero esos extranjeros querían conocer los teocallis. Y aunque no se les permitió ellos insistieron.

19   Se refiere a la llegada de los navíos de Francisco Hernández de Córdoba.
20   Hoy en día la ciudad de Cozumel, isla localizada en el estado de Quintana Roo.

—¿Qué quieren?

—*Teocuitlatl* (oro) —dijo el mensajero con un tono de risa.

—¿Quieren *teocuitlatl*?

—Sí. Fue lo que pidieron.

—¿Sólo eso?

—Y agua.

—¿Y se los entregaron?

El mensajero alzó los hombros con indiferencia.

—No tenemos mucho, pero les dimos lo que teníamos y el agua que querían para llevar a sus casas flotantes. También los llevamos a conocer nuestros teocallis y ocurrió algo inusitado: comenzaron a llevarse todas las ofrendas de oro y plata que encontraron ahí.

—¿Y ustedes qué hicieron? —preguntó Motecuzoma asombrado por el relato.

—Les exigimos que se marcharan. Pero ellos sacaron unas armas como cerbatanas y comenzaron a lanzar fuego y humo. Muchos cayeron muy mal heridos, otros muertos de forma jamás vista, pues aunque se encontraban muy lejos de las armas de humo y fuego sus cabezas, sus vientres, sus piernas, sus brazos explotaron al mismo tiempo que salpicaron mucha sangre.

Al no poder imaginar lo que escuchaba, Motecuzoma pidió a uno de los dibujantes que solían estar en la sala principal todo el tiempo, llamado *tlacuilo*, que dibujara lo que aquellos hombres le describían. Pero ninguno de los dibujos que el hombre hizo se acercó a la descripción.

—Después de la batalla se llevaron varios prisioneros. Algunos lograron escapar de sus casas flotantes y volvieron nadando. De los otros no volvimos a saber más.[21]

—¿A dónde se fueron los extranjeros?

—Por muchos días permanecieron muy cerca de las costas sin bajar de sus casas flotantes. Debido a que ya habíamos encendido las hogueras para anunciar con el humo a los demás pueblos que algo estaba ocurriendo en el mar, todos los pueblos cercanos a las costas vigilaron día y noche el movimiento de las casas flotantes que pronto se dirigieron a las costas de Akimpech,[22] donde también intentaron adueñarse del oro que había en los teocallis. Se dio entre ellos una nueva batalla. Aunque mataron a muchos con sus palos de humo y fuego, decidieron huir rumbo a la costa donde estaban sus casas flotantes. Pero una de éstas estaba atorada en el fondo ya que había bajado la marea. Los extranjeros, con los pies dentro del agua, empujaron su casa flotante pero en medio de la lluvia de flechas tuvieron que abordar las otras casas flotantes. Días después la recuperaron, pero incendiaron otra, no sabemos por qué, pero lo hicieron, quizá para poder huir con mayor facilidad.

—Les pido que me mantengan informado de todo lo que ocurra en aquellas costas —dijo Motecuzoma y mandó a que les dieran muchos regalos, incluyendo doscientos cargadores para que los acompañaran en su camino de regreso a Ekab.

---

21 De estos cautivos se sabe que después fueron bautizados como Melchorejo y Julián.
22 Campeche.

En el año 13 Conejo (1518), llegó ante el tlatoani otro grupo de embajadores que le avisaron que otras casas flotantes[23] habían llegado muy cerca de la isla de Kosom Lumil.

—Usan unas ropas de metal muy extrañas que les cubren todo el cuerpo —dijo el mensajero—. Tanto que por ello sudan y apestan todo el tiempo. Además tienen barbas en la cara, muchas barbas. Traen con ellos a unos hombres que hablan la lengua maya, al parecer los hicieron sus prisioneros en otro viaje que hicieron otros hombres como ellos.

—¿Entraron a sus pueblos?

—Ese día no. Mi señor los invitó pero ellos huyeron y volvieron al día siguiente. Entonces mi señor los llevó a nuestro teocalli donde hicimos la ofrenda a los dioses. Luego los extranjeros realizaron una ceremonia en la cual pusieron dos palos de madera cruzados.

—¿Y para qué?

—Dicen que representa a su dios.

—¿Y qué decían?

—No les entendimos, pues los mayas que traían apenas si saben hablar un poco la lengua de los extranjeros.

—¿Y qué pasó después?

—Recorrieron la isla, se llevaron agua, miel, algunos animales para comer y luego se marcharon. Y días después volvieron por más agua.

Motecuzoma no supo de los extranjeros por varias semanas, hasta que recibió información de los pueblos de Ch'aak Temal[24] y Chakan-Putún.[25] La gente de aquellos poblados se había dado a la tarea de vigilar desde tierra firme la ruta de

---

23   Se refriere a la llegada de los navíos de Juan de Grijalva.
24   Hoy en día la ciudad de Chetumal, localizada en el estado de Quintana Roo.
25   Hoy en día la ciudad de Champotón, localizada en el estado de Campeche.

las casas flotantes que no se alejaban de las costas, pues con frecuencia bajaban para abastecerse de agua. En una de esas ocasiones los extranjeros iniciaron un ritual para celebrar a sus dioses. Los nativos de aquella región se acercaron a ellos, que tenían un prisionero maya quien, fingiendo que traducía lo que los extranjeros decían, les contó que esos hombres iban en busca de oro y los exhortó a sacar a los extranjeros de allí lo más pronto posible, pues él había visto en la isla[26] donde lo habían llevado que habían maltratado y asesinado a muchos nativos.

—¿Únicamente quieren oro? —preguntó Motecuzoma lleno de asombro.

—También quieren agua y comida. Les dijimos que tomaran el agua que necesitaban y que se marcharan lo más pronto posible. Prometieron marcharse al día siguiente pero no lo cumplieron; entonces encendimos una fogata en declaración de guerra. Les dijimos que si no se marchaban cuando el fuego se consumiera los atacaríamos; aún así, no se fueron. Entonces los embestimos y ellos sacaron sus armas de fuego y mataron a muchos de los nuestros.

Para entonces Motecuzoma tenía ya tantos enemigos que sobraban los que pretendían desestabilizar su gobierno. Y una de las formas más comunes era la invención de agüeros. El tlatoani hizo todo lo que estuvo a su alcance para evitar que el rumor se propagara: mandó encerrar y matar a los que pronosticaban funestos sucesos y amenazó a los que pretendieran hacer público lo que habían visto o escuchado. Pero fue imposible. Pronto la noticia recorrió todos los pueblos y todas las costas.

26   Cuba.

Luego de hablar en privado por muchas horas llegaron a la conclusión de que lo único que les quedaba hacer era esperar. Mientras tanto ordenó que vigilaran las costas día y noche.

—Avísenme en cuanto sepan algo más.

Tenía un grupo de mensajeros bastante rápido, el cual consistía en cientos de hombres establecidos en distintos puntos desde las costas hasta Méxihco Tenochtitlan. En cuanto había necesidad de enviar un mensaje el primero salía corriendo sin parar hasta un sitio donde entregaba el mensaje al siguiente hombre, el cual partía a toda velocidad hasta llegar al siguiente punto donde se hallaba otro mensajero, que recibía el recado y salía apurado hasta toparse con otro mensajero, y así hasta que el mensaje llegaba al palacio de Motecuzoma.

Así le llegó información al tlatoani con gran velocidad y se enteró de que esas mismas casas flotantes pasaron muy cerca de Xicalanco, ciudad rodeada de pantanos y ciénagas,[27] donde estaba un centro comercial establecido por los chontales, al cual llegaba gente desde el Anáhuac hasta tierras mayas. Ahí mismo vivían comerciantes de diversos pueblos: mexihcas, mixtecos, totonacas y mayas. Se comercializaban plumas, piedras preciosas, pieles de jaguar, animales vivos, esclavos, frijol, maíz, cera, sal, vainilla, pescado, textiles, conchas, frutas, verduras, copal y muchas otras cosas. Los pobladores comenzaron a talar árboles para fortificar sus ciudades. Luego se supo que los extranjeros habían entrado

---

27   Entre los ríos Usumacinta y Candelaria, en el área de la Laguna de Términos, Campeche. La laguna de Términos está ubicada en la costa del Golfo de México, al suroeste de la península de Yucatán. Los españoles que llegaron a este sitio lo llamaron así porque creyeron que la laguna separaba tierra firme de lo que antes pensaban era la isla de Yucatán.

al río Tabscoob,[28] donde pretendieron convencer a uno de los lugareños de que se convirtieran en vasallos de su tlatoani.

—Ya tenemos señor —respondió—. Y ciertamente es mucho atrevimiento suyo el pensar que sin nosotros conocerlos y ustedes sin saber qué es lo que queremos pretendan imponernos un nuevo señor. Váyanse de aquí antes de que los matemos. Ya sabemos quiénes son ustedes y qué quieren.

Los extranjeros intentaron convencerlos de que iban en son de paz. Insistieron en que querían hablar con el señor de aquella ciudad. Al día siguiente el señor de Tabscoob les envió una máscara de madera bañada en oro, un casco con plumas de papagayo y otros adornos cubiertos con plumas finas.

—Después ellos le enviaron otros regalos.

—¿Qué regalos? —preguntó Motecuzoma intrigado.

—Unos cuchillos de metal, piedras preciosas jamás vistas en estas tierras y objetos muy extraños.[29] Después mi señor les envió pescados y guajolotes asados, tortillas, agua y muchas frutas. Al día siguiente mi señor fue a verlos a bordo de una canoa y seguido por cientos de éstas. Los extranjeros lo recibieron con unos teponaxtles muy extraños, al mismo tiempo que nosotros tocábamos nuestros instrumentos. Poco a poco nos fuimos acercando hasta llegar ante esos hombres barbados. Mi señor abordó una de las casas flotantes y al estar frente al tecutli lo saludó y el otro le respondió con un saludo muy extraño: lo envolvió en sus brazos. Después mi señor le puso una guirnalda de flores en el cuello y le entregó un ramo de flores. Los extranjeros nos invitaron a conocer sus

28   Hoy en día Río Grijalva. *Tabscoob* actualmente se le conoce como *Tabasco*.
29   Juan de Grijalva les envió un espejo, dos cuchillos, dos tijeras, dos collares de cuentas de vidrio verdes, vidrios cuadrados y azules, un bonete de frisa colorada, unas alpargatas y otras cosas.

casas flotantes y luego las hicieron avanzar sin necesidad de remos, pues éstas tienen unas mantas muy grandes que con el viento hacen que sus casas flotantes se muevan. Al volver cerca de nuestra ciudad, mi señor ordenó que se les llevaran más alimentos, entonces el tecutli de los extranjeros ordenó que se pusieran unas mesas en un patio que tiene la parte de enfrente de sus casas flotantes. Ahí comimos, los señores principales en una mesa y los pipiltin en la otra. Nos dieron una bebida dulce y suave, pero que de pronto emborracha. Mi señor mandó traer entonces más regalos para los extranjeros: máscaras de madera bañadas en oro y cuadros de turquesa, en forma de mosaico, adornos de oro para el cuerpo, piedras preciosas, pendientes, collares, figuras de cerámica cubiertas en oro. Ellos nos dieron dos prendas de vestir de las que ellos usan, dos objetos que utilizan para reflejarse, otro cuchillo de metal y dos cuchillos que están unidos en el centro pero que moviéndolos sirven para cortar mantas, hojas de árbol, plumas y muchas cosas, un pedazo de cuero que se ponen en la cintura, y muchas piedras preciosas de las que en estas tierras no tenemos. En verdad es que los estamos engañando, no es un intercambio justo porque los inventos novedosos que ellos nos entregan a cambio de oro son de mayor utilidad. El oro llega a nosotros por los ríos sin que lo busquemos y además es un objeto inútil que tan sólo sirve para adornar.

—¿Y qué más les dijeron? —interrumpió Motecuzoma.

—Insistieron en que rindiéramos tributo a su dios.

—¿Y qué le respondió tu señor?

—Que sí.

—¿Por qué?

—Para eso son los dioses, para adorarlos. Si ellos traen un nuevo dios nosotros podemos rendirle tributo. Los dioses no son celosos.

—Tienes razón.
—¿Qué ocurrió después?
—Se marcharon.
Motecuzoma sintió un gran alivio.

10

No basta con ser valiente en el campo de batalla ni es suficiente con cumplir los designios de los dioses para que el Consejo lo elija a uno tlatoani. Todos los descendientes de la nobleza sabemos que un día llegará el momento de elegir un nuevo líder. Desde que tenemos uso del pensamiento nuestros padres, madres, abuelos, tíos nos hablan del gobierno, de las guerras, del pasado, las conquistas y los fracasos. Acamapichtli fue muy valeroso, Huitzilíhuitl entregado a Tezozomoctli, Chimalpopoca un vil servidor de su abuelo Tezozomoctli, Izcóatl cobarde al principio pero valiente al final de su mandato, Motecuzoma Ilhuicamina, mi abuelo, sabio, conquistador, con gran poder de mando, Axayácatl, tan sabio y valeroso como su padre; Tízoc, intolerante a las guerras, deseoso de paz. Tízoc pagó muy caro las consecuencias. Ahuízotl fue todo lo contrario a su antecesor.

No basta con el linaje ni con ser electo. El pueblo no perdona; no lo hizo en dos ocasiones. La competencia inicia desde la infancia. La comienzan nuestros padres y la continuamos los hijos. Aprendemos la importancia de las alianzas desde que estamos en el Calmecac. Entre menos enemigos tenemos en la adolescencia mayor es el número de aliados en la madurez, en el campo de batalla, en los consejos y en el gobierno.

Cuando fui electo huey tlatoani tenía tantos aliados como adversarios. La rivalidad entre hermanos y primos por ser la más silenciosa era la más perversa: halagos de frente y difamaciones a nuestras espaldas. Entre los más inconformes con mi nombramiento estaban Macuilmalinali, Imatlacuatzin, Tepehuatzin, y sus respectivos aliados. Pero ese día callaron y sonrieron. Y ese mismo día yo comprendí que no podría ser el mismo de antes. Un tlatoani debe inspirar amor, lealtad y temor. Y para lograrlo debía dejar atrás todo tipo de rencillas. Ni ellos ni yo estaríamos a la misma altura. Rebajarme a su nivel le quitaría peso a mi investidura.

A partir de ese día todos buscaron simpatizar conmigo. Me llevaron entre festejos a la sala donde se encontraba reunido el Consejo. Jamás he sentido tanta dicha como la que viví ese día. Esperé tantos años. Incluso llegué a imaginar cómo sería mi gobierno. Entre esos planes estaba remodelar el huey teocalli: hacerlo más grande de lo que ya está, lo cual no he hecho hasta el momento. Y por supuesto, emprender nuevas conquistas.

Ya dentro del salón, donde había un brasero con grandes llamas en el centro, escuché con gran atención las palabras de cada uno de los asistentes. El primero en hablar fue Nezahualpilli, tecutli de Acolhuacan, y uno de los que más apoyó mi elección. Habló de los años en que yo era un crío que corría en compañía de otros de mi edad con palos en las manos y caparazones de tortuga jugando a ser soldados, luego sobre mis primeros años en el Calmecac. Halagó mis logros en las guerras y mis nombramientos como capitán y sacerdote. Finalmente me dio todos los consejos que pudo sobre los privilegios y riesgos al gobernar. Consejos que uno cree entender, pero en el gobierno como en la muerte nadie puede saber realmente cómo se siente y se sufre al llegar. Muchas veces hablé de más cuando era capitán de las tropas o sumo sacerdote de Huitzilopochtli, creyendo que sabía tanto como el tlatoani. Después nada fue igual.

Hace ya tanto de eso que no recuerdo con exactitud la forma en que respondí al discurso de Nezahualpilli. Sé que le dije algo como

—*Oh, señor nuestro, soy un pobre hombre de baja suerte, hombre de poca razón y bajo juicio, lleno de muchos defectos. Sin merecerlo me han puesto en el trono real. Sería una gran locura que yo pensase que por mis merecimientos y por mi valor me han hecho esta merced.*

»Soy tan ciego y sordo que ni a mí me conozco. ¿Qué haré si por negligencia o pereza echara a perder a mis súbditos? ¿Qué haré si por mi culpa se despeñaran aquellos que tengo que regir? En sus manos me pongo totalmente, porque yo no tengo posibilidad de regirme, porque soy tiniebla, y soy un rincón de estiércol.

»Señor, deme un poquito de lumbre, aunque no sea más de lo que echa una luciérnaga que anda de noche, para ir en este sueño, en esta vida que dura como un día, donde hay muchas cosas con qué tropezar».

Entonces los señores de Acolhuacan y de Tlacopan caminaron hacia mí, me llevaron de los brazos hasta el asiento real donde me cortaron el cabello y me hicieron cuatro perforaciones: una en el labio inferior para colocarme un bezote de oro, uno en la nariz donde me pusieron una piedra hecha de fino jade, y en las orejas unos pendientes de oro. Luego me colocaron en los hombros una manta adornada con cientos de piedras preciosas y en los pies unas sandalias doradas. Una vez que el cihuacóatl se acercó para rociarme con el incienso sagrado los señores de Tlacopan y Acolhuacan me proclamaron huey tlatoani.

Enseguida el cihuacóatl me entregó el pebetero que traía para que yo hiciera el servicio a los dioses: caminé alrededor del brasero esparciendo el incienso. Luego el cihuacóatl me entregó tres punzones para que yo mismo me sangrara las orejas, los brazos, las piernas y las espinillas al mismo tiempo que mi sangre se derramaba sobre el fuego. Después los señores de Tlacopan y Acolhuacan y varios miembros de la nobleza me fueron entregando uno a uno una codorniz viva, a las que les fui rompiendo el pescuezo para derramar su sangre sobre el fuego en forma de ofrenda a los dioses.

Al finalizar la ceremonia me retiré al aposento en la cima del huey teocalli, donde me quitaron las prendas que me habían puesto para dejarme tan sólo con un maxtlatl y permanecí en meditación hasta el día en que debía ser presentado ante el pueblo mexihca y nuestros aliados y vasallos como nuevo huey tlatoani. Comía y bebía solo una vez al día. No hablaba con nadie, ni siquiera con la persona que me llevaba la comida, pues me la dejaba afuera de manera muy silenciosa. La primera noche, entre tanta oscuridad y tanto silencio, pensé en mi pasado, mi presente y mi futuro. También hice planes para mi gobierno. Aunque la soledad, la oscuridad, el sufrimiento, la sangre, la guerra o la muerte no me provocan miedo, hubo momentos dentro de ese cuarto en los que me preocupaba el fracaso. No sé si se deba a que yo vi el fracaso de mi tío Tízoc y lo mucho que lo repudiaron por su incapacidad para gobernar y hacer la guerra. Muchos han dicho que si el abuelo Tlacaeleltzin hubiese estado vivo lo habría mandado matar. Tlacaeleltzin murió en el año 1 Pedernal (1480), un año antes de que muriera mi padre Axayácatl y que Tízoc fuese nombrado tlatoani. Hay quienes aseguran que Tízoc fue asesinado por los mismos tenochcas en el año 7 Conejo

(1486). De eso no puedo hablar. Hay secretos en el gobierno que se van a la tumba con sus gobernantes.

Al día siguiente escuché mucho ruido afuera del teocalli. La gente estaba preparándose para la gran celebración. Aunque no los podía ver, sabía que ya habían llegado los señores de todos los pueblos aliados y vasallos con sus familias, toda su nobleza, sus ministros, soldados, sacerdotes y esclavos que traerían en ofrenda. Esa misma tarde escuché el sonido de la caracola que anunciaba el inicio de la celebración. Pronto tañeron los teponaxtles, silbaron las flautas, repicaron los cascabeles y gritaron jubilosos los danzantes. Mientras, afuera festejaban día y noche con grandes banquetes, bailes y juegos de pelota, yo debía continuar con mi meditación en la oscuridad de un cuarto a un lado de los dioses Tláloc y Huitzilopochtli, en el que también tomaba, a medianoche, baños rituales en una cisterna.

Al cuarto día el cihuacóatl y toda la nobleza fueron por mí. Yo, que estaba casi desnudo, vestido con un simple maxtlatl, fui bañado por ellos, quienes luego me embadurnaron en todo el cuerpo un ungüento negro. Luego me senté en cuclillas ante el cihuacóatl que me salpicó de agua el cuerpo con un cepillo hecho con ramas de cedro y sauce. Después los señores de Tlacopan y Acolhuacan me vistieron con un huipilli verde, que tenía hermosos dibujos de calaveras y de huesos humanos hechos a mano. Había entonces mucho silencio en la cúspide del huey teocalli, como abajo de todo el recinto sagrado. El cihuacóatl me colocó en el cuello unas largas correas rojas, en la cabeza dos mantas —una negra y otra azul— y una fina tela verde que me cubrió el rostro. Algunos miembros de la nobleza también participaron poniéndome unas sandalias, y sobre la espalda una pequeña calabaza llena de *picietl* (tabaco), para combatir las enfermedades y la hechicería.

Entonces salimos del cuarto. Los miembros de la nobleza permanecieron atrás. El cihuacóatl me llevó del brazo hasta la orilla de los escalones y la multitud comenzó a vociferar de alegría. Luego el cihuacóatl hizo una señal para que todos guardaran silencio, pues yo debía, una vez más, ahora frente al pueblo, hacerme otras heridas en las orejas, los brazos, las piernas y las espinillas para ofrendar mi sangre a los dioses. También sacrifiqué algunas codornices y rocié su sangre en el fuego que yacía en el patio superior del Coatépetl. Otros miembros de la nobleza me entregaron un pequeño costal hecho con una tela muy fina, lleno de copal y un pebetero redondo, hermosamente decorado con dibujos, fabricado días antes para esta ocasión, con el cual incensé la imagen del dios portentoso y luego los cuatro puntos cardinales.

Se escuchó el grueso y lerdo graznido de la caracola; enseguida hubo una ovación y luego los teponaxtles. Bajé los ciento veinte escalones acompañado de los señores de Tlacopan y Acolhuacan, el cihuacóatl, el resto de los sacerdotes y toda la nobleza.

Ya en la parte inferior del huey teocalli recibí, por varias horas, los obsequios y escuché las palabras de todos nuestros invitados: señores de todos los pueblos aliados y mucha gente de la nobleza que había permanecido abajo. Después todos los guerreros, los macehualtin, ofrecieron al mismo tiempo su vasallaje.

Más tarde fui llevado con gran júbilo al palacio de Axayácatl, donde una vez más recibí los obsequios, palabras y promesas de obediencia y respeto de los más altos funcionarios de la ciudad isla Méxihco Tenochtitlan y de todos los pueblos aliados y vasallos.

Aún faltaba lo más importante: debía, tal cual lo exigen nuestras costumbres, salir con los más importantes guerreros pertenecientes a la nobleza mexihca, mis hermanos, primos y sobrinos a una campaña y volver —yo principalmente— con el mayor número de presos para sacrificarlos en la ceremonia final de mi coronación. Como siempre, todos corríamos el riesgo de perder la vida en campaña; esa ocasión no sería la excepción: morirían capitanes de mucho valor.

Pero eso sería después. Esa tarde el mitote continuó hasta el día siguiente, con ofrendas, sacrificios, comidas y danzas.

11

YA ES MEDIANOCHE. LOS OJOS DE MOTECUZOMA TIENEN una rigidez que apenas si le permiten parpadear. Sigue absorto en la sala principal de su palacio. No quiere hablar con nadie. La entrada de los extranjeros a la ciudad lo tiene desconcertado. Todo esto, que parecía tan lejano, ha ocurrido tan estrepitosamente que apenas si parece cierto. Hace un año la presencia de las casas flotantes era un rumor inverosímil, un mito devastador, un augurio malsano.

Conforme pasaba el tiempo, Motecuzoma recibía más informes de la presencia de las casas flotantes en las costas. Se enteró de que los extranjeros capturaron a cuatro habitantes adelante de una población llamada Tlacotalpan, en las orillas del río Papaloapan. Les preguntaron, por medio de los mayas que tenían presos, dónde había oro, pero no hablaban la misma lengua.

Entonces Motecuzoma mandó gente a los distintos pueblos de aquellas costas[30] y les ordenó que atendieran con respeto a los extranjeros y les preguntaran qué deseaban de ellos. Fue casi imposible mantener una conversación debido

---

30   Hoy en día las costas del estado de Veracruz.

a la falta de intérpretes. No obstante se les dio alimento y regalos, pero ellos insistían, mostrando las piezas de oro que llevaban consigo, que querían oro, oro y más oro. Los señores principales de aquellos poblados les entregaron cuanto tenían en grano, collares, máscaras, zarcillos, brazaletes, figuras de animales y todo tipo de adornos. Los extranjeros les entregaron a cambio, peines, cuchillos, tijeras, cinturones, bonetes, trajes, vestidos, camisas de Castilla, sandalias, espejos y trastes.

De lo poco que lograron darse a entender, los extranjeros preguntaron de dónde sacaban el oro en grano. Los habitantes respondieron que éste llegaba a los ríos, que al sumergirse en el agua podían encontrar cientos de estas piedritas en el fondo del agua. Los extranjeros pidieron que les mostraran el río y los habitantes los llevaron y les mostraron cómo sacaban los granos de oro. Uno de ellos se sumergió y salió un rato más tarde. Los extranjeros al verlo con las manos vacías creyeron que los habían engañado. De pronto el hombre que se había metido al río escupió sobre un petate un montón de granos que fue acumulando en su boca mientras buscaba. Los hombres barbados dieron alaridos de júbilo. Hablaban entre sí de una manera muy distinta. Los pobladores les dieron todo el oro que encontraron en aquella ocasión. Luego los hombres blancos dijeron que tenían que partir, entonces el señor de aquel poblado les entregó a una doncella y un mancebo para que los acompañaran.[31]

Después Motecuzoma ordenó a los gobernadores de Cuetlaxtlán, Mictláncuauhtla, Teocinyocan, y los principales mexihcas Tlillancalqui y Cuitlalpitoc que fueran a ver a los

---

31   Juan de Grijalva no tenía permiso para poblar aquella zona, por lo tanto debía volver a Cuba e informar a Diego Velázquez sobre su descubrimiento.

extranjeros y que se hiciesen pasar por comerciantes. Al volver le contaron a Motecuzoma todo lo que habían visto:

—Les ofrecimos los obsequios que usted ordenó: el manto que tiene bordado un sol, el que lleva un nudo de turquesas, el que tiene tazas bordadas, el que está adornado con plumas de águila, el que lleva una máscara de serpiente, el que lleva la joya del viento, el que está pintado con sangre de guajolote, el que lleva un huso de agua, el que tiene un espejo humeante.

—Quiero ver cómo son las casas flotantes —dijo Motecuzoma desinteresado por lo que le acababan de contar.

Entonces le mostraron los lienzos de algodón en los que habían pintado todo lo que habían visto y los extendieron para que el tlatoani pudiera verlos mejor. Motecuzoma se puso de pie y caminó hacia ellos.

—¿Qué es eso?

—Son unas mantas que tienen las casas flotantes. Las extienden cuando quieren que éstas se muevan y las enrollan por las noches.

—¿Esos son los venados? Me habían informado que eran más grandes.

—No; esos son unos xoloitzcuintles. La diferencia es que estos tienen pelo en todo el cuerpo y son más agresivos.

El tlatoani observó por largo rato las casas flotantes, los animales, los vestidos y utensilios que estaban dibujados. El futuro era cada vez más incierto. Motecuzoma se hizo las mismas preguntas muchas veces con la mirada hacia el piso: «¿Qué hago? ¿Qué le digo al pueblo?». Levantó la mirada

—Les ordeno que no hablen de esto con nadie. ¿Me entendieron?

Aquella noche no logró dormir. A la mañana siguiente mandó llamar a todo el Consejo.

—He decidido enviar a Teuctlamacazqui, Tlillancalqui y a Cuitlalpitoc a las costas una vez más.

Nadie intentó cuestionar al tlatoani. Lo observaban con respeto y temor. Todos ellos también estaban asustados. Los rumores ya habían rebasado las palabras del gobernante. Ahora era inevitable revelar los acontecimientos.

—Sé que muchos de ustedes creen que lo mejor es enviar una embajada, pero es preciso saber más de estos extranjeros. Asimismo quiero que le digan a Pinotl, tecutli de Cuetlaxtlan, que les den de comer en ollas nuevas.

Los miembros del Consejo, los sacerdotes y los capitanes del ejército seguían en silencio.

Teuctlamacazqui, Tlillancalqui y Cuitlalpitoc marcharon frente a las costas de Chalchiuhcuecan[32] con un grupo de tamemes para que llevaran comida y regalos para los extranjeros. Al llegar los tamemes se regresaron a Tenochtitlan para que los hombres blancos no dudaran de los supuestos comerciantes. Al encontrarse con ellos les dieron tortillas, tamales, frijoles y codornices asadas, venados en barbacoa, conejo, chile molido, huevos, pescado, quelites cocidos, plátanos, anonas, guayabas y chayotes. Ninguno de los dos grupos supo darse a entender más que con señas. Los extranjeros les indicaron que comieran ellos primero.

—No confían en nosotros —dijo Tlillancalqui y Cuitlalpitoc comenzó a comer.

Los hombres barbados sonrieron y luego se acercaron a la comida; la contemplaron por un breve instante, la olfatearon y después de decir algo que Tlillancalqui y Cuitlalpitoc no

32 «Lugar de conchas preciosas», donde hoy en día se ubica el puerto de Veracruz.

lograron entender comenzaron a comer. Luego les dieron de la comida que ellos traían.

—Bizcochos —dijo uno de ellos al mismo tiempo que señalaba—, bizcochos, tocino.

—Se lo llevaremos a nuestras familias —dijo Cuitlalpitoc, pero los extranjeros no les entendieron y tampoco les pusieron mucha atención cuando Tlillancalqui y Cuitlalpitoc lo guardaron en sus petacas.

Uno de los hombres barbados les hizo señas para que caminaran con ellos hasta el mar. Los mexihcas dudaron por un instante en seguirlos. Pero sabiendo que debían llevar toda la información posible a Motecuzoma caminaron junto a los extranjeros. Luego el que parecía ser el señor principal los invitó a subir a una canoa y señaló las casas flotantes. Fue mayor la curiosidad de los enviados de Motecuzoma que su temor.

Ya en el interior les invitaron unas bebidas desconocidas. Los tres tenochcas las olfatearon sin lograr reconocer los aromas. El primero en probar la bebida fue Tlillancalqui, que al sentir el dulce sabor sonrió y le dio otro trago largo. Los extranjeros soltaron unas carcajadas y Teuctlamacazqui y Cuitlalpitoc los miraron con desconfianza. Los barbudos para evitar la suspicacia bebieron también y lanzaron gritos de alegría. Teuctlamacazqui y Cuitlalpitoc bebieron un poco y se regocijaron al saborearlo. Los hombres barbados intentaron decirles muchas cosas pero los mexihcas no les entendieron. Luego sacaron unas pepitas de oro y se las mostraron. Los mexihcas decidieron no responder. Luego los extranjeros les sirvieron más bebidas. Los tenochcas las bebieron con apuro pues querían volver a Tenochtitlan antes de que oscureciera. Pero cada vez que se acababan las bebidas, los extranjeros les servían más.

Cuando despertaron ya había amanecido. Se encontraban en una de las pequeñas habitaciones de la casa flotante. Los tres estaban embarrados con su propio vómito que les habían provocado los movimientos de la casa flotante y la bebida. Tenían unos dolores de cabeza insoportables.

—Tenemos que irnos ya —dijo Teuctlamacazqui a Tlillancalqui y Cuitlalpitoc, que se encontraban sentados en el piso con las manos en las sienes.

De pronto entró el que parecía ser el señor principal y los invitó a salir al patio que tenían en el frente de la casa flotante y les ofrecieron comida de la que ellos les habían llevado el día anterior. Cuitlalpitoc comió cuatro tamales; Tlillancalqui, venado en barbacoa con tortillas; y Teuctlamacazqui, codornices asadas con frijoles. Los hombres barbados los observaron con sonrisas y les decían muchas cosas que los tenochcas no entendieron. Cuando Tlillancalqui señaló la orilla del mar, el señor principal de los barbados les entregó algunos regalos. Luego se despidieron y subieron a las canoas. Y desde la orilla del mar observaron cómo las casas flotantes se alejaban lentamente.

Al llegar a Méxihco Tenochtitlan le contaron al tlatoani todo lo ocurrido y le entregaron los regalos que habían recibido.

—También nos dieron esto. —Le mostraron el bizcocho.

Motecuzoma lo recibió con ambas manos y lo analizó al mismo tiempo que lo giraba. Lo olfateó e hizo un gesto de asombro.

—¿Qué es esto? Parece una piedra de tepetate.

—Dicen que se come.

Motecuzoma se dirigió al cihuacóatl y le habló en voz baja, quien rápidamente salió de la sala para volver poco después con una piedra de tepetate, la cual puso frente al tlatoani.

—Son muy parecidas —dijo Motecuzoma al poner el biscocho a un lado de la piedra.

Los miembros de la nobleza que se encontraban presentes contemplaron el bizcocho con el mismo asombro. Motecuzoma caminó de un lado a otro sin hablar. Luego se dirigió a uno de los sacerdotes y le pidió que lo probara. El hombre obedeció temeroso.

—Sabe dulce —dijo el sacerdote masticando lentamente— y está suave.

—¿Qué tan suave?

—No muy suave. Es duro comparado con los tamales pero suave comparado con la carne quemada.

Motecuzoma asintió y sonrió.

—Se lo entregaremos como ofrenda al dios Quetzalcóatl. Guárdenlo en una jícara sagrada, cúbranlo con una manta, llévenselo en procesión a Tollan y entiérrenlo, al son de los teponaxtles y caracolas sagrados, y con humo perfumado, en el teocalli de Quetzalcóatl.

Así se enteró Motecuzoma de la llegada de los extranjeros a Chalchiuhcuecan, donde vieron por primera vez los cadáveres de los sacrificados en los teocallis. Los habitantes de aquel poblado no pudieron explicarles a los hombres barbados el significado de los sacrificios. Después permanecieron en una isla de Chalchiuhcuecan,[33] donde intercambiaron parte de sus pertenencias por oro.

---

33   Hoy en día la isla de San Juan de Ulúa. Los españoles la llamaron así por haber llegado el día de san Juan Bautista. Además cuando preguntaron a los lugareños por el señor principal de aquellas tierras ellos le respondieron Culúa, nombre por el cual se le conocía a México Tenochtitlan por ser descendientes de los culúas de Culhuacan. Pero los españoles sólo entendieron Ulúa.

Las casas flotantes siguieron por el mar hasta Tochpan[34] y por Huaxtecapan, donde fueron recibidos por una lluvia de flechas, pues por ser independientes los huastecos no deseaban negociar con los extranjeros, de quienes ya tenían bastante información. Los hombres barbados respondieron con sus armas de fuego y humo, destruyendo tres canoas de las que se habían acercado a las casas flotantes y matando a todos los que iban a bordo. El resto de los huastecos se dio a la fuga.

Los extranjeros tomaron el rumbo por el que habían llegado y se detuvieron en Tonalá, donde a pesar de ser bien recibidos, robaron los tesoros de uno de los teocallis. Luego volvieron a Chakan-Putún, donde fueron recibidos por las caracolas y los teponaxtles de guerra. Esperaron toda la noche en sus casas flotantes hasta poco antes de que saliera el sol. Ya a bordo de sus canoas ambos grupos se enfrentaron. Los habitantes de Chakan-Putún perdieron muchos guerreros y decidieron volver a sus casas. En cuanto consiguieron refuerzos, los pobladores volvieron a la playa para lanzar cuantas flechas y piedras pudieron. Los extranjeros se mantuvieron en sus casas flotantes hasta que decidieron partir.

34   Hoy en día Tuxpan, Veracruz.

12

EL CIHUACÓATL TLILPOTONQUI NO PUEDE CREER LO QUE acabas de decir, Motecuzoma. Frunce el ceño y baja la mirada. Frota con las yemas de los pulgares las de los otros dedos, pues no se atreve a empuñar las manos que tiene al nivel de sus muslos. Hay mucho silencio en la sala. Tú te encuentras sentado en el trono mientras un par de macehualtin te abanica con un plumero del tamaño de tus brazos.

—¿A… todos…? —pregunta consternado.

No puede creer que quieras destituir a todos los miembros del Consejo de tu nuevo gobierno e incluso a los sirvientes de la casa real.

—Así es —respondes si titubear—, quiero que en mi gobierno no haya comparaciones con el anterior.

—Eso es inevitable. —Agacha la cabeza para esconder una sonrisa cáustica que apenas si aparece.

—Por eso mismo. Si dejo a los consejeros pondrán en duda mis decisiones, querrán convencerme de que haga otra cosa, me hablarán de lo bien que lo hicieron Ahuízotl y mi padre Axayácatl. No olvides que yo también estuve de ese lado, escuché muchas conversaciones a espaldas del tlatoani. Fui testigo de la hipocresía con que le reverenciaban cuando estaban frente a él y lo criticaban en su ausencia. Yo mismo estuve en contra de algunas de sus determinaciones. Por eso el tlatoani debe tener a su lado únicamente gente de su entera confianza.

—Hay muchos en los que puede confiar. —Intenta defenderlos el cihuacóatl—. No creo que sea necesario destituirlos a todos.

Respiras profundo con los ojos cerrados. Exhalas y lo ves por unos segundos. Arrugas los labios y liberas una sonrisa punzante.

—Eso es lo que no quiero en mi gobierno: gente como tú.

Tlilpotonqui abre los ojos asustado y estira el cuello. No puede creer tu actitud. Sabes que en este momento se arrepiente de haberte apoyado desde tus inicios como capitán de las tropas y luego como sacerdote. ¿Por qué lo haces Motecuzoma? ¿No confías en el cihuacóatl? No es asunto de confianza, sino de poder. Vas a cambiar el cuerpo del gobierno. A partir de ahora el cihuacóatl y sus consejeros no serán el poder detrás del poder.

—Si frente a mí eres capaz de contradecirme, ¿qué puedo esperar de ti allá fuera, entre la gente de tu confianza?

—Disculpe, mi señor.

—Por muchos años tu padre Tlacaeleltzin y tú dieron las órdenes y el tlatoani en turno obedecía. Es preciso cambiar eso. A partir de hoy tú y todos, absolutamente todos deben dirigirse a mí de esta manera antes de decir cualquier cosa: tlatoani, notlatocatzin, huey tlatoani (señor, señor mío, gran señor).

—Como usted lo ordene… señor, señor mío, gran señor.

«Suena bien», piensas al mismo tiempo que inhalas y exhalas con la mirada hacia el techo del gran salón. Observas el estuco y los bellos dibujos pintados en la parte superior de los muros.

—No puedo hacer lo que sugieres. Si elijo entre unos y otros, habrá rencores, y seguramente traiciones. Por eso los tendremos que sacrificar a todos. Que no quede uno vivo.

El cihuacóatl aprieta los labios. Tiene la mirada hacia abajo. Está enfurecido y muy arrepentido de haberte apoyado, a ti que ahora quieres destituir y sacrificar a todos los consejeros, quienes en gran mayoría son sus familiares y amigos más cercanos. Lo observas detenidamente y sabes que con esto debilitas al hombre, hasta hoy, más poderoso del gobierno, Tlilpotonqui, hijo de Tlacaeleltzin. Has tomado una muy buena decisión, Motecuzoma Xocoyotzin. Tú eres el tlatoani y nadie más puede estar sobre tu cabeza, nadie más puede tomar las decisiones del gobierno. La forma de gobernar no puede ser igual que antes, en la que los tlatoanis obedecían al cihuacóatl. ¿Cuántas veces no te preguntaste por qué era así? Tres tlatoanis estuvieron bajo el mando de Tlacaeleltzin: Izcóatl, Motecuzoma Ilhuicamina y Axayácatl. Tlilpotonqui tuvo todo el poder en los gobiernos de Tízoc y Ahuízotl. Contigo serían tres, igual que Tlacaeleltzin.

—Señor, señor mío, gran señor, ¿a quién piensa elegir para el Consejo? —Tlilpotonqui cree que te tiene acorralado. Sabe que se necesita gente capacitada y leal.

—Yo mismo voy a elegir de la nobleza de Tenochtitlan, Tlacopan y Tezcuco a gente joven y distinguida para instruirla personalmente. A muchos de ellos ya los conozco muy bien, pues yo mismo los dirigí en las campañas y los adiestré en los actos religiosos. Y pienso seguir haciéndolo. Los voy a hacer venir a aquí, cuantas veces sea necesario, y los aleccionaré hasta infundir en ellos mis ideales. Quiero que piensen como yo, que sientan como yo, que sufran como yo las preocupaciones del gobierno, que se identifiquen conmigo para que no me juzguen sin razones. Que tengan fidelidad exclusivamente para mí.

—Señor, señor mío, gran señor, disculpe usted mi insistencia pero creo que hay mucha gente que no pertenece a la nobleza pero que está muy capacitada para los cargos del gobierno.

—¡Macehualtin! ¡No! —Te pones de pie y lo miras como si estuvieran en medio de un combate—. Todos mis antecesores cometieron el gravísimo error de otorgarles cargos de acuerdo a sus logros, pero no se dieron cuenta que con esto ofendían a los pipiltin y daban premios inmerecidos a los macehualtin. Claro que pueden esforzarse para alcanzar mejores rangos en el ejército, pero la verdad es que tarde o temprano demuestran su falta de linaje y la bajeza de su educación. Lo vulgar se hereda. Es imposible igualar el plumaje de una tórtola con el de un faisán. Enviar a un macehualli en calidad de embajador es vergonzoso, pues no tienen la sensibilidad para hablar ante la nobleza. Confunden y tergiversan los mensajes con su mal lenguaje y pésimos modales. En cambio los pipiltin con su elegancia al expresarse generan respeto y temor. No me interesan siquiera para los empleos de la casa y la corte.

—Señor, señor mío, gran señor, ¿quiere gente de la nobleza para que sirvan en la casa y en la corte?

—Por supuesto. Los macehualtin no entienden las necesidades de un gobernante. A partir de hoy únicamente podrán servir a mi gobierno aquellos que tengan pureza en la sangre. ¿Entiendes lo que digo? Ya no quiero bastardos de la nobleza. Ni siquiera mis hijos ilegítimos podrán aspirar a algún puesto en el gobierno. Ya sabes lo que pasó con Izcóatl, hijo bastardo de Huitzilíhuitl. ¡Su madre era una criada tepaneca!

—Señor, señor mío, gran señor, si no me equivoco usted no quiere tener macehualtin en el palacio ni en su gobierno.

—Cierto. —Le sonríes—. Quiero ser servido por gente fina, gente que entienda las necesidades de un tlatoani. De esta manera ellos aprenderán cómo se gobierna y cuando llegue el momento, quien quiera que sea electo tlatoani ya tendrá suficiente experiencia.

—El pueblo sentirá esto como una ofensa; en particular los pobres, los más humildes. Ya no querrán verlo ni hablarle.

—¡Exacto! —Te pones de pie, Motecuzoma, y caminas hacia él. Tu sonrisa es ahora mayor. Sientes que el cihuacóatl por fin está comprendiéndote . ¡Eso es lo que quiero! ¡Que nadie me vea! ¡Qué mejor que dentro de unos años nadie conozca mi rostro! Me volveré inalcanzable para ellos.

—Señor, señor mío, gran señor, se hará como usted ordene.

—Muy bien. Primero vamos a seleccionar a los nuevos servidores de mi gobierno, los instruiré personalmente y cuando estén listos, destituiremos a los otros. Anda, ve a traerme a todos los hijos legítimos y jóvenes de la nobleza tenochca, tepaneca y acolhua.

Te sientes bien, Motecuzoma. Como primera acción en tu gobierno lo has hecho bastante bien. El cihuacóatl está por salir de la sala, lo observas por unos segundos y de pronto te acuerdas de algo más:

—Espera —Le dices al cihuacóatl y te acercas a uno de los macehualtin que está abanicándote, le quitas el plumero, le arrancas las plumas, te quedas con el palo, lo colocas de forma vertical frente a ti, pones tu dedo índice a la altura de tu frente, sacas un cuchillo, le haces una marca y le dices al cihuacóatl—: Quiero que todos tengan esta estatura.

13

LA MADRUGADA SE ANUNCIA CON EL CANTO DE LOS PAJA-
rillos. Pronto el sol iluminará el horizonte y la gigantesca
sombra del Coatépetl cubrirá una parte del lado oeste de la
ciudad. Motecuzoma sigue solo en la sala principal de las
Casas Nuevas. Se pregunta una y otra vez qué debe hacer.
Analiza todo lo que ha ocurrido desde que llegaron a sus
oídos los primeros informes de que habían arribado unos
hombres blancos a las costas de los mayas. Aunque no era algo
en lo que pudiese intervenir, estuvo al tanto todo el tiempo,
manteniéndolo en secreto para evitar el escándalo en los
pueblos del Anáhuac. Se reprocha a sí mismo, cuestiona cada
una de sus decisiones. El temor a equivocarse es su mayor
enemigo. Quería esperar. Sabía que lo mejor era esperar. Y
esperó. Cuando se enteró de que los extranjeros se habían
marchado[35], sintió un gran alivio.

Pero al inicio de este año 1 Caña (1519) sus informantes le
contaron que las casas flotantes habían vuelto[36] por las costas

35 Se refiere a la partida de Juan de Grijalva en 1518.
36 La flota de Hernán Cortés —en la cual iban Alonso Hernández Porto-
carrero, Alonso Dávila, Diego de Ordaz, Francisco de Montejo, Francisco de
Saucedo, Juan Escalante, Juan Velázquez de León, Cristóbal de Olid, Gonzalo

de Kosom Lumil, que habían apresado a la esposa del halach uinik y que ella había llorado ante ellos rogándoles que no la mataran pero que luego el tecutli —que no era el mismo que el de las casas flotantes anteriores, pero que traía los mismos intérpretes que había apresado el tecutli anterior— le dio muchos regalos, le prometió que no le haría daño y le aseguró que sólo quería conocer a su esposo. Luego la liberó y al día siguiente volvió el halach uinik acompañado de toda la nobleza. Al escuchar que los extranjeros habían tratado muy bien a su esposa se mostró amigable con ellos y les llevó comida y regalos. Los extranjeros les correspondieron con muchos regalos, con lo cual los habitantes quedaron muy alegres.

Todo eso era muy confuso para Motecuzoma, que se enteraba de forma muy ambigua, pues sabía que los mensajeros tenían una asombrosa capacidad para cambiar la información, todo siempre a su parecer. En lo que no cambiaban los mensajes era que los hombres barbados pedían oro, ofrecían la protección de su tlatoani y hablaban de sus dioses. El dios principal era un hombre flaco, colgado de una cruz. Tenían diosas y dioses menores, cuyos nombres siempre comenzaban con las mismas palabras: *Virgen* y *San*.

El nuevo tecutli que dirigía las casas flotantes preguntó si antes habían llegado otros hombres iguales que ellos y los habitantes respondieron que meses atrás habían llegado otros iguales y señalaron a varios de los hombres barbados tratando de darles a entender que ellos habían llegado en la ocasión anterior, pero el señor principal los interrumpió

de Sandoval, Pedro de Alvarado, Antonio de Alaminos— consistía de 11 naves, 518 infantes, 16 jinetes, 13 arcabuceros, 32 ballesteros, 110 marineros y alrededor de 200 indígenas de Cuba y esclavos negros, 32 caballos, 10 cañones de bronce y 4 falconetes.

y corrigió: «Mucho antes». Los pobladores hablaron entre sí, y luego respondieron a los hombres barbados.

—Dos, sí, son dos hombres blancos —dijo uno de ellos con mucha seguridad—. Viven allá, con los cheles, en Ichpaatún. Están casados con princesas, hijas de Na Chan Can, y tienen hijos.

—¿Dónde está eso?

—Al norte de Ch'aak Temal.

—¿Los tienen como esclavos?

—No. Uno de ellos, al que llaman Gun Zaló,[37] salvó del ataque de un caimán al *Nacom Balam* (jefe de guerreros), y éste en recompensa le devolvió su libertad y la del otro, pero él no quiso irse, pues decía ser ya uno de ellos, y ahora es Nacom de los cheles.

El halach uinik ofreció llevarlos pero el tecutli de las casas flotantes no quiso ir personalmente. Mandó a varios de sus hombres con un mensaje escrito en su lengua.[38] Al llegar a las costas de Ch'aak Temal, los hombres barbados no quisieron bajar de sus casas flotantes y mandaron a los mayas a que entregaran el mensaje y volvieron a Kosom Lumil alegando que pensaron que todo era una trampa para matarlos.

—¿Y los nativos que los acompañaron? —preguntó el tecutli de las casas flotantes.

—Los dejamos allá.

—¿Por qué?

—No volvieron.

El tecutli de las casas flotantes, que en un principio parecía ser dócil, enfureció e increpó a sus mensajeros y los mandó azotar. Todo parecía indicar que era un hombre justo pues en

37   Gonzalo Guerrero.
38   Diego de Ordaz iba al mando de los bergantines.

muchas ocasiones se le vio regañar a sus hombres que cometían felonías o agredían a los pobladores, pero todo cambió cuando halló a los nativos sacrificando codornices e incensando el teocalli de la diosa Ix Chel (Arcoíris), la señora de la cura, la procreación y el amor. Primero habló con el halach uinik por medio de su intérprete[39], y lo exhortó a que dejara de adorar a esos *ídolos del demonio*. Días después, al ver que seguían adorando a sus dioses, los extranjeros destruyeron los altares y los quemaron; luego construyeron ahí un altar para sus dioses.[40] Los habitantes al verse amenazados por los palos de fuego y humo no pudieron evitar tan atroz sacrilegio. Cuando los hombres barbados se fueron, los habitantes se dieron a la tarea de poner sus ídolos en el altar y guardar las imágenes que los extranjeros habían dejado ahí, en dado caso de que regresaran.

Y volvieron días después, pues una de sus casas flotantes se había averiado y debían repararla lo antes posible. Entonces el halach uinik ordenó que acomodaran el altar tal cual lo habían dejado los hombres barbados. Mientras los habitantes de Kosom Lumil y los hombres barbados reparaban la avería, el tecutli de las casas flotantes fue a revisar que la imagen de su diosa siguiera en el altar. El halach uinik había ordenado que le pusieran muchas flores e incienso, lo cual dejó al hombre blanco muy contento. Cinco días más tarde se marcharon.

Una semana después uno de los dos hombres blancos que vivían en Ichpaatún abandonó a su esposa e hijos y fue tras

39   Uno de los mayas que habían sido capturados por la expedición de Francisco Hernández de Córdoba, bautizado como Melchorejo.
40   Una cruz y una imagen de la virgen María.

las casas flotantes en una canoa. Con él iban dos nativos que fueron testigos de todo esto y se lo contaron al halach uinik:

—Nos acercamos con mucha dificultad a las casas flotantes, pues la marea estaba muy agitada. Jeimo estaba muy ansioso: gritaba en su lengua y movía los brazos. Luego bajaron en una canoa pequeña varios hombres barbados. Se acercaron a nosotros apuntando con sus palos de fuego y mirándonos con mucha desconfianza. Jeimo les habló en su lengua hasta que ellos bajaron sus armas. Nuestras dos canoas chocaron y Jeimo se pasó apurado, se arrodilló y les dijo muchas cosas mientras lloraba. Después se fueron a las casas flotantes y ya no supimos más de él.

Motecuzoma se enteró de esto muy tarde, cuando las casas flotantes ya estaban por las costas de Tabscoob. Le informaron que Jeimo Cuauhtli —quien al explicar el significado de Aguilar, su segundo nombre, les dijo que provenía de la palabra águila, Cuauhtli en náhuatl— por hablar la lengua maya se convirtió en el principal intérprete del tecutli de las casas flotantes. Jeimo Cuauhtli comenzó a hablarles de la llegada de un dios y del tlatoani al que rendían vasallaje los hombres barbados.

—Cuando los hombres barbados llegaron al río de Tabscoob dejaron sus casas flotantes en el mar y entraron en unas canoas más grandes que las de los nativos. Pronto salieron muchas canoas a recibirlos y los hombres barbados con su nueva lengua, Jeimo Cuauhtli, pudieron decir con más claridad lo que buscaban. Decían que no iban a hacernos daño y que sólo buscaban hablar con nosotros sobre su tlatoani que vive en tierras muy lejanas.

Motecuzoma observó al informante con mucha atención. Aunque la información era casi siempre la misma, la frecuencia con que ésta se repetía lo dejaba cada vez con menos respuestas.

—Y aunque les dijimos que no necesitábamos de un nuevo tecutli, ni queríamos su protección, ellos insistían. Luego nos dijeron que querían agua, comida y un lugar para dormir, pues ya era tarde para volver al mar donde habían dejado sus casas flotantes. Pero les dijimos que podían quedarse en una isla que estaba muy cerca y que a la mañana siguiente podrían volver al mar.

—¿Se fueron?

—Sí, a la isla. Pero no se fueron a dormir, los vimos explorando el río y varias orillas. Nosotros volvimos al pueblo para esconder a nuestras mujeres, ancianos e hijos para que no les fueran a hacer daño los hombres barbados. Uno de los mayas que habían capturado los hombres blancos y que le habían cambiado el nombre por Melchorejo escapó y habló con nosotros. Además de que estaba muy desnutrido, se veía muy atemorizado. Nos alertó de las intenciones que tenían los tecutlis de las casas flotantes de adueñarse de nuestras tierras.

—Cuando llegan a un poblado —explicó— aunque no haya nativos presentes, uno de los hombres barbados dice en voz alta que en nombre de su tlatoani toma posesión de las tierras.

Al día siguiente los hombres barbados insistieron en entrar a la ciudad y como no se los permitimos, su lengua, Jeimo Cuauhtli, comenzó a decirnos en maya lo que el tecutli de las casas flotantes decía, que en nombre de su tlatoani venían a tomar posesión de nuestras tierras. Todos nosotros nos quedamos asombrados al oír eso que no tenía razón, eso que jamás había ocurrido en estas tierras. Todos nos preguntábamos por qué estos extranjeros se sentían con derecho de apropiarse de nuestras tierras. De pronto, sin ninguna ofensa, sin ninguna declaración de guerra, sin haber sostenido una batalla, ellos decían ya ser dueños de nuestras tierras. Entonces comenzamos a tocar los teponaxtles de guerra.

Las casas de Tabscoob estaban construidas con adobe y techos de paja. La ciudad tenía un cercado fabricado con troncos de madera, que salían de la tierra, entre los cuales había un espacio para poder disparar flechas a los enemigos. Los nativos apenas si tuvieron tiempo de lanzar unas cuantas flechas cuando se escuchó un trueno y se esparció el humo.

—Muchos hombres cayeron de sus canoas en el agua de donde nunca más salieron. Otros corrieron espantados por aquello que jamás habían visto. Aunque ellos estaban lejos podían reventarle la cabeza a nuestros guerreros con sus palos de fuego y humo. Mucha sangre se derramó en el río Tabscoob. Una gran cantidad de muertos flotaron en el agua. En verdad fue muy doloroso ver morir a tantos hombres de manera tan injusta. Pronto los barbados bajaron de sus canoas y comenzaron el combate con sus largos cuchillos de metal. Cuando pretendíamos huir por la parte trasera del pueblo aparecieron otros hombres barbados que nos estaban esperando ahí. Fue muy difícil mantener la batalla. El tecutli de las casas flotantes subió al teocalli y por medio de su lengua, Jeimo Cuauhtli, volvió a tomar posesión de nuestras tierras.

Al escuchar todo eso, Motecuzoma pensó seriamente en preparar sus tropas para estar prevenidos. Pero volvió a su mente la misma pregunta que no lo dejaba descansar. ¿Qué quieren? ¿Oro? Se los daremos. ¿Plumas preciosas? También se las daremos. ¿Quieren apoderarse del imperio mexihca? No se los permitiremos. ¿Podremos impedírselos? Las armas que tanto han descrito los informantes parecen ser extremadamente destructivas. ¿Cómo luchar contra el fuego y el humo? ¿Cómo derrotar a esos venados que dicen que patean tan fuerte que matan a los hombres? Pero también pude haber otra posibilidad: que jamás lleguen a Tenochtitlan, que se hagan de riquezas en esos pueblos y se marchen.

Pero esas vagas esperanzas se desvanecieron al llegar otro informe. Los hombres barbados habían atacado nuevamente a los nativos de Tabscoob. Los fueron a buscar tierra adentro y con sus cerbatanas de fuego y humo asesinaron a quince mientras que los nativos apenas lograron matar a dos y herir a once. Pero lo peor de todo era que los hombres blancos habían apresado a varios miembros de la nobleza. El tecutli de las casas flotantes y su lengua, Jeimo Cuauhtli, los interrogaron y torturaron por separado, hasta que declararon que uno de los esclavos mayas —Melchorejo— que llevaban los había alertado del peligro, y por lo mismo habían mandado llamar a todos las tropas de los pueblos cercanos con los que pretendían formar un ejército muy grande, y con el cual, a pesar de las armas de fuego y humo, lograrían acabar con ellos.

—Eso debemos hacer —dijo Motecuzoma al enterarse de esto—. Reuniremos todas nuestras tropas. Llamaremos a todos los pueblos aliados y vasallos para que juntos nos enfrentemos a los extranjeros.

Los miembros de la nobleza se mostraron entusiasmados al escuchar aquellas palabras. Había un nuevo brillo en los ojos del tlatoani.

—Pero debemos tener mucho cuidado —agregó Motecuzoma—. Tenemos demasiados enemigos, dentro y fuera de Tenochtitlan. Y los peores son los que fingen lealtades.

A ninguno de los presentes le gustaba escuchar eso. La duda incomodaba incluso a los que realmente eran leales al tlatoani. Pocas veces se descubrían a los verdaderos traidores.

—El tecutli de las casas flotantes liberó a dos hombres —agregó el informante—. Y le mandó decir a nuestro señor que únicamente se iría de ahí muerto o victorioso.

—Ese hombre sabe que si sale vencido —dijo Motecuzoma Xocoyotzin con mucha seriedad—, se divulgarán los rumores por todos los pueblos y saldrán a atacarlo con mayores bríos.

De pronto Motecuzoma volvió a guardar silencio. Cerró los ojos y bajó la cabeza. Todos los miembros de la nobleza, incluidos los sacerdotes y los capitanes de las tropas sabían que una vez más el huey tlatoani, Motecuzoma Xocoyotzin, había cambiado de planes. Una vez más esperarían para decidir qué hacer antes del arribo de los extranjeros.

14

Sabía que no podía confiar en el cihuacóatl, quien había sido bien instruido por su padre Tlacaeleltzin. Había muchos intereses de por medio. Mi primera guerra era precisamente contra el poder absoluto que había dominado a los últimos tlatoanis. No se trataba de un solo hombre sino de una población completa, que estaba acostumbrada a obedecer al cihuacóatl y a su séquito. Yo tenía que cambiar eso.

No fue fácil. Corría el riesgo de que montaran una conspiración en contra mía. Por lo mismo ocupé los primeros días de mi gobierno en dialogar con la gente en la que más confiaba. Ellos, por supuesto, compartían mi posición sobre la importancia de mantener separados a la nobleza y a la plebe. No se puede gobernar sin gente de confianza. Yo no confiaba en la gente del cihuacóatl, por eso lo mandé espiar a todas horas. Me aseguré de que llegara a oídos de Tlilpotonqui el rumor de que lo estaban vigilando, pues enterarme de alguna conjura después de realizada no me servía tanto como evitar que lo hiciera.

El proceso fue lento pero seguro. Fui adiestrando a cada uno de los hombres de mi gobierno hasta hacerlos un río de mis pensamientos. Llegado el día los reuní a todos en la sala principal del palacio y anuncié que todos los dignatarios del gobierno anterior estaban destituidos, lo cual provocó mucha incomodidad. Uno de ellos se atrevió a levantar la voz. Lo llamé al frente y él, lleno de soberbia, salió del fondo del salón. Recuerdo perfectamente su rostro ancho, sus bigotes largos y ralos, sus ojos cansados y su piel tostada y arrugada. Lo recuerdo perfectamente porque maldijo en público la hora en que fui electo huey tlatoani. Lo dijo con tal altivez que por un instante pensé que alguien con tanto valor merecía estar al frente de mis tropas. Por supuesto que también pensé que si tenía el valor para confrontarme en público, sería capaz de traicionarme en cualquier momento; peor aún, todos los presentes entenderían que al tlatoani lo podía humillar cualquiera.

Podía ordenar que lo arrestaran, que lo encarcelaran y que lo sacrificaran, pero ése era el momento preciso para mostrar una postura sólida y enérgica. Me puse de pie, caminé hacia él y lo reté a un duelo, ahí mismo. La soberbia en su rostro se diluyó como el polvo del cacao molido en el agua. Dirigí la mirada a uno de los capitanes y le di a entender que me entregara dos macahuitles. El honor es lo más valioso que tiene un tenochca. Así que aquel hombre no dudó en tomar su arma. Comenzamos un reñido pero breve combate. El hombre terminó desangrado en el piso mientras los demás observaban boquiabiertos.

Entonces ordené al capitán del ejército que se llevara a todos los servidores destituidos al huey teocalli, donde esa misma tarde serían sacrificados.

Otro de los cambios que hice fue prohibirle a toda la población verme a la cara, bajo pena de muerte. A partir de ese día si yo caminaba por alguna calle todos tendrían que arrodillarse, y poner sus manos y rostros en el suelo. Si el pueblo puede ver a su gobernante por todas partes y hablarle, tocarlo y decirle lo que le venga en gana, incluso insultarlo, es simplemente uno más. Pero sí es inalcanzable y desconocido físicamente, se vuelve temido y reverenciado. Lo que se viera dentro del palacio se sabría en todo Tenochtitlan y, por consecuencia, en todos los pueblos aliados y subyugados. Para continuar con la expansión militar era necesario que todo esto se diera a conocer, de lo contrario ante los ojos de los demás pueblos yo sería visto como un tlatoani vacilante.

El poderío mexihca había crecido como ningún otro pueblo antes, tanto que los pueblos aliados, Tlacopan y Tezcuco, eran ya algo simbólico, pues su poder no tenía ni tiene comparación con el nuestro. Tlacopan nunca lo tuvo, pero su inclusión en la Triple Alianza fue para que fungiera como mediador entre Nezahualcóyotl e Izcóatl, que recién habían logrado vencer a los tepanecas bajo el mando de Tezozomoctli y años después, su hijo, Maxtla, que tuvieron a los mexihcas subyugados por casi cien años. En realidad los pueblos aliados fueron muchos, con mayor o menor poder militar. Pero los que estaban al mando eran los tenochcas y los acolhuas. Otros que también tenían mucho poder eran nuestros vecinos los tlatelolcas, con quienes hacer una alianza no era nada favorable. Nunca lo fue. Pues desde que nuestros abuelos llegaron a la isla en el año 2 Casa (1325), y fundaron Méxihco Tenochtitlan, un grupo de disidentes decidió fundar su propia ciudad en el lado norte, a la cual llamaron Méxihco-Tlatelolco. Y por lo mismo mi padre Axayácatl decidió emprender una guerra contra ellos. Tras la conquista de Tlatelolco, mi padre los obligó a pagar un tributo, pero Tízoc y Ahuízotl los indultaron. Perdonar a unos y castigar a otros de manera parcial es tan injusto como peligroso.

Por eso, otra de las decisiones más importantes en los primeros días de mi gobierno fue mandar llamar a los tlatelolcas y exigirles el pago inmediato de tributos, para lo cual los tlatelolcas entregaron los suministros que habían obtenido en la última guerra: joyas, plumas finas, comida y armas. Para gobernar también hay que saber premiar a los buenos súbditos, por lo mismo, tiempo después decidí restablecerles su independencia y les otorgué el permiso para ir a las guerras con sus propias insignias y la reconstrucción del huey teocalli de su ciudad, que había sido destruido tras la guerra entre Tenochtitlan y Tlatelolco. Con esto se volvieron más leales y obedientes.

Ya no había necesidad de que demostrara mi valor, pues por ello había sido electo tlatoani. Pero como requisito debía conseguir el mayor número de prisioneros de guerra para ser sacrificados durante los festejos de mi coronación. Me había ejercitado en las armas desde que era un jovencito, pero para cuando fui electo tlatoani lo hacía con mayor brío que antes pues a mis treinta y cinco años de edad —aunque tenía mucha experiencia— ya no era tan ágil como solía serlo.

Como era de esperarse, y como siempre había ocurrido tras la muerte de un tlatoani, algunos pueblos decidían desafiar al nuevo tlatoani, aprovechando su inexperiencia; en ese caso fueron las provincias de los otomíes en Nopala e Icpactepec, quienes no sólo se habían rehusado a pagar el tributo sino se habían atrevido a asesinar a los mexihcas que estaban en sus tierras y a cerrarles el paso con troncos y piedras a todos los tenochcas que intentaban entrar a su territorio. Esta declaración de guerra más que una ofensa fue una merced para mí que debía demostrar mi grandeza como líder del pueblo tenochca.

—Han fortificado sus poblaciones con muros de madera y roca —me informó el embajador que había llegado ante mí.

No me mostré molesto ni ofendido, como se esperaba, como debía ser; por el contrario, sonreí un poco. Volteé a ver al cihuacóatl, quien estaba parado a un lado mío, y sabía que él no compartía mi alegría; seguía resentido porque decidí sacrificar a todos los servidores del gobierno anterior. Se sentía sólo, vulnerable, traicionado.

Despedí al embajador con el ritual acostumbrado de hacerle grandes obsequios: mantas de algodón, plumas finas, comida y joyas. Me dirigí al cihuacóatl y le pedí que mandara llamar al consejo y los señores principales de los pueblos aliados para que juntos decidiéramos el día y la estrategia para salir a castigar a los pueblos rebeldes.

—Así lo haré, señor, señor mío, gran señor —dijo el cihuacóatl.

En cuanto el cihuacóatl se retiró los miembros de la nobleza, que desde que vivían en el palacio eran testigos de todos mis pasos y escuchaban cada una de mis palabras, me observaron con devoción y esperaron en silencio. Sabía que en cuanto les diera autorización de hablar recibiría una carga de elogios, algo que no deseaba en ese momento. Me puse de pie y sin decir una palabra me dirigí a mi habitación, el único lugar donde tenía privacidad…

¿Qué ocurre, Motecuzoma? ¿Por qué te quedas callado? ¿No piensas contarle que mientras caminabas por el pasillo, seguido por un grupo de diez personas que siempre iban detrás de ti, pensaste en el placer? Hacía varios días que no satisfacías tus necesidades.

Al llegar a tu habitación los hombres que te seguían esperaron afuera. Observaste el interior y lo sentiste muy solitario, entonces saliste al pasillo, te dirigiste a uno de los mayordomos y le pediste que te llevara una concubina. El hombre se retiró y volvió media hora más tarde con una doncella de trece años, hija de uno de los miembros de la nobleza. La joven entró con la cabeza agachada, se arrodilló y puso sus manos y frente sobre el piso. En cuanto el mayordomo se retiró le dijiste a ella que se pusiera de pie. Te obedeció pero no levantó la mirada. Te acercaste a ella y la observaste con atención, querías asegurarte de que fuera tan bella como la habías pedido. Estiraste tus manos para desnudarla lentamente. Su cuerpo temblaba. Su pecho tenía dos bultos minúsculos. La viste a la cara y notaste que también le tiritaban los labios. «Mírame», le dijiste y ella te miró a los ojos por unos segundos y bajó la mirada. «¿Has estado antes con algún hombre?», preguntaste y ella negó sin levantar la mirada. «No me mientas, porque yo… lo sé todo», le dijiste y ella volvió a mover la cabeza de izquierda a derecha. Sabías que decía la verdad. La tomaste de la mano y la guiaste hasta tu lecho, el cual está sobre una estera, la cual tiene veinte mantas de algodón —una sobre otra—, luego un capa de plumas y hasta arriba una cobija hecha con pieles de conejo.

Ella cerró los ojos y apretó los labios mientras tú la acostabas y comenzabas a tocarla. La volteaste bocabajo y la pusiste de rodillas para poseerla. Lanzó un quejido e intentó alejarse de ti pero la detuviste de las caderas y la jalaste hacia ti. En cuanto rompiste la barrera que te impedía entrar ella dio un grito que te excitó. Incrementaste el compás de tus movimientos mientras ella sollozaba.

Al terminar ella permaneció bocabajo sin decir una sola palabra. De pronto te percataste de que estaba llorando en silencio. «¿Qué tienes?», preguntaste y ella no respondió. Negaste con la cabeza y le diste la espalda. «La primera vez siempre duele», dijiste y caminaste hacia una olla de barro que estaba llena de agua; sacaste una jícara y te lavaste antes de vestirte. «Envíenle algunos regalos a los padres en muestra

156

de mi gratitud», le dijiste al mayordomo que estuvo todo el tiempo afuera de tu habitación y te dirigiste a la sala principal.

Le pediste a otro de los mayordomos que te sirvieran la comida. Mientras tanto dedicaste tu tiempo a platicar con los miembros de la nobleza. Cuando el mayordomo avisó que tus alimentos estaban listos, todos los que te acompañaban se postraron en las orillas de la sala y observaron mientras fueron entrando decenas de mujeres y hombres con grandes ollas de barro llenas de comida caliente: tortillas, tamales, tlacoyos, mole, guajolotes asados. Uno a uno fue pasando ante ti para que vieras los manjares. Cuando elegiste lo que se te antojaba comenzaste a comer solo. Mientras tanto cinco de tus ministros de confianza se mantuvieron de pie a tu lado, listos para escuchar o responder a lo que dijeras, el resto de la nobleza esperó en silencio y un grupo de músicos tocó sus teponaxtles, flautas, caracolas y cascabeles.

Al terminar entraron los enanos y corcovados para divertirte con sus gracias: se subieron a unos zancos de madera y se corretearon entre sí. Luego presenciaste una danza que había sido preparada para ti y escuchaste los bellos versos que te dedicaron unos poetas. Les agradeciste su presencia y los despediste para poder fumar a gusto de un cañuto el liquidámbar mezclado con tabaco que te adormeció.

Comenzaste a bostezar, obsequiaste comida a los miembros de la nobleza y te retiraste a tu habitación para dormir una siesta. Al despertar, el cihuacóatl estaba frente a ti: tenía un rato esperando para poder hablar contigo. Su rostro se veía apagado. «Señor, señor mío, gran señor», te saludó mientras tu liberabas un bostezo y te tallabas los ojos. «¿Qué necesitas?», preguntaste y volviste a bostezar. «Los señores principales de los pueblos aliados y subyugados lo están esperando en la sala principal». Arrugaste los párpados y mostraste tu dentadura mientras movías la cabeza en círculos. «Diles que voy en un momento». Apenas si se fue el cihuacóatl te bañaste y te vestiste con unas prendas nuevas, que después de esa ocasión jamás volviste a usar.

...Más tarde volví a la sala principal donde todos se arrodillaron ante mí excepto los señores de Tlacopan y Tezcuco. Saludé primero a Nezahualpilli y luego a Totoquihuatzin.

—Los he mandado llamar porque ha llegado el momento para que yo vaya en busca de prisioneros para la celebración de mi coronación. Las provincias de los otomíes en Nopala e Icpactepec se oponen a pagar el tributo a los tenochcas, y como declaración de guerra han matado a varios mexihcas en sus tierras y han cerrado los caminos con troncos y piedras. Es por ello que hago un llamado para que en Méxihco Tenochtitlan y todos los pueblos aliados y vasallos se preparen todos los hombres para ir a la guerra y a todas las mujeres para que preparen alimentos. Asimismo solicito la valentía de alguno de ustedes para que se dirija con la dignidad de embajador, en compañía de una tropa, y los cargadores necesarios para que lleven armas, mantas de algodón y alimentos y se las entreguen a los señores principales de aquellos pueblos en el momento en que les declaren la guerra en nombre del tlatoani de Méxihco Tenochtitlan y todos sus pueblos aliados.

15

El sol alumbra ya la ciudad de Tenochtitlan. Hace varias horas que la gente está ocupada en sus labores. El lago se encuentra lleno de canoas y los mercados saturados de gente. Motecuzoma Xocoyotzin no ha dormido un solo minuto. Permaneció solo en la sala principal y los demás en la sala destinada a los pipiltin. La palabra *tlatoani* significa «el que sabe hablar»; por eso es elegido, por su capacidad para representar los intereses de su pueblo, por su habilidad para la mediación y búsqueda de soluciones a los conflictos.

Todos sus ministros, sacerdotes y capitanes insisten en que les declare la guerra a los extranjeros antes de que ellos actúen de la misma forma en que lo hicieron con los totonacas, los tlaxcaltecas y los cholultecas.

—Por eso mismo no les declaro la guerra —responde el tlatoani—, porque si a ellos los vencieron con tanta facilidad siendo tan pocos, ¿qué no harán con los tenochcas ahora que tienen como aliados a nuestros enemigos? Esas trompetas de fuego y esos cañones, como ellos los llaman, son muy peligrosos. Además, suponiendo que lográramos vencerlos, no sabemos cuántos soldados vienen en camino.

Una vez más todos callan. Motecuzoma Xocoyotzin les recuerda que cuando se enteraron de la llegada de las casas flotantes al río de Tabscoob, él fue el primero en tomar la decisión de ir a atacarlos, pero al escuchar que ellos no pretendían salir de ahí más que muertos o victoriosos tuvo que pensar sus planes.

En aquella ocasión Motecuzoma se enteró de que los hombres barbados abrieron el cadáver de un nativo, le sacaron la grasa y se la untaron a sus heridos.

El tecutli de las casas flotantes envió a dos nativos que habían capturado para que dieran un mensaje a los señores principales. Les ofrecía la paz si iban a verlos en dos días. Los señores principales les enviaron quince esclavos con algunos regalos. Pero Jeimo Cuauhtli, que ya conocía las costumbres de los nativos, le explicó al tecutli de las casas flotantes que eso no era un mensaje de paz. Entonces enviaron a los mensajeros de regreso. Al día siguiente fueron a verlos cuarenta señores principales con un número mayor y mejor de regalos. Les pidieron que ya no lanzaran más sus bolas de fuego ni utilizaran sus largos cuchillos de metal. Ya no más. Ya había muchos muertos y era urgente enterrarlos antes de que llegaran las aves de rapiña.

Una vez más Jeimo Cuauhtli intervino y le dijo al tecutli de las casas flotantes que entre ellos no se encontraba el halach uinik. Los que habían llevado el mensaje volvieron con su tecutli y dieron el mensaje. Un día después, por fin apareció el halach uinik para hablar con ellos. Jeimo Cuauhtli estuvo siempre traduciendo para el tecutli de las casas flotantes que ya estaba muy enfurecido. Les dijo que los venados gigantes estaban muy enojados por tan malos tratos. Y justo en ese momento se escuchó un trueno ensordecedor y a lo lejos un árbol comenzó a incendiarse. De igual forma, a poca distancia, uno de los venados gigantes comenzó a hacer esos ruidos extraños, a patalear e incluso se paró harto enfurecido en dos patas, a veces con las delanteras y otras con las traseras. El tecutli de las casas flotantes sonrió y le dijo al halach uinik que volvería en un rato, que iría a hablar con el venado gigante y le diría que se calmara que ya los pobladores estaban dispuestos a dar vasallaje a su tecutli. Y así, minutos después que volvió el tecutli de las casas flotantes, el venado dejó de hacer ruidos.

—¿No se pueden matar esos venados? —preguntó Motecuzoma.

—No —respondió el informante con mucha seguridad—. Lo hemos intentado, pero nuestras armas no los lastiman. Y si uno intenta atacarlos por detrás, éstos sueltan tremendas patadas. A muchos han matado con un solo golpe.

—¿Qué pasó después de que su halach uinik se rindiera?

—Al día siguiente les llevó el oro que el tecutli de las casas flotantes les pidió.

—¿Más oro? —Motecuzoma no podía entender por qué los extranjeros le daban más valor al oro que a las plumas, las mantas de algodón, los utensilios de barro, figuras de cerámica, las flores, las semillas, el maíz, los animales, los alimentos.

—Eso es lo que siempre piden. Mi señor les entregó las pocas piezas de oro que tenía: cuatro diademas, una lagartija, dos perrillos, orejeras, cinco ánades, dos máscaras mayas, dos suelas y muchos adornos. También les regaló veinte mujeres para que les hicieran de comer.

—¿Qué hizo con las mujeres?

—Las recibió muy gustoso. Pero siguió pidiendo oro. Y cuando mi señor les dijo que ya no tenía más, él preguntó dónde había más. También preguntó dónde estaba el maya, al que llamaban Melchorejo, pero mi señor le dijo que al ver que iban perdiendo en el combate huyó de ahí. Después le habló de su tlatoani que vive en el otro lado del mar y de sus dioses. Y finalmente destruyeron los teocallis, todos, los derribaron a golpes y los quemaron. Mucha tristeza hubo ese día, mucho llanto, mucha ira, y a pesar de toda esa barbarie, mucho silencio.

—Un teocalli se reconstruye, pero jamás un pueblo muerto —dijo Motecuzoma.

—Luego mandaron llamar a toda la población para que presenciara un ritual dedicado a sus dioses, en el cual uno de ellos hablaba todo el tiempo y los demás escuchaban o fingían escuchar pues también los hombres barbados que estaban hasta atrás bostezaban a ratos o hablaban en voz baja entre ellos, yo los vi.

»Después echaron agua en las cabezas de las veinte mujeres que el halach uinik les había regalado y les cambiaron el nombre, así, sin preguntarles si querían llamarse de formas tan extrañas. Al terminar su ritual, comenzó a llover y el tecutli de las casas flotantes nos quiso obligar a rendir vasallaje a su tlatoani, y devoción a sus dioses.

»Nadie respondió. Nadie aceptó adorar a esos dioses desconocidos. Nadie quiso ofrecer su vasallaje a un tlatoani del que no sabíamos nada. El tecutli de las casas flotantes insistió con gritos y amenazas, al mismo tiempo que alzaba y apuntaba su largo cuchillo de metal hacia el rostro del halach uinik, quien le contestó que quizá lo haría hasta que conociera al tlatoani, pero eso de adorar a otros dioses no.

»Entonces el dios del trueno llegó en nuestro auxilio. Fuertes vientos comenzaron a soplar. Llegó apresurado unos de los hombres barbados y les avisó a sus compañeros que sus casas flotantes corrían mucho peligro. El tecutli principal cambió su actitud, sonrió y luego dijo algo que Jeimo Cuauhtli tradujo como: "Somos amigos. Confío en vuestra promesa de rendir vasallaje. Volveremos pronto".

»El halach uinik le respondió que seguirían siendo amigos y luego mandó a muchos hombres a que les ayudaran a subir todos los regalos que les habían dado a sus casas flotantes.

—Debemos interrogar a su concubina —dice uno de los sacerdotes—. Malintzin debe saber cuáles son sus planes.

—Esa niña ve al tecutli Malinche cual si se hallara frente a un dios —responde Motecuzoma—. ¿No se han dado cuenta?

—¡Es una traidora! —exclama enfurecido uno de los capitanes.

—¿Por qué traidora? —pregunta el tlatoani.

—Es mexihca, tiene nuestra sangre.

—No —interviene otro—. Uno de nuestros informantes me dijo que ella nació en Xalisco. Es la hija de uno de los señores principales y en medio de una guerra fue arrebatada de los brazos de sus padres por unos mercaderes, cuando era aún muy pequeña; luego la vendieron en Xicalanco y luego fue entregada al señor de Tabscoob.

—Por eso —responde el capitán—. Sí fue vendida en Xicalanco, pero su madre, que es mexihca, la vendió porque su esposo murió y luego se casó con otro, que no quería una hija ilegítima y la obligó a venderla.

—Otro de nuestros informantes me dijo que es hija de uno de los señores principales de Painalá, cerca de Coatzacoalcos —interrumpe uno de los miembros de la nobleza.

—A mí me dijeron que había nacido allá en la costa de Teticpac —dice otro.

—Estás equivocado —corrige otro—, nació en Toti-quipaque.

—Lo importante es que sus padres la vendieron hace muchos años —agrega otro ministro—. Y luego fue entregada a los extranjeros. Y como esclava está obligada a obedecerlos. Eso no la hace una traidora.

—Yo insisto en interrogarla.

—¿Cómo? ¿En qué momento? —demanda Motecuzoma—. Jamás se separa del tecutli Malinche.

Hace frío y al tlatoani se le eriza la piel. Sigue pensando en todo lo que ha ocurrido en los últimos meses. No se arrepiente de las decisiones que ha tomado pero tampoco admite que sean las mejores.

La primera vez que supo de Malintzin fue cuando envió una embajada acompañada de cuatro mil hombres para que hablaran con el tecutli de las casas flotantes, que entonces se encontraba en la isla de Chalchiuhcuecan.[41] Los informantes de Motecuzoma habían seguido a las casas flotantes desde las costas por todo su recorrido desde Tabscoob. Apenas vieron que los hombres barbados pretendían bajar en aquella isla, la embajada de Motecuzoma se dirigió a las casas flotantes ya sin temor. En cuanto tuvieron el primer contacto con los barbados, su lengua Jeimo Cuauhtli no supo lo que le decían pues solamente sabía hablar maya. Entonces una de las veinte mujeres que les habían regalado en Tabscoob se atrevió sin permiso a responder y señaló al tecutli principal de las casas flotantes, quien a su vez le ordenó a Jeimo Cuauhtli que le preguntara a esa niña si sabía hablar la lengua de los nativos de esa isla. Ella respondió sin orgullo que era su lengua materna. El tecutli de las casas flotantes sonrió tanto que la niña Malinalli se sonrojó. Se acercó a ella, le puso una mano en el hombro y la llevó consigo. A partir de ese momento el tecutli de las casas flotantes le hablaba a Jeimo Cuauhtli; él a

41   Llegaron a la isla de San Juan de Ulúa el 21 de abril de 1519.

la niña Malinalli, que finalmente les hablaba a los embajadores de Motecuzoma y a todos los nativos de aquella isla.

El tecutli invitó a los embajadores de Motecuzoma a las casas flotantes, donde una vez más se llevaron a cabo los saludos y los intercambios de regalos. Días después el tecutli de Cuetlaxtlan, llamado Tentitl, fue a verlos, como embajador de Motecuzoma. El tecutli de las casas flotantes se presentó pero su nombre no pudo ser pronunciado por el embajador, que para evitarse tal dificultad comenzó a llamarle tecutli.[42] Tentitl les llevó más regalos de parte de Motecuzoma: piezas de oro, ropa de algodón, plumas, frutas, pescado asado y guajolotes. El tecutli de las casas flotantes le dio más regalos para que los llevara al tlatoani, entre estos una silla y le dijo que cuando ocurriera el encuentro entre ambos quería que se sentara ahí.

Días después los hombres barbados llevaron a cabo un ritual para sus dioses. Todos los habitantes de la zona y los embajadores de Motecuzoma observaron en silencio. Luego el tecutli de las casas flotantes habló con Tentitl y le dijo que iba de parte de un tlatoani muy poderoso y que traía un mensaje *secreto* para Motecuzoma y que con este mensaje todos estarían muy felices.

—No me interesa conocer ese mensaje —respondió Motecuzoma.

42   Los españoles confundieron la palabra *tecutli* —que significa señor, y en cuya fonética el sonido de *cu* casi no se escuchaba o no se entendía para el oído castellano, dando un sonido de *u*— por la palabra *teul*. Al preguntar por el significado de la palabra *teul* los mexicas que les dieron la traducción creyeron que se trataba de *teotl*, que designa a un dios. Entonces los conquistadores creyeron que los nativos los habían confundido con dioses, escribiendo en sus crónicas que les llamaban *teules*, lo cual es completamente falso pues cuando ellos llegaron Motecuzoma y todos los mexicas ya sabían que no eran dioses.

—También preguntó por qué los tlacuilos dibujaban todo lo que veían alrededor en los lienzos de algodón.

—¿Y qué le dijiste?

—Que era para que usted viera cómo eran sus casas flotantes y sus animales. Entonces mandó traer todos sus venados, se subieron en ellos y corrieron por la orilla del mar. Luego ordenó que hicieran estallar otras armas de fuego, que no son como los palos de fuego y humo, sino como troncos de madera huecos, pero de metal. Nos espantamos mucho, pues es verdad que esos troncos de fuego si hacen destruir todo lo que está enfrente. Muchos corrieron, otros se tiraron al piso. Al ver esto, el tecutli hizo que dejaran de lanzar las bolas de fuego. Luego me dio esto para usted. Me lo dio porque yo lo contemplaba con insistencia, pues no sabía porque se lo ponían en la cabeza si es tan horroroso. Pero él me explicó que era para protección en la guerra.

Motecuzoma recibió el objeto metálico que parecía ser de oro pero que estaba muy desgastado. Imaginó a sus guerreros usando algo así en las batallas y liberó una sonrisa. Le parecía un objeto ridículo.

—Nada mejor que un penacho elegante para imponerse.

—Además volvió a pedirnos oro.

—¿Más?

—Dice que sufren de un mal del corazón que sólo se cura con el oro. Después les dije que a usted no le interesaba hablar con ellos y que ya era tiempo de que volvieran a sus tierras.

—Bien dicho. —Motecuzoma asintió con gusto.

—Pero se molestó. Dijo que yo no era quién para negarle ver al tlatoani. Y que no se iría de allí hasta hablar con usted. Por eso volví, pero dejé a dos mil mexihcas para que los vigilaran, por supuesto, como usted lo indicó, con la excusa de que los iban a atender.

—Pues si lo que quieren es oro, les enviaremos una buena cantidad para que se vayan.

Cuando Tentitl volvió con el nuevo mensaje de Motecuzoma, los tenochcas que se habían quedado con los hombres barbados ya habían construidos mil chozas de palos. Les llevó más oro: dos figuras con forma de soles, un tazón, un cántaro, una armadura de algodón con plumas de quetzal y unos escudos de concha. Pero ellos insistían en que querían conocer a Motecuzoma.

Tentitl mandó entonces un mensajero a Méxihco Tenochtitlan, que al llegar a cierto punto entregó el mensaje a otro, quien corrió lo más posible hasta llegar con el otro mensajero, y así hasta cumplir con su tarea. Motecuzoma se enteró de esto al día siguiente.

—Debemos echarlos de estas tierras —dijo Cuitláhuac.

—No —intervino Cacama—. Debemos primero saber qué es lo que quiere su tlatoani. Es evidente que tiene mucho poder. Si usted no los recibe pensarán que tiene miedo. Además, si ellos se sienten desairados podrían buscar alianzas con los totonacas que están muy cerca, y que están muy a disgusto con el vasallaje que deben rendir a la Triple Alianza.

—Enviaremos una nueva embajada, con más regalos, y más oro para que se marchen. Eso es lo que quieren. Ya lo hemos visto: a cada poblado que llegan piden oro y se marchan. Pero hay que avisar a todos los pueblos aliados y vasallos para estén listos con sus tropas.

La embajada llegó entonces con los señores de las casas flotantes y les entregaron más riquezas. Y esa misma semana Motecuzoma se enteró de que Ixtlilxóchitl, hermano de

Cacama, el tecutli de Acolhuacan, les había enviado algunos regalos a los hombres barbados.

16.

Cuando los abuelos mexihcas llegaron a estas tierras en el año 8 Casa (1253)[43], apenas si había lugar para fundar una nueva ciudad. Aquellos hombres y mujeres nómadas que llegaron en la pobreza extrema se vieron obligados a aceptar lo que les ofrecieran. En muchos lugares los maltrataron y corrieron, en otros los obligaron a trabajar e ir a las guerras con ellos; siempre al frente para que fueran los primeros en morir. Pero con el paso del tiempo, los abuelos demostraron su capacidad para derrotar a los enemigos.

Finalmente, en el año 2 Casa (1325), Tezozomoctli, el tecutli de Azcapotzalco, les dio permiso a los abuelos de habitar un pequeño islote que le pertenecía y que tenía abandonado en medio del lago de Tezcuco. En ese lugar tan inhóspito lo único que había para comer eran serpientes y ranas.

Los abuelos fueron fieles vasallos de Tezozomoctli, y defendieron su señorío tepaneca, incluso en contra del supremo monarca, Ixtlilxóchitl, padre de Nezahualcóyotl y abuelo de Nezahualpilli.

43 La fecha es aproximada, ya que las versiones existentes varían mucho.

Los verdaderos conflictos entre Tezcuco y Azcapotzalco comenzaron cuando se anunció que Techotlala, el tecutli de Tezcuco y supremo monarca de toda la Tierra, había muerto. Mucho se dijo que Techotlala había sido un buen rey pero un mal político al permitir que Tezozomoctli hiciera lo que le viniera en gana. Tezozomoctli se negó a reconocer al hijo heredero de Techotlala, Ixtlilxóchitl, como gran *chichimeca-tecutli*.

Era una guerra anunciada. Tezozomoctli había esperado diez años para vengar el desdén que Ixtlilxóchitl le había hecho a su hija, al devolverla después de haberla esposado, para luego casarse con la hermana de Huitzilíhuitl.

A pesar de las exigencias de Tezozomoctli de que los tenochcas no asistieran a la jura de Ixtlilxóchitl, Huitzilíhuitl fue a Tezcuco para ofrecerle lealtad. Sin embargo la jura no se llevó a cabo debido a que Tezozomoctli envió mensajeros a Ixtlilxóchitl alegando estar indispuesto. El príncipe acolhua necesitaba la presencia del tecutli de Azcapotzalco, de lo contrario, su jura sería indigna; y la ausencia de Tezozomoctli sería vista por los demás señoríos como una rebelión.

Intentando huir de una humillación, Ixtlilxóchitl accedió a los caprichos de Tezozomoctli y se humilló aún más cuando le envió fardos de algodón solicitándole que los acolhuas le hicieran mantas para sus soldados, como si se tratara de un pueblo subordinado. La excusa era tan pueril como inconcebible: Tezcuco es uno de los mejores fabricantes de mantas.

Tres años seguidos se repitió la misma humillación. Tres años sin que Ixtlilxóchitl fuese jurado como supremo monarca de toda la Tierra. Tres años sin gran chichimecatecutli. Tres años absurdos.

La guerra contra Ixtlilxóchitl ocurrió en dos etapas. La primera la perdió el viejo Tezozomoctli. El tecutli acolhua era un joven inexperto, pero tenía a su lado a la mayoría de los señoríos, liderados por viejos especializados en las guerras, deseosos de destruir al tecutli de Azcapotzalco y ambicionando sus territorios.

Apenas Tezozomoctli se supo arrinconado se rindió y ofreció reconocer a Ixtlilxóchitl como supremo monarca de toda la Tierra. El príncipe acolhua no sólo le perdonó la vida al rey tepaneca sino que le permitió conservar sus tierras.

Las tropas aliadas volvieron a sus ciudades. No hubo celebraciones ni recriminaciones, pues no era una guerra de los mexihcas. En ese mismo año murió el segundo tlatoani de Méxihco Tenochtitlan: Huitzilíhuitl. Y se eligió a Chimalpopoca, cuya jura se llevó a cabo sin muchas celebraciones, pues al día siguiente Tezozomoctli mandó a unos embajadores para anunciar que volvería a tomar las armas en contra de Ixtlilxóchitl.

Cuando yo estaba en el Calmecac y supe esta parte de la historia también aprendí la más importante lección de mi vida: nunca perdonar al enemigo, porque éste engrandece y los aliados se desvanecen.

Tezozomoctli supo embaucar a cada uno de los aliados de Ixtlilxóchitl que se sintieron traicionados. Buscaban cobrarle el desgaste de sus tropas, el engaño, la cobardía de culminar su ofensiva. Quienes entran a las guerras lo hacen para vengarse, despojar o defenderse. El tecutli de Azcapotzalco quería venganza; Ixtlilxóchitl se estaba defendiendo; sus aliados ambicionaban despojar a Tezozomoctli de sus tierras para luego repartirse el botín.

El señor de Azcapotzalco ofreció reconocer a Ixtlilxóchitl en un lugar alejado de Tezcuco. Sus ministros le aconsejaron que no asistiera, augurando una trampa. Y efectivamente así ocurrió. Ixtlilxóchitl envió a uno de sus hijos en su nombre.

Tezozomoctli al verlo enfureció, lo arrestó y ordenó que lo desollaran. Colgaron su piel en un árbol.

Cuando Ixtlilxóchitl quiso cobrar venganza, sus aliados ya no estaban ahí. Apurado —por cumplir lo que debió hacer desde un principio—, se hizo reconocer como gran chichimecatecutli. Un acto inútil a esas alturas. ¿De qué le servía la jura si lo estaban reconociendo solo algunos señoríos? Se preocupó tanto en obtener el reconocimiento de Azcapotzalco que perdió la mitad de sus aliados. Poco le duró el gusto de haber sido jurado como supremo monarca de toda la Tierra. Inevitablemente perdió la guerra.

Las tropas tepanecas llegaron a Tezcuco y destruyeron gran parte de la ciudad. Ixtlilxóchitl salió huyendo con un reducido número de soldados y aliados. Finalmente quedó arrinconado en un pequeño palacio que tenía en el bosque. Consciente de que ya no tenía más opción que enfrentar su derrota decidió dar su vida en batalla; no sin antes asegurarse de que todos los que lo acompañaban prometieran reconocer a su hijo, el joven Nezahualcóyotl, como supremo monarca cuando éste tuviese la edad y capacidad para gobernar.

Aquella madrugada Ixtlilxóchitl y sus soldados salieron al campo de batalla, conscientes de que los tenían rodeados. El ejército de Chalco llegó por el este; el de Otompan por el oeste; Azcapotzalco por el sur; y Tlatelolco y Méxihco Tenochtitlan por el norte.

Dicen que Nezahualcóyotl se escondió en la copa de un árbol. No sé si fue cierto o falso. Nosotros no lo vimos. Hay tantas cosas que se inventaron sobre Nezahualcóyotl a partir de esa batalla.

Lo cierto es que murió Ixtlilxóchitl y acabó la guerra. Tezozomoctli se hizo reconocer como supremo monarca de toda la Tierra. Se hizo la repartición de los pueblos vencidos.

Los tenochcas recibimos el gobierno de Tezcuco, lo cual provocó muchas envidias por parte de los demás señoríos.

Para asegurarse de que no hubiera traiciones por parte de los nuevos pueblos vasallos, Tezozomoctli envió a sus tropas a preguntar a los niños quién era el supremo monarca de toda la Tierra. A los que respondían que era Ixtlilxóchitl o Nezahualcóyotl les pasaban el cuchillo por el cuello en ese momento; y a los que respondían que era Tezozomoctli les daban regalos para sus familias. Se derramó mucha sangre. El terror se apoderó de los habitantes. Se corrió la voz de pueblo en pueblo. Las madres, los padres y los abuelos se ocuparon de instruir a sus hijos: «Si te preguntan quién es el supremo monarca de toda la Tierra debes decir que es Tezozomoctli». A los niños que se reusaban a responder aquello los castigaban hasta que obedecían.

Luego Tezozomoctli ordenó la persecución de Nezahualcóyotl por todo el valle. Poco se supo de él en los años siguientes. Se rumoraba que andaba por tierras del sur, que se disfrazaba para entrar y salir de Tezcuco, Tenochtitlan, Tlatelolco, Chalco, Coatepec, Coyohuacan, incluso Azcapotzalco.

La madre de Nezahualcóyotl era hermana de Huitzilíhuitl, segundo tlatoani de Méxihco Tenochtitlan. Tras la muerte de Ixtlilxóchitl y la desaparición de Nezahualcóyotl, ella volvió a Méxihco Tenochtitlan, donde murió poco después. Las tías de Nezahualcóyotl, que eran nuestras abuelas, le ofrecieron casa y comida, pero él lo rechazó una y otra vez, argumentando que Tezozomoctli lo mataría. Entonces ellas enviaron una embajada para que abogara por el joven Nezahualcóyotl y el señor de Azcapotzalco cedió: les dijo que quería que ellas mismas le hicieran la petición. Lograron convencerlo. No sé cómo, pero lo hicieron. Se murmuraron tantas cosas sobre la dignidad de ellas. Cosas que ni yo me atrevo a mencionar. Además, Tezozomoctli ya estaba demasiado viejo para disfrutar de placeres carnales. Tan acabado se encontraba que ya ni siquiera se podía poner de pie. Lo cargaban dos mancebos para todas partes. Dicen que cada vez que defecaba le sangraba el culo y se retorcía de lo intenso que eran los dolores. Para que pudiera soportar los ardores lo sentaban todo el día en un cesto lleno de algodón con medicinas. Nadie le vio el culo, pero sí lo vieron muchas veces ahí tendido como una guajolota empollando.

Tezozomoctli le perdonó la vida y le permitió habitar un palacio olvidado que Ixtlilxóchitl tenía en Cilan y Nezahualcóyotl pudo transitar entre Tezcuco, Tenochtitlan y Tlatelolco. Visitaba a los mexihcas con gran frecuencia a partir de entonces. No porque tuvieran intereses en común (le sobraban razones para odiar a los tenochcas, que habíamos participado en la guerra contra su padre, y tenían el gobierno de Tezcuco), sino porque nuestras tías, hermanas de la madre del Coyote hambriento, lo mandaban llamar. Verlo indefenso les debilitaba el corazón. Se convirtió de pronto en una víctima a la que todas querían cobijar. Preparaban para sus visitas banquetes, danzas y ceremonias; y escuchaban atentas lo que él les contaba. Sus andanzas se convirtieron prontamente en historias saturadas de mentiras y exageraciones.

La presencia de Nezahualcóyotl provocó un debate entre Motecuzoma Ilhuicamina, Izcóatl, Chimalpopoca y Tlacaeleltzin. Debían asegurarse de que Nezahualcóyotl no intentara cobrar venganza hacia el pueblo mexihca.

—El Coyote «en ayunas» no es un peligro —aseguró Chimalpopoca.

—Sería incapaz de hacerle daño a la familia de su madre —agregó Motecuzoma Ilhuicamina.

—El joven texcocano tiene intereses secretos —intervino Izcóatl—. Hasta el momento no sabemos bien qué es lo que busca.

—Lo mejor sería mantener una alianza con él, aunque sea insegura —dijo Tlacaeleltzin tras escucharlos a todos—. Los días de Tezozomoctli están por terminar y es evidente que en cualquier momento se desatará otra guerra. Todo indica que Maxtla será el nuevo tecutli.

Contaban mis maestros que Chimalpopoca se mostró muy preocupado pues Maxtla sentía un odio incontrolable hacia él.

—Sé que cuento con ustedes —finalizó Chimalpopoca.

Tras la muerte de Tezozomoctli su hijo Maxtla se reveló en contra del heredero, Tayatzin, y lo asesinó. Se hizo jurar supremo monarca de toda la Tierra y mandó matar a Nuezah-ualcóyotl, quien para entonces ya se había dado a la fuga. Después mandó matar a Chimalpopoca, el tercer tlatoani de Méxihco Tenochtitlan, y ordenó que no eligiéramos a un nuevo gobernante pues él pensaba mandar a un representante de su administración.

Fue así que los mexihcas decidimos sacudirnos el yugo al que habíamos estado atados por casi cien años. Hicimos alianza con muchos pueblos, que en los últimos diez años habían estado bajo el dominio de Azcapotzalco, incluyendo a Tezcuco y Tlacopan. Asimismo hubo muchos que decidieron permanecer al lado de Maxtla. Hubo muchos muertos por ambos bandos, y muchas ciudades fueron destruidas. Pero la valentía, la inteligencia, la experiencia y la astucia de mis abuelos, Tlacaeleltzin, Izcóatl y Motecuzoma Ilhuicamina, fueron más eficaces que el señor tepaneca en el año 1 Pedernal (1428).

El triunfo que mis abuelos tuvieron sobre los tepane-cas les daba el legítimo derecho de nombrar al tlatoani de

Méxihco Tenochtitlan, supremo monarca de toda la Tierra. Además, Tezcuco ya pertenecía a los tenochcas, pues el supremo monarca Tezozomoctli se las había regalado. Pero Nezahualcóyotl argumentó que a él, por ser hijo y heredero del difunto Ixtlilxóchitl, le correspondían esas tierras y el título de supremo monarca. Le declaró la guerra a Izcóatl, quien de forma benigna le ofreció devolverle el poder de Tezcuco y le envió de regalo veinticinco doncellas, las hijas más hermosas de la nobleza mexihca. Pero el rey chichimeca las rechazó y retó a Izcóatl a levantarse en armas. Por supuesto que Nezahualcóyotl ambicionaba todo el poder para él. No lo logró. Tras un acuerdo de paz, llevó a cabo otro intento para alcanzar su objetivo: se alió con Totoquihuatzin, el tecutli de Tlacopan, pueblo que carecía de poder bélico, político y religioso; y entre ambos propusieron la creación de una alianza entre los tres gobiernos.

A Izcóatl lo sucedieron Motecuzoma Ilhuicamina, mi padre Axayácatl, Tízoc y Ahuízotl; a Nezahualcóyotl su hijo Nezahualpilli, y su nieto Cacama.

Muy pocas veces hubo hostilidades con los señores de Tlacopan; en cambio con Nezahualcóyotl y su hijo Nezahualpilli sí, desde el principio. Tras la muerte de Izcóatl, Nuezahualcóyotl se rehusó a reconocer a Motecuzoma Ilhuicamina como huey tlatoani. Al ver que sus intentos de rebelión sólo lo llevarían a la desgracia, cambió de parecer y dejó que las cosas siguieran como antes, hasta el día de su muerte en el año 6 Pedernal (1472).

Dejó como heredero del trono a su único hijo legítimo, Nezahualpilli, que apenas era un niño, pues había nacido en el año 11 Pedernal (1464). Es decir que tenía apenas ocho años. Nezahualcóyotl tuvo más de cien hijos, pero la mayoría bastardos y dos hijos legítimos que murieron. Todos quisieron tomar el lugar de Nezahualpilli, pero mi padre Axayácatl lo protegió hasta el día de su muerte. La fama de Nezahualcóyotl pesaba sobre la inexperiencia de Nezahualpilli, quien fue acusado de cobarde, mediocre y pelele de Axayácatl por muchos años.

Para demostrarles a todos que sí merecía la herencia de su padre, Nezahualpilli se preparó para la guerra con mayor ahínco: comía muy poco para acostumbrar su cuerpo al hambre tal cual lo hizo su padre en los años que estuvo prófugo; dormía en el piso y casi descubierto en tiempos de frío; y se ejercitaba en las armas la mayor parte del tiempo.

Cuando llegó el día de acudir a su primera guerra, sus hermanos, para matarlo, urdieron un plan con el tecutli de Huexotzinco, pueblo contra el que combatirían. Nezahualpilli se enteró del ardid y le dio sus armas y atuendo a uno de los soldados. Los huexotzincas al verlo lo atacaron hasta matarlo. Los hermanos de Nezahualpilli huyeron con sus tropas y luego volvieron para recoger el cadáver y llevarlo a Tezcuco para así poder reclamar el trono, pero se llevaron una gran sorpresa al encontrarlo vivo y furioso, luchando contra el ejército enemigo. Al ver esto, fingieron no estar enterados de aquella artimaña y lucharon a favor de Nezahualpilli.

El tecutli de Tezcuco volvió victorioso y sus hermanos jamás intentaron traicionarlo de nuevo. Los siguientes años se dedicó a la vida amorosa con cuantas concubinas pudo. Luego le pidió una esposa a mi tío Tízoc, quien le concedió una sobrina llamada Tzotzocatzin. El día en que fue a conocerla, conoció a Xocotzincatzin, la hermana menor, de la cual también se enamoró. Entonces se casó con las dos. La mayor fue madre de Cacama, y la menor, la más amada, fue madre de Huexotzincatzin, cuatro mujeres y Coanacotzin e Ixtlilxóchitl.

Nezahualpilli no quería ser reconocido solamente por ser hijo de Nezahualcóyotl, sino por sus virtudes. Y sin poder evitarlo actuaba como él. Al igual que su padre, Nezahualpilli también fue un hombre bondadoso con su gente. Les daba ropa y alimentos a los pobres. Y mandó construir un hospital para los heridos de las guerras. Pero también fue muy severo.

Nezahualcóyotl condenó a muerte a cuatro de sus hijos por incestuosos. Cuando Nezahualpilli supo que una de sus concubinas había sido víctima de los intentos de seducción de su hijo Huexotzincatzin, apenas un mancebo, lo mandó encerrar y esa misma tarde lo llevó a juicio y lo condenó a muerte. A pesar de que la nobleza mexihca y Xocotzincatzin, mujer a la que más amaba Nezahualpilli, le rogamos que perdonase a su hijo, éste se negó. Xocotzincatzin lo odió por el resto de su vida. Dicen que se negó a hablar con él en privado y que en público sólo lo hacía cuando era estrictamente necesario.

Luego de haber condenado a su hijo a muerte, Nezahualpilli se encerró cuarenta días en su habitación sin hablar con nadie. Comió muy pocas veces a pesar de que todos los días le llevaban alimentos.

También condenó a muerte a otros de sus hijos: a uno por haber construido un palacio sin su consentimiento y a una por haber tenido una relación amorosa con el hijo de un noble. A dos príncipes los mandó matar al volver de una guerra, pues ellos aseguraban que habían hecho presos a unos soldados enemigos, lo cual era falso.

Sus concubinas no gozaron de impunidad: a una la condenó a muerte por haber bebido *octli* (pulque), prohibido a las mujeres. Con la misma dureza castigó al padre de una de mis concubinas, Tezozomoctli, el joven, tecutli de Azcapotzalco, a quien acusaron de haber poseído a la esposa de un noble. Yo creo que Nezahualpilli seguía sintiendo resentimiento hacia el pueblo tepaneca y hacia la memoria del viejo Tezozomoctli que había mandado matar a su abuelo Ixtlilxóchitl y empujado a su padre Nezahualcóyotl a vivir prófugo por varios años, pues desde que se había destruido aquel reino no tuvieron gobierno. Cuando por fin el pueblo tepaneca consiguió el permiso de la Triple Alianza de nombrar a un gobernante, coincidió que éste se llamaba Tezozomoctli. Nezahualpilli no estuvo de acuerdo con su nombramiento pero tampoco se negó de forma pública, pues bien sabía guardar las apariencias. Cuando decidió ejecutar a mi suegro, él y yo tuvimos muchos y muy severos conflictos.

Fue tal nuestro distanciamiento que apenas si nos veíamos. Estoy seguro de que lo que él quería era declararle la guerra a Méxihco Tenochtitlan pero sabía que perdería, pues los acolhuas ya no tenían tanto poder como en tiempos de su padre. La mayoría de las conquistas las habían realizado los mexihcas, por lo cual teníamos mayor poder político, bélico y religioso. Entonces, para vengarse, acusó de adulterio a mi hermana Chalchiuhnenetzin, con quien estaba casado. Mi padre se la entregó por esposa cuando ella era aún muy joven. Entonces la mandó a uno de sus palacios para que fuese educada mientras llegaba a la edad de cumplir con sus obligaciones de esposa.

Y cuando llegó el tiempo de llevarla consigo decidió dejarla ahí, sola. Estoy seguro de que Nezahualpilli no la quería ni le interesaba procrear hijos con ella. Pues los años pasaron y muy pocas veces la visitaba. Y cuando se hartó de tenerla les dijo a todos que ella se entregaba a hombres casados, soldados y sirvientes; luego los mataba ella misma, los envolvía con telas de algodón, vestía, decoraba y los colocaba en una sala del palacio. Él aseguraba que muchas veces fue a visitarla y que al ver esas estatuas le preguntaba qué eran y ella decía que eran sus dioses. Y que él inocentemente le creyó. Lo cual es completamente inadmisible, pues, ¿cómo es que un tlatoani actúe con tal ingenuidad?

En el juicio, Nezahualpilli argumentó que una noche fue a visitarla y que al llegar los sirvientes intentaron impedirle que entrara a los aposentos de mi hermana, porque estaba dormida. Un sirviente no puede impedirle algo así a un tlatoani. Aún así, él insistía en que en varias ocasiones le habían dicho lo mismo y que siempre les obedecía y la dejaba dormir. Pero que en esa ocasión decidió entrar y se encontró con un bulto en su cama que fingía ser ella. Molesto por el engaño mandó arrestar a todos los sirvientes y soldados de ese palacio y los obligó a que le dijeran dónde estaba mi hermana, quienes —aseguraba Nezahualpilli— le dijeron que se encontraba en otra habitación del palacio: y que al ir hasta allá la encontró en pleno acto con tres hombres.

Nadie creyó eso; aun así, condenó a muerte a mi hermana Chalchiuhnenetzin, a los supuestos amantes y a dos mil sirvientes. Les cortaron las cabezas y quemaron sus cuerpos frente a toda la población del reino acolhua.

Sabía mentir; tanto que me acusó de haber mandado matar a algunos de mis hermanos para quitarlos de mi camino. Y la peor de sus mentiras: aseguró que yo había planeado con los tlaxcaltecas una artimaña para matarlo en una de nuestras guerras floridas. ¿Por qué yo haría algo así si sabía perfectamente que el holgazán de Nezahualpilli no asistiría al combate? Él ya no iba a las guerras ni a las celebraciones ni a los sacrificios humanos, con el argumento de que quería pasar tranquilamente el poco tiempo que le quedaba de vida. Todos lo sabían. Si hubiera querido matarlo le habría declarado la guerra. De igual forma me acusó de haber intentado —mientras se llevaba a cabo esta guerra florida— convencer a los señores de Mixquic, Huitzilopochco, Colhuacan e Iztapalapan para que dejasen de pagar tributo a Acolhuacan.

Dos hijos de Nezahualpilli fueron capturados en esa batalla y sacrificados días después en los teocalli de los tlaxcaltecas. Así son las guerras floridas. Siempre se pierden guerreros y se ganan prisioneros.

Después de esto solamente nos vimos una vez en la que Nezahualpilli insistió en que ya pronto ocurriría lo inevitable. Le encargó el gobierno al consejo acolhua y se retiró a uno de sus palacios en Tezcuco donde murió en soledad. Ni sus esposas ni sus hijos se enteraron cuándo ni cómo murió. Un día una de sus esposas fue a visitarlo y los sirvientes le contaron que había muerto y que ya habían quemado su cadáver. Cuando les cuestionaron los motivos y la fecha dieron datos diferentes en varias ocasiones. Se murmuró mucho sobre la muerte de Nezahualpilli. Algunos aseguraban que yo lo había mandado matar; otros, que uno o varios de sus hijos lo habían asesinado. Lo único cierto es que fue entre los años 10 Caña y 11 Pedernal (1515-1516).

Decidí no acudir a las ceremonias fúnebres de Nezahualpilli —que duraron ochenta días— para evitar confrontaciones con aquellos que me creían responsable de su muerte. En mi lugar envié al cihuacóatl.

Por alguna razón desconocida, Nezahualpilli no nombró a ninguno de sus hijos como sucesor del señorío acolhua. De los cuatro hijos legítimos que tenía Nezahualpilli yo recomendé que eligieran a Cacama. El Consejo y el pueblo acolhua aceptaron y lo reconocieron como nuevo tlatoani, pero el hijo menor, Ixtlilxóchitl, se mostró sumamente molesto.

17

JAMÁS SE HABÍAN VISTO TANTOS GUERREROS TLAXCAL-
tecas, totonacas y cholultecas en Méxihco Tenochtitlan.
Tienen la ciudad a sus pies. Todas las mujeres mexihcas están
trabajando día y noche para alimentarlos. Los macehualtin
también están trabajando de más para llevar a la ciudad toda
la cosecha. Los soldados mexihcas han dormido muy poco,
pues deben mantenerse alertas.

En cuanto Motecuzoma y su séquito entran a las Casas
Viejas, los recibe un mal olor. En su interior se encuentran
los venados gigantes y sus perros que orinan y cagan por
todas partes.

Malinche sale al patio y saluda a Motecuzoma con las
mismas reverencias de los tenochcas. Aprende rápido. Y utiliza
estas costumbres para ganarse la confianza del tlatoani.

—¿Ya les trajeron de comer?

—Sí, sí —responde con una sonrisa muy sutil.

Luego lo invita a sentarse. Motecuzoma imagina lo que
va a decirle Malinche, que quiere más oro; él está dispuesto a
dárselo con la condición de que ya se marchen. Tiene muchos
asuntos que atender y con estos intrusos ha descuidado el
gobierno en los últimos días. Malintzin habla:

—Dice mi señor que quiere hablarle de su tlatoani.

Motecuzoma asiente con la cabeza. Malinche habla y espera a que Jeimo Cuauhtli le traduzca a Malintzin.

—Dice que su tlatoani, Carlos Primero de…

—…España —dice Malinche ya que ella no puede pronunciar bien los nombres.

—…y Quinto de… —continúa Malintzin y una vez más tiene dificultad con la pronunciación.

—Alemania.

—….es el hijo de…

—Juana de Castilla y Felipe el Hermoso.

—Sus abuelos paternos son…

—Maximiliano de Habsburgo y María de Borgoña.

—Sus abuelos maternos son…

—…los Reyes católicos, Fernando e Isabel.

Motecuzoma no entiende los nombres. Luego Malintzin sigue traduciendo lo que dice Malinche. Le cuenta que el tlatoani Carlos tiene más tierras que el mismo Motecuzoma.

—Dice que es tan grande el reino del tlatoani Carlos que ni siquiera habla la misma lengua de ellos pues vive en otras tierras.

Eso a Motecuzoma no lo asombra, pues el mismo tiene pueblos vasallos que hablan otras lenguas. Malinche no deja de hablar de las grandezas de su tlatoani y de sus dioses. A Motecuzoma no le interesa escucharlo; entonces, las voces de Malinche, Jeimo Cuauhtli y Malintzin se hacen lejanas y sin eco; está pensando en la manera de sacarlos pronto de ahí. También repasa mentalmente todo lo que hizo para evitar que llegaran a Tenochtitlan. Se pregunta en qué se equivocó.

Cuando Malinche estaba aún en la isla de Chalchiuh-cuecan Motecuzoma les envió muchísimos regalos, tantos que con eso creyó que se sentirían satisfechos pero se equivocó. Una vez más le envió un mensaje en el que le decía que no podía ir a verlos hasta las costas ya que se encontraba enfermo y que ellos no podrían ir a verlo pues era muy complicado y cansado viajar hasta Tenochtitlan. Además de que sufrirían mucha hambre y sed, pasarían por tierras enemigas donde podrían ser atacados.

Malinche respondió que no podría volver ante su tlatoani sin antes haber hablado personalmente con Motecuzoma, y que de hacerlo serían reprendidos por no cumplir con su misión.

—Si no se quieren ir, que se queden ahí —dijo el tlatoani—, pero nosotros ya nos les daremos más oro y alimentos. Dígales a todos los señores principales de todos los pueblos vasallos de las costas que queda estrictamente prohibido darles alimentos o ayuda a los extranjeros. Los dejaremos solos en esa isla hasta que mueran de hambre o se marchen.

Pero unos habitantes de Cempoala desobedecieron las órdenes de Motecuzoma y fueron al campamento de los hombres barbados. Malintzin intentó hablar con ellos pero no se entendieron, pues hablaban totonaca. Entonces les preguntó por alguien que hablara náhuatl y dos de ellos respondieron con dificultad. Aún así, lograron decirle el mensaje que llevaban.

—Nuestro señor Chicomecóatl nos ha enviado a ver qué hacen y qué quieren.

También les dijeron que estaban enterados de las batallas que habían llevado a cabo contra la gente de Tabscoob. Y finalmente dijeron que su señor quería hacer amistad con ellos, pues estaban en contra del tributo que debían pagar a Tenochtitlan.

—El Santo Papa… —dice Malinche y Malintzin no sabe traducirlo tal cual.

Motecuzoma vuelve en sí. Asiente para evitar que se note que ha ignorado por completo todo lo que le han contado.

—Dice que tienen un sacerdote supremo.

—Dile que me platique de él —responde Motecuzoma.

Malinche comienza a hablar y el tlatoani se distrae nuevamente. Aquellas largas traducciones le aburren. Sabe que de cualquier forma todos los miembros de la nobleza, que están presentes, recordarán con mucha precisión todos los detalles y discutirán largas horas con él en cuanto vuelvan a las Casas Nuevas.

Vuelve a su mente el momento en que ordenó que la embajada de Tentitl y todos los macehualtin que los acompañaban se retiraran de ahí para que murieran de hambre o se marcharan. Se arrepintió de haber hecho eso. Era un buen momento para entretenerlos ahí mientras llegaban todas sus tropas para acabar con ellos. Sabía que se perderían muchas vidas pero tarde o temprano apresarían a todos los extranjeros y los llevarían a la piedra de los sacrificios. Su error fue dejarlos ahí solos a disposición de los señoríos totonacas. Muy tarde comprendió Motecuzoma que para Malinche no había más objetivo que llegar a Tenochtitlan. El tlatoani tenía otras dos batallas que librar, su propia incertidumbre y la confusión de su gente. En todas sus campañas siempre tuvo la certeza de que sus contendientes pelearían de la misma forma, que respetarían las reglas de la batalla. Con los hombres barbados no tenía idea ni de cómo se organizaban. El desconocimiento de sus hábitos era lo que más le provocaba esa incertidumbre a Motecuzoma.

La traición de Chicomecóatl, el tecutli de Cempoala enfureció a Motecuzoma. El totonaca había enviado otra embajada muy cerca del río Huitzilapan, donde Malinche y sus hombres se encontraban explorando. Los totonacas les llevaron comida y regalos. El embajador le explicó a Malinche que su señor no podía ir a verlos debido a que era tan gordo que le era imposible caminar mucho, pero que los esperaba en su palacio, luego se retiró dejando a varios totonacas para que los guiaran. En su camino a Cempoala los hombres barbados fueron muy bien recibidos por todos los habitantes de los pequeños pueblos que ahí había. Al día siguiente los totonacas de Cempoala los alcanzaron en el pueblo donde habían pasado la noche. Una vez más les llevaron comida y regalos. Y los guiaron a Cempoala, donde los recibieron con flores, música y más regalos. Chicomecóatl los esperaba en su palacio. Los guió a los aposentos que les había preparado y los dejó descansar. Al día siguiente le contó a Malinche que no sólo Cempoala sino muchísimos pueblos estaban cansados de tener que pagar tributo a Motecuzoma. Le habló de la enemistad que tenía con los tlaxcaltecas, los huexotzincas y uno de los príncipes de Tezcuco, llamado Ixtlilxóchitl, el joven. Además acusaron a los *calpixques* (recaudadores) de tomar a sus mujeres y poseerlas sin consentimiento de sus padres, y de robar niños para los sacrificios en Tenochtitlan. Malinche le respondió que su tlatoani Carlos lo había enviado a esas tierras a deshacer agravios y a castigar a los malos.

Entonces cambiaron todas las posibilidades que Motecuzoma se había imaginado. Malinche tenía ya un aliado con cien mil soldados; y él un enemigo muy difícil de vencer. Al no recibir informes de la situación de los hombres barbados decidió enviar a los calpixques, quienes descubrieron que el tecutli de Quiahuiztlan les había permitido quedarse a vivir ahí, entre ellos.[44] Obedeciendo las instrucciones de Motecuzoma de no hablar con los extranjeros, éstos entraron a la ciudad sin mirarlos. Aquel día, Chicomecóatl había ido cargado en andas desde Cempoala a ver a los hombres barbados. Y también recibió la reprimenda de los recaudadores. Motecuzoma había enviado ya mensajeros a todos los pueblos de las costas para decirles que ya no recibieran ni les dieran nada a los hombres barbados.

Malinche, que había visto la actitud de los recaudadores, le preguntó a Malintzin y a Jeimo Cuauhtli que le explicaran lo que decían. Apenas se enteró mandó llamar a los señores de Cempoala y Quiahuiztlan. Primero les dijo que no debían preocuparse, que él hablaría con los recaudadores, pero estos se negaron a escucharlo; luego volvió con los señores de Cempoala y Quiahuiztlan y les dijo que apresaran a los enviados de Motecuzoma. Los señores totonacas no se atrevieron pero Malinche les dijo que él estaba ahí para defenderlos y si acaso intentaban atacarlos, él ordenaría que trajeran los palos y los troncos de fuego, los perros salvajes y los venados gigantes.

Entonces Chicomecóatl dio la orden de que los apresaran. Se armó un gran alboroto, pues los cargadores que traían intentaron defenderlos. Luego de que los capturaron, los amarraron —del cuello, manos, y pies— a un palo grueso y largo, a cada uno. Esa misma noche los hombres barbados liberaron a dos de ellos; y los dejaron derribados en el piso, listos para ponerlos sobre la leña. Hubo gran alegría en el pueblo totonaca. Muchos aseguraron que eso significaba el inicio de su independencia; otros, asustados creyeron que muy pronto llegarían las tropas mexhicas para vengar la ofensa.

44   Fue ahí donde Hernán Cortés fundó la Villa Rica.

—Si los matamos a todos, Motecuzoma no se enterará —dijo el señor de Quiahuiztlan.

Chicomecóatl estuvo de acuerdo. Pero en cuanto Malinche se enteró de lo que pretendían hacer se los impidió. Les dijo que los encerraran en una de las salas del palacio. Esa noche Malinche fue a ver a los prisioneros a escondidas. Les dijo que él no estaba enterado de lo que les habían hecho, que de lo contrario él lo habría impedido pues, Motecuzoma era su amigo y por lo tanto todos sus vasallos también lo eran. Entonces liberó a dos de ellos.

—Malinche nos ayudó a escapar —dijeron a Motecuzoma al volver a Tenochtitlan—. Nos subió a una de sus canoas grandes y nos llevó a otro lado de la costa para evitar que los soldados de Chicomecóatl nos volvieran a apresar. Asimismo le manda decir que él no quería que nos apresaran los totonacas.

—Y ustedes le creyeron —respondió Motecuzoma negando con la cabeza—. Si fuera cierto lo que dice habrían sacado sus palos de fuego, como lo han hecho en muchas ocasiones.

Los recaudadores no respondieron.

Días después regresaron los otros tres recaudadores. Le contaron a Motecuzoma la misma historia y que ellos habían sido rescatados por Malinche y que él para protegerlos de los totonacas los guardó en una de las casas flotantes. Con mayor asombro contaron cómo eran por dentro y lo mal que olían.

—Dice que quiere ser su amigo.

Motecuzoma no quiso escucharlos más y les ordenó que salieran del palacio lo más pronto posible. Días después llegaron otros tenochcas que cuidaban una guarnición en un pueblo llamado Tizapantzinco.

—Vinieron los hombres barbados, montados en sus venados, a sacarnos de ahí.

—¿Ustedes los atacaron?

—No. Les dijimos que nosotros no queríamos pelear con ellos, que sólo estábamos ahí cuidando la guarnición.

Por un momento Motecuzoma pensó que tenía un buen motivo para declárale la guerra al tecutli de Cempoala —y al mismo tiempo a los extranjeros—, tal cual lo había hecho toda su vida con otros pueblos que los ofendían, pero se abstuvo de dar la orden. Los pueblos totonacas podían reunir hasta cien mil hombres. Esa cantidad no era el problema sino, los extranjeros. ¿Cuántos palos de fuego tendrían? ¿Podrían enseñarle a los totonacas a usar esas armas? Decidió esperar unos días para ver qué hacían los hombres barbados. Se enteró de que Malinche se había enojado con Chicomecóatl por haberle mentido, al decirle que los mexihcas que estaban en Tizapantzinco los habían atacado. Además de haber intentado robarles todo a los habitantes de ese pueblo. Chicomecóatl para evitar el enojo de Malinche le regaló ocho mujeres de la nobleza. Cada una llevaba puesto un collar de oro.

—Malinche les habló de sus dioses —dijo el informante a Motecuzoma—. Y les insistió que dejaran de sacrificar personas para comérselas como un animal al que llaman *vacas*.

—¿Cómo son las *vacas*?

—No lo sé mi señor, la niña Malinalli tampoco supo explicarnos, por eso dijo la palabra tal cual la escuchó de su tecutli Malinche.

—Pero… ¿es como serpiente, como conejo o como ave?

El informante no supo responder. Motecuzoma hizo una mueca, negó con la cabeza y exhaló lentamente sin quitar la mirada del hombre que seguía arrodillado y con la cara hacia el piso.

—Sígueme contando.

190

—Malinche le dijo a Chicomecóatl que destruiría sus teocallis.

Los miembros de la nobleza que estaban escuchando todo se quedaron pasmados al escuchar eso. Motecuzoma se enderezó y miró a todos los presentes.

—¿Lo hizo?

—Chicomecóatl llamó a todos sus soldados para que defendieran a los dioses. Pero Malinche les dijo que si no obedecían se irían de ahí y los dejarían solos ante la furia de usted, mi señor Motecuzoma. Chicomecóatl y todos los sacerdotes le rogaron que no lo hiciera, y le prometieron vasallaje y muchas riquezas, pero las condiciones del tecutli Malinche no cambiaron. Chicomecóatl con mucha tristeza le respondió que ellos no podían destruir sus dioses; entonces Malinche y sus hombres subieron a los teocallis y echaron abajo las imágenes sagradas. Todos los habitantes lloraron y gritaron con mucho dolor. Hubo también algunos soldados que no estuvieron de acuerdo y sacaron sus macahuitles y flechas, pero los hombres barbados apresaron a los sacerdotes y dijeron que si ellos disparaban una sola flecha todos los sacerdotes morirían y después ellos. Chicomecóatl los tranquilizó y ordenó que recogieran los restos de los dioses para guardarlos. Luego Malinche les habló, otra vez, sobre sus dioses, aunque nadie quería escucharlo. Finalmente los obligó a lavar la sangre de los teocallis para construir ahí mismo un altar para su diosa, a la que llaman María y dos palos de madera cruzados que simbolizan a su dios, llamado Cristo. Otra de las atrocidades de los hombres barbados fue que a los sacerdotes les cortaron el cabello, los obligaron a vestirse con unas túnicas blancas y a poner muchas flores en los altares, y les enseñaron a hacer unas cosas con cera, que sirven para hacer una pequeña llama de fuego que tarda mucho en apagarse. Al día siguiente hicieron un ritual para sus dioses en los cuales nuestros sacerdotes tuvieron que incensar con copal mientras su sacerdote hablaba. Obligaron a Chicomecóatl a que tuviera siempre el teocalli así. Días después se volvieron al pueblo que decidieron fundar para ellos a la orilla del mar, que llamaron Villa Rica.

Los siguientes días el tlatoani no recibió noticias importantes. Malinche parecía estar ausente. Los informantes de Motecuzoma le dijeron que —mientras los demás construían casas— Malinche no salía de la choza donde se hospedaba. Estaba encerrado por su propia voluntad. El tlatoani imaginó que estaba haciendo penitencia, tal cual él lo hacía cuando necesitaba pensar. Días después se enteró de que Malinche ahorcó a dos de sus hombres,[45] a otro lo condenó a que le cortaran un pie,[46] y a otros dos los mandó azotar doscientas veces.[47] Motecuzoma no se intimidó al escuchar eso de voz de sus informantes, pero sabía que estaba frente a un contrincante a su altura, alguien que no estaba dispuesto a perdonar. Aunque Motecuzoma no sabía por qué Malinche había castigado a esas personas tenía la certeza de que debía tratarse de alguna traición. Sabe que no hay lideres sin súbditos traidores y que para ello se debe utilizar la fuerza.

—Abrió el mar...

—¿Qué? —Motecuzoma voltea a ver a Malintzin con incredulidad.

45 Escudero y Cermeño.
46 Gonzalo de Umbría.
47 Los hermanos Peñate.

—Sí —responde ella—. Dice mi señor Cortés que un señor que vivió hace muchos años abrió el mar, con el poder de su dios, para liberar a su pueblo.

Hasta el momento Malinche no se ha dado cuenta de que Motecuzoma lo ha ignorado todo el tiempo. Eso se debe a que aún no lo conoce. Los miembros de la nobleza, después de mucho tiempo, aprendieron a diferenciar los gestos del tlatoani. Ahora —aunque no saben en qué piensa— ya saben perfectamente cuando él está presente o ausente. Muchos han confundido ese ausentismo mental con temor. Ignoran que su silencio se debe a que su mente avanza mucho más rápido que la de todos ellos.

Motecuzoma no está dispuesto a rendirse tan fácilmente ante Malinche; pero tampoco quiere arriesgar a su pueblo. Si no lo hizo cuando estaban lejos, menos ahora que tiene a los barbados, a los totonacas, a los cholultecas y a los tlaxcaltecas en Tenochtitlan.

—Diez mandamientos —dice Malintzin.

El tlatoani escucha los diez mandamientos y concluye que algunos de ellos son exactamente iguales a las leyes que rigen a su ciudad. «Amarás a Dios sobre todas las cosas». «No dirás el nombre de Dios en vano». No entiende a qué se refiere, pero tampoco le parece interesante. «Santificarás las fiestas». Por supuesto que las fiestas dedicadas a los dioses son de suma importancia. «Honrarás a tu padre y a tu madre». En Méxihco Tenochtitlan siempre se le ha dado un lugar privilegiado a los padres sin necesidad de que las leyes lo dicten. «No matarás o no asesinarás». ¿Cómo? ¿Es absurdo? Contradictorio. No puede haber un ritual o una guerra sin sacrificios. «No cometerás actos impuros». Aquí también se castigan actos «impuros». «No robarás». Está prohibido por las leyes desde hace muchos años. «No dirás falsos testimonios». También está penado. «No consentirás pensamientos ni deseos impuros», y «no codiciarás los bienes ajenos». Nada extraordinario en sus mandamientos.

—Debo retirarme —interrumpe Motecuzoma—. Tengo que atender muchos asuntos del gobierno.

Malinche se pone de pie y luego se arrodilla ante el tlatoani. En cuanto sale de las Casas Viejas su séquito se apresura a ordenar el camino por donde pasará. En las calles siguen los soldados enemigos que nunca le hacen las reverencias.

18

AL DECLARAR LA GUERRA —COMO RITUAL DE HONOR— siempre llevamos armas, mantas, alimentos y joyas para que el enemigo no arguya, luego de perder, que se le atacó de forma traicionera ni que estaban desarmados.

De esta manera el embajador mexihca se presentó ante los señores de Nopala e Icpactepec y, de acuerdo a nuestras costumbres, los vistió con ropas muy elegantes; les presentó las cargas de alimentos, flechas, escudos, macahuitles y lanzas; les declaró solemnemente la guerra; y los citó para un día determinado.

Cuando el embajador volvió a Méxihco Tenochtitlan nosotros ya estábamos listos con nuestras tropas. Al llamado acudieron tantos guerreros que tuvimos que rechazar a una gran mayoría pues no podíamos dejar la ciudad vacía y libre para ser saqueada por otros enemigos. Todos querían presenciar mis maniobras en campaña. Al frente del gobierno se quedó el cihuacóatl, en quien yo ya no confiaba, por lo tanto dejé un gran número de espías para que verificaran que cumpliera con mis instrucciones.

Para entonces ya habían sido avisados los pueblos vasallos por donde marchamos y donde recibimos comida y casa cuando nos caía la noche. Hubo grandes manifestaciones de alegría en todos estos pueblos. Todos mostraron su alegría por mi nombramiento como huey tlatoani. Mientras caminaba por las calles se acercaban a mí con obsequios hermosos: guirnaldas de flores, ropa, plumas finas, escudos, arcos, flechas, piedras preciosas, joyas de oro y plata, penachos, mantas de algodón y comida. Hubo lugares en donde los festejos, las danzas y las adulaciones en voz de los pipiltin fueron tantos que tuvimos que quedarnos un día más.

Yo tenía treinta y cinco años, y la mayoría de los soldados tenía entre dieciséis y treinta. Nezahualpilli y Totoquihuatzin también fueron a esa campaña pero sólo para instruir a sus tropas pues estaban muy viejos para pelear.

—Sabes que siempre te he admirado —dijo Cuitláhuac mientras caminábamos.

Por primera vez extrañé aquellos tiempos en que era un simple soldado. No podía hablar con mi hermano a solas. Estábamos rodeados de soldados. Centenares marchaban adelante y otros atrás.

—Siempre supe que tú serías el próximo tlatoani.

No le respondí ni lo miré. Cuitláhuac no volvió a hablar conmigo hasta que llegamos a Icpatepec. Había anochecido unas horas antes, así que avanzamos muy sigilosamente entre los arbustos. Algunos soldados se subieron a las puntas de los árboles para ver lo más lejos posible. Era una noche caliente sin viento. A lo lejos se escuchaban algunas aves nocturnas y por todas partes los grillos. Uno de nuestros espías se había adelantado y cuando volvió nos dio la noticia de que los vigilantes del muro construido por los enemigos para fortalecer su ciudad estaban dormidos.

—¿Estás seguro de que están dormidos? —preguntó Nezahualpilli.

El espía repitió lo dicho minutos antes: «Están dormidos.»

—Puede ser una trampa —dije mirando a Cuitláhuac y a Nezahualpilli.

Me dirigí a un grupo de soldados próximos a mí y les ordené revisar el área, y si determinaban que no era una trampa, asesinaran a los guardias. Con gran astucia cumplieron mis órdenes y volvieron un rato más tarde, manchados de sangre y cargados de utensilios domésticos: vasijas, plumas, joyas, y un niño recién nacido, como prueba de que habían entrado con gran sigilo a algunas casas.

Señor, señor mío, gran señor —dijo el valiente guerrero—. Obedecimos sus órdenes y aprovechando que los cuatro vigilantes estaban dormidos les cortamos las gargantas de forma tácita y veloz. Entramos al pueblo y al no ver gente despierta seguimos adelante por varias calles. Luego entramos a una casa y sin ser descubiertos sacamos estas hermosas plumas. Salimos de ahí y caminamos un poco más hasta entrar a otra casa de donde sacamos estas joyas. Nos sorprendió que nadie despertara. Entonces seguimos nuestro camino y entramos a otra casa de donde sacamos estas vasijas y este niño que estaba entre los brazos de su madre.

—¿La mujer no despertó? —preguntó Nezahualpilli mirando al niño.

—No.

—Vayamos pues, a castigar a esos traidores —dije.

Además de un macahuitl, un escudo dorado y una sonaja, llevaba conmigo un tambor que comencé a tocar para dar la instrucción al resto de la tropa que era momento de atacar. Así corrieron todos los soldados en dirección al muro y comenzaron a derribar parte de la entrada, que era muy angosta e impedía que entrara toda la tropa al mismo tiempo; mientras, otros escalaban por unas escaleras de madera que habíamos fabricado para esa ocasión.

Subí al muro y me detuve ahí para ver cómo entraban mis soldados y encendían sus antorchas para dar castigo a aquel pueblo rebelde. Nuestros alaridos de guerra, el sonido de los teponaxtles y las caracolas despertaron a los habitantes que llenos de pánico buscaron sus armas y salieron a defender a sus familias. Se escucharon los gritos y el llanto de los niños y las mujeres que espantados salieron corriendo en cuanto mis guerreros le prendieron fuego a las casas fabricadas con palos de madera y techos de paja y de palma. La ciudad que minutos atrás era oscura y pacífica se convirtió en un hormiguero alumbrado por una gigantesca hoguera. Si alguien —hombre o mujer— estaba demasiado cerca lo mataban con cuchillos o con el macahuitl; si estaba lejos, con lanzas o flechas. Bajé del muro y con mi macahuitl y escudo en cada mano corrí al interior de la ciudad.

Le corté el vientre a una mujer que se cruzó en mi camino, el cuello a un hombre que también corría atemorizado y a otro lo alcancé y le enterré el macahuitl en la espalda. En cualquier dirección que mirara había sangre, cuerpos mutilados y soldados matando. El ejército enemigo tardó en salir a combate. Y cuando lo hizo nosotros alzamos nuestras armas con más valor y cortamos cabezas, brazos y piernas por varias horas hasta llegar al teocalli principal de esa ciudad.

Frente a mí apareció un hombre, el capitán del ejército enemigo, cuyo rostro pude ver claramente gracias a las llamas que incendiaban todas las casas. Venía con un macahuitl en la mano. Yo seguía corriendo, dispuesto a derribar a todo el que se interpusiera en mi camino. Nos batimos en un duelo cuerpo a cuerpo. Nuestros macahuitles chocaron una y otra vez. El sudor en nuestros cuerpos era cada vez mayor. El guerrero enemigo luchó con gran ímpetu. Sin darme por vencido detuve cada uno de sus golpes con mi escudo y le respondí con otros, a veces certeros, a veces fallidos. Logré hacerlo caer en dos ocasiones pero él con agilidad se reincorporó. También caí al piso en tres ocasiones. En la tercera, mi arma fue a dar lejos de mi alcance. Me arrastré por el piso rápidamente antes de que él llegara a mí; levanté mi macahuitl y sin ponerme de pie le di un golpe en la pantorrilla derribándolo. Me puse de pie y me apresté a rematarlo.

Le di un golpe certero en el cuello y seguí mi camino. Tomé la antorcha que traía uno de mis soldados y sin esperar más prendí fuego al teocalli. En ese momento los guerreros dejaron de pelear. Sólo se escuchaba el llanto de los niños y las mujeres, los quejidos de los heridos y el crujir de la madera que se incendiaba. Un gran número de soldados salieron a quemar los campos y a talar los árboles frutales mientras otros se ocuparon de saquear el pueblo entero, reuniendo en la plaza principal todas las riquezas que encontraron y apresar tanto hombres como mujeres para el sacrificio.

—¡Le rogamos que nos perdone! —gritó una voz y luego otra—. ¡Perdónenos la vida, tecutli Motecuzoma!

Para un ejército victorioso no hay escenario más espléndido que el del pueblo enemigo atrapado entre el fuego, la sangre y el llanto.

—¡Prometemos cumplir con el tributo! —los sobrevivientes se arrodillaron y lloraron en medio de cadáveres y charcos de sangre.

Al tenerlos rendidos ante mis pies ordené a mis tropas que detuvieran la destrucción. Pronto amaneció y comenzamos a hacer el acopio de prisioneros y tributos. Después de bañarnos, rendir una ceremonia a Huitzilopochtli y desayunar me dediqué a organizar al nuevo gobierno. A medio día llegaron los señores principales de Nopala.

—Tecutli, hemos venido a ofrecerle vasallaje —dijo el principal.

—Eso ya lo sé —respondí sin mirarlo—. Lo que quiero saber es cuánto estás dispuesto a pagar por tu traición.

No respondió.

—Me llevaré a tus esposas e hijas como rehenes para evitar una nueva traición. Las trataré como se merecen.

—Como usted ordene.

Al día siguiente volvimos a Tenochtitlan cargados de riquezas. Llevábamos delante de nosotros más de cinco mil prisioneros atados del cuello, uno tras otro, de forma que para escapar tenían que correr todos al mismo tiempo, lo cual los vuelve vulnerables. El regreso fue aún más lento pues los prisioneros daban pasos cortos y con frecuencia alguno tropezaba y todos se estancaban. También debíamos detenernos para darles de comer y beber, pues no se deben entregar prisioneros hambrientos en las ofrendas a los dioses.

Los pueblos por donde transitamos de regreso organizaron majestuosas recepciones. Pude ver —desde las andas en que era llevado— en varios de los señoríos principales cómo miles de personas ovacionaban el triunfo de mis tropas. Recibimos más tributos: flores, plumas, mantas de algodón, oro, plata, animales, comida, armas; tanto que esto rebasó lo que traíamos de los pueblos vencidos.

Aunque la costumbre era que debía volver lo más pronto a la ciudad de Méxihco Tenochtitlan para ser coronado, decidí detenerme unos días en el peñón de Tepeapulco, un hermosos cerro desde el cual se puede ver gran parte del valle y donde tengo un palacio que mi padre construyó para descanso de la nobleza.

19

LA COMIDA YACE EN UNA MESA. ESTÁ FRÍA A PESAR DE QUE la han recalentado cuatro veces. Motecuzoma lleva varias horas sentado frente a sus alimentos. Aunque se siente muy cansado se rehúsa a dormir. Todos los miembros de la nobleza siguen ahí, de pie, en silencio, esperando a que el tlatoani hable o coma.

Piensa todo el tiempo, piensa sin alzar la mirada, piensa casi sin parpadear, piensa respirando muy lentamente, piensa en todas las decisiones que ha tomado desde que se enteró de la llegada de las casas flotantes y se arrepiente. Por primera vez Motecuzoma admite para sí mismo que se ha equivocado en exceso. Ninguna de sus estrategias ha funcionado hasta el momento.

Cuando creyó que los extranjeros se marchaban, los totonacas les ofrecieron su amistad y se declararon enemigos de Méxihco Tenochtitlan. Motecuzoma sabe que de haberlos atacado entonces, quizá, aunque hubieran tenido muchas pérdidas, habrían ganado. Habrían apresado a todos los hombres barbados y los habrían sacrificado a los dioses.

Decidió esperar. Ahora entiende que esperó demasiado: en cuanto Malinche se enteró de que Motecuzoma tenía muchos enemigos comenzó a buscarlos, empezando por los tlaxcaltecas. Pero ahora ya no iban solos; los acompañaban alrededor de mil trescientos soldados totonacas.

El tlatoani tenía la esperanza de que los tlaxcaltecas acabaran con los hombres barbados. Estaba seguro de que ellos no los recibirían gustosos, pues igual que Motecuzoma, los señores principales se habían dado a la tarea de espiar el recorrido de las casas flotantes, las habían seguido desde las costas de Tabscoob. Ellos sabían que Motecuzoma les había enviado mucho oro. No podía interpretarse otra cosa que Motecuzoma y Malinche ya eran amigos; y si así era, los tlaxcaltecas no querrían ser amigos de los amigos de su mayor enemigo.

Los espías de Motecuzoma siguieron de lejos a Malinche y su gente. Asimismo le informaron al tlatoani que los extranjeros fueron bien recibidos en Xalapa, pasaron por Coatepec, Xicochimalco, Ixhuacan, donde también fueron atendidos y alimentados. A partir de ahí comenzaron a sufrir las inclemencias del clima que ya no era caliente como en las costas, sino muy frío, particularmente en las noches. Pasaron por Tenextepec, Jalapazco, Tepeyehualco, Xocotlán. Pronto se esparció el rumor de la presencia de los hombres barbados en estas tierras, los mismos de los que tanto se había escuchado en años anteriores y que habían pasado por Kosom Lumil, Ch'aak Temal, Chakan-Putún y Tabscoob. Se hablaba mucho de la batalla contra las tropas de Tabscoob y de cómo habían liberado a Cempoala del yugo de Tenochtitlan. Sin embargo el tecutli de Xocotlán se negó a darles el oro que Malinche le pidió; y para intimidarlo exageró sobre las riquezas y el poder del tlatoani de Méxihco Tenochtitlan, sin comprender que la ambición del extranjero se nutría más y más.

Los informantes contaron a Motecuzoma que Malinche había mandado una embajada de cuatro principales totonacas a Tlaxcala para avisar que iban en camino y que deseaban ser sus amigos. Además les envió un sombrero y un arco de metal de los que traían de las tierras lejanas. Al enterarse de esto, el tlatoani dedujo que Malinche pretendía darles una muestra de su poder e intimidarlos al mostrarles el armamento con el que podrían vencer a los tenochcas.

Llegaron a Ixtacamaxtitlan, donde, igual que en los pueblos anteriores, fueron bien recibidos. Pasaron por aproximadamente veintiocho pueblos antes de llegar a Tlaxcala. Antes de franquear Tecoac Malinche envió a unos totonacas para que les proporcionaran hospedaje y alimento. El señor de los otomíes —obedeciendo las instrucciones de los señores de Tlaxcala—mandó decirles que él no daba vasallaje a extranjeros. Entonces envió a sus tropas, que fueron rechazadas por los hombres de Malinche. Al escuchar los truenos de fuego muchos decidieron huir. Otros comenzaron a disparar flechas. En cuanto estuvieron frente a los extranjeros los atacaron como pudieron. Incluso lograron matar a dos de sus venados gigantes. Los destazaron por completo y se llevaron todo —excepto la cabeza que rescataron los hombres barbados— y los ofrecieron a los dioses.

Cuando Motecuzoma se enteró de esto se llenó de alegría. Por fin comprobaba que esos animales no eran indestructibles.

—Pero mataron al capitán de las tropas —dijo el informante.

El rostro de Motecuzoma se entristeció, a pesar de que se trataba de uno de sus enemigos. Cada victoria de los extranjeros era una derrota para Motecuzoma.

Los extranjeros apresaron a una veintena de soldados otomíes, de los cuales, uno de ellos comenzó a agredir a los totonacas, gritándoles que eran unos traidores y cobardes. El totonaca enfurecido le pidió a Malinche que dejara suelto al otomí para que ambos se enfrentaran a duelo con sus macahuitles. Malinche aceptó y los dos guerreros entraron en un reñido combate. Finalmente el totonaca logró matar al otomí.

A la mañana siguiente llegó un ejército de otomíes y tlaxcaltecas para enfrentar a los barbudos.

—Por más que los tlaxcaltecas intentaron acorralar a los extranjeros ellos lograban avanzar —dijo el informante ante Motecuzoma que no había dicho una sola palabra hasta el momento—. Apenas se acercaban las tropas tlaxcaltecas y otomíes los extranjeros hacían estallar sus palos de humo y fuego. Y los que lograban acercarse a ellos morían con las cabezas cortadas o los pechos y panzas perforadas por los largos cuchillos de metal. Sus venados gigantes mataron a muchos tlaxcaltecas y otomíes con sus patas traseras y delanteras, entre ellos ocho hijos de los señores principales que comandaban las tropas. En la noche, cuando todos se retiraron a descansar, los extranjeros se dirigieron al pequeño pueblo ubicado en las faldas del cerro de Tzompantzinco. Ahí no pidieron ayuda ni ofrecieron su amistad; llegaron estallando sus troncos de fuego. Los pobladores huyeron asustados. Esa noche el tecutli Malinche les permitió a los totonacas hacer ceremonias para los dioses. Danzaron hasta la madrugada a pesar de que estaban muy cansados. Comieron toda la comida que tenían los habitantes y mataron los guajolotes que había ahí para alimentar a los faltantes. Se turnaron para dormir.

Motecuzoma se puso de pie luego de un suspiro. Caminó al mismo tiempo que se frotaba la nuca con ambas manos.

—El tecutli Malinche salió con sus tropas los días siguientes a atacar los pueblos vecinos. Quemaron y destrozaron los teocallis; se robaron los alimentos y los animales e hicieron prisioneros a los que no pudieron escapar.

Uno de los capitanes de las tropas mexihcas pidió permiso para hablar. En cuanto Motecuzoma se lo otorgó éste propuso que enviara a todo el ejército mexihca para auxiliar a los tlaxcaltecas.

—¡No! —dijo otro—. Los tlaxcaltecas nos traicionarían; nos dejarían morir en manos de los extranjeros.

—O lo que es peor —agregó otro—. Podrían fingir que luchan contra los hombres barbados y luego atacarnos entre ambos bandos.

El tlatoani se dirigió al informante y le pidió que prosiguiera.

—El tecutli Malinche envió a varios prisioneros tlaxcaltecas para que hablaran con Xicoténcatl, el joven «tecutli de Tizatlán, uno de los cuatro señoríos tlaxcaltecas». Les ofreció la paz. Él le mandó decir que iría al día siguiente y comerían sus carnes hasta el hartazgo y ofrecerían sus corazones a los dioses.

Motecuzoma no pudo evitar reír ligeramente. El informante dijo que era todo lo que sabía hasta el momento. Los días siguientes llegaron más informantes ante Motecuzoma. El primero le avisó que los tlaxcaltecas no habían atacado a los extranjeros en los días siguientes pues estaban preparando sus armas y diez mil soldados.[48] Mientras tanto los extranjeros seguían fortificando sus tropas y curando sus heridas.

—No hay forma de que sobrevivan —se jactó Motecuzoma en la reunión que tuvo esa mañana con los miembros de la nobleza—. Diez mil soldados —insistió—. Son muchísimos.

---

48 Hay muchas versiones sobre el número de soldados tlaxcaltecas en esta batalla. Algunos cronistas, como es sabido, exageraron en las cifras. Hay quienes aseguraron que fueron hasta ciento cincuenta mil soldados, lo cual es inverosímil, pues simplemente por el número los habrían aplastado. Bernal Díaz del Castillo dice que fueron diez mil, lo cual es más creíble.

Además, Xicoténcatl es muy necio. No descansará hasta que acabe con todos ellos.

Antes de la batalla, los tlaxcaltecas enviaron a los españoles trescientos guajolotes y doscientas cestas de tortillas y tamales, con el mensaje de que era para que no murieran en batalla por estar hambrientos sino por las flechas tlaxcaltecas. Xicoténcatl envió dos mil guerreros al primer combate, creyendo que con eso sería suficiente para acabar con los extranjeros. Las costumbres bélicas tenían un código de honor, el cual indicaba que no se debía atacar al enemigo con un número de soldados mucho mayor al del contrincante, aunque hubo ocasiones en que no se respetaba. Otra de las costumbres era que a los adversarios se les apresaba para luego sacrificarlos, aunque en las batallas siempre había bastantes muertos y heridos. Xicoténcatl ordenó a sus tropas que evitaran herir a los extranjeros para luego sacrificarlos, pero si éstos oponían resistencia tenían permiso de herirlos o matarlos. Por lo mismo, al llegar al encuentro los tlaxcaltecas, al no comprender los métodos bélicos de los extranjeros, perdieron la batalla y tuvieron que huir; y peor aún, en la retirada, huyendo de las armas de fuego, los tlaxcaltecas provocaron estampidas en las que quienes resbalaban y caían al suelo, se llevaban consigo a decenas como avalanchas, sepultándolos bajo miles de pies.

Muy tarde comprendió Xicoténcatl que su estrategia no era la adecuada. Los extranjeros no respetaban los códigos de honor, no iban en busca de prisioneros, sino de muertos y más muertos. Sin perder más tiempo decidió actuar como ellos y envió al resto de su tropa, sin importar lo poco honroso que sería ganar la batalla por tener un mayor número de guerreros. Los extranjeros al ver tan grande ejército retrocedieron. Los tlaxcaltecas los siguieron hasta el pueblo donde se habían quedado los últimos días. Lanzaron todas sus flechas y lanzas y piedras y tierra, todo lo que tenían a la mano. Los venados gigantes soltaron patadas y mataron a muchos tlaxcaltecas y otomíes. Los extranjeros apenas si pudieron resistir el ataque, hasta que, luego de varias horas de combate, sacaron sus troncos de humo y fuego y los hicieron estallar. Salieron volando brazos, cabezas, piernas y tripas, salpicándolo todo de sangre. Entre tanto humo era muy complicado ver a los adversarios. Otros de los motivos por los cuales los tlaxcaltecas no lograron vencer a los extranjeros fue que debido al exceso de soldados era imposible que los de atrás hicieran algo pues los de adelante eran los que estaban en combate. Y al tratar de huir de los armas de fuego obligaban a los de atrás a retroceder. Al caer la tarde Xicoténcatl ordenó a sus tropas que volvieran a Tlaxcala.

Cuando Motecuzoma se enteró sintió mucha tristeza. Le parecía inverosímil que las tropas de Xicoténcatl no hubiesen podido acabar con los extranjeros. Ignoraba, al igual que los tlaxcaltecas, que los hombres barbados no luchaban con los mismos códigos de honor ni con las mismas estrategias.

—¿Cómo es posible que hayan sobrevivido al ataque de diez mil guerreros tlaxcaltecas? —preguntó el tlatoani y luego se quedó pensativo por un instante mirando al techo y preguntó—: ¿Xicoténcatl ha estado enviándole comida a los extranjeros?

—Sí mi señor —respondió el informante con la mirada hacia el piso.

—Como debe ser —interrumpió uno de los sacerdotes—. Xicoténcatl sabe perfectamente que, por estar acorralados, los barbudos no tienen forma de conseguir comida, y que con matarlos de hambre ganaría la guerra de la forma más vil.

—¿Y... —Motecuzoma hizo una pausa— los extranjeros están respetando los códigos de honor?

—No… A la mañana siguiente de aquel combate, los extranjeros salieron, sin ser vistos por los tlaxcaltecas, y atacaron diez pueblos cercanos, donde sólo había mujeres, ancianos y niños, pues los hombres estaban en las filas del ejército tlaxcalteca. Después de matar a muchos de ellos y robarles la comida y sus animales, los barbudos volvieron al pueblo donde se habían pertrechado. Al medio día los tlaxcaltecas los volvieron a atacar, pero no lograron capturar a ningún barbudo.

—En ese caso Xicoténcatl no tendría por qué enviarles alimentos ni armamentos. No sería deshonroso.

Todos los presentes se quedaron callados. Muy pocos estaban de acuerdo con lo dicho por Moctezuma.

Al día siguiente Xicoténcatl envió cincuenta embajadores para que llevaran comida a los barbudos, pero con instrucciones de investigar cuántas armas tenían, dónde las tenían y cómo eran. Entonces Malinche y su gente comenzaron a desconfiar al ver a los tlaxcaltecas, quienes no disimulaban. Los apresaron y fueron interrogándolos por separado por medio de torturas.

El primero no quiso decir una palabra. Malinche sacó su largo cuchillo de metal y con un solo golpe le cortó las manos. Fueron tales los gritos de dolor que los tlaxcaltecas no interrogados comenzaron a temblar de miedo, sin saber qué le estaban haciendo a su compañero. Luego amarraron las manos cortadas al cuello como si fueran collares y lo llevaron con los otros cuarenta y nueve. Sacaron a otro tlaxcalteca que se rehusó a salir a pesar de que cuatro barbudos lo cargaron de brazos y piernas. Gritaba aterrorizado, pedía que no le hicieran lo mismo, que les diría lo que querían saber. Malinche lo dejó hablar y luego le cortó las manos y se las colgó al cuello. Al tercero no esperó a que lo sacaran de la habitación donde los tenían presos y confesó a gritos que Xicoténcatl tenía planeado atacarlos en la noche, para que los soldados tlaxcaltecas no se asustaran con los venados gigantes y los palos de fuego. Aún así, también le cortaron las manos. El cuarto se desmayó del miedo. Cuando despertó ya no tenía sus manos. Al ver alrededor descubrió que los demás habían sufrido la misma crueldad, y que otros habían muerto desangrados.

—Vayan con su señor y díganle que aquí los espera mi señor Cortés —tradujo Malintzin—. Ya sea de día o de noche. Todos recibirán el mismo castigo.

Esa misma noche Xicoténcatl decidió atacarlos con diez mil soldados otomíes, huexotzincas y tlaxcaltecas, pero como jamás habían luchado de noche se sintieron más asustados y no pudieron resistir el ataque de los barbudos que hicieron estallar sus trompetas de fuego y salieron a perseguirlos con sus venados gigantes.

Xicoténcatl dejó de enviarles comida. Los extranjeros salieron los días siguientes a atacar otros pueblos pequeños, en donde mataron y robaron a quienes podían.

Cuando todos en Tenochtitlan creían que los tlaxcaltecas no desistirían en sus ataques contra los barbudos, llegó una embajada tlaxcalteca a ofrecerles la paz. En cuanto Motecuzoma se enteró, mandó llamar a todos los miembros de la nobleza.

—No nos conviene que haya una alianza entre los tlaxcaltecas y los barbados. Debemos impedirlo como sea.

Cuitláhuac propuso enviar una embajada a los barbudos para preguntarles qué querían e insistir que el tlatoani no podía recibirlos pues estaba enfermo.

—No van a creerles —intervino Cacama—. Han tenido contacto con los totonacas y los tlaxcaltecas y seguramente ya les dijeron que nuestro huey tlatoani no está enfermo.

Lo mejor es que les permitamos entrar a Tenochtitlan y les dejemos dar el mensaje que envía su tlatoani. ¿Cuántos son? ¿Cuatrocientos? ¿Quinientos? Aunque fuesen mil, ya dentro de la ciudad no tendrían escapatoria. ¿Quién se atrevería a atacarnos aquí, habiendo tanta gente y tan pocas rutas de salida?

Luego de discutirlo por un largo rato Motecuzoma decidió enviar otra embajada —cinco miembros de la nobleza acompañados por doscientos hombres y más regalos: oro en grano, ropa, plumas— para que advirtieran a los extranjeros de los peligros que corrían si hacían una alianza con los tlaxcaltecas, pues, según Motecuzoma, los tlaxcaltecas pretendían llevarlos a sus ciudades para matarlos; y les pidieran que se marchasen a sus tierras. Malinche les agradeció los regalos y los invitó a que descansaran esa noche con ellos.

Los señores tlaxcaltecas se enteraron de la embajada mexihca y se reunieron para discutir, pero estaban completamente divididos: la mitad quería seguir atacando a los extranjeros; la otra, aseguraba que si Motecuzoma enviaba embajadores era porque probablemente quería hacer alianzas con ellos para aprovechar que ya estaban en territorios tlaxcaltecas; de esa manera los barbudos podrían atacarlos por un lado y los tenochcas por el otro.

—¿No se dan cuenta? Motecuzoma quiere una alianza con los barbudos —dijo Maxixcatzin, tecutli de Ocotelolco, uno de los cuatro señoríos tlaxcaltecas—. ¡Tlaxcala podría quedar destruida!

—¿Entonces qué hacemos?

—Evitar esa alianza.

—¿Cómo?

—Aliándonos con el tecutli Malinche.

—¡No!

—No tenemos otra opción.

—Sí. Podríamos hacer una tregua con Motecuzoma.

—¿Quién de ustedes está dispuesto a hacer una alianza con los mexihcas para acabar con los barbudos?

Nadie respondió.

Decidieron entonces ofrecer la paz a los extranjeros. Enviaron una embajada para que avisara a Xicoténcatl, el joven, para que retirara sus tropas, pero él no aceptó y atacó una vez más, sin éxito. Finalmente llegó la embajada tlaxcalteca ante Malinche, quien en un principio los recibió con mucha desconfianza y les respondió que les creería si iban sus señores principales en persona. Los embajadores les dejaron ciento cincuenta mujeres para que les hicieran de comer todo el tiempo que estuvieran ahí. Días después, tras llevar y traer varios mensajes, Maxixcatzin, tecutli de Ocotelolco; Xicoténcatl, el viejo de Tizatlán; Tlehuexolotzin de Tepeticpac; y Citlalpopocatzin de Quiahuiztlán, llegaron ante Malinche.

—Lo atacamos porque creíamos que eran amigos de Motecuzoma —se excusó Tlehuexolotzin—. Creíamos que venían a atacarnos.

—No —Malinche les respondió con mucha humildad—, yo no sería capaz de ser amigo de alguien tan cruel.

—Nosotros creíamos que...

—Tampoco estoy de acuerdo con la forma de gobernar del tlatoani de Méxihco Tenochtitlan.

Con esas palabras los señores de Tlaxcala se sintieron tan alegres que pronto comenzaron a ofrecerle regalos a Malinche y sus hombres, incluyendo a cinco de las hijas de los señores principales, con trescientas jóvenes esclavas. Las princesas se convirtieron en concubinas de los hombres[49] que acompañan al tecutli Malinche.

Días después los hombres barbados fueron recibidos con muchas fiestas en Tlaxcala.

49   Pedro de Alvarado, Juan Velázquez de León, Gonzalo de Sandoval, Cristóbal de Olid y Alonso de Ávila.

20

Un pato blanco ha emprendido el vuelo y enseguida toda la parvada lo ha seguido. Las aguas del lago se agitan y el resto de las aves que descansaban sobre ellas también abren sus alas para alejarse de aquello que provoca la marea. Al fondo se ve una flota de cientos de canoas que se acercan a la ciudad isla. En una de ellas vienes tú, Motecuzoma Xoco-yotzin, que llegas triunfante por el lado de Tezcuco. Te has ganado el derecho de ser huey tlatoani con esta guerra. Has demostrado tu valor. Llevas el cuerpo pintado de amarillo, engalanado majestuosamente con tus divisas y joyas reales. A tu izquierda puedes ver los majestuosos volcanes Popocatépetl e Iztaccíhuatl, a tu derecha el cerro de Tepeyacac, y al frente la ciudad isla, que de lejos parece un hormiguero. Conforme se acercan alcanzas a ver que toda la ciudad está adornada de flores. Miles de tenochcas en las calles, en las azoteas de las casas, en las ramas de los árboles, en los puertos, en las canoas y en el agua alzan los brazos, gritan tu nombre mientras otros tocan sus teponaxtles, flautas, sonajas y caracolas. Tus tropas han remado hasta la calzada de Iztapalapan, donde ya te esperan cientos de soldados veteranos en una larga fila que impide que los pobladores se suban a la calzada por donde entrarás tú, Motecuzoma, tú, gran señor, huey tlatoani de Méxihco Tenochtitlan.

Primero bajan de las canoas todos los prisioneros de forma muy lenta y solemne, con sus cabezas agachadas, entonando los tristes cánticos de su tierra; luego descienden los capitanes y una tropa de soldados. En cuanto los hombres —que cargan en sus hombros las ricas andas decoradas con piezas de oro en la que vas sentado— tocan el piso, todos se arrodillan ante ti. Te siguen los señores de Tlacopan y Tezcuco, y miles de soldados.

Ahora disfrutas en carne propia eso que tantas veces viste y escuchaste de lejos, en los tres gobiernos anteriores. Pero caminar a lado de ellos o escuchar lo que te contaban no se compara con lo que sientes al ver a todos arrodillados ante ti, todos ofreciéndote flores, todos prometiéndote lealtad, todos aclamando tus pasos, todos esperando algo de ti, todos, todos, todos para ti, por ti y contigo, Motecuzoma.

La procesión sigue hasta el Coatépetl, donde los prisioneros se arrodillan ante el dios portentoso, tocan la tierra con la mano y luego se la llevan a la boca.

Antes de entrar al recinto sagrado bajas de tus andas ayudado por los señores de Tezcuco y Tlacopan, pues es un sacrilegio llegar ahí de esta manera. Caminas sobre unos tapetes de algodón hacia el teocalli y también te arrodillas para saludar a los dioses. Subes los escalones, te haces unas perforaciones para ofrendar tu sangre al dios Huitzilopochtli y, junto a los sacerdotes, llevas a cabo la ceremonia de presentación de prisioneros.

—Señor, he cumplido con tus designios, he ido a la guerra para traerte este presente, cinco mil prisioneros para saciar tu sed de sangre.

El humo del copal es tanto que de lejos los sacerdotes y tú no se alcanzan a ver. Se escuchan los teponaxtles y las caracolas. Te pones de pie y te diriges a tu pueblo. Los músicos callan. La gente te observa y espera a lo que vas a decir. Eres grande, Motecuzoma, lo sabes. Sonríes y diriges tu mirada a la derecha, y mueves tu cabeza lentamente hacia la izquierda para ver toda la plaza llena de gente, los teocallis, el Calmecac, las calzadas, las canoas que se bambolean en los canales, los techos de las casas y los árboles en la ciudad, el lago, las aves en el cielo, las ciudades del otro lado del agua y los cerros verdes.

—¡Los dioses están orgullosos de ustedes! —dices en voz alta y tu pueblo te ovaciona.

Alzas las manos para indicarles que guarden silencio.

—Llevaremos a los presos a la Casa del Águila, y ahí se les entregará un número de prisioneros para que en sus barrios los alimenten como si fueran sus hijos. Trátenlos con respeto, pues no son suyos, sino un regalo para el dios Huitzilopochtli. Ahora pasaremos al palacio en donde ofreceré un rico banquete para los valerosos soldados que me acompañaron en esta campaña.

Al bajar por los escalones notas que Nezahualpilli está muy serio.

—¿Te sientes bien? —le preguntas sin mirarlo.

—Un poco cansado.

—Si gustas puedes dormir en una de las habitaciones del palacio mientras Totoquihuatzin, Tlilpotonqui, Cuitláhuac, el resto de los sacerdotes y yo hacemos la entrega de reconocimientos a los soldados que se distinguieron en la campaña y repartimos el botín de guerra.

—Mi cansancio no es del cuerpo.

—¿Entonces? —volteas a verlo.

—Estoy cansado de tantas guerras.

Diriges tu mirada a los escalones y al tumulto de gente que te espera abajo sin decirle nada a Nezahualpilli.

—Ruégale a los dioses que te perdonen por lo que acabas de decir —le susurras al oído en cuanto llegan al piso de la plaza, le das la espalda y te vas caminado.

Las palabras de Nezahualpilli te han dejado pensativo. «¿Cansado de tantas guerras?», te preguntas al mismo tiempo que te cubres los ojos con una mano. «Inconcebible. Falta tanto por conquistar: Michoacan, Tlaxcala, Huexotzinco, Cholula, Huexolotlan, Molanco, Pantepec, Hueyapan, Tecaxic...» En tu mente siguen apareciendo nombres y según tus cuentas faltan más de sesenta pueblos por conquistar. «Achiotlan, Nochiztlan, Tecutepec...».

—Señor, señor mío, gran señor...

«Caltepec...».

—Señor, señor mío, gran señor...

Levantas la mirada para ver quién se ha atrevido a interrumpir tus pensamientos.

—Señor, señor mío, gran señor, hemos llegado al palacio.

Asientes con la cabeza. De pronto alguien toma tu brazo derecho, volteas y te encuentras con el rostro de Nezahualpilli. Sin dirigirle la palabra sigues hasta el interior del palacio donde ya han acomodado todo el botín de guerra y los tributos recibidos a lo largo del camino de regreso.

Al llegar a tu asiento real alzas los brazos, dices unas palabras de agradecimiento y te sientas. Dos miembros de la nobleza te abanican con los plumeros mientras el cihuacóatl toma la palabra:

—Nuestro amado y respetado huey tlatoani los ha reunido a todos ustedes para reconocer su esfuerzo y valentía en la reciente campaña. El primer reconocimiento es para nuestro amado y respetado Nezahualpilli, tecutli de Tezcuco e hijo del difunto Nezahualcóyotl. Gracias a su...

Las palabras del cihuacóatl se pierden en un lejano eco. Escuchas el soplido del viento, como si te encontraras solo en la cima del Coatépetl. Los sermones te aburren. Sólo esperas que esto acabe pronto.

21

EN MEDIO DE ESTA NOCHE FRÍA MOTECUZOMA SE ENCUEN-tra solo, parado frente a una fogata, en el patio de las Casas Nuevas. Una vez más les ha pedido a los soldados de la guardia y a los miembros de la nobleza que se retiren. Observa las llamas que bailotean y la madera que cruje suavemente. Tiene en una mano una paleta de madera con la que sopla a la fogata. Cuitláhuac, dos años menor que Motecuzoma, entra en silencio y se para junto al tlatoani que lo ve de reojo sin decir una palabra. Motecuzoma alza la mirada y contempla las estrellas y su hermano hace lo mismo. Luego de un largo rato Cuitláhuac decide hablar.

—He estado platicando con los otros capitanes sobre la llegada de los hombres barbados.

Motecuzoma cierra los ojos y suspira.

—¿Y qué dicen? —pregunta el tlatoani mientras sopla sobre la fogata.

—Que ya no debemos esperar más.

—Son unos imbéciles.

—No lo creo.

—Ya aprenderás.

—¿Crees que no tengo la capacidad para pensar?

—Por supuesto que la tienes. Pero por el momento escucha y obedece, y con eso será suficiente.

Motecuzoma se sienta en cuclillas frente al fuego y comienza la ardua tardea de tallar las puntas de unas piedras de obsidiana que luego utilizará para sus armas. Hay en su mirada disimulada una amargura de largo aliento.

—No te quedes ahí sin hacer nada. Ayúdame.

Cuitláhuac se sienta a su lado y comienza a tallar una piedra que ya tiene forma de cuchillo.

—Creo que las tropas están listas para liberarnos de los extranjeros.

Motecuzoma deja de tallar y se ríe sin responder.

—¿Dije algo malo?

—No entiendes lo que estás diciendo.

—¿Por qué?

—Ahora es casi imposible. No hay forma de que los tenochcas podamos con los ejércitos tlaxcaltecas, cholultecas, totonacas y las armas de los extranjeros. Sería una masacre. Cuando yo tenía tu edad también elaboré muchas ideas. Ya se te pasará.

—¿Tienes miedo?

Cuitláhuac apenas si se da cuenta del momento en que Motecuzoma gira y le asesta un puñetazo en la mejilla. Cuando abre los ojos ya se encuentra derribado en el piso.

—Te has vuelto muy insolente —dice haciendo presión con su pie sobre la garganta de Cuitláhuac, quien lleva sus manos al tobillo de Motecuzoma para evitar que lo siga asfixiando. Puede ver sus ojos oscuros a pesar de que el fuego se halla a su espalda. Empuña las manos. No es la primera vez que tienen un desencuentro similar; sin embargo, Cuitláhuac es el hermano al que Motecuzoma más quiere y aconseja.

—¿Crees que tengo miedo? —arruga el rostro al mismo tiempo que aprieta el cuello de Cuitláhuac.

—¡Sí! —utiliza todas sus fuerzas para quitarse el pie de su hermano de encima.

Se arrastra por el piso para alejarse de él sin quitarle la mirada. Cuando alcanza una distancia adecuada se pone de pie con los puños en guardia.

—¿Vas a golpearme a mí? —Motecuzoma extiende los brazos hacia los lados, muestra las palmas y abre y cierra los dedos como si intentara sujetar algo.

Cuitláhuac respira profundo, piensa por un instante, y baja las manos y la mirada. La carcajada de Motecuzoma le incomoda.

—Si no fueras mi hermano te mataría en este momento —dice el tlatoani.

—No te tengo miedo.

—Lo sé. Ven.

Ambos se sientan frente al fuego.

—¿Qué piensas hacer? —pregunta Cuitláhuac todavía con la respiración agitada.

—Hablar con Malinche y darle algunos regalos para que se vayan.

—¿Y si no se marchan?

—Entonces los obligaremos.

—¿Cuándo?

—No lo sé. Debemos esperar.

—Ya esperamos mucho.

—Pero valió la pena. Hasta el momento no nos hemos visto obligados a usar la fuerza de nuestras tropas. ¿O quieres que nos ocurra lo mismo a que a los de Tlaxcala? ¿Quieres que nos rindamos y les ofrezcamos tierras para que construyan sus casas?

—No —Cuitláhuac baja la cabeza con un sentimiento de impotencia.

Ninguno de los dos habla por un largo rato.

—Tengo que pensar muy bien en la situación actual y en las posibilidades que tenemos para ganar en caso de que estalle un conflicto entre los mexihcas y los extranjeros. En cualquier momento puedo ordenar que quiten los puentes en las calzadas para evitar que salgan los extranjeros. Pero comprende que esa estrategia es bastante riesgosa, pues al tener a los enemigos dentro de la ciudad el perdedor sólo saldría muerto. Por lo mismo los instalé en el palacio de Axayácatl, donde los puedo acorralar. Lo único que tendríamos que hacer para salir vencedores sería lidiar con los tlaxcaltecas, los totonacas, los huexotzincas, los cholultecas y, por supuesto, con los acolhuas que decidieron traicionarnos.

—Ixtlilxóchitl… —Cuitláhuac niega con la cabeza mientras se frota las manos frente al fuego.

—Ahora me arrepiento de no haberlo castigado en su momento.

Cuitláhuac hace una mueca y niega con la cabeza nuevamente.

—Vaya escándalo el que armó al enterarse de que no había sido electo como sucesor del trono acolhua.

—Vaya que estaba furioso. Hacía mucho que no hallaba tanta ira en los ojos de algún enemigo.

Aún así, ese joven de diecisiete años de edad no intimidó a Motecuzoma. Estaba parado frente a él, con la nariz y los labios arrugados. El tlatoani sintió su respiración. Ixtlilxóchitl, el hijo menor del difunto Nezahualpilli se declaró su enemigo. Toda la nobleza mexihca y acolhua los observaban. Nadie se atrevió a decirle una palabra al joven furioso.

—Tú no tienes derecho a decidir quién será el tecutli de Acolhuacan —apretó los puños.

Observó las pupilas y cejas fruncidas del príncipe acolhua. Por un momento pensó que si Nezahualpilli hubiera sido como él habrían tenido más conflictos. Al ver la actitud del joven, Motecuzoma tuvo la certeza de que ya no había duda: tenía que evitar que Ixtlilxóchitl, el joven, llegara a ser tecutli de Acolhuacan.

—Tu padre no nombró a ningún heredero antes de morir.

—¡Mi padre no ha muerto! —le gritó y Motecuzoma sintió su saliva en el rostro.

—¡Pues entonces que venga! —le gritó también para escupirle en la cara—. ¡Ve por él para que se haga cargo de su gobierno!

—Si mi padre hubiera muerto me habría elegido a mí como su sucesor.

—Pero no lo hizo —dejó escapar una menuda y efímera sonrisa.

Ixtlilxóchitl, enardecido, se dio media vuelta y se dirigió al Consejo.

—Señores —habló con más serenidad—. Mi padre no ha muerto; y por lo tanto no hay motivos para elegir a un nuevo tlatoani. Les ruego que esperemos. Ustedes se han hecho cargo del gobierno acolhua en nombre de mi padre desde que se marchó, y lo han hecho bastante bien. Pueden continuar con esa labor hasta que lo encontremos.

—Tu padre está muerto —le respondió Motecuzoma.

Ixtlilxóchitl, el joven, lo miró con antipatía.

—Cacama merece ser electo —dijo Cohuanacotzin, uno de los hijos de Nezahualpilli.

—¿Quién lo dice? —Ixtlilxóchitl el joven se fue contra su hermano.

—Las leyes —Cohuanacotzin lo retó con su postura—. Y en dado caso de que él no fuese elegido, me correspondería a mí, por ser el segundo hijo de mayor edad.

—Señores —Ixtlilxóchitl volvió su atención al Consejo con un tono de voz más amigable—. No se dejen engañar. Motecuzoma pretende adueñarse del reino acolhua. Cacama no es más que su petate.

Cacama, rabioso, se fue contra el joven Ixtlilxóchitl y le propinó dos golpes en el rostro. Los soldados y varios de los miembros del Consejo se apresuraron a detener la pelea. Ixtlilxóchitl logró vengarse con otros dos puñetazos. Motecuzoma observó sin alterarse. Sabía que no era el momento adecuado para intervenir. Cuando por fin los dos hermanos estaban separados, Ixtlilxóchitl volvió a hablar.

—¡No voy a permitir que elijan a ese traidor! —señaló a Cacama, luego se dirigió a los hombres que lo tenían apresado—. ¡Suéltenme! ¡Suéltenme!

Motecuzoma dio la orden, con una mirada, de que lo dejaran libre.

—Propongo que suspendamos el debate —dijo uno de los miembros del Consejo.

—Escúchame bien —Ixtlilxóchitl se acercó a Motecuzoma una vez más y le apuntó con el dedo índice—. Yo no soy como mi padre ni como mis abuelos. Voy a impedir que te adueñes de las tierras que le pertenecen a los acolhuas. Y voy a acabar contigo.

—No pretendo adueñarme de sus tierras. Por el contrario, estoy a favor de que ustedes sigan siendo libres. Me aseguraré de que se respeten las leyes. Y si es tu derecho llegar al trono así será.

—A mí no me engañas —se dio la vuelta y salió de la sala.

Todos los miembros del Consejo debatieron entre sí. Algunos estaban en desacuerdo con la elección de Cacama; otros, parecían esperar lo que dijera Motecuzoma. Nadie quería una guerra entre Acolhuacan y Tenochtitlan, pero tampoco querían ser sus vasallos. Esperaban que se respetara la Triple Alianza con el nuevo gobierno. Cacama se acercó a Motecuzoma y le solicitó dialogar en privado.

—¿Qué necesitas? —le respondió en cuanto entraron a otra sala.

—Un mayor número de simpatizantes —dijo luego de unos segundos de silencio.

—Tienes mi apoyo —dijo Motecuzoma—. Hablaré con aquellos indecisos. Pero también espero tener tu colaboración constante. Tú sabes que en los últimos años tu padre y yo nos distanciamos; y no me gustaría que eso se repitiera. Las alianzas son muy valiosas para mí. Respeto a aquellos que cumplen con su palabra y sé premiar su lealtad. Tienes un hermano... *inquieto*... que —hizo un gesto de espanto y preocupación—, seguramente, te dará muchos problemas. Yo puedo ayudarte a remediarlos si tú quieres.

—Tendrá mi lealtad absoluta, mi señor —se arrodilló ante Motecuzoma.

—Muy bien —caminó a la otra sala donde se encontraban los miembros del Consejo.

Se despidió personalmente de cada uno. Habló con ellos por breves minutos: les preguntó sobre sus familiares, les ofreció su casa, les reiteró su amistad y lealtad. Se retiró sabiendo que aún quedaba mucho por hacer. A esas alturas ya no se trataba de convencer al Consejo acolhua de que votara por Cacama, sino de cerciorarse de que Ixtlilxóchitl no ganara la elección. Necesitaba mantener el orden. El tlatoani conocía muy bien a los hombres como Ixtlilxóchitl; sabía que suelen provocar muchos inconvenientes y que sobraban pueblos que estaban a la espera de que alguien se revelara para seguirle y liberarse del yugo mexihca.

Días después el cihuacóatl le informó que Ixtlilxóchitl había estado reuniéndose todos esos días con los principales de varios señoríos para que le ayudaran a impedir la elección de su hermano Cacama.

—Asegura que usted pretende adueñarse del señorío acolhua —dijo el cihuacóatl—. Los tlaxcaltecas, los huastecos, los otomíes y los totonacas le han ofrecido su apoyo.

—¿Y qué es lo que pretende? ¿Atacar a su hermano?

—Parece que sí.

—Que lo haga.

—¿Eso qué significa?

—Que permitiremos que entre ellos arreglen sus diferencias.

—¿Les enviará tropas para que auxilien a Cacama?

—No. Esperaremos.

Al día siguiente mandó llamar a Cacama y le dijo que había llegado el momento de llevar a cabo la elección. Él se mostró poco convencido.

—Pero... Tengo entendido que algunos de los miembros del Consejo aún siguen a favor de mi hermano.

—Eso qué importa. Si esperas a que todos estén de tu lado jamás serás electo. Debes demostrarle a tu hermano que estás seguro de lo que quieres y lo que vas a hacer.

—Me han informado que viene en camino con varias tropas.

—No le tengas miedo. Demuéstrale con tu poder bélico que mereces ser electo.

—¿Usted me va a apoyar con sus tropas?

—No.

—¿Por qué?

—Porque si lo hago le daremos crédito a las acusaciones de Ixtlilxóchitl. Tú no quieres que se te recuerde como un pusilánime que se esconde bajo la sombra del tlatoani de Méxihco Tenochtitlan, ¿o sí?

Cacama bajó la cabeza y negó ligeramente.

—Además eso es lo que él quiere: que yo mande mis tropas para que todos digan que quiero interferir en la elección de Acolhuacan. Ordenaré que en tu regreso a Tezcuco te acompañen Cuitláhuac y cuatro mil canoas. En cuanto entres al palacio mis hombres volverán a casa.

Todo salió como lo planeó Motecuzoma. Cacama fue electo con una mayoría casi absoluta.

—¿Qué fue lo que hiciste? —le preguntó Ixtlilxóchitl tiempo después—. ¿A cuántos de ellos convenciste? ¿Qué les ofreciste? ¿O a caso los intimidaste? Sólo tú lo sabes, Motecuzoma.

Pero a pocos días de que Cacama volviera a Tezcuco, llegó a Motecuzoma la noticia de que Ixtlilxóchitl había entrado con sus tropas a Tezcuco para impedir que se llevara a cabo la jura de su hermano. Motecuzoma permaneció en su palacio y con mucha tranquilidad se fue a dormir.

Al despertar se enteró de que Ixtlilxóchitl no había atacado la ciudad de Tezcuco a pesar de que estaba fortificada. Uno de sus informantes le dijo que Ixtlilxóchitl tuvo una reunión en privado con sus hermanos y acordaron dividir el reino acolhua entre los tres. Motecuzoma no lo podía creer. Movió la cabeza de izquierda a derecha y arrugó los labios. De pronto cerró los ojos, sonrió, respiró profundo y pensó en lo que acababa de escuchar. El poder acolhua dividido resultaba aún mejor para él. Comenzó a reír muy suavemente.

22

En una batalla gana el que aplica con mayor esplendor el arte de la intimidación. Las armas no amedrentan más que el prestigio. Es la grandeza de un pueblo la que consigue intimidar. El poder no se toca; se ve, se escucha. Los rumores son un arma poderosa. Son las palabras las que llevan a todos los rincones las flechas más letales. Con la celebración de mi coronación podía enviar tres tipos de mensajes: si el mitote era austero, se entendería que era un tlatoani débil; si era igual que la celebración del tlatoani anterior, no distinguirían la diferencia; pero si no escatimaba en las ceremonias enviaba un desafío a todos nuestros enemigos, un mensaje muy claro: soy el tlatoani más poderoso que ha existido.

Envié embajadores a todos los pueblos aliados, subyugados, independientes y enemigos, pero, a diferencia de los tlatoanis anteriores yo mandé miembros de la nobleza, y no cualquier plebeyo como mensajero.

—Señor, señor mío, gran señor —dijo el cihuacóatl asombrado—. ¿Está seguro de que quiere invitar a los señores de los pueblos enemigos?

—Por supuesto. Es precisamente entre los señores de Michoacan, Tlaxcala, Huexotzinco, Cholula y Meztitlan que quiero propagar el temor. Ellos deben ver cuánto poder tengo.

—No creo que acepten asistir.

—Aceptarán. Vendrán por curiosidad. Si no los invitamos enviarán espías para ver justamente lo que quiero que vean.

—Por eso mandarán espías, para evitar poner sus vidas en riesgo.

—Vendrán si les aseguramos que no serán víctimas de ofensas o agresiones por parte de las tropas ni pobladores de Méxihco Tenochtitlan y los pueblos aliados por donde transiten. Díganles que tienen mi palabra de que se les otorgarán deliciosos banquetes y espléndidos alojamientos desde donde podrán ver los festejos.

Veinte días después comenzaron a llegar todos los invitados. Jamás hubo tanto trabajo y tanto movimiento en Méxihco Tenochtitlan. Cada vez que llegaba un nuevo señor, acompañado de numerosas comitivas, se iniciaban los rituales de recibimiento con el intercambio de saludos y obsequios; luego se les invitaba de comer, se les ofrecían ropas y joyas nuevas para que tuvieran qué vestir cada uno de los días que iban a estar hospedados. Y luego ellos hacían la entrega de su tributo, lo cual implicaba, la mayoría de las veces, más de mil cargadores por día.

Estuvimos tres días y sus noches recibiendo invitados, danzando, comiendo, bebiendo, fumando, consumiendo hongos, cantando, platicando. Tres días y sus noches de tregua con todos nuestros enemigos. Tres días y sus noches gozando de los placeres de las doncellas. Tres días y sus noches en los que jamás oscureció, pues había tantas antorchas que no había un rincón que no estuviese iluminado. Y sí llegó la mayoría de los señores de los pueblos enemigos. Hubo, como dijo el cihuacóatl, quienes prefirieron abstenerse y enviaron, no unos espías, pero sí representantes. Aún así, todos, sin excepción, fueron tratados con grandes honores.

Al cuarto día se llevó a cabo la ceremonia de mi coronación. Los señores de Tlacopan y Tezcuco, el cihuacóatl, los principales señores de la nobleza mexihca y yo subimos hasta la cima del Coatépetl. Mi cuerpo fue cubierto con el ungüento divino y vestido con un hermoso atuendo que consistía de unas sandalias adornadas en oro, unas fajas para las pantorrillas hechas de oro, un calzoncillo de algodón con finas plumas blancas y grises y una banda que pendía del frente, unas fajas de oro para mis brazos, entre el codo y los hombros, unos brazaletes de oro y una fina capa de algodón hermosamente decorada con bordados de oro y un escudo tapizado con finas plumas blancas.

Entonces se acercó a mí, Nezahualpilli y puso sobre mi cabeza el *copilli* (corona real).

—No debe usted olvidar jamás que el trono en el que se encuentra en este momento no es ni será de su propiedad, pues es un préstamo que un día tendrá que devolver al verdadero dueño: el dios Quetzalcóatl.

Me acerqué a la orilla del teocalli, casi al borde del primer escalón, y me dirigí al pueblo tenochca y todos nuestros invitados.

—Juro ser fiel servidor de los dioses y abastecer sus teocallis con la sangre y los corazones que me sean exigidos, asimismo prometo cumplir rigurosamente todas las leyes de este grandioso pueblo mexihca y defender con mi vida esta ciudad.

Todos gritaron de alegría. Se escucharon los teponaxtles, las caracolas, las sonajas y las flautas. Luego alcé los brazos para anunciar a todos que debían guardar silencio.

—Ha llegado el momento de hacer mi ofrenda a los dioses.

Tañeron los teponaxtles y los invitados abrieron paso a los prisioneros que caminaban muy lentamente entonando los tristes cánticos de sus pueblos rumbo a los escalones del Coatépetl.

La primera en llegar a la piedra de los sacrificios fue una hermosa doncella de cabello largo hasta las caderas. A pesar de que no debía hacerlo, ella levantó la cara y me miró directamente a los ojos. No sé si imploraba piedad o buscaba en mí un sentimiento de culpa. Cualquiera que fuere su intención no tuvo resultado. Ordené que la acostaran sobre la piedra de los sacrificios. Creo que comenzó a gritar, no lo recuerdo bien, porque yo estaba viendo escalones abajo, donde toda la gente esperaba el primer sacrificio del nuevo tlatoani. Al darme la vuelta ya la tenían desnuda, acostada bocarriba y sostenida de brazos y piernas. Tomé el cuchillo, lo levanté frente al dios Huitzilopochtli y lo dejé caer con todas mis fuerzas sobre el pecho de la doncella que pronto dejó de sacudirse. Le saqué el corazón y lo ofrendé a los dioses y al pueblo. El resto de los sacrificios los hizo el cihuacóatl. Yo bajé a descansar, beber, fumar, y disfrutar del mitote.

23

MOTECUZOMA SONRÍE AL VER A MÁS DE VEINTE DE SUS hijos que gritan, brincan y corren de un lado a otro. Por primera vez no los regaña por hacer tanto ruido. Tiene más hijos mayores que ya se encuentran en el Calmecac o en las tropas del ejército.

—¿Cómo están? —se acerca a una de sus concubinas, una joven de quince años que carga un niño de ocho meses.

—Todo sigue igual —ella responde con tranquilidad.

—No deben salir mientras Malinche y sus hombres estén en la ciudad —le acaricia una mejilla.

—Le diré a todas las demás concubinas lo que acaba de decir, mi señor.

Aunque eso no es necesario en realidad. El sitio donde permanecen las concubinas —que abarca una tercera parte del palacio—está siempre resguardado por las tropas.

Al entrar a la sala principal de su palacio, Motecuzoma se encuentra con todos los miembros de la nobleza que siguen discutiendo sobre la estancia de los extranjeros. Muchos exigen que se marchen; otros, están dispuestos a hospedarlos el tiempo necesario para evitar una guerra. La tensión en las conversaciones aumenta cada día. Motecuzoma escucha sin hablar.

—Fue un grave error permitirle a los extranjeros llegar a Cholula —dice uno de los capitanes del ejército.

—Hicimos lo que pudimos —responde otro.

—No fue suficiente —admite Motecuzoma con la mirada en alto—. De nada sirvió enviar una embajada para que les advirtiera a los barbudos que los tlaxcaltecas no eran de fiar, pero Malinche no les hizo caso y aceptó hospedarse en Tlaxcala. Me equivoqué. Pensé que engañaría a los tlaxcaltecas. Esperaba que creyeran que Malinche y nosotros éramos amigos y les negaran su amistad.

—Y lo peor de todo fue que obligó a nuestros embajadores a permanecer con ellos en Tlaxcala —agrega uno de los miembros del consejo enfurecido por el recuerdo—. Los pudieron haber matado.

—Lo sé —el tlatoani baja la mirada avergonzado, pues días después Malinche envió a dos de sus hombres[50] a Méxihco Tenochtitlan, acompañados de los embajadores tenochcas, pero los tlaxcaltecas, para impedir el contacto entre Motecuzoma y Malinche, los atacaron fingiendo ser cholultecas, antes de llegar a Cholula, ciudad que siempre había sido independiente debido al pacto que tenían con Méxihco Tenochtitlan sobre las Guerras Floridas, en las cuales siempre peleaban contra los mexihcas, los tlaxcaltecas o huexotzincas. Los cholultecas, que estaban enemistados con los tlaxcaltecas, decidieron defender a los hombres barbados para evitar falsas acusaciones, como lo habían planeado los tlaxcaltecas.

---

50   Estos dos hombres eran Pedro de Alvarado y Bernardino Vázquez de Tapia.

La corte mexihca decidió que los embajadores llevaran a los extranjeros a Méxihco Tenochtitlan por Cholula para atacarlos ahí. Los tlaxcaltecas advirtieron a Malinche que no entrara a esa ciudad pues les tenían preparada una celada, y que viajara por Huexotzinco. Pero los barbados decidieron ir por Cholula. Entonces Malinche envió una embajada para solicitar permiso para entrar a Cholula, que hasta entonces no había dado muestras de interés por recibirlos. Tres días después llegó una embajada para hablar con Malinche, que inmediatamente fue advertido por los tlaxcaltecas de que se trataba de una farsa pues esos hombres no pertenecían a la nobleza; entonces el tecutli Malinche les mandó decir que si no se presentaban ante él los atacaría sin piedad. A los tres días llegaron tres principales de Cholula a Tlaxcala. Al hablar con Malinche le dijeron que no habían ido a verlo, ya que tenían una enemistad con los tlaxcaltecas y que por ello no podían entrar a esas tierras, pero que los esperaban gustosos.

Malinche fue a Cholula acompañado de seis mil tlaxcaltecas, pero al llegar los recibieron varios emisarios y les dijeron que sus señores no podían recibirlos a esas horas de la noche, pero que al día siguiente irían a verlos. Mencionaron también que no les permitirían entrar con los tlaxcaltecas, pues eran sus enemigos. Al día siguiente fueron recibidos por miles de cholultecas. Pero al quinto día los extranjeros se dieron cuenta de que Motecuzoma había mandado cavar hoyos en los caminos, los había llenado de estacas muy filosas y los habían tapado con madera, tierra y hierbas para que cuando pasaran por ahí cayeran y murieran atravesados por las estacas.

Malinche, creyendo que había una conjura entre Cholula y Méxihco Tenochtitlan, habló entonces con los sacerdotes y les dijo que pensaba seguir su camino rumbo a Méxihco Tenochtitlan, pero que antes de partir quería agradecerles a todos sus atenciones y que necesitaba de cargadores que le ayudaran a llevar sus cosas hasta Tenochtitlan. Al día siguiente los principales de Cholula los recibieron en el recinto sagrado, que estaba amurallado. En el patio aguardaban seis mil tamemes para ayudarlos a llevar sus cosas. Malinche y sus hombres entraron a la sala principal y ahí mataron a los señores principales de Cholula, con lo cual, al salir y mostrar los cuerpos muertos, los tamemes se sintieron desprotegidos y no supieron cómo defenderse ante los extranjeros. En cuanto se escucharon las primeras explosiones de las armas de fuego, todos intentaron salir provocando una estampida, en la cual muchos murieron aplastados y asfixiados, además de los victimados por las armas de fuego.

Los tlaxcaltecas y los totonacas que ya estaban avisados, entraron en cuanto escucharon las explosiones de las armas de fuego y arremetieron contra los cholultecas y quemaron casi todos los teocallis en un lapso de cinco horas. Cientos de los cholultecas subieron a las cimas de sus teocallis para defender a sus dioses, pero los extranjeros lanzaron flechas con fuego para incendiarlos; entonces muchos de ellos decidieron lanzarse al vacío antes de morir en manos de sus enemigos. Miles de cholultecas huyeron de la ciudad.

Dos días después comenzó el saqueo: los extranjeros se llevaron todo el oro, la plata y las piedras preciosas; los tlaxcaltecas y los totonacas se llevaron las plumas, las mantas de algodón, la sal, los animales y los esclavos para los sacrificios. Pero Malinche les ordenó que los liberaran y luego habló con los señores principales que habían sobrevivido a la masacre y les preguntó a quién correspondía el trono ahora que el tenían como señor había muerto. Ellos respondieron que a uno de sus hermanos, entonces Malinche lo hizo nombrar tecutli.

Pronto Motecuzoma recibió a los embajadores que habían estado con Malinche desde Tlaxcala.

—Manda decirle el tecutli Malinche que ya no quiere más traiciones.

—Dile que yo no tuve nada qué ver con lo ocurrido en Cholula, que ni siquiera estaba enterado de que le tenían preparada una emboscada.

—Malinche dice que usted tenía un ejército esperando afuera de Cholula.

Motecuzoma se sorprendió al escuchar eso. Por un momento pensó que hubiese sido una buena idea, pero luego concluyó que de haber intentado algo como eso seguramente sus tropas ya estarían muertas o derrotadas y Malinche creería que los tenochcas serían un enemigo fácil de vencer. Luego dedujo que los tlaxcaltecas habían influido a los extranjeros con sus calumnias.

Entonces el huey tlatoani mandó llamar a los señores de Acolhuacan, Tlacopan e Iztapalapan y todos los miembros de la nobleza. Pasaron largas horas discutiendo la siguiente estrategia.

—Está claro que vienen por nuestras riquezas.

—Ya les dimos suficientes.

—Para ellos no.

—¿Qué más quieren?

—Todo.

—No tienen compasión por los ancianos, las mujeres y los niños. No les importa matar a miles con tal de conseguir lo que buscan.

—Enviemos a todas nuestras tropas.

—Supongamos que acabamos con todos ellos, ¿qué haríamos si su tlatoani manda a buscarlos?

—Los atacamos de igual forma.

—No sabemos qué tan grandes son sus tropas.

—Los dioses nos han abandonado.

—Permitámosles la entrada a Tenochtitlan.

—No; harán con nosotros lo mismo que hicieron en Ch'aak Temal, Chakan-Putún, Kosom Lumil, Tabscoob, Cempoala, Tlaxcala y Cholula: atacarán nuestras tropas, matarán a nuestras mujeres, niños y ancianos, quemarán nuestros teocallis, pondrán altares para sus dioses, nos prohibirán hacer sacrificios y nos impondrán su religión.

—Lo mejor será que los dejemos entrar a Tenochtitlan antes de que lo hagan por la fuerza. Lo más seguro es que lleguen por Iztapalapan. Tendríamos que enviar nuestras tropas ahí, pero también podrían rodear por Tezcuco, o incluso llegar por Chapultepec, Azcapotzalco, Tlacopan, o por el lago.

—Ya dentro de la ciudad los podemos matar de hambre o quitar los puentes de las calzadas.

—Entonces dejemos que entren a Méxihco Tenochtitlan —concluyó Motecuzoma cerrando los ojos.

24

Respiras agitadamente, Motecuzoma, sin soltar el escudo que tienes en la mano izquierda y el macahuitl en la derecha. Observas en el horizonte las aves que vuelan entre los árboles que se agitan con el viento. Al fondo, entre cientos de soldados tlaxcaltecas y otomíes que se alejan triunfantes, se distingue el gigante Tlahuicole, el hombre más alto que jamás se ha visto en estas tierras. La mayoría de los hombres le llegan a los codos y las mujeres a veces al abdomen.

Tienes el rostro y el cuerpo llenos de sudor, sangre y tierra. Aprietas el puño al mismo tiempo que levantas el brazo derecho para ver de cerca una herida severa que tienes en el antebrazo. Un hilo de sangre se estira hasta tocar el suelo. Al bajar la mirada te das cuenta de que tienes otras dos heridas en ambas piernas. La batalla fue muy reñida.

Alrededor de ti se encuentran cientos de soldados revisando a los compañeros caídos: a los muertos los arrastran de los pies —dejando una larga cicatriz de sangre en la hierba— hasta una pila de cadáveres; y a los heridos con posibilidades de sobrevivir les hacen torniquetes —en brazos o piernas— o les tapan las heridas con trozos de tela; y a los moribundos les cortan el cuello con cuchillos de pedernal.

—Señor, señor mío, gran señor —dice un hombre que se acerca a ti—, permítame curarle las heridas.

Sin decirle una palabra te das la vuelta y caminas entre los cadáveres y los heridos. De pronto te detienes. El ruido es demasiado para poder distinguir una voz en particular. Miras ligeramente por arriba del hombro y distingues una mano en el piso que se acerca a un macahuitl. Te giras rápidamente al mismo tiempo que alzas tu arma y la dejas caer sobre el pecho de un hombre que está tirado bocarriba justo al lado tuyo. Se retuerce por unos instantes, te ve a los ojos y muere.

—¿No es ése su hermano? —dice el hombre que te seguía para curarte las heridas.

Los soldados alrededor detienen lo que están haciendo para verte. Levantas tu macahuitl y le rebanas el abdomen al hombre que acaba de acusarte de asesinar a tu hermano.

—¿Qué esperan? —gritas enfurecido—. ¡Apúrense! ¡A todo aquel que esté con las tripas de fuera, tuerto o tunco, sacrifíquenlo!

Todos los soldados vuelven a lo que estaban haciendo sin decir una palabra. Sigues caminando. De pronto un hombre comienza a gritar. Un soldado está de pie a su lado.

—¡No me maten! ¡Todavía puedo ser útil para la guerra! —se arrastra bocabajo. Sus piernas están sangrando.

El soldado intenta voltearlo bocarriba pero el hombre no se deja.

—¡Demuéstrame que puedes mover las piernas!

—Mira —el hombre se arrastra tratando de fingir que sus piernas se mueven—. Sólo necesito curarme.

El soldado sabe que los estás observando. Saca su cuchillo, se queda pensativo por un momento y le corta la garganta al hombre, su compañero de batallas. Un ave de rapiña surca el cielo. Sigues tu camino hasta que te encuentras con el cuerpo bañado en sangre de Tlilpotonqui, el cihuacóatl. Lo observas en silencio. Sabías que estaba muy viejo para ir a la guerra. Por fin acabaste con el linaje de Tlacaeleltzin. Ahora podrás nombrar a un nuevo cihuacóatl, uno en que puedas confiar y no pretenda adueñarse del poder.

Diriges tu mirada a la herida que tienes en el antebrazo. Por primera vez en el día te quejas, pero lo haces en silencio. Buscas en varias direcciones a alguien que tenga algún trozo de trapo para detener la sangre.

—¡Soldado! —le gritas a uno que está a punto de arrodillarse al lado de un herido—. ¡Ven!

El hombre corre hacia ti y cuando llega se arrodilla.

—Ponte de pie —le muestras el antebrazo y él sin preguntar se apura a enredar un trapo en tu brazo.

Minutos después llega uno de los capitanes para darte una terrible noticia:

—Señor, señor mío, gran señor, hemos encontrado a dos de sus hermanos muertos.

Cierras los ojos e inclinas la cabeza a la derecha. Ya no escuchas lo que te dice el capitán. ¿Estás enfurecido por haber aceptado la alianza con los señores de Huexotzinco y Cholula que decidieron combatir a los de Tlaxcala, que a su vez les había dado casa y comida a los otomíes a cambio de que vigilaran y defendieran sus territorios? ¿Viste en la alianza de otomíes y tlaxcaltecas un gran peligro para tu gobierno ya que ambos son valerosos y bien ejercitados en las armas? Lo sabías, Motecuzoma, lo sabías. En vano enviaste gente para que sobornaran a los otomíes; de nada sirvieron tus ofertas, demostraron una lealtad hacia los tlaxcaltecas que bien hubieras querido para ti.

Los cuatro señoríos de Tlaxcala —Ocotelolco, Tizatlán, Tepeticpac y Quiahuiztlán— a pesar de ser independientes, también demostraron ser leales a sí mismos. ¿Por qué perdieron esta batalla? ¿Por qué —si en otras campañas habían llevado el triple de soldados, llevando a las tropas de los aliados— en ésta sólo fuiste con tropas mexihcas? ¿Te ganó la soberbia, Motecuzoma? ¿Creíste que con tu ejército y el de los señores de Huexotzinco y Cholula sería suficiente? De nada sirvió que consultaras con los señores de Acolhuacan y Tlacopan, si no los llevaste a la guerra y pusiste a tu hermano Tlacahuepan al frente de los ejércitos de Huexotzinco y Cholula.

¿O es que acaso querías perder esta batalla, Motecuzoma? ¿Por qué querría un tlatoani perder un combate? ¿Por qué no defendiste a tu hermano cuando lo viste rodeado? Tú estabas ahí. Eran muchos en contra de uno solo; aún así, jamás se dio por vencido, se defendió con honor y valentía, cortó muchos brazos y piernas hasta que el cansancio lo derribó y los enemigos lo cortaron en pedazos. ¿Cuántas veces estuvieron en competencia tu hermano y tú? Desde la infancia; y casi siempre él salió vencedor. Tlacahuepan pudo ser electo huey tlatoani. Muchos aseguraban que él tenía más posibilidades que tú. ¿Qué ocurrió, Motecuzoma? ¿Quién decidió que Tlacahuepan no merecía ser tlatoani? Era un gran guerrero. Si tan sólo no lo hubieras abandonado…

Te diriges a uno de los capitanes y le das la orden para que avise a las tropas que se formen para volver a Tenochtitlan y dé instrucciones a un par de mensajeros para que salgan corriendo para avisar a tu pueblo la terrible noticia y preparen todas las ceremonias fúnebres.

No hablas en todo el camino. ¿En qué piensas, Motecuzoma?

Al entrar a la ciudad los reciben con mucho silencio, los sacerdotes se han desanudado las trenzas que siempre lucen en el cabello, los soldados veteranos lucen como macehualtin, sin adornos ni penachos. Hay tristeza en los rostros. Llegan hasta el Coatépetl donde ponen a los heridos y a los muertos. Uno de los sacerdotes te pide permiso para hablar y se lo concedes. No escuchas lo que dice, no te importa, sabes que está mencionando a los muertos y todos sus logros. Más alabanzas. Elogios para todos.

Toda la nobleza, cada uno de los tlatoanis, ha sido creador de cantos, siempre comprometidos con la expresión, la palabra, el pensamiento. Una cabeza sin pensamientos es un árbol sin frutos ni flores ni hojas. Cuando llega tu turno comienzas a recitar un canto que hiciste en el camino para evocar a Tlacahuepan, tu hermano muerto en una batalla.

> ¿Acaso algo es verdadero?
> ¿Nada es nuestro precio?
> Sólo las flores son deseadas, anheladas.
> Hay muerte florida,
> hay muerte dichosa,
> la de Tlacahuepatzin e Ixtlilcucecháhuac.
>
> Resplandece el águila blanca.
> El ave quetzal, el tlauhquéchol,
> brillan en el interior del cielo,
> Tlacahuepatzin, Ixtlilcucecháhuac.
>
> ¿A dónde vas, a dónde vas?
> Donde se forjan los dueños de las plumas,
> junto al lugar de la guerra, en el teocalli,
> allá pinta la gente
> ella nuestra madre,
> Itzpapalotl, en la llanura.[51]

---

51 *Cantares mexicanos*, fol. 70 R.

243

25

Han pasado tres días desde que llegaron los hombres barbados a Méxihco Tenochtitlan. Motecuzoma ha dormido y comido muy poco. No deja de pensar. Por más que intenta no logra armar una estrategia para sacar a los extranjeros de su ciudad.

Admite que Malinche es un hombre sagaz. Ninguna de las trampas que le puso surtió efecto. Ni siquiera las últimas antes de que salieran de Cholula. Tampoco sirvieron las amenazas que les envió a todos los pueblos por los que transitarían los barbudos. Parece que el miedo que le tenían a Motecuzoma se está evaporando.

Muchos de los totonacas, temerosos de enfrentar a Motecuzoma, solicitaron permiso a Malinche de regresar a Cempoala, pero él les aseguró que los protegería. Hubo también una gran cantidad de Tlaxcaltecas que temieron entrar a Méxihco Tenochtitlan. Finalmente los acompañaron seis mil hombres totonacas, tlaxcaltecas, cholultecas y huexotzincas.

A pesar de que los tenochcas habían llenado de enredaderas con espinas el camino por donde venían los extranjeros desde Cholula, éstos, en lugar de rodear los volcanes

Popocatépetl e Iztaccíhuatl, cruzaron por en medio. Aprovecharon para subir a ellos —aunque con mucha dificultad por la falta de oxígeno, la nieve y el frío—, pues jamás habían visto algo parecido.

Llegaron a un poblado pobre, entre el Popocatépetl y el Iztaccíhuatl, en donde fueron bien recibidos. Les dieron esclavas, ropa y una pequeña cantidad de oro. Al llegar a la meseta que une a los dos volcanes comenzó a nevar y los extranjeros tuvieron que refugiarse en unas construcciones que había cerca de ahí, dejando a los tamemes a la intemperie, que tuvieron que cubrirse con paja.

Motecuzoma envió a uno de sus hermanos para que se hiciera pasar por él ante Malinche. Supuso que si lo que los extranjeros querían era hablar con él, al tenerlo frente a ellos darían el supuesto mensaje enviado por el tlatoani de las tierras del otro lado del mar y se retirarían con los regalos que les llevaban: oro y más oro, con el que los barbudos se llenaron de júbilo: sus ojos estaban tan asombrados que los embajadores no hallaron forma de describir tanta codicia al tlatoani. Jamás habían conocido gente que se entusiasmara tanto con el oro. «Es por la enfermedad que tiene su tlatoani», dijo uno de los sacerdotes, «esa que sólo se cura con el oro».

Malinche, un hombre difícil de engañar, interrogó tanto y de manera tan astuta a los embajadores y al falso tlatoani que pronto descubrió el artificio y lo envió de regreso a Tenochtitlan con un mensaje: «Decidle a vuestro rey que no regresaré a mi tierra hasta hablar con él y darle el mensaje que le envía el rey Carlos.»

Por las noches mientras unos dormían otros vigilaban con sus armas listas para hacer estallar el humo y el fuego. Incluso una noche dispararon dos veces al escuchar que algo se movía detrás de unos arbustos: mataron a dos totonacas que habían decidido aprovechar la noche para tener un encuentro sexual.

Al día siguiente siguieron su recorrido por las faldas de las montañas hasta encontrarse con los campos llenos de flores amarillas que jamás habían visto: *cempoalxóchitl* (cempaxúchitl). Desde ahí podían ver muchos cerros, entre ellos, la sierra del Ajusco; y al fondo, el lago de Tezcuco, las islas y los cientos de poblados que la rodeaban.

Entraron al valle del Anáhuac[52] por el pueblo de Amecameca, el cual pertenecía a la provincia de Chalco, donde fueron recibidos con comida y regalos: mantas, ropas, piezas de oro y cuarenta mujeres. Incluso llegaron señores de los pueblos vecinos, muchos por curiosidad, otros por temor a ser atacados. Tres días escucharon las quejas de los señores principales que, por pertenecer a Chalco, habían recibido muchos ataques de los mexihcas.

—Dice el tecutli Malinche que viene a deshacer agravios —dijo el informante ante Motecuzoma—. Y que nadie puede matarlos más que su dios.

Una vez más se reunieron el tlatoani, la nobleza y los señores de la Triple Alianza. Cuitláhuac insistía en que no los dejaran entrar. Cacama advirtió que de no hacerlo ellos entrarían por la fuerza. Largas horas pasaron discutiendo hasta llegar a la conclusión de que Cacama iría a Amecameca para acompañarlos en el recorrido y asegurarse de que no intentaran entrar por la fuerza; y Cuitláhuac los esperaría en Iztapalapan.

Cacama llegó ante Malinche con una numerosa comitiva. Decenas de macehualtin iban barriendo el camino por donde pasaría el tlatoani de Acolhuacan. Los extranjeros

52   El 3 de noviembre de 1519.

se sorprendieron al ver la riqueza del señor de Acolhuacan, pues en ningún otro pueblo por donde habían pasado habían encontrado algo similar.

—El huey tlatoani Motecuzoma Xocoyotzin me ha enviado para recibirlo y acompañarlos hasta Méxihco Tenochtitlan —dijo luego de arrodillarse, tomar tierra con las manos y llevársela a la boca—. Mi señor le manda decir que se encuentra indispuesto, pero que muy pronto se podrán ver personalmente.

Malinche sonrió triunfante sin quitar la mano del puño de su largo cuchillo de plata. Luego se presentaron los demás embajadores, lo cual les tomó poco más de dos horas. Al continuar con su camino, uno de los embajadores que iban acompañando a Malinche desde Tlaxcala le reveló a Cacama que los extranjeros, los totonacas, cholultecas, huexotzincas y tlaxcaltecas iban hablando con la gente de todos los pueblos para convencerlos de que se rebelaran contra Motecuzoma, pues Malinche iba precisamente a castigar sus abusos.

Al día siguiente los alcanzó en el camino Ixtlilxóchitl, el joven que había aprovechado la ausencia de Cacama en Tezcuco para hablar con su hermano Cohuanacotzin, con quien no había tenido tratos desde que habían dividido el señorío acolhua. Ahí, ambos hicieron una tregua. Ixtlilxóchitl con intenciones de hacerse amigo de los extranjeros y atacar a Motecuzoma.

Llegaron, igual que Cacama, con un contingente tan grande que el mismo Malinche pensó que todo se trataba de una emboscada. Pero Ixtlilxóchitl se apresuró a hablar con él para hacerle ver que él era su amigo y recordarle que ya en ocasiones anteriores le había enviado regalos y mensajes. Después invitó a Malinche a conocer Tezcuco, y él le prometió que iría a su ciudad después de encontrarse con el tlatoani de Méxihco Tenochtitlan, lo cual dejó muy enfadado a Ixtlilxóchitl.

En cuanto Motecuzoma se enteró de esto comprendió que había sido un gravísimo error no haber castigado a Ixtlilxóchitl cuando se reveló por la elección de Cacama. A esas alturas el tlatoani estaba completamente cercado por sus enemigos, que ya se habían aliado, aunque no directamente, para acabar con el imperio de los tenochcas.

Los barbudos pasaron por Ayotzinco, por las orillas del lago de Chalco, por Tezompa, Tetelco, Mixquic, Ixtayopa, Tulyahualco, hasta llegar a la ciudad de Cuitláhuac,[53] donde ya les tenían preparado un espléndido banquete. Malinche decidió seguir adelante sin detenerse, pues temía que los atacaran ahí mismo. La ciudad era un islote y por lo tanto no habría forma de escapar si quitaban los puentes de la calzada. Además los embajadores mexihcas le habían dicho que Iztapalapan estaba a unas tres leguas de ahí.

Al salir pasaron por Xochimilco, Tlaltenango y Xaltepec hasta llegar a Iztapalapan, donde los recibieron Cuitláhuac y muchos miembros de la nobleza; además de veinte mil habitantes curiosos. Luego de los saludos acostumbrados ya para Malinche y sus hombres, Cuitláhuac les entregó muchos regalos: mujeres, ropas y plumajes. Al llegar la noche los acomodaron a todos en el palacio de Cuitláhuac.

Mientras tanto en Méxihco Tenochtitlan había mucho silencio. Las calles estaban desiertas, el lago como un espejo, las canoas vacías, los teocallis desolados, y las casas en silencio.

53 A la ciudad de Cuitláhuac —actualmente Tláhuac— los españoles la llamaron Venezuela, Pequeña Venecia.

26

Tuve dos grandes oportunidades para acabar con
los tlaxcaltecas y las desperdicié. Tuve de mi lado a los señores
de Huexotzinco y de Cholula y no los aproveché. Les ofrecí
riquezas, tierras y mujeres a los otomíes para que se unieran
a las tropas tenochcas pero no logré nada. En el año 1 Conejo
(1506) Cholula y Huexotzinco se enemistaron. Hice todo lo
posible para mantenerlos aliados, pero fracasé. Finalmente
tuve que elegir a uno de ellos. Decidí dar mi apoyo a Cholula
para evitar que los huexotzincas destruyeran aquella ciudad
sagrada.

En esos años llevé a cabo muchas otras guerras con otros
pueblos y siempre logré grandes victorias. Quizá por eso
descuidé las batallas con los tlaxcaltecas con quienes tuve
varias confrontaciones. En una de esas mi ejército salió tan mal
herido que impedí se les diera recibimiento alguno a su llegada
no. Prohibí cualquier tipo de ceremonia fúnebre o lamento.
Un ejército derrotado no merece siquiera el saludo. Por ello
castigué a todos los capitanes y soldados, prohibiéndoles ir
a cualquier campaña, entrar a las casas reales, vestir ropa de
algodón y sandalias, los obligué a que les cortaran el cabello
—una distinción muy importante para los capitanes—, y

les quité todas sus insignias y armas. Luego los envié a otras batallas pero sin el prestigio de sus títulos. Poco a poco fueron ganándose mi perdón.

Huexotzinco hizo una alianza con los cuatro señores de Tlaxcala —Maxixcatzin de Ocotelolco; Xicoténcatl de Tizatlán; Tlehuexolotzin de Tepeticpac; y Citlalpopocatzin de Quiahuiztlán— y como prueba de lealtad envió a un grupo de hombres disfrazados una noche a Tenochtitlan para que le prendieran fuego a nuestros teocallis. Un par de soldados los descubrió y dio la señal de alerta. Pronto llegaron cientos de soldados y pobladores para apresar a aquellos huexotzincas que se habían atrevido a tan infame ultraje.

Pero al ver que se incendiaba el teocalli de Toci se olvidaron de los invasores y se ocuparon en apagar las llamas. Corrieron apurados a sus casas para traer jícaras, pocillos o vasos. Hicieron una cadena humana de miles de personas para sacar agua del lago y pasar las jícaras y apagar el fuego. Por todas partes se veía gente agachada en los canales y en las orillas de la ciudad llenando de agua todo tipo de recipientes. Frente al teocalli cientos de personas vaciaban el agua sin lograr apagar el fuego, pues aquella noche había mucho viento y la mayoría de los contenedores de agua llegaban casi vacíos tras pasar por tantas manos.

Fue casi al amanecer que el incendió quedó sofocado. Todos quedaron empapados. El piso del recinto sagrado parecía una extensión del lago, como cuando llueve de forma descomunal y el nivel del agua sube hasta inundar la ciudad entera.

Esa fue una mañana muy triste para todos nosotros. La destrucción de cualquier teocalli, sin importar su tamaño o deidad, es siempre motivo de luto, peor que la muerte de un amigo o un familiar.

Trabajamos toda la mañana en limpiar la ciudad y el teocalli de Toci. Llevamos a cabo varios rituales en su honor y luego ordené que se preparara un banquete para todos. Al finalizar mandé llamar a los sacerdotes encargados del teocalli de Toci y frente a todos les cuestioné lo que había ocurrido. Uno de ellos dijo que esa noche no le tocaba cuidar el teocalli. El otro admitió haberse descuidado por un instante.

—En un instante una flecha puede clavarse en el corazón de alguien, en un instante un teocalli puede ser incendiado, en un instante la vida comienza, en un instante la vida se acaba. No hay instante menos valioso que otro.

—Señor, señor mío, gran señor, disculpe.

—Ni yo ni el pueblo mexihca podemos perdonar tu descuido. Ustedes dos serán condenados a pasar descalzos el resto de sus días en una celda con el piso lleno de trozos cortantes de obsidiana y se les dará de comer solamente tres de cada cinco días.

—Señor, señor mío, gran señor, ¿por qué me castiga a mí?, anoche no era mi responsabilidad cuidar el teocalli.

—Las responsabilidades no son penachos que te quitas y dejas por ahí cuando te cansas de ellos. Las responsabilidades son para siempre. También era tu responsabilidad asegurarte de que tu compañero hiciera bien su trabajo. Si te perdono los demás sacerdotes pensarán igual que tú. Tú no quieres que algo como lo que ocurrió anoche se repita, ¿o sí?

Ambos sacerdotes imploraron que los perdonara. También algunos de sus compañeros pretendieron abogar por ellos, no obstante, me negué. Volví al palacio y hablé con los capitanes del ejército. Debido a que ese día aún no sabíamos quién había tenido la desfachatez de dañar uno de nuestros teocallis, exigí que enviaran espías a cada uno de los pueblos aliados, subyugados y enemigos para averiguar.

Los días siguientes los dedicamos a reconstruir el teocalli de Toci. Cientos de personas trabajaron largas jornadas talando árboles en los bosques de Chapultepec para llevarlos a la isla. Al cabo de varias semanas quedó totalmente reconstruido el teocalli y también supimos que los huexotzincas habían sido los responsables. Un espía llegó una tarde para informarme que había ido disfrazado por los rumbos de Tlaxcala y que ahí se había informado de todo. Mandé llamar a todos los capitanes, sacerdotes y señores principales de la nobleza.

—Ahora que hemos terminado la reconstrucción del teocalli de Toci es necesario que llevemos a cabo la ceremonia de desagravio, y como ustedes saben, ésta debe ser sacrificando a los responsables. Uno de mis espías me ha informado que los huexotzincas se jactan por todo su pueblo y en las tierras de Tlaxcala. Debemos ir por ellos para castigar su provocación.

—Señor, señor mío, gran señor —dijo uno de los capitanes—, ¿cuántos prisioneros debemos traer?

—Dejaré esa decisión a los sacerdotes.

—Que sean cinco mil —exclamó uno de los sacerdotes.

—Eso es excesivo —dijo otro de los sacerdotes.

—Si no los castigamos como debe ser jamás lograremos imponer nuestra autoridad.

—Mil.

—No; cinco mil.

—Cinco mil es mucho —intervino uno de los capitanes.

—Que sean dos mil —dije para que dejaran de discutir—. Mandaré un embajador para que les declare la guerra.

Días después mis soldados los atacaron pero las tropas enemigas fueron auxiliadas por los tlaxcaltecas, lo cual hizo que la batalla durara cinco días y medio. Ambos bandos perdimos muchos soldados, muertos y cautivos. Terminada la guerra llevamos a cabo la ceremonia de desagravio, en la cual sacrificamos exactamente el número de cautivos que habíamos dispuesto. Al día siguiente nos enteramos que mientras nosotros les sacábamos los corazones a los guerreros enemigos, en Huexotzinco nuestros guerreros mexihcas eran sacrificados en honor a Camaxtli, el dios de aquel pueblo.

Aunque tuve razones suficientes para declararles otra guerra decidí esperar a que mis tropas se recuperaran. Con el paso del tiempo esa campaña quedó casi en el olvido. Los tlaxcaltecas y huexotzincas también se enemistaron, otra vez. Las tropas de Tlaxcala se encargaron de hacer por nosotros lo que no logramos en tiempos pasados: destruyeron sus teocallis, sus cosechas y sus casas. Y así, derrotados y hambrientos, vinieron los huexotzincas a solicitar mi ayuda. Les ofrecí casa y comida a cambio de que, en cuanto se recuperaran, pagaran tributo como todos los pueblos subyugados y fueran a las guerras bajo mi mando, especialmente en contra de Tlaxcala. Así se le dio casa y alimento a todo el pueblo huexotzinca en Tlacopan, Tezcuco y Méxihco Tenochtitlan.

Tenía en esa ocasión la segunda oportunidad para declararle la guerra Tlaxcala y ganarles de una vez por todas. Y la desaproveché. Se me ocurrió una idea tan absurda como inútil. No sé porqué en su momento creí que era todo lo contrario. Mandé llamar a todos los capitanes de Tlacopan, Tezcuco y Tenochtitlan y les hablé de un plan que tenía en mente.

—Quiero que en esta nueva campaña en contra de los tlaxcaltecas se empeñen en capturar al gigante Tlahuicole.

Todos me miraron con desconcierto; otros, murmuraron entre sí. Hubo quienes sonreían socarronamente.

—¿Qué les causa gracia? —pregunté seriamente.

Bajaron las miradas.

—Les hice una pregunta.

—Tlahuicole, además de ser un guerrero muy valeroso y experto en el uso de las armas, es enorme… —dijo uno de los capitanes—. Su macahuitl es tres veces más grande y pesado que cualquier otro. Nadie ha podido herirlo en ninguna batalla.

—Eso se debe a que en todas las campañas le huyen. Se han dejado intimidar por su fama. Por eso quiero que en ésta le preparen una emboscada. Una mitad del ejército se ocupará de acorralarlo y la otra de impedir que sus soldados lo socorran.

Si lográbamos hacerlo preso jamás podría volver a Tlaxcala, aunque lo liberáramos, pues por costumbre de todos los pueblos, el honor de un soldado queda vejado y su pueblo no lo acepta de regreso.

27

Han pasado cuatro largos días desde que llegaron los extranjeros a la ciudad de Méxihco Tenochtitlan. Les rinden culto a sus dioses todas las mañanas, en el patio de las Casas Viejas, donde ponen una mesa, una cruz y la imagen de su diosa, a la que llaman madre de dios.

Motecuzoma ha ocupado la mayoría de su tiempo en vigilar a los extranjeros. Le ha preguntado a Malinche cuándo piensa volver a su tierra pero él lo evade cambiando la conversación. Ellos no tienen deseos de partir. Incluso Malinche le ha pedido permiso al tlatoani de construir un pequeño teocalli para sus dioses. Y para evitar que intentaran destruir los teocallis de Tenochtitlan, como lo hicieron en Cempoala, Tlaxcala, Cholula y muchos otros pueblos, Motecuzoma decidió, no sólo darles permiso, sino también proporcionarles albañiles. La destreza con que los tenochcas han terminado el teocalli en dos días ha dejado impresionados a los extranjeros.

Pero eso no es lo único que los ha impresionado: uno de los hombres barbados ha notado que el color y textura del acabado del teocalli es exactamente igual al de una de las paredes de una recámara del palacio de Axayácatl. Observa detenidamente el muro hasta descubrir que ahí han sellado una entrada. En cuanto puede se lo comunica a Malinche, quien acude a la habitación para corroborar lo que le acaban de informar. Luego de un largo rato ambos quedan completamente convencidos de que ahí había una entrada y que seguramente debe haber algo detrás. Podría ser simplemente una remodelación, pues por lo que han visto los mexihcas construyen y remodelan sus edificios con mucha frecuencia. También podría tratarse de una salida. El tecutli Malinche analiza el tamaño de la habitación, sale al pasillo, camina hasta el final del mismo y no encuentra otra entrada. La habitación, comparada con el pasillo, es apenas una décima parte. Ahora no le queda duda de que hay algo escondido; entonces decide derribar en la noche el pedazo de muro que recién ha sido tapiado.

No importa que tanto ruido hagan, las paredes del las Casas Viejas son tan gruesas que es imposible que se oiga desde afuera. Desde adentro sí pueden escucharse los ruidos fuertes, como los teponaxtles o las caracolas, si se está cerca de alguna claraboya o ventana.

Apenas derriban el pedazo de la pared, Malinche y sus hombres de confianza entran con antorchas en mano y se encuentran con el *Teocalco* (la casa de Dios), donde permanecen guardadas todas las pertenencias de los tlatoque anteriores, lo que los extranjeros llaman la bóveda del tesoro de Motecuzoma. Han sido depositadas ahí porque después de la muerte de cada uno de ellos nadie más debe utilizarlas. Ahora pertenecen a los dioses.

Las sonrisas de los barbados son tan grandes que parece que se les van a romper las comisuras de los labios. Respiran extasiados, sus pechos se inflan rápidamente, una y otra vez. Tanto oro, tantas piedras preciosas, tantas joyas juntas les parece imposible. También hay plumas finas, mantas de algodón, flechas, macahuitles, escudos y adornos que se usan para los trajes de guerra, pero eso no les interesa, para ellos eso es basura; lo importante está en todas esas vasijas de oro, esos adornos de plata, los jarrones y platos de oro; tantas cosas de oro. La sala es tan grande que podrían caber ahí los más de cuatrocientos barbados que han llegado con Malinche, y aún así sobraría espacio para más gente. Caminan y a donde quiera que apuntan las antorchas se refleja el brillo del oro y la plata.

El tecutli Malinche habla con esos pocos hombres de confianza con los que ha entrado al *Teocalco* y les pide que guarden el secreto. Tres de ellos asienten jubilosos, prometen no decir una palabra, pues están seguros que entre menos personas se enteren de la existencia de este tesoro, mayor será su porcentaje. Los otros cuatro también están exaltados por el hallazgo, pero conocen a Malinche y dudan de sus promesas.

Al día siguiente corre el rumor entre los barbudos. Todos se han enterado de que Malinche ha encontrado el tesoro de los tlatoque, excepto Motecuzoma y los miembros de la nobleza, pues desde que los extranjeros llegaron no han entrado a las Casas Viejas. Malinche acude a las Casas Nuevas cuando quiere hablar con el tlatoani. De cualquier manera, para evitar ser descubiertos, Malinche ha ordenado que tapen el hueco otra vez. Muchos han discutido entre ellos. Unos quieren sacar todas las joyas y marcharse por la madrugada; los otros piensan que puede haber más oro en alguna parte y lo mejor es esperar, si ya llegaron hasta aquí, ¿por qué desperdiciar el viaje?

Malinche se esfuerza por estar cerca del tlatoani todo el tiempo. Permanece en silencio, observa cada una de las acciones de Motecuzoma. Malintzin siempre está con él, siempre le explica lo que oye. Aprende rápido, pues muchas veces ella habla directamente con Malinche, sin la intervención de Jeimo Cuauhtli. Motecuzoma deja que Malinche observe, cree que si se entera de cuánto poder tiene, podría intimidarse. En efecto, el tlatoani es tan poderoso que apenas si tiene tiempo para descansar. En cuanto sale una persona de la sala principal entra otra, y luego otra. Vienen a preguntarle, a pedirle permiso, a informarle. Hay que organizar tantas cosas, el comercio, las provincias rebeldes, los impuestos, las leyes de la ciudad, los jueces y los criminales que hay que castigar, las construcciones que ya estaban en proceso, las próximas celebraciones, los rituales para los dioses, la comida para seguir alimentando a los miles de huéspedes, las negociaciones con otros señores, las Guerras Floridas, las cosechas, la organización de los palacios y los teocallis, la limpieza de toda la ciudad y todos los asuntos relacionados con el lago de Tezcuco.

Esa mañana Malinche decide ir a ver a Motecuzoma al palacio antes de que comiencen a llegar todos los embajadores y miembros del gobierno. Lo invita a salir al campo. Motecuzoma se niega.

—Me gustaría enseñadle a montar a caballo —sonríe porque sabe que ha acaparado la atención del tlatoani.

Aunque parece una sana invitación, Motecuzoma duda de las intenciones de Malinche. Cierra los ojos por unos instantes y piensa. Se siente muy cansado. Las primeras dos noches no durmió, y las otras tres apenas dos o tres horas. Los extranjeros tienen cinco días en la ciudad. Ya los llevaron a conocer todos los teocallis, los han paseado en las canoas, los han alimentado tanto que apenas si se dan abasto las cocineras. Motecuzoma cree que ha llegado el momento de pedirles que se marchen. Prevé que después de esta nueva experiencia podría sentarse a hablar con Malinche e insistirle que vuelva a las costas. Ya no importa cuántas joyas tenga que darles.

—Vamos —se pone de pie.

El cihuacóatl lo observa sorprendido y temeroso. Mote-
cuzuma le habla cerca del oído y le pide que tengan listas
las tropas para que los acompañen. Salen por la calzada de
Tlacopan, donde una vez más son recibidos por cientos
de habitantes curiosos. Siguen hasta los campos que se
encuentran cerca de Chapultepec. En cuanto llegan al lugar
indicado, los soldados tenochcas comienzan a cercar el lugar.
Motecuzoma desconfía de cada uno de los movimientos
de Malinche, que jamás abandona esa sonrisa amistosa. El
tlatoani sabe que para gobernar siempre se sonríe frente a
los enemigos.

Malinche y sus hombres bajan de sus venados y esperan
a que Motecuzoma baje de sus andas. Todos los miembros de
la nobleza están ahí, observando con mucha desconfianza.
Malinche manda llamar a uno de sus hombres y le dice que
lleve al venado en el que venía.

—Dice mi tecutli Cortés que este *callo* es el más manso
que tienen —dice Malintzin.

—*Ca-ba-llo* —Malinche la corrige con la mano en el
puño de su largo cuchillo de plata.

—*Ca-be-llo* —repite la niña y se ríe.

—*Ca-ba-llo* —insiste—. *Ca-ba-llo.*

Malintzin y Motecuzoma repiten varias veces hasta que
por fin logran pronunciarlo correctamente. Malinche sonríe
amistoso, como si estuviera enseñando a hablar a un niño.
Luego da instrucciones de cómo montar, mientras acaricia al
caballo; Malintzin traduce. El tlatoani se interesa por el animal,
por primera vez está tocándolo. Los miembros de la nobleza
siguen desconfiando, temen que todo se trate de una trampa,
que el animal se pare en dos patas —aunque jamás lo han
visto— como les han contado que lo hicieron otros caballos
en las guerras contra Tlaxcala y Cholula. Dos miembros de

la nobleza se acercan para ayudar a Motecuzoma a subir al caballo, pero Malinche les dice que no deben acercarse pues el animal no los conoce. Finalmente Motecuzoma sube al caballo. Sonríe por primera vez en muchos días.

Conforme avanza el caballo a pasos lentos, el tlatoani piensa en lo productivo que sería tener esos animales en estas tierras. Se podrían recorrer largas distancias. Servirían para jalar piedras y troncos de madera. Siguiendo las instrucciones de Malinche, Motecuzoma comprueba que en realidad son animales muy obedientes.

Todos los miembros de la nobleza quedan asombrados al ver que —al mismo tiempo que Malinche y Jeimo Cuauhtli— Malintzin se sube con destreza en otro de los caballos. La niña ya sabe dar órdenes al animal.

—Mi señor quiere que recorramos el campo —dice Malintzin al acercarse montada en su caballo.

Motecuzoma asiente con la cabeza. Está impresionado con esta experiencia. Puede sentir la respiración del animal.

—Si vos queréis, nosotros podríamos dejaros estos caballos cuando regresemos a nuestras tierras —dice Malinche y Malintzin comienza a traducir.

El ofrecimiento suena fascinante, pero Motecuzoma no se muestra entusiasmado.

—Contadme algo sobre vos —dice Malinche.

—¿Qué quiere que le cuente?

—De vuestra infancia.

—¿Por qué quiere que le cuente de mi infancia? Fue como la de todos.

—No lo creo. La vida de un monarca no puede ser como la de todos y la suya.

Motecuzoma se siente un poco incómodo con esta conversación. Jamás le habían preguntado sobre su infancia; ni siquiera sobre su vida, la cual ha sido pública desde que nació. Entonces piensa que en realidad lo que se sabe es lo que todos cuentan, lo que todos saben por relatos de otros, pero nadie conoce su versión, porque eso no se acostumbra.

—Así yo podría contarle al rey Carlos Quinto sobre vos.

Sólo se escuchan los pasos y los relinchos de los caballos. Motecuzoma tiene la mirada hacia el frente. Malinche, Jeimo Cuauhtli y Malintzin lo observan ligeramente para que el tlatoani no se sienta incómodo.

—Contaba mi padre Axayácatl que cuando yo nací, en el *calpulli* de Aticpac, en el año 1 Caña...

Los caballos avanzan muy lentamente mientras el tlatoani narra todo lo que recuerda de su infancia. El horizonte se ve despejado y el sol no calienta tanto como otros días. El paisaje es propicio para platicar. Sin darse cuenta, Motecuzoma se está confesando, está confesando eso que jamás le ha contado a nadie, porque a nadie jamás le había interesado. Malinche lo escucha atento, porque en verdad le interesa conocer más del tlatoani, de Tenochtitlan, de su cultura, de su historia, de todo eso que lo tiene impactado.

—Ya nos hemos alejado demasiado —dice el tlatoani.

De pronto siente una preocupación. Teme que en su ausencia los extranjeros hayan atacado a los miembros de la nobleza o la ciudad. Malinche hace que su caballo dé la vuelta. Jeimo Cuauhtli y Malintzin hacen lo mismo.

—Cuando digáis.

—Debemos apurarnos —dice Motecuzoma y hace que el caballo camine hacia la izquierda.

Siguiendo las instrucciones que le dio Malinche, Motecuzoma hace que el caballo avance más rápido.

—¡Esperad! —dice Malinche y lo sigue.

Malintzin y Jeimo Cuauhtli cabalgan junto a él.

—Dice mi tecutli Malinche que no debe ir tan rápido —dice Malintzin con voz agitada.

Las advertencias son inútiles a estas alturas, Motecuzoma quiere volver. Se siente arrepentido de haber descuidado el gobierno. Odia el ocio y desprecia a la gente ociosa. Le da zancadas al caballo y éste comienza a correr. Malinche va a su lado, lo observa con esmero, admira la agilidad que tiene para aprender. Hace tres horas el tlatoani estaba instruyéndose a montar y ahora cabalga con destreza. Le fascina la escena que tiene a su lado: un tlatoani montado en un caballo, las plumas del penacho ondeando con el aire y el galope, su postura tan extraña, muy distinta a la de los extranjeros. Motecuzoma es un hombre maduro, pero su cuerpo delgado y recio lo hace verse más joven.

En cuanto aparecen en el horizonte las plumas de los penachos, Motecuzoma se siente más tranquilo, jala la rienda del caballo y hace que se detenga suavemente. Sabe que su gente está a salvo. Muchos de los hombres barbados están sentados en troncos de madera, piedras y la hierba. Los miembros de la nobleza están en cuclillas. Los soldados, aunque no están en guardia, siguen de pie. Las mujeres que llevaron les sirven agua. Al ver que Motecuzoma, Malinche, Malintzin y Jeimo Cuauhtli vienen de regreso, todos se ponen de pie y avanzan hacia ellos apurados: los extranjeros a recibir a Malinche y los miembros de la nobleza al tlatoani.

—¿Está todo bien? —pregunta Motecuzoma al bajar del caballo.

—No hubo ningún contratiempo —responde uno de los miembros de la nobleza—. Ellos intentaron hablar con nosotros —señala a los extranjeros—, pero no les entendimos. Los tlaxcaltecas apenas si han aprendido algunas palabras, pero no quieren hablar con los mexihcas, igual que los totonacas, con la diferencia de que éstos están temerosos de nosotros.

—Necesito bañarme —dice el tlatoani y se olfatea las axilas.

Observa a Malinche, que también está recibiendo los reportes de sus hombres, y se le acerca. Lo encuentra muy contento, sonríe al hablar con sus hombres. Al llegar a ellos percibe el mismo hedor de siempre.

—Aquí cerca, en Chapultepec, tenemos unos baños. Vamos a bañarnos —dice y los observa a todos.

Los temazcalli que tiene en Chapultepec no son para el uso de todos pero a Motecuzoma eso ya no le importa. No soporta esa pestilencia.

—Dice mi tecutli Cortés que no desea bañarse en este momento.

—Dile que son aguas termales.

—Ellos no se bañan —es la primera vez Malintzin habla con confianza, como si estuviera contando un secreto—. Nunca. Porque para bañarse necesitan quitarse sus trajes de metal y eso los hace vulnerables a cualquier ataque.

—Dile que es parte de nuestras costumbres —Motecuzoma no piensa discutir con Malintzin—, que nosotros nos bañamos dos o tres veces al día.

Los hombres barbados están intrigados por lo que le acaba de decir Motecuzoma a Malintzin. En cuanto Jeimo Cuauhtli les traduce lo que escucha de labios de la niña, Malinche niega con la cabeza. El tlatoani no espera a la traducción e insiste.

—Mi tecutli Cortés dice que él está dispuesto a entrar a los baños, pero no sus soldados, pues cree que puede ser una trampa.

—Dile que yo no soy ningún tramposo.

—Dice que no es él quien desconfía, que son sus hombres —dice Malintzin minutos después.

—Vamos —Motecuzoma se dirige a sus andas.

Luego de caminar poco más de media hora, llegan frente a un largo muro rodeado de cientos de árboles.

—Voy a pedirte que dejes tus caballos aquí —dice Motecuzoma—. Este lugar no es sagrado, pero como si lo fuera.

Malinche y sus hombres se observan entre sí. Dudan de lo que está diciéndoles el tlatoani.

—Dice mi señor que quiere mandar a alguien para que revise el lugar antes de entrar.

—Que vaya —Motecuzoma suspira con incomodidad.

Minutos después vuelve el hombre lleno de asombro. Malinche le pregunta qué es lo que ha visto y el hombre habla al mismo tiempo que alza los brazos.

—Entremos —dice Malinche con una sonrisa de satisfacción y deseo.

—Dile a tus hombres que tengan mucho cuidado al caminar y que sean respetuosos.

El temazcalli está en el centro de un jardín muy grande, lleno de diversos tipos de árboles que dan flores, azules, moradas, lilas, rojas, anaranjadas, amarillas y blancas. También hay muchos arbustos cortados de forma artesanal. Hay cinco riachuelos que recorren todo el jardín. Su agua es tan transparente que pueden verse las hermosas piedras colocadas en el fondo como decoración. Alrededor yacen unas estatuas de piedra que representan —con gran semejanza— a cada uno de los tlatoque de Méxihco Tenochtitlan. Asimismo, por todas partes se ven aves de colores insólitos; algunas con las cabezas llenas de plumas azules y sus cuerpos amarillos; otras con plumaje amarillo en las cabezas y sus cuerpos rojos, azules, anaranjados. Unas tienen las plumas de la cola tan largas que rebasan el tamaño de su cuerpo y cuando las alzan parecen abanicos pintados. Donde uno mire hay flores, flores pequeñas, flores grandes, flores con formas exóticas, flores comunes. Todas son flores y todas merecen la misma atención de los jardineros.

—Estos jardines los mandó hacer Nezahualcóyotl, el abuelo del actual tlatoani de Acolhuacan.

—Dice mi tecutli Cortés que jamás había visto jardines tan hermosos.

—La belleza es el tesoro más preciado.

Caminan hasta el temazcalli y Malinche no puede creer que un baño tenga apariencia de cueva. Afuera hay una fogata encendida. Varios hombres de Motecuzoma se habían adelantado para avisarles a los encargados del temazcalli que lo tuvieran listo. Cuatro miembros de la nobleza se encargan de desvestir al tlatoani mientras otros sacan las piedras al rojo vivo de la fogata y las introducen al temazcalli.

—Dile a tu señor que se quite la ropa para que pueda entrar —dice Motecuzoma a Malintzin.

Apenas traduce Jeimo Cuauhtli, Malinche se asoma dentro del temazcalli y observa cuidadosamente. Le pregunta a Malintzin si es cierto que ahí se bañan y ella le explica confiada que así es, que ahí se limpia el espíritu de los hombres y las mujeres. A Malinche le cuesta trabajo quitarse su traje de metal. Del temazcalli ya salen vapor y ricos aromas. Motecuzoma entra y se sienta para relajarse. Malinche lo sigue desconfiado, mientras afuera se lleva a cabo un rito musical.

28

Tus tropas están cansadas, Motecuzoma. llevan veinte días luchando contra los tlaxcaltecas que han proporcionado una vigorosa defensa. El número de presos es muy poco. El campamento está lleno de heridos. Has decidido no volver a Méxihco Tenochtitlan hasta que hagan preso al gigante Tlahuicole.

El primer día todo parecía ir tal cual lo habías planeado. Apenas amanecía cuando tú y tus tropas esperaban la llegada del enemigo en el campo de batalla. En cuanto viste que las aves salían asustadas de entre los árboles supiste que estaban en camino. El cielo comenzaba a iluminarse en el horizonte. Entonces diste la orden de que tocaran la caracola. Pronto se escucharon los teponaxtles de guerra de tus tropas: *¡Pum-pum-pum-pum, pum-pum!* Entre los arbustos salieron decenas de venados asustados. Una vez más sonó el graznido de la caracola. Tus soldados gritaron en son de guerra: ¡Ay, ay, ay, ay, ay! ¡Ay, ay, ay, ay, ay! ¡Ay, ay, ay, ay, ay!

Tomaste tu arco y una flecha, caminaste varios pasos, asegurándote de que los enemigos viniesen de frente y no de los lados. Al fondo se veía mucho movimiento entre los arbustos. Venían talando todo a su paso para abrirles paso a las tropas que marchaban por detrás. Apenas viste al primero de los soldados tlaxcaltecas alzaste tu arco y flecha, apuntaste al cielo y disparaste.

—¡Ay, ay, ay, ay, ay!

Tu flecha se perdió entre los arbustos. Los soldados venían ya más cerca. Sacaste otra flecha y disparaste. En esa ocasión tu tiro fue certero. Un hombre cayó al suelo con la flecha en la garganta. Diste la orden de que iniciaran el ataque. Los teponaxtles retumbaron.

¡Pum-pum-pum-pum, pum-pum!

—¡Ay, ay, ay, ay, ay!

Cientos de soldados apuntaron hacia arriba y dispararon al mismo tiempo. Mientras las flechas surcaban el cielo tus tropas gritaban: ¡Ay, ay, ay, ay, ay! ¡Ay, ay, ay, ay, ay! El ejército enemigo alzó sus escudos y logró evadir una gran cantidad de flechas. Pronto ellos lanzaron sus flechas y también gritaron mientras sus flechas se dirigían hacia ustedes: ¡Ay, ay, ay, ay, ay! ¡Ay, ay, ay, ay, ay! Tus solados se arrodillaron y se cubrieron con los escudos. Las flechas que caían cerca eran recuperadas para usarlas de nuevo.

Las tropas se iban acercando poco a poco, lanzando sus flechas y lanzas hasta quedarse tan sólo con los macahuitles, escudos y navajas. Pronto todos corrieron en diferentes direcciones. Todos tus soldados hicieron exactamente lo que les ordenaste: la mitad del ejército hizo todo lo posible por acorralar al gigante Tlahuicole y la otra combatió contra el resto de los tlaxcaltecas para impedir que le dieran refuerzos. Pero cercar al gigante Tlahuicole parecía ser una tarea imposible. El primero de los capitanes que intentó atacarlo recibió un golpe en la cabeza tan fuerte que cayó muerto en ese instante. El segundo aguantó cuatro golpes con su escudo hasta que el gigante lo derribó con todo y escudo.

Cuatro soldados intentaron atacarlo al mismo tiempo pero también fueron ferozmente revolcados. Después diste la orden de que todos lo atacaran al mismo tiempo. Tlahuicole no se dio por vencido a pesar de recibir varios golpes. De pronto aparecieron cientos de soldados enemigos. Tlahuicole se recuperó y volvió al ataque. Lanzó macanazos a por todas partes, cortando cabezas, brazos y piernas.

Al llegar la tarde diste la orden de retirada. Ambas tropas se detuvieron, recogieron a sus heridos y marcharon en direcciones opuestas. Aquella primera noche la mayoría de los soldados y capitanes durmieron agotados, menos tú, Motecuzoma, que no pudiste dormir. Pasaste la noche en vela con tus tropas. Caminaste de un lado a otro revisando que todos comieran, se bañaran y se curaran. Otros cientos de hombres se ocuparon de alistar las armas y los atuendos para el día siguiente mientras cientos de mujeres alimentaban y curaban a los heridos.

Te sentaste frente a una fogata y observaste el bailoteo de las llamas. ¿En qué pensabas, Motecuzoma? Una mujer se acercó para ofrecerte chocolate y lo rechazaste. El nuevo cihuacóatl llegó a sentarse a tu lado sin decir palabra alguna. Sabe bien lo que esperas de él. Te hace compañía sin interrumpir, te escucha sin cuestionar, obedecer sin dudar de tus decisiones.

Diecinueve días seguidos, Motecuzoma. Han salido a combate diecinueve días sin lograr apresar al gigante Tlahuicole. Cientos de hombres muertos y heridos. El aire huele a sangre, la noche sabe a muerte. Hoy es el día número veinte. Aún no sale el sol y ya están todos tus soldados formados. Te escuchan hablar. Los capitanes cuentan los soldados. Siempre lo hacen antes de salir a la batalla, al volver y antes de dormir. Se escuchan miles de pajarillos. Apenas si pueden verse los rostros. Caminan rumbo al campo de batalla en silencio.

Al llegar esperan un rato a que se alumbre mejor la mañana fría. Una vez más como en los últimos días ves al fondo los venados y las parvadas de distintos tipos de aves que se espantan con la marcha de las tropas enemigas. Das la orden de que toquen la caracola y los teponaxtles. *¡Pum-pum-pum-pum, pum-pum!* Lanzan las primeras flechas.

—¡Ay, ay, ay, ay, ay!

Todos corren rumbo a las tropas enemigas. Tú no te detienes ante nada. Sacas tu macahuitl y comienzas a luchar cuerpo a cuerpo contra otro de los capitanes tlaxcaltecas. Detienes los golpes de su macahuitl con tu escudo. Lanzas un golpe pero él lo detiene con su macahuitl. Todos los soldados alrededor tuyo también están peleando ferozmente. Finalmente le das un golpe certero al enemigo y le cortas un brazo que ahora cuelga como rama que rompe el viento. Se arrodilla ante ti y ruega que lo sacrifiques. Alzas tu arma y le rebanas el cuello sin demora. Cada vez que intentas avanzar aparece un nuevo soldado dispuesto a luchar contra ti, aunque bien sepa que las probabilidades de derrotarte sean mínimas. Pues por algo eres el tlatoani de la ciudad más poderosa de todo el Valle.

Tras haber mantenido terribles combates corres hacia donde se encuentra el gigante Tlahuicole. Al llegar alguien te avisa que se ha dado a la fuga. Observas en el horizonte y distingues un nutrido grupo de soldados corriendo en la misma dirección. Das la orden de que avisen a toda la tropa que vayan tras el gigante Tlahuicole y corres para alcanzarlos.

Hace mucho calor, Motecuzoma, tienes mucha sed, te sientes muy cansado. No sabes cuánto tiempo ha transcurrido. Te preguntas si será medio día. Sigues corriendo sin detenerte, hasta que ves cientos de soldados que se lanzan a un pantano. Hay mucho movimiento dentro del agua. Alrededor ya se ven algunos cadáveres flotando. No logras distinguir bien la diferencia entre los hombres de tus tropas y los enemigos. Algunos se suben a las ramas de un árbol en la orilla del pantano y desde ahí se lanzan para caer sobre el gigante Tlahuicole que se defiende con gran valentía. Los recibe con los brazos y los lanza como si fueran pequeños conejos. Suelta golpes en todas direcciones. Tiene a dos hombres colgados de su espalda como si fueran pulpos y otros cuatro sobre sus brazos y piernas. Ahora son tantos los que lo atacan que ya no tiene escapatoria. Finalmente Tlahuicole se da por vencido.

Los tlaxcaltecas que lo defendían también se rinden. Los que seguían en el campo de batalla se han percatado de lo ocurrido y se dan a la fuga. Caminas hacia el pantano y esperas a que tus soldados salgan con el nuevo cautivo que no hace ningún intento por huir. Un par de soldados tenochcas le amarran unas sogas a los pies y manos.

—¡Arrodíllate ante el huey tlatoani! —le grita uno de los hombres que le acaba de amarrar una soga al cuello al mismo tiempo que le da una patada en la espinilla.

—¡Quítenle esas sogas! —ordenas a todos.

Hace mucho tiempo que esperabas este momento, Motecuzoma. Te sientes extremadamente alegre por haber logrado quitarle a los tlaxcaltecas a su mejor y más grande guerrero. Ya ni siquiera sientes el cansancio de tantos días en campaña. El hombre se arrodilla con todo el ritual establecido.

—Te prometo que en Méxihco Tenochtitlan serás aposentado espléndidamente y tendrás todo lo que necesites: comida, casa, ropa, armas, mujeres, joyas.

De pronto notas algo inesperado. El rostro de Tlahuicole está mojado. No sabes si son lágrimas, sudor o agua del pantano.

—Acércate. Quiero ver tu rostro.

El gigante Tlahuicole se pone de pie y camina unos pasos hacia ti y se agacha para que lo veas, pero es tan alto que debe arrodillarse para que quede a tu nivel. Efectivamente su cara está mojada por el sudor y el agua. Él baja la cabeza y aprieta los párpados. No lo puedes creer: Tlahuicole está llorando.

—No vamos a sacrificarte —le prometes.

—Pero... —alza la mirada y se queda por un instante con la boca abierta.

Te das cuenta de que tiene la dentadura completa, algo nada común entre los guerreros.

—Yo... —intenta decir pero lo interrumpes.

—¡Vámonos!

El camino es largo. Todos están cansados. Tu hermano Cuitláhuac camina a tu lado.

—No deberías darle tantos privilegios a ese hombre —dice sin importarle que los hombres que cargan en hombros las andas en que vas sentado lo escuchen.

—A veces pienso lo mismo sobre ti —le respondes.

—La única diferencia es que yo soy tu hermano y él es un guerrero enemigo. El más peligroso de todos.

—Hay guerreros que no merecen siquiera llegar a la piedra de los sacrificios y aún así reciben ese privilegio. En cambio él merece eso y más.

—¿Qué quieres decir?

—Que lo voy a nombrar capitán de una de las tropas.

—Eso es absurdo.

—Absurdo sería desperdiciar a un hombre con tanta fuerza.

Al llegar a Tenochtitlan los recibe todo el pueblo con halagos, música, comida y flores. El desfile entra muy lentamente por la calzada de Iztapalapan. La gente no puede creer que sea verdad la existencia del gigante Tlahuicole. Los niños y mujeres son los más asombrados. Muchos quieren tocarlo, pero los soldados se los impiden. Todos hablan de él.

«Es un enviado de los dioses».

«Es un mal presagio».

«Ha de ser capaz de comerse un venado completo.»

Tlahuicole tiene el rostro triste. Los espera la ceremonia de recibimiento. Hay, como siempre que ganan una batalla, reconocimiento a los soldados más valerosos, danzas, comidas y juegos de pelota. Luego llega el momento de presentar ante todo el pueblo al trofeo de esta guerra.

—¡Los dioses nos han concedido el privilegio de ganar esta campaña contra nuestros enemigos tlaxcaltecas. Hemos logrado vencer al más fuerte y valeroso guerrero que aquellas tierras poseían: el gigante Tlahuicole!

La gente te ovaciona. Se escuchan las caracolas, los teponaxtles y las sonajas. Alzas las manos para que la gente te escuche.

—¡Queda prohibido ofender de cualquier manera a Tlahuicole! ¡Les ordeno tratarlo como si fuese un miembro más de la nobleza mexihca!

La gente promete obedecer tus órdenes. Pronto comienzan las danzas y la diversión. Al día siguiente llevarán a cabo las ceremonias fúnebres y después todo volverá a la normalidad, hasta que se dé inicio a otra campaña.

29

A PESAR DE QUE HOY MOTECUZOMA SE SINTIÓ MUY cómodo en compañía de Malinche montando los caballos por el campo cerca de Chapultepec, decide que es tiempo de pedirles que se marchen. Alimentarlos y atenderlos es cada día más costoso, pues no sólo se trata de los cuatrocientos cincuenta hombres blancos, sino también de seis mil soldados de Tlaxcala, Huexotzinco, Cempoala, Cholula y de otros pueblos menores. Están demasiado tranquilos y eso provoca mucha desconfianza entre los miembros de la nobleza y Motecuzoma. Todos los días insisten en hablar de su dios y de su tlatoani Carlos. El otro embuste de Malinche es que ha venido a solucionar los conflictos en Méxihco Tenochtitlan y los pueblos enemigos. El tlatoani y sus consejeros deciden que lo mejor será prometerle a Malinche que solucionará las diferencias con sus enemigos.

En cuanto Motecuzoma habla con Malinche, éste accede gustoso, promete volver a su país a la mañana siguiente. El tlatoani desconfía de la respuesta de tecutli Malinche pero calla y espera. Los miembros del Consejo tampoco creen que eso sea cierto.

—Debemos prepararnos para cualquier ataque —dice uno de los capitanes del ejército—. Hay que quitar los puentes de las calzadas para que no puedan huir.

—Los escoltaremos hasta las costas —promete Motecuzoma.

—Esto es una trampa —agrega uno de los miembros de la nobleza—. Seguramente tienen preparada una celada en el camino.

—No tenemos otra salida más que confiar en su palabra —dice uno de los sacerdotes—. ¿O quieren que se queden más tiempo?

Muchos niegan rápidamente. Otros siguen dudando.

—¿Piensas darles más regalos? —pregunta Cuitláhuac.

—Sí, para que se vayan satisfechos —dice Motecuzoma—. Eso es lo que realmente querían. Me ha prometido que mañana se marcharán y por ello quieren despedirse y agradecernos a todos antes de partir. Me pidió que lo acompañáramos de las Casas Viejas a la calzada de Iztapalapan.

Al día siguiente Motecuzoma y los miembros más importantes de la nobleza van a despedirse de Malinche y sus hombres a las Casas Viejas. Doscientos tamemes les han traído más oro, plata, piedras preciosas, joyas, plumas, mantas de algodón, animales, agua para beber en el camino. Todos ellos los acompañarán hasta las costas, incluyendo ciento cincuenta mujeres para que les cocinen, una hija del tlatoani y otras de los miembros de la nobleza.

Malinche los saluda con ese mismo buen semblante de siempre, esa sonrisa que jamás desaparece de su rostro, y, como siempre, sin dejar de acariciar el puño de su largo cuchillo de plata.

—Traje para ti estos regalos, tecutli Malinche —dice Motecuzoma tratando de no pensar en el mal olor que hay en toda la sala.

La actitud de Malinche es verdaderamente amigable. Le agradece los regalos, le promete que hablará muy bien de él en su país y que muy pronto vendrá a visitarlo su tlatoani Carlos. Y una vez más insiste en que cambien de religión, pues sus dioses son los dioses verdaderos. Motecuzoma finge que lo escucha. Está harto del tema, pero a estas alturas lo que menos quiere es discutir. Entonces promete que comenzarán a adorar a sus dioses en su ausencia, ya que han dejado un altar en el recinto sagrado. Malinche habla y habla. Habla más que en todos los días anteriores. Motecuzoma suspira y hace el intento por no desesperarse. Hasta que llega a su límite y lo interrumpe:

—Es una buena hora para partir. Así podrán caminar todo el día y dormir tranquilos toda la noche.

Malinche no responde. Todos esperan. Motecuzoma se da media vuelta y se dirige a la salida. Los miembros de la nobleza hacen lo mismo. De súbito todos los soldados de Malinche les cierran el paso, apuntan con sus palos de fuego y sus arcos de metal. Motecuzoma frunce el ceño sin quitar la mirada de todos los barbudos que los apuntan. Imagina que los van a matar a todos ahí mismo, como lo hicieron en Cholula. Se arrepiente de no haber tomado precauciones. Sabía que algo así podría suceder, pero le ganó la confianza que había entregado a Malinche el día anterior. En verdad comenzaba a creer que la amabilidad de Malinche era genuina. La mayoría —y la más importante— de los miembros de la nobleza —capitanes del ejército, sacerdotes y funcionarios de gobierno— están ahí, desarmados, presos en la sala principal del palacio. Las tropas están afuera, esperando; siempre a la espera de lo que ordenen los capitanes, sin ellos, ninguno mueve un dedo. Y el pueblo tampoco. Nadie hará nada porque el tlatoani y los miembros de la nobleza ahora son rehenes de sus huéspedes.

Los miembros de la nobleza les exigen a los barbudos que se quiten del camino. Ellos se burlan y amenazan con sus palos de fuego y sus arcos de metal. Motecuzoma se da media vuelta y se dirige a Malinche sin hablar. Lo observa con rabia. Él no sabe fingir como su contendiente, él no puede esconder eso que está sintiendo en este momento, él no quiere hablar, él quiere matar a Malinche.

—Vos me habéis mentido —dice Malinche—. Dijísteis que estábais enfermo y que por eso no podíais recibirnos. Luego nos preparásteis varias emboscadas. Ahora no puedo creeros en lo que acabáis de decirme. Ayer habéis sido muy sincero al contarme de vuestra vida, hoy mentísteis. Lo sé porque vos no sabéis mentir. Se nota en vuestra mirada.

Jeimo Cuauhtli y Malintzin traducen.

—¿Qué quieres? —Motecuzoma no baja la mirada ni parpadea. Malinche no se intimida.

—¿Por qué mandásteis matar a los hombres que dejé en las costas?

—No sé de qué me hablas —Motecuzoma se ve realmente sorprendido con lo que está escuchando.

—Mis hombres fueron atacados en Almería.

Malintzin se queda pensativa al tratar de reconocer el nombre del pueblo que acaba de pronunciar Malinche. Luego Jeimo Cuauhtli le explica que es el nombre que Malinche le puso a ese poblado y luego le indica dónde se encuentra y ella se percata de que están hablando de Nauhtla.

—Dice que sus hombres fueron atacados en Nauhtla.

—Dile a Malinche que el tecutli de ese pueblo se llama Quauhpopoca, que vaya a preguntarle a él.

—No podemos ir a verle en este momento. Lo mejor sería que lo mandáramos traer aquí.

—Si eso quieres, lo mandaré traer —dice Motecuzoma deseoso de acabar con esa discusión—. Ahora déjanos salir.

Malinche exhala lentamente, baja la mirada, juega con sus dedos, se cruza de brazos, niega con la cabeza y camina alrededor del tlatoani.

—Lo siento mucho, pero no puedo dejaros salir de aquí hasta que esto se solucione. Yo no puedo volver con el rey Carlos Quinto y decirle que mataron a dos de sus hombres y que no sé quién es el responsable. Vos debéis entender que eso es un verdadero agravio. Entonces tendré que traer a ese *Quapoca* para interrogarlo; y si él y su gente fueron los culpables los castigaremos aquí mismo. Ya luego podré decirle al rey Carlos Quinto que vos en verdad queréis ser su amigo y no pretendéis engañarlo. ¿Vos no queréis que él se moleste y mandé a todo su ejército? Son alrededor de quinientos mil soldados, todos con armas de fuego y caballos.

—Entonces traigamos a Quauhpopoca a Méxihco Tenochtitlan. Lleven todas las tropas que necesiten.

Luego se dirige al cihuacóatl y le da instrucciones. Malinche ya no sonríe como niño, pero tampoco se ve enojado. Se dirige al tlatoani y lo ve de frente.

—Yo no quería que esto sucediera —baja la mirada—. Pero obedezco órdenes —suspira—. También quiero que sepáis que vos no estaréis preso. Seguiréis siendo tlatoani de Méxihco Tenochtitlan y el gobierno continuará bajo vuestro mando. Lo único que os estoy pidiendo es que comprendáis mi situación y que esperéis a que traigamos a ese *Quaquapo*. Decidme cuál de las habitaciones del palacio queréis y haremos que la limpien para que podáis dormir. De igual forma todos los pipiltin tendrán los mismos privilegios de siempre. Incluso mis hombres estarán aquí para serviros y obedeceros. Y el que no lo haga yo mismo lo castigaré, incluso con la muerte.

—Sabes que soy un hombre de palabra. Si quieres puedo dejarte a algunos miembros de la nobleza como rehenes. Es parte de nuestras costumbres. En Tenochtitlan tenemos como rehenes a muchos miembros de la nobleza de los pueblos que hemos castigado antes. Siempre han recibido un trato digno.

—Eso ya lo sabía —Malinche libera una sonrisa burlona—. Es por eso que…

Al fondo de la sala un par de hombres discute con unos soldados de Malinche. Ninguno de ellos entiende lo que dicen los otros, pero con los gestos y las miradas tienen es más que suficiente. Otros se acercan para apoyarlos. Malinche y Motecuzoma, cada uno en su lengua, les gritan que bajen la voz y que dejen de discutir. Pero es demasiado tarde, ahora se están empujando. Los hombres de Malinche tienen la orden de no hacer estallar sus palos de fuego. Ahora están forcejeando. Los miembros de la nobleza están decididos a quitar a los barbudos de su camino. Motecuzoma decide no intervenir.

—¡Ordenadles que se tranquilicen! —grita Malinche.

Pero la traducción es lenta. Y eso lo aprovecha el tlatoani para que sus hombres quiten a los barbudos de la entrada, pero ya se están dando de golpes.

—¿Me estás dando órdenes a mí?

Malinche no espera a la traducción de Malintzin y le grita a uno de sus soldados. Entonces se escucha un estallido. Uno de los miembros de la nobleza cae al suelo y todos los demás retroceden. Motecuzoma se va contra Malinche y le reclama por lo que acaban de hacer. Los miembros de la nobleza insultan a los barbudos y ellos les responden de la misma manera. Malinche interviene y les dice que se callen.

El mexihca que cayó al suelo se levanta asustado, se revisa el cuerpo y descubre rápidamente que no tiene ninguna herida. Motecuzoma también se dirige a los miembros de la nobleza, les dice que de esa manera no saldrán vivos de ahí, que lo mejor es esperar. Sabe que es lo único que puede hacer. Si se siguen revelando correrán la misma suerte que los cholultecas. Aunque tampoco está dispuesto a rendirse tan fácilmente. Decide aceptar las condiciones de Malinche porque sabe que de lo contrario muy pronto perderá la vida y toda su gente su libertad. Es la única opción que le queda, esperar.

30

Tlahuicole era libre de caminar por toda la ciudad. Ni siquiera di órdenes de que lo espiaran. Yo sabía perfectamente que no se daría a la fuga. No tenía a dónde ir. No era como los demás. Era una presa fácil pues ahora todos los pueblos aliados, subyugados y enemigos estaban enterados de la victoria mexihca sobre los tlaxcaltecas.

Los primeros días, Tlahuicole residió en la habitación que le fue proporcionada y comía muy poco. Luego supe que no gustaba de la comida que le llevaban pues decía que estaba muy salada. Esto se debía a que estaba acostumbrado a comer sin sal, pues los tlaxcaltecas no la consumían desde que Axayácatl les prohibió a todos los pueblos de las costas que tuvieran cualquier tipo de comercio con ellos; por lo tanto no tenían forma de adquirir la sal.

A diario se presentaba puntual a los entrenamientos del ejército y obedecía a todo. Yo lo vi entrenar, lo vi derribar a veinte hombres, lo vi correr detrás de los venados y atraparlos con gran facilidad, lo vi lanzar sus flechas con precisión, lo vi cortar árboles con su macahuitl, lo vi nadar en el lago de Tezcuco.

Apenas terminaban los entrenamientos él parecía apagarse como una fogata entre la lluvia. Yo sabía qué era lo que le ocurría: él estaba consciente de que tarde o temprano tendría que ir a luchar contra los tlaxcaltecas y que ellos harían todo por acabar con él. No dije nada. Pasaron los días y él seguía con esa actitud. Un mañana, mientras hablaba con los señores principales de la nobleza sobre asuntos del gobierno, uno de ellos comentó que de los pueblos subyugados uno se había negado a pagar el tributo. Para no alargar más aquella rebelión decidimos enviar una tropa para castigarlos.

—Enviemos a Tlahuicole con ellos —dije. Era la primera campaña en la que lucharía junto a nuestras tropas.

—¿Está seguro, mi señor? —dijo uno de los presentes con una sonrisa burlona.

—¿Por qué no habría de estarlo?

—Llora todos los días, en la mañana cuando le llevan de comer y en las tardes cuando terminan los entrenamientos del ejército. Una de las mujeres encargadas de llevarle sus alimentos le preguntó qué le ocurría y en lugar de responder le dio la espalda, se arrodilló en el rincón de la habitación y comenzó a llorar como una viuda.

—Mientras no se ponga a llorar frente a los enemigos no me importa; mándenlo a esa campaña.

No fue una batalla feroz ni mucho menos importante. Se trataba de ir a castigar a un pueblo tan pequeño que apenas si soportó un combate de tres horas. Volvieron con cincuenta cautivos y sin mucha gloria. Tlahuicole se mostró valiente pero no como en los tiempos en que defendía a los tlaxcaltecas o los otomíes, pues era descendiente de ambos pueblos.

Meses después lo envié a la guerra contra Michoacan en donde mostró su destreza en las armas. Aunque no logramos subyugar a los enemigos volvimos con un número considerable de cautivos, y muchas riquezas. Todos los mexihcas lo recibieron con gran alegría. Esa misma tarde lo mandé llamar al palacio en presencia de todos los miembros de la nobleza. Le ofrecí nombrarlo *tlacatécatl* (general del ejército), pero rechazó mi ofrecimiento.

—Quiero morir con honor, en el sacrificio gladiatorio.

—¡No! Invertí mucho trabajo. ¿Tienes idea de cuántos soldados murieron para traerte a mi ejército?

—Sí, mi señor.

—Entonces no vuelvas a repetir que quieres morir en sacrificio.

Asistió a todas las campañas que tuvimos después, pero simplemente luchó cual soldado inexperto.

Por aquellas fechas los huexotzincas terminaron de reconstruir su ciudad. En agradecimiento por su apoyo en las últimas campañas les regalé oro, plata, piedras preciosas, plumas, mantas de algodón y todo tipo de armas. El día que decidieron volver a su ciudad les hicimos una gran fiesta de despedida y los acompañamos hasta Huexotzinco para evitar que los tlaxcaltecas o los cholultecas los asaltaran. Pocos meses después envié una embajada para invitarlos a una de nuestras celebraciones y no solamente rechazaron mi invitación sino que me mandaron decir con el embajador que ya se habían aliado con Cholula y que a partir de entonces no contara con su amistad.

Estuve a punto de declararles la guerra pero al año siguiente tuvimos una terrible sequía que provocó hambruna en toda la Tierra. Los dioses castigaron a los huexotzincas que pronto sufrieron el hambre más que nunca. En Tenochtitlan, Tezcuco y Tlacopan logramos sobrevivir sin tantas penurias gracias a que teníamos muchas reservas que repartimos con los pobladores. Y cuando nos quedamos sin alimentos la gente comenzó a vender lo que tenían en todos los pueblos vecinos. Muchas veces ni siquiera recibían un pago justo. Algunas familias vendieron a sus hijos en pueblos más lejanos, y otras simplemente se marcharon. Algunas personas, al enterarse de esto, prefirieron dejar a sus niños y ancianos en Méxihco Tenochtitlan y emigrar solos. Entonces surgió otro problema: los ancianos y los niños morían de hambre en sus casas. Logramos resolver el problema gracias a que los totonacas habían tenido muy buenas cosechas.

Ese mismo año llevamos a cabo una guerra en contra de los mixtecas y zapotecas de Huaxyacac (Oaxaca), que se prolongó tres años. Después volvimos a Méxihco Tenochtitlan, celebramos el triunfo con danzas, comida, juegos de pelota, sacrificios humanos y los reconocimientos a los guerreros que habían sobresalido en las batallas. Entre ellos estaba mi hermano Cuitláhuac a quien nombré General en jefe de las fuerzas aliadas.

Al día siguiente tomé una decisión: una vez más mandé llamar al gigante Tlahuicole al palacio en presencia de todos los miembros de la nobleza.

—Le ordené a mis tropas que te capturaran no porque quisiera hacerte daño; por el contrario, admiraba tu valor y destreza en el uso de las armas. Quería que estuvieras con nosotros, que formaras parte del ejército más poderoso de toda la Tierra. Y ahora te has convertido en un guerrero cualquiera.

—Señor, señor mío, gran señor —dijo arrodillado ante mí—. Perdone que no pueda luchar como antes ni defender sus tierras pero no tengo fuerzas.

—Pues tendrás que sacar fuerzas de alguna parte porque ya eres indigno para volver a tus tierras.

—Señor, señor mío, gran señor, lo sé. Pero no puedo dejar de pensar en mis mujeres y mis hijos; y en la vergüenza que seguramente están pasando en Tlaxcala.

—Te daré más mujeres con las que podrás tener más hijos.

—No es eso.

—No puedo enviar por ellos. Si lo hiciese, los tlaxcaltecas los matarían antes de que mis tropas entren a sus territorios.

—Lo sé —comenzó a llorar.

Los miembros de la nobleza lo vieron con espanto, pues es considerado un mal agüero que un prisionero dé muestras de cobardía.

—¡Deja de llorar! —le grité.

—¡Perdóneme! —seguía berreando como un niño—. ¡No puedo vivir así!

—¡Cállate!

—¡Ya no puedo más!

—¡Te ordeno que te calles o voy mandar a que te azoten!

—¡Le ruego que me otorgue el privilegio de morir en la piedra de los sacrificios!

—¡Llévenselo de aquí!

El hombre no opuso resistencia. Aquel acto de cobardía era imperdonable. Pronto los miembros de la nobleza comenzaron a discutir sobre el futuro de ese hombre cuya captura no había sido más que un vergonzoso fracaso.

—Le concederé la libertad —dije y todos se mostraron en descontento.

—Señor, señor mío, gran señor —dijo uno de los sacerdotes—, pido permiso para dar mi opinión.

—Habla.

—Si lo liberamos él podría intentar volver con los tlaxcaltecas.

—No lo recibirán.

—No lo sabemos con certeza.

—No creo.

—¿Y si le conceden el perdón? Los tlaxcaltecas son capaces de cualquier cosa con tal de ganarnos en las guerras.

No respondí en ese momento. Observé a todos los presentes y supe que la mayoría estaba a favor de lo que decía el sacerdote.

—Está bien. Entonces envíenlo a una celda y denle una cantidad mínima de alimento al día. Ya veremos si no cambia de opinión.

No cambió de opinión. Se empeñó en que lo sacrificáramos como estaba contemplado hacerlo con los otros prisioneros tlaxcaltecas. Para entonces ya no me interesaba mantenerlo vivo y mucho menos en mis tropas.

Llegado el día señalado para el sacrificio, Tlahuicole fue el primero en caminar rumbo a la Casa de las águilas, el edificio donde está el adoratorio dedicado al dios Tonatiuh (Sol) y en el cual llevamos a cabo los combates de los prisioneros contra uno o varios guerreros águila en honor al sol. Los miles de tenochcas que lo recibieron con alegría ahora querían verlo muerto en la piedra de los sacrificios. El rumor de sus lamentos se había dispersado por toda la Tierra. Incluso hubo algunos espías tlaxcaltecas que llegaron para presenciar aquella batalla, algo muy común entre nosotros.

Tlahuicole y los otros presos tlaxcaltecas entraron con sus cuerpos pintados de blanco en una lenta procesión mientras al fondo sonaban las caracolas y los teponaxtles. La gente gritaba seducida por el embrujo de los sacrificios gladiatorios, que a diferencia de las campañas o las Guerras Floridas, tenía lugar en casa. Además, generalmente, en este espectáculo los únicos que mueren son los prisioneros.

Luego de subir a la cima del teocalli, a Tlahuicole se le ató un pie a la piedra de combate, llamada *temalacatl,* la cual tiene una superficie plana y redonda, con figuras labradas y con un agujero en medio. Se hizo una breve ceremonia en forma de saludo al dios Tonatiuh, luego el sacerdote dirigió unas palabras a Tlahuicole:

—Deberás luchar por tu vida y por tu honor. Si mueres serás llevado inmediatamente a la piedra de los sacrificios donde se te sacará el corazón para entregárselo a los dioses; si sobrevives al combate tendrás el privilegio de recuperar tu libertad sin que nadie en ningún lugar de la Tierra pueda poner en juicio tu dignidad.

Eso era lo que quería Tlahuicole, sobrevivir al combate y salir libre, pero con la frente en alto para poder volver a Tlaxcala y recuperar a sus mujeres e hijos.

Se le proporcionó un macahuitl y segundos después apareció un guerrero águila, uno de los más feroces en las tropas mexihcas. Tlahuicole estaba sobre la piedra cuya altura le llegaba al otro guerrero debajo de la cintura. En otras ocasiones esta diferencia de niveles no había presentado conflicto alguno al momento de la batalla, pero en esta ocasión, todo fue muy distinto: el guerrero águila, a pesar de su destreza, fue incapaz de acertar un solo golpe más arriba de las rodillas del gigante Tlahuicole. Con otros prisioneros lograban herirles las espaldas, abdómenes y a veces hasta los rostros. Pero Tlahuicole por su estatura y por la piedra se convirtió en un objetivo muy difícil de alcanzar.

En ese momento yo ya no tenía duda de que en realidad Tlahuicole había planeado llegar a este punto para recuperar su honra y su libertad, pues luchó como tantas veces lo había hecho en las tropas tlaxcaltecas y como nunca lo hizo a favor de los tenochcas. El guerrero águila corría alrededor de la piedra de combate tratando inútilmente de asestar un golpe en las pantorrillas del gigante Tlahuicole. Por su parte el tlaxcalteca se encargó de cuidarse bien de los ataques. Los teponaxtles y las caracolas seguían sonando, la gente arriba y abajo del edificio gritaba enardecida. De pronto Tlahuicole soltó un porrazo. Su macahuitl dio un golpe certero en el rostro del guerrero águila. Todos sus dientes salieron volando en medio de un grueso chorro de sangre. El guerrero águila cayó al suelo. Su macahuitl rebotó un par de veces. Se hizo un silencio inquietante.

Apareció un segundo guerrero dispuesto a acabar con el gigante Tlahuicole. Lanzó varios golpes que el tlaxcalteca detuvo con su macahuitl. La rabia que en los últimos años parecía haberse apagado en los ojos de Tlahuicole renació. Mostraba enfurecido su dentadura completa. Un combate jamás visto. El guerrero mexihca corrió de un lado a otro lanzando golpes con su macahuitl hasta que finalmente logró hacerle una herida a Tlahuicole en la pierna. Los macahuitles chocaron muchas veces entre sí hasta que el gigante Tlahuicole le dio un golpe en la frente y lo mató al instante.

Seis solados perdieron la vida sin lograr derribarlo y doce salieron mal heridos. Al final el golpe que derribó a Tlahuicole ni siquiera merece ser mencionado. Fue el cansancio del tlaxcalteca el que lo mató. Ya no tenía fuerzas para seguir dando vueltas en un mismo círculo ni detener golpes. Cayó agotado al suelo. Ya tenía muchas heridas pero no lo suficiente para que hubiese muerto por eso.

Tlahuicole fue el guerrero más poderoso que haya existido en toda la Tierra. No merecía morir así, pero así es la guerra, así son las leyes, ¿qué puedo hacer?

31

MOTECUZOMA SIGUE AL FRENTE DEL GOBIERNO, PERO SIN poder salir del palacio de Axayácatl. Todos los días, después de que el tlatoani se baña y desayuna, recibe a una larga fila de integrantes del gobierno. Entran uno por uno, dan sus informes a dos miembros de la nobleza, que se encuentran de pie, a un lado del tlatoani, quien luego de escuchar el informe da instrucciones a los ancianos para resolver el problema en cuestión. Finalmente los funcionarios del gobierno salen caminando hacia atrás, realizan las tres reverencias de costumbre y se marchan a cumplirlas. Malinche, Jeimo Cuauhtli, Malintzin y otros capitanes están presentes todo el tiempo. Las tropas de Malinche cuidan el palacio, por dentro y por fuera. Y los aliados tlaxcaltecas, cholultecas, huexotzincas y totonacas se aseguran de que los tenochcas no intenten revelarse.

Ahora todos —incluso en los pueblos vecinos— saben que Motecuzoma y un gran número de los miembros de la nobleza son rehenes de Malinche. Tenochtitlan ha caído en manos de los extranjeros, la gran ciudad que había controlado todo el valle por tantos años ahora es presa de un puñado de extranjeros. En Tlaxcala, Huexotzinco, y Cholula han festejado desde entonces.

Los mexihcas que desde el inicio del gobierno de Motecuzoma han disimulado su ojeriza ahora están más que dispuestos a elegir un nuevo tlatoani. Pero se preguntan cómo hacerlo si él sigue vivo. Jamás ha habido una sucesión de otra forma. Se preguntan si se puede elegir a otro tlatoani si el gobernante en turno sigue vivo. No hay nada en las leyes que permita o prohíba eso. ¿Y si lo liberan? Cuando salga, Motecuzoma castigaría a todos esos que lo traicionaron. ¿Y si no sale vivo de ahí?

Treinta hombres barbados —divididos en dos turnos— están encargados de custodiar los aposentos donde se encuentra el tlatoani. Siempre que el tlatoani termina sus labores de gobierno, Malinche se acerca a él para platicar, le cuenta sobre su vida en España, su llegada a Cuba, las leyes de su país, la religión católica, el tlatoani Carlos, y sobre todos los otros países y continentes que hay en el mundo. Le cuenta que África es el continente más pobre de todos y a su vez muy rico; que Asia tiene gente con rostros algo parecidos a los de los tenochcas pero con la piel más blanca y los ojos más rasgados. Le cuenta que los chinos inventaron la seda, una tela muy fina, le asegura, que le gustaría mucho. También inventaron la pólvora.

Motecuzoma está impactado con todo lo que le cuenta Malinche. El mundo que creía suyo se ha encogido al escuchar las historias de otros emperadores como Alejandro Magno, rey de Macedonia; Tiberio Julio César y Calígula, emperadores romanos; Atila, líder de los Hunos; Constantino, emperador de los romanos y fundador de Constantinopla; Carlomagno, rey de los francos y los lombardos; y Gengis Kan, el conquistador mongol, la dinastía Ming de China y los samuráis, unos guerreros tan valerosos como los guerreros águila y jaguar.

—Hubo un caudillo llamado Muhammad de Gur,[54] que saqueó Delhi, la capital de la India, y cuando murió su general y antiguo esclavo, Qutub-ud-din Aibek, se quedó con todo el territorio. Luego fundó el sultanato de Delhi. Un sultán —le explica— es igual que un tlatoani o un halach uinik, un rey, un emperador.

Las horas y los días pasan y las pláticas entre Malinche y Motecuzoma se vuelven más interesantes. A veces el tlatoani habla todo el tiempo sobre su vida, la historia de su pueblo, la religión y sus dioses. Malinche y sus hombres lo escuchan con mucha atención. Luego él vuelve a hablar sobre los reyes europeos, la iglesia católica y sus conflictos con los musulmanes y los judíos. Promete que lo llevará a conocer aquel lado de la Tierra y que podrá hablar con el tlatoani Carlos.

—Después del imperio romano surgió el imperio Bizantino que se estableció en Constantinopla durante mil años, pero con el paso de los años las campañas fueron reduciendo su territorio.

También le habla sobre las cruzadas que ha emprendido la iglesia católica contra los musulmanes.

—El papa Urbano II había dicho que todo aquel que muriera en la guerra religiosa ganaría la remisión de todos sus pecados.

—¿Sus sacerdotes pueden perdonar el mal que hacen otros?

—Ellos no, pero Dios sí.

—¿Y su dios les dice cuándo?

—Sí. El Papa es la única persona que está cerca de Dios y nos dice qué hacer. Es él quien nos mandó a estas tierras a hablarles de Jesucristo y la virgen María.

54 Hoy en día Afganistán.

Siempre que Malinche retoma el asunto de sus dioses Motecuzoma pierde el interés por la plática. No quiere cambiar de religión ni mucho menos destruir sus teocallis. Entonces Malinche sabe que debe cambiar el tema o callar. A veces le muestra cosas que han traído desde sus tierras, y si el tlatoani se interesa en ellas se las regala. Luego Motecuzoma manda traer algunas joyas para entregárselas como intercambio de regalos.

En una ocasión uno de los hombres barbados al que ahora llama Tonatiuh por el color de sus cabellos como el sol, llega a ofrecerle algunas prendas suyas. El tlatoani se interesa por un sombrero y Tonatiuh le pide a cambio algunas joyas; entonces Motecuzoma ordena al cihuacóatl que traigan lo que quiere Tonatiuh.

—Entréguenselas —dice cuando vuelve el cihuacóatl con las joyas—. Y también dale esto —le entrega el sombrero ignorando a Tonatiuh—. No lo quiero. Si pretenden comerciar conmigo no me interesa.

Los próximos días Tonatiuh evita acercarse al tlatoani. Malinche y Motecuzoma siguen hablando de sus vidas y sus países y sus guerras. El tlatoani sabe que la única salida que tiene es hacerse amigo de su enemigo. Y de igual manera, Malinche comprende que para evitar una rebelión debe mantener un vínculo amistoso con su prisionero.

Hasta que una noche, la tregua parece llegar a su fin. Malinche y sus hombres entran a los aposentos del tlatoani. Uno de ellos trae en las manos unas cadenas muy gruesas y pesadas, algo que Motecuzoma jamás ha visto. Se acercan a él —que pronto comienza a preguntar qué es lo que pretenden hacerle— y le ponen unos grilletes en los pies.

—¿Qué es esto? Creí que…

—Dice mi señor que se ha enterado que están tramando una rebelión allá afuera —traduce la niña Malintzin.

—Yo no tengo nada qué ver en eso.

—Además, por fin han traído a *Quapepuca* —dice el tecutli Malinche acariciando el puño de su largo cuchillo de plata.

—Pues tráelo para que de una vez compruebes que yo no tuve nada que ver con su traición y acabemos con esto.

Quauhpopoca es llevado ante Motecuzoma, vestido como un macegual, con ropas viejas. Se arrodilla, hace las tres reverencias y escucha las acusaciones que le hace Malinche.

—¿Es cierto lo que dice el tecutli Malinche? ¿Es verdad que mataste a dos de sus hombres?

—Ellos nos atacaron primero —Quauhpopoca se defiende señalando a los soldados de Malinche.

—¿Quién te mandó a hacer eso? —pregunta el tlatoani.

—Nadie —Quauhpopoca se muestra arrogante.

—¿Es cierto eso?

—Estoy diciendo la verdad.

—¿Fui yo quien ordenó esa traición a los hombres de Malinche?

—No —responde sorprendido.

—Entonces serás castigado por tu traición. Dejaré que el tecutli Malinche decida tu castigo.

—Mi señor, le ruego que nos perdone —no puede creer lo que acaba de escuchar—. Nosotros sólo nos defendimos.

—No puedo perdonarte porque si lo hago me volveré en tu cómplice —Motecuzoma se dirige a los soldados—. Sáquenlo de aquí.

Apenas se llevan a Quauhpopoca Motecuzoma le exige a Malinche que le quite esas cosas que le han puesto en los pies y lo dejen en libertad.

—No puedo —responde Malinche—. He recibido advertencias de mis informantes que tienen preparada una rebelión y si os dejo en libertad vos y vuestros pipiltin podríais organizar vuestras tropas.

La discusión entre Malinche y Motecuzoma sube de tono. Por segunda vez Malinche le ha mentido al tlatoani. Ya nada de lo que diga es creíble. Motecuzoma está perdiendo todas sus esperanzas. Malinche sale de la habitación y se dirige al lugar donde tienen preso a Quauhpopoca, lo interroga con tortura, pero él no confiesa más de lo que dijo delante del tlatoani.

Al caer la noche Quauhpopoca, su hijo y diez miembros de su gobierno son llevados al recinto sagrado, donde Malinche mandó poner en la parte inferior de unos palos, enterrados en el piso de manera vertical, cientos de flechas mexihcas —que estaban almacenadas en el arsenal del Calmecac— para utilizarlas como leña. Los amarran y mandan llamar a todo el pueblo.

—¡Este señor mandó asesinar a dos de nuestros hombres! —grita sosteniendo una antorcha—. ¡Ha confesado que lo hizo obedeciendo las órdenes del tlatoani Motecuzoma!

Quauhpopoca no responde, está atado al palo de madera, pero su cabeza está caída, sus ojos se ven negros e inflamados, y mucha sangre le escurre de la boca.

—¡Esto es la justicia divina que castiga a los traidores! —entonces pone la antorcha sobre las flechas que yacen a los pies de Quauhpopoca.

El fuego se enciende lentamente. De pronto Quauhpopoca despierta con un grito ensordecedor. Quiere soltarse, quiere salir de ahí, quiere agua, quiere volver a su casa, grita cada vez más, pues el ardor es insoportable. Minutos después su hijo y sus amigos también comienzan a gritar aterrados. Sus cuerpos se están calcinando lentamente. La gente que está ahí presente observa el ritual y les sorprende la forma de los extranjeros para sacrificar gente.

La noche transcurre muy lentamente. Nadie en Tenochtitlan duerme; hablan de lo ocurrido y ruegan a los dioses que pronto los ayuden. Las tropas aliadas de Malinche recorren la ciudad por las calles, en canoas sobre los canales y en las azoteas de algunas casas. Los soldados de Malinche duermen a ratos, se turnan para vigilar, pero jamás se quitan sus trajes de metal ni sueltan sus palos de fuego. Los que tienen caballos también recorren los palacios y las calles, dejando mierda por todas partes.

Los miembros de la nobleza que están esta noche con Motecuzoma, se encuentran desolados al ver a su tlatoani atado a esas cosas de metal. Uno de ellos le pone pedazos de manta de algodón entre los tobillos y los anillos de metal para evitar que le lastimen. No saben que Quauhpopoca y sus hombres murieron quemados en el recinto sagrado. No saben nada porque en las noches no tienen forma de comunicarse con el exterior.

A la mañana siguiente aparece Malinche ante Motecuzoma que no ha dormido nada. Se miran sin hablar. Hay una docena de pipiltin alrededor del tlatoani que tampoco han dormido. Los hombres que vienen con Malinche se acercan al tlatoani y los miembros de la nobleza se ponen en su camino.

—Os quitarán las cadenas —dice Malinche y espera a que Malintzin traduzca.

Aunque duda de lo que le acaban de decir, Motecuzoma les pide a los pipiltin que se quiten.

—Vos sois como mi hermano —agrega Malinche con su tono amigable.

—Si fuera cierto me dejarías en libertad —el tlatoani no le ve directamente.

—Yo no puedo hacer eso. Si lo hago mis hombres se sentirán traicionados y me acusarán con el rey Carlos Quinto.

—Ayer escuchaste que Quauhpopoca confesó que él y únicamente él había sido el responsable de la muerte de tus hombres en Nauhtla.

Malinche se rasca la nuca, aprieta los dientes y sonríe con dificultad.

—Pero ayer, después de que lo sacamos de aquí, confesó que vos se lo habíais ordenado.

—¡Eso es mentira! —el tlatoani levanta la voz enfurecido.

—Lo sé, lo sé —se acerca al tlatoani y con confianza le pone una mano en el hombro—. Yo creo en vuestra inocencia, pero *Quacoca* lo confesó ante el escribano y ahora esa información se irá a España. Yo no puedo corromper las leyes de mi país. Así es esto.

—Estás mintiendo, Malinche. Mientes, siempre mientes.

—Sé que es difícil que me creáis. Yo en vuestro lugar tampoco me creería —deja escapar una risa—. Pero cuando se hace justicia también se hacen injusticias.

Discuten por tres horas más en las que repiten lo mismo una y otra vez. Motecuzoma promete que no hará nada en contra de ellos si lo liberan y Malinche también afirma que no le hará daño mientras lo tenga en el palacio de Axayácatl. Asegura que lo hace por la seguridad de los suyos, que no pretende dañar su gobierno y que por ello el tlatoani podrá seguir gobernando desde ahí.

Días después Motecuzoma se entera del miserable final de Quauhpopoca y su gente. Se siente culpable y extremadamente triste. No puede dormir y se rehúsa a comer. Cuando le reclama a Malinche, éste simplemente asegura que cumplió con las leyes de su país.

Mientras tanto en las orillas de Méxihco Tenochtitlan se construye algo jamás visto en el lago de Tezcuco: dos casas flotantes. Las están fabricando muchos carpinteros tenochcas, siguiendo las instrucciones de algunos de los hombres de Malinche.[55] Son tan grandes que cada una puede llevar hasta trescientas personas y todos los caballos que tienen los barbudos. Malinche se siente más seguro porque ahora puede salir de la ciudad sin depender de las calzadas, que era lo que más le preocupaba, pues en caso de algún ataque si los mexihcas decidían quitar los puentes ellos morirían atrapados aunque lograran matar a muchos tenochcas.

Viene mucha gente —en canoas— de todas las ciudades vecinas sólo para ver lo que se está construyendo en los puertos de Tenochtitlan. Hay muchos que se quedan frente a las construcciones por largos ratos. También hay otros que suben a las azoteas para ver. Y cuando los extranjeros les hablan, los macehualtin huyen como hormigas.

Y el día en que las casas flotantes están listas todos los habitantes de Méxihco Tenochtitlan y los pueblos vecinos llegan para verlas entrar al agua y ser conducidas por sus marineros. Los extranjeros se muestran extremadamente felices, dan gritos de alegría, incluso hacen estallar sus palos de humo y fuego.

En las últimas semanas Malinche ha visitado menos a Motecuzoma, ya que se ha encargado de la construcción de las casas flotantes y de fortalecer sus alianzas con los enemigos de Méxihco Tenochtitlan. Un día fue a Tezcuco y se encontró con Ixtlilxóchitl, el hijo de Nezahualpilli, con quién habló largas horas sobre sus planes. Le prometió que haría justicia. También le habló de sus dioses e Ixtlilxóchitl prometió adoptar su religión. Días después él y su gente fueron bautizados y cambiaron sus nombres por unos cristianos. Hubo muchos ancianos que se rehusaron a cambiar de religión, entre ellos,

---

55 Los carpinteros Martín López y Andrés Núñez.

la madre de Ixtlilxóchitl, pero él la obligó y obedeciendo a Malinche quemó los teocallis.

Con esto Malinche volvió a Méxihco Tenochtitlan más seguro de sí mismo. Ahora sonríe como en los primeros días. Cuando visita a Motecuzoma, le sigue mostrando el mismo respeto al saludarlo, le pide perdón por lo que está haciendo y le promete que pronto lo dejará libre; que cuando vuelva a su tierra le hablará a su tlatoani Carlos de él. También le asegura que el tlatoani estará muy contento de tenerlo como vasallo.

Pero Motecuzoma cada vez está más deprimido. Casi no come ni duerme. Entonces Malinche hace muchas cosas para entretenerlo, pues sabe que mientras el tlatoani esté vivo se mantendrá la paz en Tenochtitlan.

—No quiero que estéis triste —dice Malinche—. ¿Qué puedo hacer para que os sintáis mejor?

—Quiero ir a los teocallis.

—Eso no es posible.

—Sí es posible.

—Os llevaré si me prometéis que no intentaréis algo en nuestra contra.

—¿Qué puedo hacer yo solo en contra de todos ustedes? Tienes a todos tus soldados en los palacios. Tenochtitlan está llena de tlaxcaltecas, huexotzincas, cholultecas y totonacas.

Luego de discutirlo por largo rato Malinche accede pero con la condición de que sólo unos cuantos sacerdotes lo acompañen y los demás miembros de la nobleza se queden como rehenes en las Casas Viejas. Motecuzoma sabe que fugarse es casi imposible, pero no pierde las esperanzas de que en cualquier momento pueda hablar con alguien, una seña, un mensaje sin palabras, que alguien afuera entienda que es momento de atacar, de defender Tenochtitlan. Al salir comprueba que no hay forma: Malinche ha prohibido que los macehualtin se acerquen: tiene cerrado el recinto sagrado, está vacío. Jamás lo había visto de esa manera, tan olvidado. Al bajar de sus andas lo asfixia una nostalgia irreprimible al ver que nadie ha barrido el teocalli en muchos días, y lo aplasta una impotencia al no poder arrebatarle el arma a uno de los soldados y cobrar venganza. Sube al Coatépetl seguido por el cihuacóatl, varios sacerdotes y decenas de soldados blancos. Abajo esperan miles de tlaxcaltecas, cholultecas, huexotzincas y totonacas, cuidando que nadie se acerque. Arriba el viento sopla con mayor fuerza. El tlatoani se detiene a contemplar el paisaje. La ciudad parece desierta. Sabe que Malinche le ha mentido todo el tiempo. La gente está asustada, no sale como antes. Se ve que hay gente trabajando en los canales y en las canoas, pero le falta esa vida que ahora parece estarse extinguiendo. Puede ver las casas flotantes que Malinche mandó construir. Le enfurece verlas pues sabe que eso sólo significa que los extranjeros no pretenden irse jamás, aunque Malinche le ha prometido infinidad de veces que pronto volverán a sus tierras y que le dejará las casas flotantes para su uso personal.

—Dice mi tecutli Cortés que si quiere cuando termine de hacer sus oraciones al dios Huitzilopochtli puede llevarlo a conocer las casas flotantes por dentro.

El viento sopla más fuerte y las casas flotantes se mueven como si fueran a caerse de lado. Motecuzoma da media vuelta sin responderle a Malintzin. Los sacerdotes encienden sus pebeteros y comienzan a incensar el teocalli de Huitzilopochtli. Otros ya están barriendo la tierra que se acumula en el piso. El tlatoani se dirige a uno de los sacerdotes, le pide la escoba y comienza a barrer. Malinche les ordena a varios de sus hombres que les ayuden a barrer pero Motecuzoma se los impide.

—No necesitas hacer esto.

—Queremos ayudaros.

—Si fueras sincero me dejarías en libertad.

—Yo soy vuestro amigo pero no puedo. Ellos no me dejarían.

Tras escuchar esto, el tlatoani decide continuar barriendo el teocalli. Luego se prepara para hacer sus oraciones. Los extranjeros observan en silencio pues Malinche les ha prohibido que los interrumpan. A Motecuzoma no le queda duda de que a ninguno de ellos le interesa su religión y que si guardan silencio es porque les conviene mantener la tranquilidad en la que han estado en los últimos meses. Y al tlatoani también le conviene porque el tiempo es su única arma en contra de los invasores. Sabe que necesita hacer tiempo para conocer mejor a Malinche, para encontrar sus puntos débiles, para buscar alguna forma de liberarse, para rescatar a su pueblo. Y por lo mismo accede a hablar con Malinche siempre que él le quiere contar algo, le hace una pregunta o le pide que le platique algo de su vida. Hasta el momento Malinche no ha matado a ninguno de los miembros de la nobleza aunque sí los ha agredido.

—Vamos a ver tus casas flotantes —le dice Motecuzoma a Malinche al finalizar sus oraciones.

En su camino al puerto se ve muy poca gente. Algunos se asoman desde las azoteas, otros desde las entradas de sus casas. Motecuzoma se pregunta si los han agredido o es el temor que los extranjeros les provocaron el día que quemaron vivos a Quauhpopoca y su gente en el recinto sagrado.

—Os prometo que cuando regresemos a España estos bergantines serán vuestros —dice Malinche en cuanto abordan.

Para el tlatoani es ineludible imaginarse comandando una de estas casas flotantes. Ahora que ha conocido el mundo a través los labios de Malinche su perspectiva sobre el progreso es distinta. Aunque no tiene la certeza de cuánto tiempo vivirá e incluso si sobrevivirá a la estancia de los barbudos, ha llegado a la conclusión de que los tenochcas deben actualizar sus armamentos y estrategias de guerra, les guste o no. Es un hecho que después de Malinche seguirán llegando más hombres barbados. Tienen tantas cosas que aprender de ellos.

En muchas ocasiones Motecuzoma ha olvidado por largos ratos que está preso al escuchar los relatos de Malinche, quien le ha explicado que las casas flotantes se mueven sin mucho esfuerzo por medio de las mantas gigantes que cuelgan desde los palos más altos; que las velas que ellos fabrican con cera son mejores para que el fuego dure más tiempo; que las espadas son más ligeras que los macahuitles; que las armaduras protegen mejor que las que ellos fabrican con algodón prensado; que el hierro es un metal extremadamente útil para la construcción de armas y herramienta; que los clavos son más eficaces para unir la madera que las sogas; que la brújula orienta a cualquiera aunque no se vea el sol o la luna. De igual forma Malinche ha quedado asombrado al escuchar a Motecuzoma hablar sobre el uso de miles de plantas medicinales que en su tierra no existen; sobre las propiedades nutritivas que conocen de las frutas y vegetales; sobre la cuenta de los días de los mexihcas que posee mayor exactitud que la de los europeos y sobre el análisis de los astros; sobre las leyes que han implementado él y sus ancestros, que incluyen el derecho a una vivienda, comida, empleo y educación.

—¿La escuela es gratuita y obligatoria?

—Para todos.

—¿Incluso para los más pobres?

—Sí.

También le ha hablado del asilo para que todos los ancianos tengan una vejez digna y feliz; de las propiedades comunales, del dique que construyeron en Tenochtitlan para evitar las inundaciones; de sus técnicas para tener mejores cultivos; la invención de las chinampas; y la construcción del acueducto, las calzadas y sus puentes.

—Eso no significa que haya igualdad —dice Malinche.

Motecuzoma lo observa con irritación.

—¿A qué te refieres?

—Que vos queréis engañarme con todo lo que me habéis contado. Me habéis dicho que hay justicia y que todos tienen los mismos derechos. Pero lo que yo veo no es como me lo contáis. Aquí también hay gente pobre, y los privilegios se dividen entre los pipiltin y los macehualtin.

—Porque son macehualtin.

—Tenéis razón. Ni aquí ni en Europa la nobleza se junta con la plebe.

—¿En tus tierras tienen educación gratuita?

—No. El que no tiene dinero jamás va a una escuela. Muchos de mis soldados ni siquiera saben leer.

Cuando terminan esas intensas conversaciones Motecuzoma vuelve a sentir la misma impotencia que lo arrincona cada noche al sentirse incapaz de recuperar su poder. A veces también se siente muy extraño. No puede creer lo que le está sucediendo. Algo en su cabeza le dice que ya no debe platicar con Malinche, que está siendo demasiado amigable con el enemigo, que su pueblo jamás se lo perdonará. Al mismo tiempo siente mucha admiración por Malinche, unos deseos incontenibles por conocer todos esos lugares, personas y cosas de las que le ha hablado. Quisiera que esas promesas fuesen reales para un día conocer las tierras que se encuentran del otro lado del mar. Entonces vuelve a su mente la misma frase que lo atormenta a todas horas: *Debes salvar a tu pueblo.*

32

No es insuperable la alegría que sientes, Motecuzoma? ¿Qué más le puedes pedir a la vida? Acabas de ser
nombrado *Cemanáhuac Tlatoani* (Señor de todo el Anáhuac).
A pesar de todas las dificultades que ha tenido que enfrentar
tu gobierno has conseguido mantenerte más fuerte que nunca
y que cualquier otro tlatoani. Has logrado conquistar hasta
el momento más de veinte pueblos. En el año 2 Caña (1507)
celebraste en Tenochtitlan el final del ciclo cósmico de cincuenta
y dos años. También has llevado a cabo nuevas construcciones:
un teocalli dedicado a Quetzalcóatl, frente al Coatépetl; el
adoratorio, llamado *Coatecoalli* (Casas de los diversos dioses); la
monumental piedra dedicada a la diosa Coatlicue; el santuario
dedicado a la Madre Tierra; y la remodelación de la calzada
sobre la que está construido el acueducto de Chapultepec; y
por supuesto, tu nuevo palacio —pues los primeros años de
tu gobierno viviste en el palacio de Axayácatl—, a un lado
de la plaza ceremonial, al que has llamado las Casas Nuevas,
para que la gente no se confunda con el palacio de Axayácatl,
al que ahora llamas las Casas Viejas. Entre tus planes está
la reconstrucción del Coatépetl, para corregir una mínima

desorientación, y agregarle a los santuarios en la cima unos techos hechos de oro y piedras preciosas.

Aunque cumples con tus funciones religiosas y políticas, y gozas de las fiestas que haces con la nobleza, muchos piensan que no tienes tiempo para sufrir. No es cierto que seas completamente feliz, Motecuzoma. Lo sabes bien. Las profecías de Nezahualpilli te han inquietado. Ha asegurado que muy pronto llegará el fin de tu gobierno. Si bien es cierto que ya no confías en él también es verdad que sus palabras tienen el poder de convencer a todo el que lo escucha. Te has repetido con insistencia que no debes creer en él, que condenó a muerte a uno de tus suegros y una de tus hermanas.

Los rumores se esparcen de boca en boca, de casa en casa y de pueblo en pueblo. Y justo ahora que se acaba de incendiar el Coatépetl se incrementan los rumores sobre los agüeros. Gobernar no es cosa fácil. Todos los días llegan noticias buenas y malas. Todos los días tienes que resolver muchos asuntos. Mantener al pueblo en paz requiere de mucho trabajo.

Y por si fuera poco, la noticia que acabas de recibir te ha dejado un vacío. Caminas apurado por los largos pasillos del palacio hasta llegar a la sala donde se encuentran todas tus concubinas.

—¿Dónde está? —preguntas en cuanto cruzas la entrada.

La sala es tan grande que apenas si lograron escuchar tu voz.

—En aquella habitación —dice una de ellas al mismo tiempo que señala con el dedo índice.

En ese momento te abren el paso las decenas de mujeres que se encuentra ahí: las concubinas y las mujeres que están al servicio de todas ellas. Avanzas apurado sin poner atención en lo que dicen las voces balbucientes. Entras y un anciano intenta hablar contigo pero lo ignoras y lo rodeas. Te arrodillas ante la jovencita que yace en el lecho. Tu mirada apunta a ese rostro tan hermoso. No quieres ver la mancha de sangre que cubre la sábana de la cintura hacia abajo. Es demasiado tarde: ha muerto. Tocas sus mejillas con las yemas de tus dedos y le susurras al oído un inaudible *¿Por qué?*

Nadie se atreve a decir una palabra. ¿Cuántas de tus concubinas han perdido la vida, Motecuzoma? ¿Cuatro? ¿Cinco? ¿Ocho?

—¿Qué fue lo que ocurrió? —le preguntas al curandero.

—Perdió al hijo que cargaba en el vientre.

—¿Y por eso murió?

—No... Quiero decir... Sí...

Te pones de pie y caminas hacia el anciano que se muestra atemorizado.

—¿Las están envenenando?

—¡No! —abre los ojos como si se sintiera acusado.

—No entiendo por qué están muriendo mis concubinas y mis hijos.

El curandero traga saliva y baja la mirada.

—Tú sabes qué es lo que está ocurriendo —afirmas con una mezcla de enfado y sufrimiento.

El anciano comienza a temblar, niega ligeramente con la cabeza y camina dos pasos hacia atrás.

—¿Me estás ocultando algo? —te acercas al anciano que al mismo tiempo camina hacia atrás sin decir una palabra—. ¡Te estoy haciendo una pregunta! ¡Responde! —gritas y en ese momento aparecen en la entrada una docena de concubinas.

—No lo sé, mi señor.

—¡Mientes!

—Le aseguro que no estoy mintiendo.

Con las palmas de las manos le das un fuerte empujón en el pecho al anciano, que lo tira de nalgas.

—¡Explícame por qué están muriendo mis concubinas o te mando encerrar por el resto de tu vida!

—¡No lo sé! —el anciano llora en el piso—. ¡En verdad no tengo idea!

—¡Habla! —le das una patada en las costillas.

—¡Están abortando! —grita una voz femenina.

Reconoces esa voz y buscas con la mirada entre todas las mujeres que han entrado a los aposentos. Todas te miran con miedo. Una de ellas sale de entre el tumulto y camina hacia ti.

—Mi señor —se arrodilla.

El anciano se arrastra sin dejar de verte. Tiembla y llora.

—¡Habla!

—Usted dijo que ningún hijo ilegítimo tendría derecho a pertenecer a la nobleza. Es por miedo a que sus hijos por ser bastardos carezcan de un buen futuro que sus concubinas están tomando veneno para abortar.

Cierras los ojos y bajas la cabeza.

—¿Es cierto eso? —le preguntas al curandero.

—Yo no sabía que estaban haciendo algo así.

—Por algo eres el curandero.

—Pero no tengo manera de saber si toman venenos.

Miras al curandero con furia. Tienes deseos de castigarlo por su negligencia. Luego diriges la mirada hacia todas tus concubinas. Dos de ellas están embarazadas. Te preguntas si las otras concubinas piensan abortar. Todas te observan con temor. Perece que pueden leer tus pensamientos. Te conocen bien. Han sufrido tus castigos y por lo mismo han aprendido a comportarse. ¿Las quieres castigar a ellas? ¿Qué castigo les impondrías?

También están tus esposas, las hijas más hermosas del tecutli de Ehecatepec, del tecutli de Tlacopan, y del Cihuacóatl; pero por ellas no te preocupas, pues sabes que por ser esposas y descendientes de la nobleza no les interesa abortar.

Te preguntas qué es lo que las ha llevado a abortar. «¿Acaso no tienen todo lo que necesitan? Tienen casa, comida, ropa, familia, un hombre. Ni siquiera tienen necesidad de salir a la calle». Es cierto, Motecuzoma, tus concubinas jamás salen a la calle. Algunas de ellas no han visto el lago, ni los mercados en mucho tiempo. Tampoco tienen permiso de acudir a las fiestas. Tus mujeres son tuyas y nadie más puede verlas.

Piensas por un momento en concederles a esos hijos ilegítimos el derecho a pertenecer a la nobleza y recuerdas lo que tanto defendiste al principio de tu gobierno. Permitir que los hijos bastardos pertenezcan a la nobleza es consentir que un día lleguen a ser tlatoanis. Ocurriría lo mismo que con el cuarto tlatoani de Méxihco Tenochtitlan, Izcóatl que era hijo del tlatoani Huitzilíhuitl y una sirvienta tepaneca.

—Si eso es lo que quieren hacer, no se los impediré. Un hijo bastardo jamás recibirá trato de noble —dices y sales de la habitación.

Apenas el curandero se pone de pie tú vuelves a los aposentos, caminas hacia él y le dices algo que nadie esperaba.

—La próxima vez que una de ellas decida abortar a un hijo mío y muera no me quites el tiempo, avísale al cihuacóatl y que él venga a hacerse cargo de todo.

Vuelves a tu habitación y ordenas que nadie te interrumpa. Te preguntas si lo que acabas de hacer es correcto. Siempre te preguntas qué es lo correcto. Eres conocido por tu sabiduría y conocimiento de la religión, la filosofía, la astrología y la poesía; y aún así, sientes que no eres más que un aprendiz. Quieres ser justo pero las leyes siempre terminan siendo injustas para alguien. ¿Cuántas veces te han juzgado injustamente por tu severidad en la aplicación de las leyes? Muchas veces han dicho que tus castigos son excesivos. En cambio muy pocos hablan bien de tus buenas obras, como el asilo que mandaste construir en Culhuacan para los veteranos de guerra y los servidores públicos. Hay quienes piensan que es un gasto innecesario.

Pero todas esas voces que tanto te juzgan jamás lo hacen frente a ti. Es por ello que en los últimos dos años has adoptado la costumbre de salir disfrazado aprovechando que la gente ya casi no te conoce pues sólo apareces en actos públicos y les prohíbes a todos mirarte a la cara. Te vistes igual que un macegual y caminas en el tianguis, en las carpinterías, en las alfareras, en los malecones y en las granjas. A los que llegan en sus canoas les compras pescado, frutas, verduras y animales traídos de otros pueblos. Platicas con ellos, les preguntas cosas que sabes que nadie te dirá en tu palacio, los escuchas y observas con atención. A veces te desalienta saber que la gente te tiene por un gobernante soberbio. «Qué difícil es gobernar», piensas. Si hicieras todo lo contrario dirían que eres un gobernante pelele. Que la gente pensase que el tlatoani carece de autoridad sería aún más peligroso: cualquier otro pueblo podría levantarse en armas. «Qué difícil es gobernar», repites en tu mente.

También sales a las calles para ver de qué forma se aplican las leyes. De esta manera has logrado descubrir la corrupción entre muchos de tus ministros y familiares, y por lo cual has aplicado severas condenas, incluyendo la pena de muerte. Detestas la corrupción tanto como la holgazanería.

Te quitas el penacho, tus brazaletes de oro, tus joyas hechas con piedras preciosas y te pones unas prendas tan humildes que nadie imagina que tú, Motecuzoma Xocoyotzin, el huey tlatoani seas capaz de ponértelas, tú que ordenas que todos los días se te entreguen ropas nuevas, prendas que nunca más vuelves a utilizar. Pero esas prendas que te acabas de poner valen más que cualquier otra que te hayas puesto en toda tu vida. Con esas ropas comenzaste tu vida en el sacerdocio, tiempos en los que eras más humilde que cualquier otro sacerdote. La tela ya está desgastada y descolorida.

Sales por una de las puertas traseras de tu habitación, te diriges a unos pasillos por donde entra y salen tus concubinas; luego llegas a una sala donde hay muchos miembros de la nobleza. Están platicando entre sí. Eso es lo que hacen todo el día. Cumplen tus órdenes. Hacen lo que les pides. Te ayudan a administrar el gobierno. Pero lo que ellos hacen es muy fácil, pues no salen del palacio; solamente delegan responsabilidades y se aseguran de que se cumplan. «¿En realidad necesitas tantas personas en el gobierno?», te preguntó una de tus esposas en alguna ocasión. «Con menos de la mitad podrías hacer exactamente lo mismo», dijo. «Sí —le respondiste—, incluso con una cuarta parte. La haraganería de los consejeros se paga con su peso político, sus influencias y sus lealtades. Los consejeros que son obligados a trabajar tarde o temprano traicionan al gobierno». «¡Deshazte de ellos!». «Deshacerme de cualquier otro es fácil porque su furia es inofensiva; pero la de un político no. Yo pensaba lo mismo que tú cuando inicié mi gobierno. Creí que podría erradicar todos esos vicios, pero es un círculo que jamás termina. Los sacas por corruptos, designas nuevos ministros, conocen los privilegios del gobierno, aprenden, se adueñan de muchos secretos y se vuelven peligrosos. Además, la rotación de ministros es muy costosa. Hay que enseñarles y asegurarse de sus lealtades antes de darles poder». Aún así has descubierto muchas traiciones, Motecuzoma. Mucha corrupción e impunidad a pesar de la rigidez de tus leyes.

Caminas por las calles y te encuentras con dos macehualtin que le revisan la cabeza a una señora.

—¿Qué hacen? —les preguntas aunque ya lo sabes. Lo
que te interesa saber es qué opinan.

—¿Que no ves? Juntamos piojos —dice uno sin levantar
la mirada—. Todos lo saben. Que pregunta tan tonta.

Uno de ellos atrapa un piojo y lo mata con las uñas de
los dedos pulgares.

—¿Por qué lo hacen? —insistes a pesar de que la pregunta
es, como ellos dicen, tonta, pues efectivamente todos
lo saben.

—El tlatoani nos obliga a pagarle tributo con piojos.

—¿Por qué los obliga?

Los dos macehualtin y la mujer te miran con extrañeza.
Es evidente que nadie les ha preguntado algo así.

—Dice que no quiere ociosos en estas tierras.

—¿Ustedes no tienen trabajo?

—No.

—¿Ni casa?

—No.

—¿Por qué?

Se miran entre sí y sonríen con escarnio.

—Estamos mejor así. Entre más se tiene mayor es el
tributo. Eso es mucho.

—Son unos holgazanes.

Se ríen estúpidamente.

—Y Motecuzoma un déspota. ¿Para qué quiere tantos
piojos muertos?

—Para evitar que se reproduzcan —dice la mujer—.
Hay muchos en la isla.

—¿Y eso qué importa? —dice uno de los macehualtin.

—Es por higiene —responde la mujer.

—¿A nosotros qué nos importa la higiene? —dice el otro macegual encogiendo los hombros.

—Debería preocuparles.

Vuelven a reír con tono soso. Niegas con la cabeza y sigues por una de las calzadas hasta llegar al otro lado del lago donde hay comerciantes, compradores, pescadores, y todo tipo de trabajadores. No quieres estar entre tanta gente. Decides seguir caminando en línea recta. Poco a poco vas saliendo de la ciudad y llegas a los sembradíos. Ya casi no ves gente. Caminas con tranquilidad. Te gusta esa soledad, Motecuzoma, te encanta ver las milpas. Gracias a los dioses este año el maíz se ha dado en gran abundancia. Entras al plantío y comienzas a revisar las mazorcas: les arrancas unas cuantas hojas y compruebas que será una cosecha extraordinaria. Miras en varias direcciones y al notar que no hay nadie decides arrancar dos mazorcas. Caminas hasta una choza que se encuentra cerca. Sabes que ahí debe estar el encargado de la parcela. Saludas y preguntas si hay alguien pero nadie responde. Insistes dos veces y te das la vuelta. Echas las dos mazorcas en tu morral y caminas en dirección a Tenochtitlan.

—Eso que lleva en su morral no le pertenece —dice una voz.

Al voltear te encuentras con un anciano que se sostiene con las dos manos de un bastón.

—Hola, disculpe, lo estaba buscando. Quería pedirle permiso para llevarme estas dos mazorcas.

—Se las acaba de robar.

Sonríes, Motecuzoma, porque sabes que lo que dice el anciano es cierto.

—El robo está penado —se acerca a ti con parsimonia.

—Sí, tiene toda la razón —sacas las mazorcas del morral.

—...con la muerte.

—¿Quién lo dice? —preguntas como si estuvieras retándolo.

—Usted.

Tu actitud altanera desaparece. Tu broma no funcionó.

—¿Sabe quién soy? —lo miras a los ojos con sorpresa.

—Soy muy viejo pero mi memoria sigue igual que cuando tenía su edad —con una de sus manos sostiene el bastón mientras que con la otra se frota ligeramente sus dedos arrugados.

—Ya lo veo —sonríes y lo miras con aprecio.

—¿Cómo es posible que el tlatoani quebrante sus propias leyes? —ahora se lleva la mano izquierda a la cintura.

Te sientes como en aquellos días en que tu padre te regañaba por mentir. Hace mucho que no te sentías tan avergonzado, Motecuzoma.

—Tiene toda la razón —le ofreces las mazorcas.

El anciano sonríe y pone su mano sobre la tuya para evitar que devuelvas las mazorcas.

—Todo el maíz que está aquí, yo y toda mi familia estamos a su disposición, mi señor. Yo únicamente bromeaba —su sonrisa desaparece al ver tu rostro extremadamente serio—. Le ruego me perdone —se arrodilla ante ti.

Liberas una risa infantil que se alarga por un instante y se torna grave y ruidosa hasta llegar al nivel de la carcajada. El anciano dudoso alza la mirada y sonríe sin saber aún si te burlas de él o te ríes con él. Le ofreces tu mano para que se ponga de pie, le das dos palmadas en su hombro derecho y te retiras sin decir más.

Al llegar a tu palacio das la orden de que vayan en busca de ese hombre, y sin agredirlo, lo lleven ante ti. Al día siguiente, escoltado por tu guardia, el hombre se arrodilla atemorizado en medio del palacio. Has mandado reunir a todos los miembros de la nobleza, que observan al anciano hincado ante ti e imaginan que se le ha descubierto robando, o peor aún, traicionando al imperio mexihca. Estás en el pasillo, a unos pasos de la entrada del palacio y escuchas las voces que ya aseguran que hay testigos que vieron al anciano vendiendo información a los tlaxcaltecas. Uno de los capitanes de la tropa que te escolta avisa que vas a entrar a la sala y todos guardan silencio, se arrodillan y ponen sus manos y frentes en el piso. Caminas hacia tu asiento real seguido por dos hombres que te abanican con los plumeros y cuatro soldados.

—Anciano, ponte de pie —dices en cuanto pasas a su lado.

Todos levantan ligeramente sus cabezas, sin tu permiso, para ver al anciano y a ti, y para corroborar lo que acaban de escuchar. ¿Le has permitido a un macegual ponerse de pie ante ti? ¿Dejarás que te vea a los ojos?

—Es mi deber, como huey tlatoani —dices sin darles permiso a los pipiltin de levantarse—, cerciorarme de que todos ustedes cumplan con sus obligaciones, que todo lo que hagan sea con rectitud. Por lo mismo, tengo espías; y aún así me he enterado que a ellos los han sobornado. No es fácil confiar en tanta gente, habiendo tantas traiciones por toda la Tierra. Ustedes piensan que no me entero de muchas cosas porque creen estoy encerrado todo el tiempo, pero se equivocan, salgo siempre que tengo deseos de ver la ciudad y los pueblos vecinos con otros ojos y otros oídos, los de un hombre común, el que fui mucho antes de ser tlatoani. Ayer andaba por los maizales y arranqué dos mazorcas. Pensé que nadie me había visto. No pensaba robarlos, por el contrario, quería asegurarme de que quien estuviera a cargo del sembradío se enterara de lo que había hecho. De pronto apareció este hombre y me dijo que el robo estaba penado con la muerte. Pensé que no me había reconocido y me sorprendí enormemente al descubrir todo lo contrario. Y me preguntó: «¿Cómo es posible que el tlatoani quebrante sus propias leyes?». Este hombre se comportó con más valor y sinceridad que todos ustedes juntos en quienes confié desde el inicio de mi gobierno y ahora no saben hacer más que halagar. Los he reunido para que conozcan a este anciano y aprendan de él. Asimismo quiero premiarlo con una casa en Xochimilco.

Luego te diriges al anciano y le agradeces su sinceridad. Él está completamente asombrado, pues antes de entrar al palacio estaba seguro de que lo castigarías por su atrevimiento.

—Ya puede marcharse —le dices al anciano.

33

El deseo de fuga jamás se desvanece en la mente de Motecuzoma y busca cualquier excusa para salir de esa prisión, por lo menos para ver personalmente cómo está la situación en Méxihco Tenochtitlan. Entonces le pide a Malinche que lo lleve de cacería pero él se niega y asevera que está organizando algún ardid. El tlatoani le explica que eso era parte de sus actividades y que necesita mantenerse activo, a lo cual Malinche se da unos minutos para pensar; también tiene deseos de ver a Motecuzoma en acción, ése guerrero que aún no conoce.

Al día siguiente lo sacan del palacio acompañado de un numeroso contingente. Malinche deja a más de la mitad de sus tropas custodiando la ciudad; sabe que en cualquier momento puede ocurrir una rebelión, y aunque llevan al tlatoani en sus andas, no permiten que la gente se les acerque. También se lleva a los miembros de la nobleza como rehenes y como acompañantes del tlatoani. Motecuzoma anhela que alguien en el pueblo decida tomar el control, que aprovechen la ausencia de Malinche y el tlatoani, que se levanten en contra de los enemigos.

Abordan las dos casas flotantes y la gente los observa desde las azoteas de las casas y las canoas y comienza a murmurar: asumen que Motecuzoma ha entregado el gobierno a los extranjeros, que no le interesa expulsarlos, que se ha convertido en un cobarde, traidor y mentiroso. Las casas flotantes se dirigen a un peñón llamado Tepepolco, ubicado en la laguna, en donde Motecuzoma tiene una de sus reservas de caza. Las aguas del lago están perturbadas por tantas canoas que los siguen de lejos. Muchas son de los tlaxcaltecas que los escoltan y otras tantas son de los mexihcas que quieren saber qué es lo que está ocurriendo. Así como hay quienes creen que Motecuzoma le ha entregado todo el poder a Malinche sobran los que piensan todo lo contrario y se preocupan por el bienestar de su tlatoani. Temen que lo puedan asesinar en el peñón de Tepepolco. Surge un momento de tensión en el que Malinche cree que les tienen preparada una celada.

—¿Habéis mandado llamar a vuestra gente para que nos ataque en medio del lago?

—No —Motecuzoma niega con firmeza aunque espera que alguien esté planeando algo para poner fin a esta situación.

—Entonces decidles a vuestros vasallos que vuelvan a *Temixtitan*.

Motecuzoma se acerca a la parte trasera de la casa flotante acompañado de Malinche y sus soldados y les grita y hace señas para que vuelvan a Méxihco Tenochtitlan. Después de un rato comienzan a retroceder las canoas.

Al llegar, las casas flotantes deben permanecer a una distancia considerable de la orilla para no encallar. Por lo tanto continúan el recorrido en canoas. Los soldados tlaxcaltecas son los únicos que llevan macahuitles, arcos, flechas y cerbatanas. Los tamemes llevan agua y otros utensilios para cocinar y comer más tarde. Los miembros de la nobleza únicamente pueden observar y platicar entre ellos. Los soldados de Malinche sólo cargan sus palos de fuego. Mientras caminan Motecuzoma y Malinche platican sobre las costumbres e ideologías en sus tierras. Pues es justo en medio de esas pláticas que ambos olvidan, por instantes, que son contendientes, y que tarde o temprano uno de los dos perderá esta guerra.

—Ahí va un venado —dice Motecuzoma y pide que le den un arco y flecha.

El tameme que va a su lado obedece rápidamente. El tlatoani no espera ni un segundo para acomodar su arco y lanzar la flecha que da certera en el cuello del venado, que ahora corre asustado y adolorido. Motecuzoma lanza una segunda flecha rápidamente y vuelve a dar en el animal, que ya no opone resistencia y simplemente se coloca sobre sus rodillas delanteras para luego caer de lado sobre el césped. Malinche se queda asombrado al ver la agilidad con la que Motecuzoma lanza sus flechas. Algunos miembros de la nobleza se apuran a ver al animal moribundo mientras el tlatoani sigue cazando otros animales. No hay venado o liebre que se le escape.

De pronto Malinche decide enseñarle al tlatoani a usar los palos de fuego.

—A esto se la llama gatillo —dice Malinche señalando con el dedo—. Éste es el cañón y ésta es la culata.

En cuanto Motecuzoma tiene el arcabuz en las manos siente un repentino deseo por aprovechar el momento y dispararle a Malinche, pero sabe que intentarlo sería un acto suicida. Todos los miembros de la nobleza están desarmados. Hay alrededor de doscientos soldados barbados y quinientos tlaxcaltecas con macahuitles y arcos. Entonces sigue las instrucciones de Malinche: apunta y jala el gatillo. El primer tiro lo descontrola. No imaginaba que esas armas tuviesen tanta fuerza.

Al terminar, las mujeres y macehualtin que han llevado con ellos pelan los animales y los cocinan en barbacoa. Hace muchos días que el tlatoani no comía tanto como hoy. Una vez más le pide a Malinche que lo libere, pero él se niega. Vuelve el sentimiento de culpa. Se siente mal por estar ahí, comiendo con los españoles mientras su pueblo está cautivo.

De regreso a Tenochtitlan Motecuzoma se mantiene en silencio. Malinche ha aprendido a callar también. Ya conoce bastante bien al tlatoani y por lo tanto sabe cuándo es un buen momento para platicar y cuando debe ausentarse. Aunque dejarlo solo mucho tiempo tampoco le conviene, por eso le ha proporcionado un sirviente que está con él la mayor parte del tiempo, dos jovencitos serviciales y amigables, llamados Orteguilla y Peña, quienes —además de turnarse para estar con él— han aprendido a hablar el náhuatl con gran facilidad. El tlatoani sabe que están ahí para espiarlo, así que intenta revertir la estrategia de Malinche. Se ha ganado la confianza de ambos y les hace muchas preguntas sobre los planes de Malinche y sobre sus capitanes.

Otro de los hombres que también pasan mucho tiempo con el tlatoani es el fraile Bartolomé de Olmedo, quien —utilizando a Orteguilla como intérprete— no hace otra cosa más que hablar de sus dioses. Motecuzoma también habla con los demás guardias en ausencia de Malinche; les hace regalos, espera que con esos sobornos un día de estos uno de ellos esté dispuesto a ayudarlo a escapar. A uno de ellos, un tal Bernal le ha regalado una concubina para que pueda holgarse, como todos los demás que las han recibido como regalo en otros pueblos y en Tenochtitlan. Todos ellos se satisfacen cada noche, pero ni así se quitan las armaduras; y ni así lo tratan bien.

Uno de ellos, al no encontrar a sus dos concubinas por todo el palacio, le exigió al tlatoani que ordenara que las buscasen. Cuando Motecuzoma se negó, el soldado sacó su espada y se la puso en la garganta.

—Os estoy diciendo que las mandéis buscar.

—Ve a buscarlas tú mismo —movió a un lado la punta de la espada con su mano.

El hombre se marchó enfurecido. Motecuzoma le contó lo ocurrido a Malinche, pero no supo si hubo un castigó. En otra ocasión el tlatoani escuchó —pues ya había aprendido bastantes palabras en español— que otro soldado decía que «por estar cuidando a ese perro se había enfermado.»

Pero no todos son así con el tlatoani; el joven Peña le ha demostrado ser más amistoso que los demás. Motecuzoma aprovecha su ingenuidad para jugar con él, espera poder convencerlo cualquiera de estos días de que lo ayude a escapar. Pero el joven parece más interesado en otras cosas.

Un día se entera de que Peña ha sido arrestado por haber robado, en compañía de otros, una buena cantidad de liquidámbar. En otras circunstancias, el tlatoani habría estado de acuerdo con el castigo, pero a estas alturas, no le conviene que ninguno de los hombres de Malinche sea sancionado por robo. Necesita ganarse su confianza, que ellos vean en él a un hombre justo, para que se pongan de su parte. Malinche, después de discutir un largo rato con el tlatoani, los libera.

—Muchas gracias, mi señor —dice Peña arrodillado ante el tlatoani y le besa la mano—. Prometo no volver a robar.

—Mejor prométeme que siempre estarás a mi lado —le acarició el cabello.

—Lo que usted me pida —Peña alza el rostro y el tlatoani al ver su piel blanca, suave y sin barbas piensa que parece una mujercita.

—Cuéntame una cosa —le acaricia una mejilla—. ¿Quién más ha estado robando de mi palacio?

Peña baja la mirada, sabe que está en deuda con el tlatoani.

—Alvarado y otros hombres se metieron a robar a los depósitos de cacao.

—¿Cuándo fue eso?

—Hace dos semanas.

Motecuzoma se siente molesto, pues de eso Malinche no le dijo una sola palabra. En cambio le preguntó con gran curiosidad sobre los costales llenos de piojos muertos que tenían en una de las almacenes, a lo cual Motecuzoma respondió que era el tributo que pagaban los indigentes.

—¿Sólo él? —preguntó Motecuzoma mientras suavemente sumerge los dedos en el cabello a Peña.

—También cientos de tlaxcaltecas, cholultecas, totonacas y huexotzincas.

—¿Cuánto se llevaron?

—Todo.

Motecuzoma se queda callado. Piensa en la última cifra que le dio el tesorero: eran más de cuarenta mil vasijas de mimbre con veinticuatro mil semillas de cacao.[56]

—¿Qué quieres de mí, Peña?

—Yo quisiera… —baja la mirada y se pasa la lengua por el labio superior.

—Quiero algo a cambio.

—Lo que usted me diga —lo mira como a un dios.

—Consígueme un macahuitl.

La sonrisa de Peña se desvanece por un instante.

—Eh… —tartamudea y baja la mirada.

---

56   El cacao era la moneda de cambio.

El tlatoani lo toma de la barbilla y la eleva para verlo a los ojos. Ambos se miran en silencio. Peña suspira y tiembla.

—Eres un buen mozo.

Peña asiente con la cabeza cual niño obediente.

Al día siguiente Peña aparece en los aposentos del tlatoani con un bulto. Motecuzoma sonríe al verlo tan asustado.

—¿Nadie te vio?

—No, mi señor —dice arrodillado al mismo tiempo que abre el bulto y saca un macahuitl.

—Aquí tiene, como usted me lo pidió —se lo entrega y se retira rápidamente.

Motecuzoma comienza a planear su fuga. Está dispuesto a dar la batalla contra los que sean necesarios. Aunque tenga que morir en el intento. Es mejor acabar sus días en plena batalla que viejo y prisionero.

Pero sus planes se ven truncados al día siguiente cuando Malinche entra enfurecido y le dice que está enterado de sus planes.

—No sé de qué me hablas —responde Motecuzoma con tranquilidad.

—Alguien ha estado horadando por afuera la pared trasera del palacio, justamente aquí —señala el muro.

—No lo sabía —se siente contento porque ahora sabe que alguien está organizando a la gente. Está casi seguro de que se trata de Cuauhtémoc.

Creía que se trataba de uno de los soldados llamado Trujillo que se había hecho el hábito de molestarlo en las noches haciendo ruidos. Hasta que Motecuzoma se hartó y lo reportó con Malinche, quien lo mandó castigar. O por lo menos eso fue lo que supo el tlatoani. Ahora que sabe que la gente se está organizando se siente mucho mejor a pesar de que los han descubierto.

Malinche manda traer a una docena de guardias y les ordena que revisen toda la habitación. Pronto encuentran el Macahuitl y Malinche arruga los labios y clava sus ojos en los de Motecuzoma.

—Creí que podía confiar en vos. ¿Por qué me hacéis esto? Somos amigos. Yo estoy de vuestro lado. Ayudadme a que esto sea más fácil. Muy pronto os dejaré en libertad. ¿Quién os lo trajo?

—Los dioses —el tlatoani levanta la mirada hacia el techo.

Malinche cierra los ojos, exhala por la nariz y aprieta los labios.

—No os burléis de mí —da unos pasos hacia el tlatoani.

—¿Crees que únicamente tus dioses pueden hacer milagros? ¿Solamente ellos pueden multiplicar los peces y revivir a los muertos?

—Así es: sólo Dios, la virgen y los santos —sale sin despedirse del tlatoani.

Los días siguientes Malinche evita hablar con Motecuzoma, quien ha encontrado una nueva forma de comunicarse con el exterior. Mientras atiende los asuntos del gobierno —aunque Jeimo, Malintzin, Orteguilla y Malinche siempre están presentes— les pide a los consejeros del gobierno que lo miren a los ojos.

—Hagan lo que tengan que hacer —les dice un día, mirándolos fijamente.

—Malintzin le informa rápidamente a Malinche lo que el tlatoani acaba de decir.

—Sí, ya lo entendí —le responde frenético aunque hace todo lo posible por fingir.

—De las azoteas saltan los chapulines —dice Motecuzoma de pronto.

El consejero asiente con la mirada.

—¿De qué está hablando? —pregunta Malinche.

—Es un poema que escribió uno de mis ancestros —miente—. De las azoteas saltan los chapulines pero los tenochcas los reciben con los brazos abiertos. Oh, mexihcas, oh, reciban a sus chapulines con amor.

Malinche le da la espalda y se dirige a Malintzin.

—¿Es cierto eso?

—Sí. Los poemas son muy utilizados en las reuniones y en las fiestas.

En cuanto Motecuzoma termina de hablar con todos los consejeros del gobierno se dirige a Malinche.

—Hoy habrá luna llena.

—¿Cómo lo sabéis?

—Llevo la cuenta de los días y las noches. Por eso quiero pedirte un favor.

—¿Qué es lo que queréis?

—Quiero observarla. ¿Te acuerdas de que un día te platiqué que a mi madre le gustaba verla?

—Sí, sí —asiente sin darle importancia—. Pero ya no confío en vos.

—Yo tampoco en ti, pero la observación de las estrellas y la luna es algo maravilloso y jamás te he invitado a verlas.

—No me interesa. He visto el cielo muchas veces. Lo he visto desde el mar, desde las montañas, desde las costas, desde España y aquí. Siempre se ven iguales.

—Porque nunca te has detenido a verlas de verdad. Lo único que te interesa es el oro, la plata y las piedras preciosas. La verdadera belleza no te entusiasma: las plumas finas, los montes, el cielo, el lago, los animales, las plantas, las calles construidas con precisión y limpias.

—Disculpadme, mi señor —responde Malinche volviendo a su acostumbrada forma de tratar a Motecuzoma como si fuese un imbécil—. ¿A qué hora quiere que veamos la luna?

—En cuanto oscurezca.

—Se hará como vos lo mandéis —baja la cabeza—. Ahora me retiro.

Poco antes del anochecer Malinche cumple con su palabra. Lo acompañan más de veinte soldados. Motecuzoma está tranquilo. A su lado se encuentran Orteguilla y Peña.

—Mi señor, he venido por vos para llevaros a ver la luna y las estrellas.

Motecuzoma ordena que le traigan un atuendo nuevo. Aunque Malinche ya se ha acostumbrado a que el tlatoani se cambie de ropa dos o tres veces al día, en esta ocasión se muestra más impaciente que en otras. El penacho que le traen en esta ocasión es todo de plumas verdes, con pequeñas plumas azules que decoran la parte central y ricas piezas de oro que forman un arco sobre su cabeza.

Esperan en silencio a que el tlatoani termine de cambiar su atuendo. Luego llegan los miembros de la nobleza que permanecen encerrados en las otras habitaciones. Todos guardan un silencio absoluto. Antes de salir Motecuzoma observa la habitación por unos breves segundos, espera no volver, por lo menos no de esa manera. Incluso ha pensado en demoler el palacio de Axayácatl después de que saque a los extranjeros de sus tierras.

—Vamos, vamos, que ya debe estar saliendo la luna —dice entusiasmado.

El contingente se dirige al patio principal. Los miembros de la nobleza se miran entre sí. Esconden su preocupación.

—¡No! —habla el tlatoani en voz alta—. ¡Vamos a la azotea!

—¿Para qué? —pregunta Malinche desconfiado.

—Porque la luna no se ve desde el patio.

Malinche deja escapar una sonrisa irónica y niega con la cabeza.

—Por supuesto que sí se ve.

—¡No!

Malinche lo ignora y sigue su camino. Motecuzoma insiste que no se ve, que los muros impiden verla a esas horas. El tecutli Malinche no le cree. Al llegar al patio levanta la mirada y busca la luna.

—No se ve —dice Motecuzoma y señala al horizonte—. Ahí tendría que verse pero el muro la tapa.

Luego de exhalar profundamente y bajar la mirada Malinche acepta llevarlo a la azotea. Al llegar todos buscan la luna en el horizonte.

—Ahí —señala el tlatoani—, ahí debe salir en unos minutos.

Todos esperan en silencio. Motecuzoma da tres pasos hacia atrás y estira el cuello para ver mejor; luego da dos pasos más.

—¿A dónde váis? —pregunta Malinche al ver que el tlatoani se aleja.

—Voy a subirme a la barda para ver mejor —camina con pasos más rápidos.

Dos soldados lo siguen.

—No pasa nada, sólo voy a subir para ver mejor.

En cuanto el tlatoani toca la barda se asoma rápidamente y sin voltear más sube un pie.

—¡Apresadlo! —grita Malinche.

Motecuzoma sube el otro pie y salta, pero en ese momento cuatro brazos se le enredan entre las piernas. El cuerpo del tlatoani queda a la mitad de la barda. Abajo ve un pequeño tumulto de gente, pues la parte trasera del palacio no tiene patio, sino que da directamente a la calle. Alrededor de treinta miembros de la nobleza —entre ellos, Cuauhtémoc— que no fueron apresados por Malinche lo esperaban para recibirlo cuando saltara. Todos ellos gritan asustados al ver la mitad del cuerpo del tlatoani colgando del muro. Los dos soldados de Malinche intentan jalarlo hacia adentro de la azotea, pero él les responde con codazos.

—¡Suéltenme! —les da otros golpes con los puños—. ¡Suéltenme!

Los miembros de la nobleza que se encuentran en la azotea hacen todo lo posible por distraer al resto de los soldados de Malinche. Hay forcejeos que luego pasan a los golpes. Se gritan entre sí. Motecuzoma se aferra al muro.

—¡Salven a Méxihco! —grita desesperadamente el tlatoani mirando hacia abajo—. ¡Salven a Tenochtitlan! ¡Rescaten a nuestro pueblo!

Malinche da la orden de que utilicen uno de los palos de fuego. Se escucha el primer disparo. Los miembros de la nobleza están tan enardecidos que ya no les importa que los maten en ese momento. Abajo la gente sigue gritando. Motecuzoma se aferra al muro y da de patadas. Finalmente llegan cuatro soldados más para auxiliar a los que evitaron que el tlatoani saltara al vacío. El penacho de Motecuzoma cae al piso y Orteguilla corre a recogerlo pero en ese momento otro de los soldados se lo quita y se lo lleva para luego quitarle las piezas de oro. Los demás soldados han logrado contener a los pipiltin. Los tienen en el piso, bocabajo.

—¡Matemos a todos estos indios! —grita Tonatiuh.

Malinche está enfurecido. No quita la mirada de Motecuzoma que sigue forcejeando con los soldados que lo tienen preso.

—¡Suéltenme!

—¡Os he tratado bien! —grita Malinche—. ¡Os he dado más que nadie! ¿Así es como me pagáis?

—¡El pueblo mexihca reaccionará! ¡Ya lo verás! ¡No conoces la furia de mi pueblo!

Entonces cae una bola de fuego en el piso de la azotea y los soldados de Malinche se hacen a un lado. Luego cae otra y otra. Uno de los soldados de Malinche se asoma y descubre que el pequeño grupo de personas que están abajo están lanzándolas.

—¡Quieren incendiar el palacio! —dice el soldado.

—¿Quieren jugar con fuego? ¡Respóndedles con fuego!

El soldado hace estallar su trompeta de fuego y caen dos personas heridas.

—¡No! —grita Motecuzoma—. ¡No!

Los demás pipiltin que se encuentran abajo se quitan para evitar ser heridos. Luego lanzan otra bola de fuego y el soldado les responde con otro disparo y uno de ellos cae muerto.

—¡Basta! —grita Motecuzoma.

Malinche ordena que se lleven a todos al interior del palacio y que manden a las tropas a reprimir la rebelión.

34

COME, MOTECUZOMA. ANDA, QUE SE ENFRÍA Y LLEVAS muchos días sin probar alimento. Estás muy débil. Tu pueblo necesita un gobernante saludable. No debes permitir que tus intentos fallidos de fuga te derrumben.

Es cierto que nada de lo que has hecho hasta el momento ha servido para liberarte de esta prisión, Motecuzoma. Sigues frustrado por no haber logrado saltar de la azotea. Te repites una y otra vez que debiste caminar más rápido hacia el muro. Tu gente te estaba esperando abajo para recibirte con los brazos. Estuviste tan cerca, Motecuzoma, a un paso.

¿Qué sientes, Motecuzoma? ¿Arrepentimiento o culpa? ¿Qué es eso que no te deja dormir? Te has repetido hasta el cansancio que no debiste pedirle a Malinche —después de intentar saltar por la azotea— que te permitiera ir al Coatépetl para cumplir con tus deberes religiosos. Aunque él se negó, insististe, con la única intención de enviar un mensaje a tu pueblo: que ya se revelaran contra los extranjeros. Sentías que ya era la última salida. Malinche accedió con la condición de que ya no realizaran sacrificios humanos, pues bien sabía que los hacían a escondidas. Alegaste que no podías pedirles eso y él respondió, ya sin esa sonrisa amistosa, que de lo contrario destruirían todos los teocallis y la ciudad. Lo que viste en su mirada no te dejó duda de que hablaba en serio. Y le respondiste que si se atrevían a algo así sufrirían las consecuencias. La burla de Malinche no se hizo esperar. «Ellos protegerán a nuestros dioses con sus vidas», dijiste muy seguro. Te prometió que te llevaría a ver a Huitzilopochtli y también te amenazó de muerte si intentabas traicionarlo.

Aceptaste sus condiciones y te llevaron escoltado por ciento cincuenta soldados hasta los escalones del Monte Sagrado. Evitaron que la gente se acercara. Subiste lentamente, como siempre, e hiciste todos los rituales acostumbrados. Ahí estaban esperando cuatro mancebos, dispuestos a ser sacrificados por el bien de Tenochtitlan. Malinche se negó pero al ver que toda la gente estaba afuera de la ciudad, observando desde las azoteas de todas las casas, decidió callar. Por primera vez viste el temor en sus ojos. Pensaste que ése sería un buen momento para iniciar la rebelión. ¿Por qué no lo hiciste Motecuzoma?

Decidiste que lo mejor sería continuar con los sacrificios humanos para que el dios Huitzilopochtli se encargara del resto. Frente a Malinche les abriste el pecho a cuatro mancebos, les sacaste los corazones y se los entregaste al dios Huitzilopochtli.

Al terminar, los extranjeros quedaron sumamente alterados. En cuanto te llevaron de regreso a tu habitación, Malinche habló contigo en privado. Te exigió que ya no hicieras sacrificios y que pusieran una cruz y una virgen en lugar de Huitzilopochtli y Tláloc. Qué exigencia tan absurda. No pudiste controlar tu ira y le respondiste que eso no lo permitirías tú ni los sacerdotes. «Los dioses se enojarán», le insististe. «Hablaré con los sacerdotes», respondió más tranquilo y salió de los aposentos.

Una vez más Malinche les habló de sus dioses y de los milagros que ellos hacían. Los sacerdotes le respondieron que no podían adorar a un dios como el de ellos porque no lo conocían y jamás les había dado muestras de su existencia. Incluso le dijeron a Malinche que si en realidad su dios existía y era capaz de hacer tantos milagros que se hiciera presente, que les concediera un milagro. Malinche les respondió de igual forma: «Pídanle a sus dioses que les hagan un milagro». Surgió un largo intercambio de opiniones, unos mencionaban las proezas de sus dioses y los otros las minimizaban como burdas creencias. La discusión se prolongó tanto que Malinche enfureció y con una barra de hierro comenzó a golpear las imágenes de los dioses.

Malinche te ha contado que los sacerdotes estuvieron de acuerdo en quitar a sus dioses del teocalli y poner una cruz y la imagen de su virgen. Incluso dijo que los sacerdotes lloraron de alegría. Pero lo que te han contado los consejeros de gobierno es que Malinche les dijo que tú habías dado permiso para quitar a los dioses y se armó tal alboroto que los hombres de Malinche tuvieron que hacer estallar sus armas de fuego. Los sacerdotes se llevaron las imágenes de los dioses hechas pedazos. Luego los obligaron a lavar la sangre de las paredes y los pisos, pues ahí pusieron un altar en cada teocalli. Desde entonces los sacerdotes han estado hablando con toda la gente para que preparen la venganza contra los extranjeros.

Cuando Malinche confesó que habían encontrado el *Teocalco* (La casa de Dios), donde guardas las pertenencias de tus ancestros, que él llama la bóveda de los tesoros, le respondiste que se llevaran todo el oro y la plata, que sólo dejaran las plumas y las estatuas hechas de barro. Pero sacaron las miles de mantas de algodón, las armaduras decoradas con plumas de quetzal, las armas, los escudos, los collares, las joyas de oro para la nariz y orejas, los brazaletes, las diademas, todo decorado con oro. Estuvieron varios días quitándole las piezas de oro y plata a todos los objetos que robaron. Después les ordenaron a los orfebres de Azcapotzalco que fundieran el oro y que hicieran unas barras a las que llamaron lingotes, algo jamás visto en estas tierras, Motecuzoma. También les dieron instrucciones a los orfebres para que hicieran medallas y unas joyas con forma de cruces e imágenes de sus dioses, dándoles ellos unas imágenes para que de ahí las copiaran. Malinche pidió que a él le hicieran platos, tazas y cucharas de oro.

Ni con eso han quedado satisfechos. Sus aliados tlaxcaltecas también han participado en la rapiña, llevándose todas las mantas y plumas finas. Ahora Malinche piensa que tienes más joyas y oro y no ha dejado de interrogarte. Qué cansado se ha vuelto esto, Motecuzoma. Todos los días pregunta dónde guardas más oro y dónde están las minas. Y aunque tú le respondes que el oro llega solo por los ríos, no te cree. Ya saquearon tu casa y los teocallis. Se han apropiado de todo; incluso de tus mujeres. Las han hecho sus concubinas a la fuerza; incluso Malinche se ha estado acostando con dos de tus hijas y una de Cacama. ¿Hasta cuándo, Motecuzoma, hasta cuándo?

Los miembros de la nobleza presos han logrado mantener comunicación con el exterior por medio de los sirvientes y te han contado que mucha gente está harta de los abusos de los extranjeros; que están muy tristes desde que Malinche y sus hombres comenzaron a destruir las imágenes de los dioses. Que también saquearon el palacio de Tezcuco en ausencia de Cacama —pues desde que fuiste apresado ha permanecido en Tenochtitlan—, llevándose los tesoros de Nezahualcóyotl y Nezahualpilli; y que harto de los abusos de los extranjeros, Cacama se reunió con sus hermanos Cohuanacotzin e Ixtlilxó-chitl. Decidieron preparar sus tropas para atacar a los españoles. Su estrategia era bloquear la isla de Méxihco Tenochtitlan para evitar que los extranjeros pudieran escapar. Su ejército tenía más de cien mil guerreros. La mitad iría por tierra a Tepetzinco, y la otra, liderada por Cacama en canoas. Pero Ixtlilxóchitl y Cohuanacotzin lo denunciaron con Malinche, quien mandó a sus hombres para que lo apresaran y lo torturaron vaciándole brea derretida en el abdomen para que les dijera dónde tenían más oro.

A ti, Malinche te dijo que Cacama pensaba usurpar el trono mexihca y que por eso lo habían apresado, pero ahora que están tan ocupados buscando oro tienes más facilidad de informarte, pues los guardias ya están cansados de vigilarte todo el tiempo y escuchar todas tus pláticas, y sabes que es mentira. Lo encerró en otra de las habitaciones de las Casas Viejas, e impuso a Cuicuitzcatl como nuevo tlatoani en Tezcuco, quien ha sido obediente ante Malinche.

Días después apresó a los señores de Tlacopan, Coyohuacan e Iztapalapan. Y no conforme con eso ha ordenado que todos los pueblos que pagan tributo a Méxihco Tenochtitlan ahora juren vasallaje al tlatoani Carlos de España.

—Esto no significa que vos perderéis vuestro reino —te ha dicho Malinche en repetidas ocasiones—. Vos seguiréis gobernando este imperio. Yo sólo estoy cumpliendo las órdenes de su majestad, el rey Carlos Quinto.

Desde que destruyó las imágenes de los dioses casi no le respondes cuando te habla. Sólo cuando te hace preguntas concretas. Aunque estaba enfurecido, decidió no hablar contigo esa noche ni los días siguientes. Sabía que de intentarlo terminarían discutiendo. Todos estos meses han servido para conocerse mutuamente. Él sabe que si discute contigo pierde más que si se desaparece. Ha aprendido que contigo el silencio dice más que un insulto; que la paciencia es más redituable que el apuro; que una plática interesante te hace confesar más que la tortura. Tú has aprendido que él venera a sus dioses sólo para generarse una reputación; que les sonríe a su dios y a su demonio; que perdona a injustos y castiga a los justos; que aunque esté enfurecido, si le conviene, finge con maestría.

Engaña a todos con destreza. Según te contó Peña, después de repartir todas tus joyas entre sus hombres varios de ellos se mostraron inconformes al ver que él se estaba llevando la mejor parte; incluso, que había escondido otra. Pero los reunió y les habló con ese tono de voz que idiotiza. Les dijo que todo lo que él poseía era para ellos, que él estaba ahí para ellos, y que sí así lo querían que les entregaría su parte. Pero que pensaran un poco, que lo que él estaba haciendo era reunir oro suficiente para comprar más armamento y caballos, para que con esto estuviesen más protegidos; que dejaran de pensar en el oro por el momento pues pronto serían señores de todos los pueblos del Anáhuac.

En una ocasión dos de los hombres de Malinche comenzaron a discutir por oro. Uno de ellos era el tesorero, al que ya conoces, y que llaman Gonzalo Mejía; y el otro, al que también conoces, un tal Velázquez de León, se negó a devolver el oro que Malinche le había otorgado. Ambos sacaron sus espadas y comenzaron un combate, hasta que otros se interpusieron entre ellos y les quitaron las armas por órdenes de Malinche. Esa noche escuchaste unas cadenas que se arrastraban por el piso de la habitación de alado. Cuando le preguntaste a Orteguilla a quién tenían preso, te contó que era al tal Velázquez de León, pero que Malinche ya le había pedido que no se enojara con él, que sólo lo hacía porque necesitaba mostrar su autoridad con los demás, pero que era su amigo.

Malinche está cada día más contento. Su descaro es tan grande que ya nunca da explicaciones de lo que hace. A ti te trata con la misma hipocresía de siempre, pero a los demás ya les ha perdido el respeto. A todos les dice que la grandeza de los tenochcas no era más que un espejismo; que muy pronto llegarán miles de soldados de su tierra; y que por fin se acabará la idolatría. Ya no pone el mismo cuidado sobre tu prisión. Tampoco los guardias que están en el palacio.

Por lo mismo ahora puedes tener una larga charla con los miembros de la nobleza que también están presos. Llegan a la conclusión de que deben hacer lo que sea con tal de sacar a los barbudos de su ciudad. Saben que los dioses están muy molestos por los agravios recibidos. Los capitanes de las tropas sugieren que de una vez por todas se mande llamar a todos los pueblos aliados. Y en este momento surge uno de los peores inconvenientes. Afuera ya hay una rebelión contra ti, Motecuzoma. Muchos miembros de la nobleza que no fueron apresados están haciendo todo lo posible por quedarse con el trono mexihca, y han hecho alianzas con otros pueblos vasallos. Por si fuera poco, otro grupo se ha aliado a Malinche, a los que les ha prometido hacerlos señores de Tenochtitlan.

Entonces llega la propuesta que jamás imaginaste escuchar: «Sería mejor elegir a otro tlatoani. Uno que esté libre y que pueda organizar al pueblo». Te tiembla todo el cuerpo, Motecuzoma. Abandonar el gobierno sería rendirte. Todos entenderían que no fuiste capaz de salvar a Tenochtitlan. Sientes un vacío dentro de ti. Todos te observan y esperan a que respondas. Quieren saber en qué estás pensando, Motecuzoma. ¿Estarías dispuesto a abdicar? Bajas la mirada y observas tus manos que tiemblan, esas manos que muchas veces empuñaron el macahuitl, que dispararon miles de flechas, que incensaron a los dioses, que barrieron los teocallis, que ayudaron a construir casas. Levantas la mirada y te encuentras con los ojos de todos los que te han acompañado en esta prisión por tanto tiempo. Sabes que han sufrido más que tú. La tristeza en sus rostros te conmueve. Haces un intento por hablar pero se te quiebra la voz. Saben que lo que te acaban de pedir es también tu pase a la muerte; porque a las masas es casi imposible hacerles entender muchas cosas de la política. Para ellos hay buenos y malos; leales y traidores; vencedores y perdedores; víctimas y verdugos; cobardes y valientes. De por sí ya se rumora que eres un cobarde y traidor. En cuanto se anuncie la designación de un nuevo tlatoani serás todo lo malo que ellos quieran pensar. ¿Hay a caso otra salida, Motecuzoma? ¿Ya lo intentaste todo?

Te pones de pie y te das media vuelta. Observas al cielo a través de la ventana de la habitación. Afuera puedes ver a los cientos de soldados que cuidan que no salgas. Cuántas veces no has pensado salir por ahí y pelear con quien sea con tal de escapar. Sabes que es imposible. Oh, Motecuzoma. Te llevas las manos al rostro, inhalas lentamente, cierras los ojos y exhalas. Se acabó. ¿En verdad se acabó, Motecuzoma? ¿Estás seguro? ¿Quién los comandará? ¿Podrá el nuevo tlatoani vencer a los españoles? ¿Qué ocurrirá contigo si logras salir vivo de aquí? ¿Volverás a ser tlatoani o serás un miembro más de la nobleza? Jamás se había vivido algo así en Méxihco Tenochtitlan. ¿Y si pierden? ¡No…! ¡No…! ¡No! ¡Ni pensarlo! No pienses en eso, Motecuzoma. Los mexihcas son fuertes y valerosos. Eso no puede ocurrir. Aprietas los puños, respiras profundo, tragas saliva, sientes que las piernas se te doblan. ¿En verdad estás dispuesto a renunciar al trono, Motecuzoma? ¿Dejarás de ser el huey tlatoani de Méxihco Tenochtitlan? ¿Estás seguro? Te das media vuelta y sientes las miradas como flechas. Te están observando, Motecuzoma. Sientes un golpeteo muy fuerte en tu pecho. Das varios pasos hacia el frente, levantas la cara, inflas el pecho y respondes:

—Díganle a los capitanes que se encuentran allá afuera que junten cien mil guerreros. Aprovecharemos ahora que muchos de los soldados enemigos se encuentran haciendo expediciones por todo el Valle. Hablaré con Malinche y le diré que si no se marchan los atacarán sin importar cuántos tenochcas mueran.

35

MIENTRAS LAS TROPAS SE PREPARAN SECRETAMENTE EN
Azcapotzalco, Tlacopan, Tlalnepantla, Coacalco, Cuautitlan,
Chapultepec, Iztapalapan, Coyohuacan, Tepeyacac, Tlatelolco,
Méxihco Tenochtitlan y muchos otros pueblos más, Malinche
y Motecuzoma sostienen una larga conversación.

—Tengo cien mil soldados listos para la guerra —le ha
dicho el tlatoani sin titubear.

La mirada de Malinche es la misma de siempre, pero
Motecuzoma ya sabe cuando está fingiendo. Está seguro de
que lo que le acaba de decir lo ha intimidado.

—No hay necesidad de eso —dice Malinche en un tono
empalagoso.

—Váyanse —su voz es suave. Motecuzoma lo mira sin
parpadear—. Y déjame en libertad.

Malinche niega con la cabeza al mismo tiempo que
chasquea.

—Vos sabéis que no puedo. Y mucho menos en estas
condiciones —mueve la cabeza como buscando algo hacia
los lados—. Si os libero nos matarían a todos. Vos sois mi
salvación, sois el único motivo por el que sigo vivo… Seguimos
vivos.

—Te advertí que si tocaban las imágenes de nuestros dioses, los sacerdotes y el pueblo entero se molestarían mucho.

—Pero ellos estuvieron de acuerdo… —Malinche utiliza esa mirada de inocencia que bien sabe simular.

—Mientes —Motecuzoma no ha dejado de verlo de frente.

—Está bien —Malinche se endereza—. Nos iremos. Nos marcharemos lo antes posible.

—¿Cuándo?

—Sólo os recuerdo que tendré que dar un informe completo a su majestad, el rey Carlos Quinto.

—No me importa. ¿Cuándo se marcharán?

—Mis navíos se hundieron… y… —carraspea—. Necesito construir unos nuevos… —frunce el ceño y dibuja una imperceptible sonrisa—. Si vos me proporcionáis gente y madera, os lo agradecería. Y os lo prometo, nos iremos en cuanto estén listos, de lo contrario tendremos que permanecer aquí o en *Tascaltecal* o *Churultecatl*.

Mientras Malintzin traduce, Malinche le dice a uno de sus hombres que estén preparados para cualquier ataque.

—Os ruego que habléis con vuestra gente. Detenedlos antes de que ocurra una tragedia. Ni vos ni yo queremos la guerra. Somos amigos.

—¿En cuánto tiempo estarían listas tus casas flotantes?

—No lo sé; podrían ser unos treinta o cuarenta días, depende de cuánta gente trabaje en ellas.

Motecuzoma inhala lentamente al mismo tiempo que dirige la mirada al techo.

—Espero que no sea otra de tus mentiras, Malinche.

—No, no —responde humildemente—. Sólo que… cuando nos vayamos vos tendréis que acompañarnos.

—¿Yo? ¿Por qué?

—Para garantizar nuestra salida. El camino es muy largo y peligroso.

—No. Yo tengo que atender los asuntos del gobierno.

—Esa es mi condición —Malinche infla el pecho al mismo tiempo que pone su mano sobre el puño de su espada.

Motecuzoma dirige la mirada a los miembros de la nobleza.

—Les daré todos los hombres que necesitan y la madera para que construyan sus casas flotantes y los escoltaremos hasta las costas.

—Enviaré gente para que se encargue de eso. Yo permaneceré aquí, con vos, hasta que estén terminadas.

Motecuzoma niega con la cabeza.

—No —frunce el ceño—. Pueden irse a las costas para apresurar la construcción de las casas flotantes. Los miembros de la nobleza y yo los acompañaremos y los atenderemos allá.

—Y mientras tanto podríais organizar vuestras tropas para atacarnos lejos de aquí —sonríe ligeramente—. No. Esperaremos aquí. Y cuando llegué el momento marcharemos a las costas, por supuesto, vos con nosotros. Y de ahí os llevaré a conocer a su majestad, el rey Carlos Quinto, y su madre la reina Juana.

La discusión se prolonga hasta que Motecuzoma accede a las condiciones de Malinche. A pesar de todo el tlatoani recupera el ánimo, pues entre tantos fracasos surge por fin una ligera posibilidad de que se marchen. Manda que no ataquen a los extranjeros, explicándoles los motivos, aunque la mayoría no ha quedado satisfecha. Ya no les interesa negociar ni mucho menos esperar, pero mientras el tlatoani no dé la orden nadie disparará una sola flecha. Malinche y sus hombres están verdaderamente preocupados —pues Malintzin y los aliados tlaxcaltecas les han informado que en efecto los mexihcas están reuniendo sus tropas—, por lo tanto han reforzado la vigilancia e incluso duermen con sus trajes de metal, sus palos de fuego y sus arcos de metal.

Al día siguiente marchan cientos de tenochcas —carpinteros, tamemes y mujeres para que les preparen alimentos—, acompañando a un pequeño grupo de hombres blancos y una tropa de tlaxcaltecas, rumbo a las costas para construir las casas flotantes. La mayoría ya tiene experiencia pues construyeron las dos casas flotantes en el lago de Tezcuco.

Mientras se lleva a cabo la construcción de tres casas flotantes en las costas totonacas, Motecuzoma recibe una noticia que lo deja sin palabras.

—Señor, señor mío, gran señor —le dice el informante, aprovechando la ausencia de Malinche, Jeimo y Malintzin, y fingiendo ser uno de las tantas personas de gobierno que entran todos los días para hablar con el tlatoani—. Han llegado once casas flotantes por las costas de Tabscoob. Vienen aproximadamente ochocientos hombres y ochenta venados gigantes.

El tlatoani permanece en silencio por un rato.

—Eso quiere decir que Malinche y su gente ya se pueden marchar —dice sin mucho entusiasmo—. Aunque también —se cruza de brazos—, podrían venir para auxiliar a Malinche en caso de una guerra —los miembros de la nobleza contemplan en silencio el soliloquio del tlatoani—. ¿Les mandó a avisar? ¿Cuándo, cómo? ¿Tan pronto? Eso no es bueno. ¿Qué piensas hacer, Motecuzoma?

Luego mira a los miembros de la nobleza.

—Yo sugiero que los ataquemos de una vez —dice uno de ellos—. Que aprovechemos que están en la ciudad. Si dejamos que se encuentren con los que acaban de llegar será casi imposible acabar con tan grande ejército. Ya luego podríamos llevar nuestras tropas a las costas para evitar que lleguen hasta acá.

—Si los atacamos en las costas algunos podrían huir en sus casas flotantes e ir a dar aviso a su tlatoani, quien podría enviar más tropas.

—De cualquier manera algún día se enterará.

—Lo mejor será que los dejemos entrar. Luego resolveremos qué hacer.

—No, eso es lo peor que podemos hacer.

—Debemos investigar quiénes son y qué quieren.

—¿Qué quieren? Lo mismo que Malinche: oro.

—Envíen una embajada para informarnos —concluye el tlatoani—. También llévenles regalos. Investiguen quiénes son y qué es lo que buscan.

Conforme pasan los días Motecuzoma cambia su actitud con Malinche. Le habla de una manera más amistosa y lo invita a comer con él. Siempre que hay oportunidad le pregunta qué le ha dicho su tlatoani sobre su viaje, qué quiere, qué piensa hacer y cuándo piensa venir. Malinche le responde con lo primero que le viene a la mente y Motecuzoma descubre que no está enterado de la llegada de las casas flotantes. Con el tiempo que lleva tratándolo ha descubierto que a Malinche le gusta intimidar de una manera muy sutil; y avisarle al tlatoani que vienen refuerzos habría sido una herramienta eficaz.

Cuando vuelven los mensajeros de Motecuzoma le informan que el hombre que viene al mando de las casas flotantes se llama *Panilo Navaz*,[57] y que le ha mandado un mensaje y algunos regalos.

—Dice que Malinche es un delincuente prófugo —informa el embajador— y que el tlatoani de sus tierras lo está buscando.

57 Pánfilo de Narváez.

Es la primera vez que Motecuzoma sonríe tanto.

—También dijo que en cuanto su tlatoani se enteró de que Malinche había venido a estas tierras lo mandó buscar para encarcelarlo, pues está muy molesto de que a usted lo tenga preso y le haya robado todos sus tesoros. El tecutli *Panilo* dice que tiene órdenes de liberarlo a usted, arrestar a Malinche, y volver a sus tierras.

Para los miembros de la nobleza eso es la mejor noticia que han recibido en mucho tiempo y por lo tanto están deseosos de gritar de alegría, pero saben que hacerse evidentes alertaría a los guardias de Malinche que siguen ahí, indiferentes y aburridos.

Sin embargo el tlatoani duda de la bondad de ese tal *Panilo*. «¿Y si en lugar de liberarte ese otro tecutli te deja preso?», se pregunta. «No, Motecuzoma, no pienses en eso en este momento. Ocúpate en armar una estrategia. Aprovecha la enemistad entre Malinche y *Panilo Navaz*. Lo importante es que no lleguen a una alianza. Es mejor que se destruyan entre sí, ya luego buscarás una manera de liberarte de esta prisión.»

—Díganle al tecutli *Navaz* que tiene mi amistad —dice al embajador—. Y llévenle más regalos de oro, plata y piedras preciosas.

Esa misma tarde Malinche visita a Motecuzoma y lo primero que llama su atención es que está de buen ánimo. Se le acerca con esa sonrisa fija y le pregunta cómo se siente, aunque lo ha inferido. El tlatoani, muy amistoso, lo invita a comer con él y pregunta si ha recibido informes sobre la construcción de las casas flotantes. Malinche analiza con desconfianza todo lo que hay en la sala y a los miembros de la nobleza, que están de pie, esperando a que el tlatoani termine de comer, y que también se notan despreocupados. Luego de un rato se retira y habla con sus hombres más cercanos. Les dice que está seguro de que los mexihcas están tramando algo. Pronto salen los soldados de Malinche a revisar las calles, las casas, los canales, las canoas y las calzadas; y al volver le reportan a Malinche que no hay nada extraño, hasta el momento. *Hasta el momento* no es una respuesta aceptable para Malinche, quien en ese momento les llama ineptos y holgazanes.

—Busquen bien. Algo están tramando esos indios.

Sus sospechas no lo dejan en paz y decide volver a las Casas Viejas para hablar con Motecuzoma. Mientras habla camina de un lado a otro. Interroga de la manera más sutil posible. Examina cada palabra, cada gesto, cada movimiento del tlatoani. Busca alguna respuesta en su tono de voz y en sus ojos.

—Ya me enteré —miente.

—¿De qué? —responde Motecuzoma imperturbable.

—Creísteis que no lo iba a saber.

—No sé de qué me hablas.

—Está bien —se da media vuelta y se dirige a la salida. Malintzin y Jeimo van detrás de él.

Espera que el tlatoani lo detenga en el camino. Se detiene al salir y dirige su mirada a los soldados. Les pregunta si han escuchado algo sospechoso. Ellos niegan con preocupación y temor a ser castigados por Malinche, que justo en ese momento vuelve a la sala y se percata de que el tlatoani trae puesto un atuendo nuevo. Se queda en silencio por unos minutos, pues sabe perfectamente que en los últimos días, debido a su estado depresivo, el tlatoani ya no mostraba interés en bañarse o cambiarse de ropa. Motecuzoma está seguro de que Malinche no sabe lo que está buscando, pero también concluye que si le informa sobre la llegada de las casas flotantes podría ser mejor para el pueblo mexihca: detonar su ira, acelerar su reacción, mandarlo a las garras de su depredador.

—¿Cuándo piensan volver a su tierra?

—Ya os lo dije, cuando estén listos los navíos.

—Pero eso ya no será necesario. Con los que acaban de llegar será más que suficiente.

Malinche frunce el ceño y hace una mueca. Aprieta el puño de su espada.

—Ah, sí, lo olvidé. ¿Cómo os enterásteis?

—¿Cómo te enteraste tú?

—Me acabo de enterar en este momento —Malinche se cansa de jugar con las palabras y decide admitir su desconocimiento sobre la llegada de navíos—. ¿De qué estáis hablando?

—De que llegaron once casas flotantes a las costas de Tabscoob y van rumbo a tierras totonacas. Ya vinieron por ustedes. Dime qué día sería el más apropiado y los escoltaremos para que no corran ningún peligro.

—En verdad me da mucho gusto —se talla un ojo con el dedo índice—. Vos no sabéis cuántos deseos tengo de llevaros con su majestad el rey Carlos Quinto —levanta la mirada hacia el cielo y extiende los brazos—. Oh, Dios mío, gracias por este milagro —luego dirige la mirada a Motecuzoma y dibuja una sonrisa—. Voy a informar a mis hombres.

Malinche cumple con lo que acaba de decir. En cuanto sale de la sala ordena que se reúnan los capitanes principales; les informa que han llegado navíos a las costas de Tabscoob y que muy pronto estarán en la Villa Rica. Todos se muestran tan gustosos que gritan, hacen estallar sus palos de fuego y agradecen a su dios. Malinche sonríe con dificultad. Va y viene de los aposentos donde se hospeda. Trae regalos para sus hombres: joyas, lingotes de oro, piedras preciosas, oro en grano. Les dice que quiere compartir el oro con ellos antes de que lleguen los demás, pues ni él mismo sabe quiénes son. La probabilidad de que hayan llegado directamente desde España es remota. Está seguro de que vienen de Cuba; y de ser cierto, no vienen en son de paz.[58] Decide enviar a cinco hombres[59] —por diferentes caminos, previniendo que si alguno de ellos no llegue, los harán otros y para que intercepten cualquier expedición que venga en camino a Tenochtitlan— a las costas para que investiguen quiénes están al mando de los navíos y cuál es el objetivo de su viaje; asimismo, dos de ellos deben ir a las costas totonacas a informar a los hombres que están ahí.

Después de quince días Motecuzoma recibe a uno de sus informantes. Las casas flotantes han llegado a tierras totonacas y los hombres que han bajado de ellas han tenido un altercado con los que ya estaban ahí y les prohíben volver a Méxihco Tenochtitlan. El tlatoani siente que en estos momentos no debe ocultarle nada a Malinche. Toda esta información sirve para provocar su ira y despertar sus temores. Lo incita a que vaya a ver a los que acaban de llegar a las costas, pero Malinche decide esperar un poco y envía a otro de sus hombres de confianza,[60] con otros soldados, para que entreguen una carta a los recién llegados, en la que Malinche se presenta como conquistador de estas tierras; y que si ellos vienen de parte del rey Carlos Quinto serán bienvenidos, pero si son extranjeros y vienen a entrometerse, en nombre del rey Carlos Quinto les pide que se retiren lo antes posible, so pena de ser atacados.

Cinco días después llegan a Méxihco Tenochtitlan veinte hombres barbados, de los que recién llegaron a las costas totonacas. Motecuzoma se entera de que uno de ellos es uno

58   Era gente enviada por Diego Velázquez.
59   Diego García, Francisco Bernal, Francisco de Orozco, Sebastián Porras y Juan de Limpias.
60   Fray Bartolomé de Olmedo.

de sus sacerdotes, pues Malinche lo trata con mucho respeto, cual si se tratase de un tlatoani. Días después Malinche envía una carta al capitán de las tropas recién llegadas a las costas totonacas, en la cual le cuenta que tiene preso al tlatoani y le ofrece una alianza para concretar la conquista de las tierras tenochcas. De igual forma le comenta que no puede abandonar la ciudad de Méxihco Tenochtitlan, pues debe evitar una rebelión. Pero no recibe respuesta.

Pronto llegan a él más informes sobre los abusos del tecutli *Navaz* y toma la decisión de ir personalmente a las costas totonacas. También está enterado de que el tlatoani le estuvo enviando regalos, por lo tanto le oculta a Motecuzoma y los pipiltin que piensa salir de la ciudad. Pero a estas alturas hacer algo en secreto es casi imposible, ya que todos ven y escuchan lo que hacen los barbados, saben que algo están tramando y se lo notifican al tlatoani, quien no puede hacer más que esperar y pensar en su siguiente maniobra. Si Malinche se marcha las probabilidades de conseguir su libertad crecen a pasos agigantados.

—¿Qué está ocurriendo? —pregunta Motecuzoma una de las ya escasas veces que Malinche va a verlo—. ¿Por qué tus hombres están tan tranquilos?

Tonatiuh y otros capitanes se encuentran presentes.

—No entiendo de qué estáis hablando —contesta Malinche y mueve los hombros cual si tuviera comezón en la espalda.

La niña Malintzin observa con cuidado cada movimiento de Motecuzoma, que baja los ojos y cruza los dedos de su mano derecha con los de la izquierda a la altura de su abdomen.

—Tengo que ir a luchar contra mis hermanos que están en las costas. Pero dejaré a cargo a Pedro de Alvarado.

Tonatiuh infla el pecho y sonríe orgulloso con su arma de fuego en las manos.

—Tengo entendido que el número de soldados que llegaron es mucho mayor al tuyo.

—Lo sé pero Jesucristo y la virgen María están de mi lado y sé que podré derrotarlos.

—Vas a necesitar más gente. Llévate a todos tus soldados.

Malinche dibuja una sonrisa mordaz al escuchar eso.

—No olvidéis que habéis prometido vasallaje a su majestad el rey Carlos Quinto.

—Ve con confianza —el tlatoani asiente con la cabeza.

—Espero que no me traicionéis. Os pido que ayudéis a mi hermano Pedro de Alvarado.

Motecuzoma arruga los labios y rápidamente finge una sonrisa.

—Espero que vuestros pipiltin y sacerdotes no hagan cosas de las que podáis arrepentiros después. Os aseguro que lo pagaríais con vuestras vidas. Asimismo os pido que no quitéis la cruz ni la imagen de la virgen que hemos puesto en el teocalli y que no hagáis sacrificios humanos. Por último os pido que me proporcionéis soldados para ir a la guerra contra Pánfilo de Narváez.

—Yo no puedo hacer eso —respondió el tlatoani de forma tajante—. Los mexihcas no quieren sostener más guerras con ustedes ni con nadie que venga de sus tierras. Y aunque los envíe ellos escaparían de ustedes en el camino o en la batalla.

—Como vos decidáis. Sólo os recuerdo que si a mí o a alguno de mis hombres nos ocurriese algo en el camino a las costas, mi hermano Pedro de Alvarado tiene órdenes estrictas de mataros a vos y a todos los miembros de la nobleza. Y después llegarán los soldados de Pánfilo de Narváez y acabarán con todo vuestro pueblo.

Motecuzoma baja la mirada y traga saliva. Nunca antes había tomado una amenaza tan seriamente. Malinche abandona la sala sin despedirse. Se dirige al patio y organiza a sus soldados. Les habla por un largo rato sobre los riesgos que corren al quedarse solos. Les dice que en caso de una rebelión los maten a todos, pero que hagan lo posible por evitarla. Por lo tanto deben prohibirle a Motecuzoma que tenga contacto con el exterior, aunque les rueguen hablar con él. Y una vez más les promete que cuando todo esto termine tendrán muchas riquezas.

Al día siguiente organizan un ritual para su dios y luego se despiden con mucho afecto, pues todos ellos están temerosos. Malinche no se cansa de repetir lo que deben hacer en su ausencia y de recordarles que muy pronto tendrán tantas riquezas que no será necesario trabajar por el resto de sus días. Finalmente sale acompañado de ochenta hombres, trece caballos, y doscientos tamemes.

36

JAMÁS IMAGINASTE QUE SUFRIRÍAS UNA HUMI-
llación tan grande, Motecuzoma. Tú, el huey tlatoani de
Méxihco Tenochtitlan debes darle explicaciones a un imbécil
como Pedro de Alvarado. Camina de un lado a otro frente a
ti mientras se acaricia la barba amarilla. Te preguntas a quién
se le ocurrió llamarle Tonatiuh. Tan sólo por sus cabellos
brillantes decidieron compararlo con nuestro venerado dios
del sol. Él desde que se enteró de dicha comparación se sintió
halagado. Ahora que has aprendido algo de su lengua puedes
pronunciar su nombre y ya no le llamas Tonatiuh como el
resto de los tenochcas. No soportas el autoritarismo de este
pelele de Malinche; y mucho menos ahora que él está al
mando de la tropa.

Entra a la sala principal del palacio sólo para preguntar
dónde tienes más oro. Tu respuesta ha sido la misma desde
entonces: «¿Vas a permitirle a mi pueblo que lleve a cabo las
celebraciones del Toxcatl?». Y responde con esa frase que
tanto repite y que tanto desprecias: «Indio del demonio».
Cuando preguntaste a Orteguilla qué significaba eso de *indio*
él te explicó que así se les llama a los que viven en las tierras
que llaman las Indias y que un señor al que llaman Cristóbal

Colón fue quien llegó primero a la isla de Cuba creyendo que estaba en la India. Además te aclaró que los indios tienen la piel igual de oscura que los mexihcas.

—Yo no soy como Hernando Cortés —te enseña su sonrisa asquerosa—. A mí no me engañáis, indio del demonio. Estáis tramando algo. Tus enemigos tlaxcaltecas me han prevenido.

Alvarado dice que no es como Malinche, pero se nota en todo lo que hace que ansía ser cómo él, y sin darse cuenta se ha convertido en un remedo de Malinche. Los demás capitanes ríen con él, como si tuvieran miedo a ser castigados por no hacerlo. Los miembros de la nobleza bajan las miradas, para contener el repudio que sienten hacia el tal Tonatiuh. Están hartos de tantos insultos, pero justamente ahora que podrían cobrar venganza es cuando más deben callar. Las celebraciones del Toxcatl serán en unos cuantos días. Malintzin y Jeimo Cuauhtli traducen lo que dice el pelele de Malinche.

—Son mis enemigos, tú lo has dicho; y por lo tanto quieren provocar temor en ti.

—¿Me estáis diciendo cobarde? —levanta la voz y se lleva la mano a la espada.

No es la primera vez que pretende intimidarte con alguna de sus armas, así que te muestras indiferente. Jamás has temido a la muerte y a estas alturas menos.

—Por el contrario —dices con tranquilidad y te acercas a él—. Sé que eres un hombre valiente y muy inteligente.

Pone el filo de su espada en tu pecho. Lo observas directo a los ojos. Sabes que no se atreverá a hacerte algo porque eres la joya más preciada de Tenochtitlan y si tú mueres ellos quedarán desprotegidos ante la furia del pueblo mexihca.

—¿Para qué es esa celebración?

Él ya sabe que estas fiestas las llevamos a cabo cada año. Estaba presente cuando le contaste a Malinche que para el Toxcatl hacen una estatua de Huitzilopochtli, la cual empluman y le ponen aretes de serpiente con turquesas pegadas de donde cuelga una hilera de espinas de oro a manera de los dedos de los pies. Su nariz, hecha de oro, es como una flecha, de la cual cuelga una hilera de espinas. En su cabeza se erige su atavío de colibrí. Colocan en su nuca una bola de plumas de loro amarillas de la cual pende una mecha de cabellos de niño color turquesa; le ponen un manto decorado de ortigas, teñido de negro y decorado con plumas de águila; abajo un manto decorado con cráneos, huesos humanos, orejas, corazones, tripas, hígados, senos, manos, pies; un taparrabo; un estandarte sangriento hecho de caña sólida con cuatro flechas; un cuchillo de papel al frente; y un brazalete en su brazo izquierdo.

Explicas una vez más y Malintzin y Jeimo traducen:

—Después llevamos en procesión la estatua de Huitzilopochtli al Coatépetl. Al frente marchan —pisando sobre pencas de maguey— unos jóvenes, con tiras de papel; unos danzantes y dos sacerdotes que echan incienso; luego pasan los sacerdotes teñidos de negro que cargan, en ricas andas, la estatua de Huitzilopochtli; y atrás otros sacerdotes entonando los himnos del dios. Los espectadores que siguen la procesión se azotan con unas sogas de henequén las espaldas hasta sangrar. Al caer la tarde llevan la estatua del dios Huitzilopochtli hasta la cima del Coatépetl; la enrollan con gran cuidado para que no se rompa; la atan con unas cuerdas para que no se incline y le ponen sus ofrendas.

»Al día siguiente los habitantes también le ofrendan incienso de copal y toda clase de guisados. Los sacerdotes les arrancan las cabezas a algunas aves con las manos y rocían la sangre sobre el dios para luego comérselas asadas. Todas las jóvenes tenochcas se embellecen: se visten con enaguas y huipiles nuevos, se ponen color en las mejillas, se pintan las bocas de negro, se ponen plumas coloradas en los brazos y en las piernas, y sartas de maíz tostado[61] —que semejan flores muy blancas— en el cabello y cuello. Caminan en fila hacia el teocalli, cargando un cestillo de tortillas en una mano, y en la otra un recipiente con alimentos. Delante de ellas va un anciano humilde. Al llegar frente a la divinidad las jóvenes colocan sus recipientes y el anciano las conduce de nuevo a sus aposentos de retiro. Entonces algunos jóvenes toman los platos y los llevan a las recámaras donde están los sacerdotes del teocalli, que han permanecido ahí, en ayuno, por cinco días, y comen con gusto esos alimentos sagrados, que nadie más puede ingerir.

»Diez días antes de las celebraciones llegan los miembros de la nobleza al Coatépetl y les dan a los sacerdotes, en ofrenda, nuevas vestiduras, insignias y atavíos para el dios Tezcatlipoca. Enseguida le quitan las antiguas y las guardan en unas petacas y lo visten con las nuevas. Luego remueven los velos que cubren la entrada para que el pueblo entero lo pueda contemplar. Entonces el sacerdote encargado de esta ceremonia, usando ropas iguales a las del dios, con bellísimas flores en una mano y una flauta en la otra, entona hermosas canciones desde la cima del Coatépetl. Mientras tanto toda la gente se arrodilla para tomar tierra con las manos e implorar al viento, las nubes y el agua.

»Al mismo tiempo los guerreros piden a los dioses la fuerza y la virtud para ganar en las guerras venideras. Los que han cometido algún crimen están también ahí, haciendo

---

61 Lo que hoy en día conocemos como palomitas de maíz o rosetas de maíz.

penitencia, echando incienso a los dioses y pidiendo perdón por sus delitos.

Pedro de Alvarado escucha sin atención cuando Malintzin traduce lo que les acabas de explicar, Motecuzoma, porque ya sabe que un año antes se elige a un joven de cabello largo hasta la cintura y que tú, como huey tlatoani, estás a cargo de vestirlo con ropas semejantes a las del dios: plumas blancas en la cabeza y una guirnalda de flores; aretes de oro; un collar de piedras preciosas; un morral a la espalda; ajorcas de oro arriba de los codos; muchas pulseras de piedras preciosas; una manta rica con flecos para cubrir su espalda y pecho; un *maxtlatl* (taparrabo), cuyos bordados le llegan a las rodillas; cintas con cascabeles de oro en las piernas; y unas sandalias hermosamente decoradas.

No te cree cuando le explicas que ese joven representa al dios durante un año y por lo tanto recibe trato de dios.

—Vive en una habitación del Coatépetl. Todos, absolutamente todos lo reverenciamos —le explicas de la misma forma en que se lo dijiste a Malinche.

—¿Vos también lo tratáis como a un dios? —pregunta con tono burlón.

—Incluso el tlatoani debe cumplir con ese ritual, pues ese joven no es como los demás. Él ha nacido para eso y por lo tanto se le había educado en el Calmecac para que sea versado en la poesía, el canto, el uso de la palabra, la religión, la música, las artes y la astrología. Todo el año se le puede ver por las calles en compañía de Tlacahuepan —otro joven elegido— y ocho pajes que llevan flores en las manos todo el tiempo y tocan sus flautas lo cual anuncia su presencia. Entonces salen las mujeres a hacerle reverencia y él las recibe con cariño y les habla o les recita poemas.

»Cuando faltan veinte días para el sacrificio se lleva a cabo una ceremonia en la que se le corta el cabello —dejándolo lo suficientemente largo para atarlo sobre la coronilla—, se le cambian las prendas y se le entregan cuatro doncellas, cuyos nombres siempre son los mismos: Xochiquetzal, Xilonen, Atlatónan y Huixtozihuatl, para que disfrute de ellas hasta el día de su muerte. Durante los cinco días que faltan para el sacrificio el joven acude, en compañía de los miembros de la nobleza, a todos los banquetes que se hacen en los barrios.

»Llegado el día del sacrificio es llevado en compañía de sus pajes y sus doncellas. Las mujeres lo despiden con llantos. Los miembros de la nobleza lo esperan ahí para llevarlo al teocalli donde debe ser sacrificado. Al subir al edificio de los sacrificios azota en los escalones las flautas que utilizó durante todo el año. Los sacerdotes lo colocan sobre la piedra de los sacrificios y le sacan el corazón para ofrecérselo al sol. Finalmente su cuerpo es cargado hasta el piso, le cortan la cabeza y la colocan en el tzompantli. Y una vez más se inicia el ciclo: se elige a otro joven para que tome su lugar para el siguiente año.

»Para ambas celebraciones —la de Tezcatlipoca y Huitzilopochtli— confeccionan collares con maíz y se lo ponen a los principales. Las plebeyas llevan papeles pintados, mientras que las pipiltin visten unas mantas delgadas, pintadas con rayas negras, que les cubren casi todo el cuerpo. Llevan en las manos unas cañas con papel pintado, participan en las procesiones y danzan alrededor de un fogón, guiadas por dos hombres con el rostro teñido que bailan como mujeres, llevando a la espalda unas especies de jaulas decoradas con banderitas de papel, atadas por el pecho.

»Los sacerdotes también danzan, con las caras teñidas de negro, los labios y parte de la cara enmielados, de tal modo que brillan con la luz, sus frentes adornadas con unas rodajas de papel plegado en forma de flores, y la cabeza con plumas blancas de guajolotes. En las manos llevan unos cetros de palma pintados con rayas negras, en la punta superior ostentan una flor hecha de plumas negras, y en el otro extremo una borla, también de pluma negra, al danzar tocan el suelo con estos cetros, como si se apoyasen en ellos.

»Los pipiltin y guerreros bailan en otras partes del patio, trabados de las manos y culebreando, y entre ellos danzan las doncellas. Si alguien les habla o las mira obscenamente es castigado de inmediato.

—¿Las danzas duran todo el día? —Pedro de Alvarado se muestra impaciente con tu relato, Motecuzoma.

—Así es. Acabadas las celebraciones adornan al joven llamado Tlacahuepan con papeles en los que están pintadas unas ruedas negras; en la cabeza le ponen una mitra de plumas de águila, en medio de la cual está un cuchillo de pedernal erecto, con plumas coloradas, la mitad teñida con sangre; en la espalda lleva un ornamento cuadrado, hecho de tela rala, atado con cuerdas de algodón al pecho, y encima una taleguilla; en uno de los brazos un adorno a manera de manipulo, confeccionado con la piel de algún animal fiero; en las piernas lleva atados cascabeles de oro. Mientras duran las danzas participan en ellas; y en los bailes de los macehualtin van al frente.

»Llegado el día señalado se entrega voluntariamente, a la hora que desee, en manos de sus sacrificadores, quienes le sacan el corazón, y le cortan la cabeza para encajarla en el tzompantli, junto a la de su joven compañero, encarnación del dios, anteriormente sacrificado. Durante ese día los sacerdotes hacen unos cortes, con sus cuchillos de obsidiana, en el pecho, estómago, muñecas y brazos de los niños y las niñas mexihcas.[62]

—Ya os lo he dicho muchas veces: ¡No debéis hacer sacrificios humanos! —te grita.

—Ustedes los han hecho —le respondes sin intimidarte—. Ustedes sacrificaron a su dios y lo colgaron de una cruz.

Alvarado suelta una carcajada. Los demás capitanes lo imitan.

—Indio del demonio —estira los brazos imitando a su dios en la cruz—. Él dio su vida por nosotros.

—Los mancebos que son sacrificados también dan su vida por nosotros.

De pronto te percatas de que Malintzin no ha traducido lo que dijiste con exactitud.

—Está celebración no puede posponerse, jamás, por ningún motivo —ella le explica directamente a Alvarado—. Si la prohíbis corréis el riesgo de que se revelen contra vosotros.

Te das cuenta de que la sonrisa de Alvarado ahora es forzada. Por supuesto que sí hay entre los tenochcas muchos deseos de atacar a los barbudos, pero no en esos días. Pedro de Alvarado le dice a Malintzin que los tlaxcaltecas le han advertido que la celebración es sólo un pretexto para atacarlos aprovechando que Malinche está ausente.

—Los tlaxcaltecas me han dicho que tienen planeado quitar la imagen de la virgen que está en su teocalli del dios *Huichilobos*.

62   Información basada en el *Códice Florentino*.

—Si lo hacen es para poner la imagen de Huitzilopochtli —explica Malintzin—. Es indispensable para el mitote.

Luego Alvarado cambia su versión y asegura que sus soldados ya vieron las armas escondidas en las casas y los teocallis.

—Vayan por ellas y sáquenlas —le respondes—. Busquen y si encuentran armas yo mismo mandaré castigar a los que las pusieron ahí.

El hombre de las barbas amarillas se da media vuelta y habla con sus capitanes. Muchos niegan con las cabezas. Ya no hay risas. En verdad cree que eres un imbécil. Tú, Motecuzoma, no llevarías a cabo una conspiración así, y mucho menos ignorando el resultado de la visita de Malinche a las costas totonacas. Es cierto que ha pasado por tu mente, pero las celebraciones del Toxcatl merecen el máximo respeto.

Desde que Malinche se marchó Malintzin ha cambiado su actitud, casi no te mira, como si su soberbia se hubiese marchado con su tecutli.

—¿Cuánto oro pensáis entregarnos a cambio de que os dejemos hacer vuestra fiesta? —pregunta Alvarado luego de haber discutido largo rato con sus capitanes.

Sin pensarlo mucho le prometes dos cargas con la condición de que cumpla su palabra. Y una vez más te amenaza con su espada.

—Queda prohibido que hagáis sacrificios humanos —te advierte apuntándote con su espada—. No os atreváis a traicionarnos.

—Necesito estar presente —le dices para que olvide lo que te acabas de decir.

Niega con la cabeza y voltea a ver a sus capitanes como esperando alguna señal. Ellos también se muestran temerosos.

—No —guarda su espada—. Ni lo penséis. No os permitiré salir de este palacio.

Los miembros de la nobleza se entristecen; entonces uno de ellos decide intervenir sin tu permiso y Pedro de Alvarado escucha la traducción de Malintzin.

—Dice que podrían traer al patio de este palacio a los danzantes para que Motecuzoma los pueda ver. Y después seguirían en el Monte Sagrado.

Pedro de Alvarado vuelve con sus capitanes. Sí, así es, Motecuzoma, este pelele es un enemigo fácil de vencer, pero también bastante peligroso. Sabes que en cualquier momento podría cometer alguna estupidez, y por el momento no te conviene. Cuando regresa te pide otra carga de oro.

—Como tú ordenes —respondes ya sin deseos de seguir discutiendo con él.

Te diriges a uno de los miembros de la nobleza y le pides que haga traer tres cargas de oro para el pelele de Malinche. Mientras llegan dedicas tu tiempo a organizar la gran fiesta. Los sacerdotes se muestran muy contentos. La sala principal del palacio está dividida en tres grupos: Alvarado y sus capitanes, los soldados tlaxcaltecas y los miembros de la nobleza y tú. El ruido que hacen los barbudos te parece insoportable. Jamás habías tenido escándalos similares en los palacios.

En cuanto llegan los tamemes con las cargas de oro, Alvarado y sus hombres se apresuran a abrir los bultos. Gritan de alegría mientras sumergen sus manos entre las joyas y las piedras preciosas. Las cadenas y brazaletes se escurren entre sus dedos al mismo tiempo que sus ojos parecen estar a punto de salirse.

37

Desde las azoteas de las casas viejas alcanzan
a verse, al fondo, las secciones superiores de los teocallis
principales —alumbrados ya por las teas de fuego— y las
azoteas de otros edificios menores, igualmente iluminadas.
El muro que rodea al palacio impide ver con claridad lo que
ocurre en las calles y la plaza del recinto sagrado. Casi no
pueden verse los cuerpos de las personas pues son tantos y
tan largos los penachos que parece una gigantesca alfombra
de plumas erectas que serpentean a cada paso.

Los soldados de Malinche han estado rondando desde la
semana pasada, con sus armas en las manos, las calles de la
ciudad. Vigilan a las mujeres que están a cargo de moldear la
pasta de grano de amaranto para el cuerpo de Huitzilopochtli.
Sin pedir permiso entran en las casas, revisan que no haya
armas escondidas. Hasta el momento han encontrado quince
macahuitles, tres arcos y treinta flechas, en un total de dieciocho
casas, en una ciudad de doscientos mil habitantes.

La noche antes de que den inicio las celebraciones se
escuchan las caracolas y los teponaxtles que no cesarán hasta
el final de las ceremonias. Los soldados desde las azoteas han

sido testigos de los preparativos del mitote, en los cuales miles de personas se dedican a barrer toda la ciudad, a adornar sus casas, las calles y los teocallis con flores e instalar antorchas por todas partes.

Tonatiuh no quita el ojo del numeroso contingente que ha llegado para la celebración. Comprendía la trascendencia del evento pero no imaginó que fuese de tales magnitudes. Dio una vez más la orden de que los soldados vigilaran que los mexihcas no introdujeran armas. Y pese a que le han dicho que no hay nada, los manda a recorrer la ciudad. Muchos de ellos muestran renuencia, alegando que es muy peligroso salir del palacio habiendo tantos indios sueltos.

—¿Y para qué os sirven las armas? —les responde furioso—. Ante las explosiones de los arcabuces esos perros no saben hacer otra cosa que salir corriendo como ratas. Si os sentís más seguros llevad con vosotros los cañones. Si escucháis algún disparo, en cualquier lugar, comenzad a matar a todos esos indios sin cerebro.

Tonatiuh se asoma nuevamente por la azotea justo cuando va entrando por la calzada de Tlacopan la procesión que lleva la imagen de Huitzilopochtli. Los sigue el mancebo que representa al dios Tezcatlipoca, el otro mancebo que lo acompañó por un año y las cuatro doncellas. Luego entran decenas de danzantes ricamente ataviados. El ruido de los teponaxtles, las caracolas, los cascabeles, las flautas y los gritos de la gente son ensordecedores.

Mientras los soldados penetran los tumultos con dificultad el hombre de las barbas amarillas baja de la azotea y se dirige a la sala principal donde Motecuzoma se encuentra ricamente ataviado y acompañado por todos los miembros de la nobleza que también están presos.

—Indio del demonio, ya descubrí tu conjura.

Motecuzoma y los miembros de la nobleza rechazan la acusación. Aunque presentían que algo así podría ocurrir tenían una vaga esperanza de que los dejaran en paz, por lo menos en esos días tan significativos.

—No existe tal conjura —le responde Motecuzoma.

—Los tlaxcaltecas me han informado que habéis metido armas a vuestros teocallis y vuestras casas.

—¡Eso es mentira! —Motecuzoma levanta la voz exacerbado.

Tonatiuh saca su espada y la apunta hacia el rostro del tlatoani.

—¡Cuidad vuestras palabras, perro maldito!

—¿Quieres más oro? —el tlatoani infla el fecho y alza la barbilla. La punta de la espada le roza la garganta.

—Lo sabía —se ríe con soberbia—. Vos tenéis más tesoros escondidos.

—Te entregaré otras cuatro cargas en cuanto termine el Toxcatl.

Malintzin y Jeimo Cuauhtli traducen lo más rápido posible. En ocasiones Motecuzoma no espera y responde como puede con lo poco que ha aprendido de la lengua de los barbados. A fin de cuentas las conversaciones con el hombre de las barbas amarillas tratan únicamente sobre el oro. En ese momento entra uno de los soldados de Malinche y anuncia que los tenochcas están afuera del palacio.

—¿Qué quieren? —pregunta Tonatiuh asustado.

—Dicen que vienen a danzar para el tlatoani.

—¿Y quién les ha dicho que podían venir a ver a su reyezuelo?

Motecuzoma se exaspera al escuchar que Tonatiuh se rehúsa a permitirles la entrada a los danzantes y al mancebo que representa al dios Tezcatlipoca.

—¡Vosotros —les grita a unos soldados sin bajar su espada—, ponedle grillos a este perro!

—Prometiste que...

—¡Callad, indio del infierno!

Los miembros de la nobleza ruegan que se les permita celebrar el Toxcatl y le quiten las cadenas al tlatoani.

—¡Llevadlo a la azotea! —les ordena a gritos a los que acaban de ponerle los grillos a Motecuzoma. Luego guarda su espada y se dirige al soldado que entró para anunciarle la llegada de los danzantes. Se queda en silencio por un largo instante. Observa a los miembros de la nobleza; luego voltea a ver al soldado y sonríe con perversidad—. Dejadlos entrar al patio. Pero aseguraos de que no entren con flechas ni macanas.

El soldado agacha la cabeza y se retira. Tonatiuh se dirige a los miembros de la nobleza mientras se acaricia las barbas amarillas.

—Queríais tener vuestro mitote con sacrificios —extiende los brazos hacia abajo—. Lo tendréis... —se dirige a los soldados tlaxcaltecas—. Llevadlos a la azotea.

Uno de los miembros de la nobleza se niega a obedecer y dos soldados tlaxcaltecas lo empujan para que avance. Entonces Tonatiuh enfurecido se acerca con su espada en mano y sin decir una palabra le corta una pierna al hombre que cae al suelo en un charco de sangre que crece con prontitud.

—¡No queréis ir, quedaos allí!

Una de las mujeres mexihcas que también permanecieron presas con Motecuzoma comienza a gritar encolerizada; se acerca a Tonatiuh y le reclama, pero él la recibe con un golpe certero en la cara y la envía directo al suelo. Los demás miembros de la nobleza procuran defenderla pero los tlaxcaltecas se los impiden con empujones y gritos. La mujer desafía a Tonatiuh una vez más y él saca su espada y le corta un brazo.

—¡Ahorcad a esta perra! —ordena a uno de sus soldados.

Se dirige a los miembros de la nobleza, que ya no oponen resistencia. Hay entre ellos grandes lamentos. Tonatiuh se da media vuelta y camina a la salida. Al llegar a la azotea se incrementa el sonido de los teponaxtles, los cascabeles y los gritos de la gente que danza alegremente en toda la ciudad. Motecuzoma y los soldados que lo custodian se encuentran a un lado de la escalera, por lo que no se pueden ver desde el patio.

—¡Preparad vuestras armas! —grita y se dirige al pretil; se asoma cuidadosamente y observa a los más de ochocientos tenochcas que esperan ansiosos la aparición de su tlatoani—. Le daré una lección a Hernando Cortés de cómo deben hacerse las cosas.

Los mexihcas que acaban de entrar al patio del palacio comienzan a tocar sus teponaxtles, caracolas, flautas y cascabeles, mientras otros inician sus danzas sagradas para anunciarle al tlatoani que ya están ahí. Sus penachos ondean como culebras con cada brinco. Gritan llenos de alegría: ¡Ay, ay, ay, ay, ay! Tonatiuh se dirige al tlatoani, lo toma fuertemente del brazo mientras con el otro sostiene un palo de fuego. Lo siguen varios de sus soldados con sus armas en las manos.

—¿Queríais ver a vuestro reyezuelo? —le alza las manos a Motecuzoma.

Nadie le entiende porque Malintzin ha desaparecido. La gente en el patio se percata de que Motecuzoma está encadenado y gritan asustados. Tonatiuh se dirige a los soldados tlaxcaltecas y les ordena que lleven a los miembros de la nobleza. Al tener a uno de ellos cerca lo jala del cabello y se dirige a los tenochcas que han dejado de bailar y de tocar sus instrumentos. Pero afuera del palacio el mitote sigue.

—¿Queríais hacer sacrificios humanos? —camina detrás del hombre, lo empuja hasta dejarlo pegado al pretil, le pone

371

el arma en la nuca y dispara. El cadáver se desploma de pecho sobre el muro, se resbala hacia abajo, da dos giros en el aire, rociando su sangre, y cae sobre los mexihcas que observan y gritaban aterrados. Motecuzoma también grita iracundo e intenta golpear a Tonatiuh con las manos encadenadas, pero dos soldados lo detienen. Los miembros de la nobleza no dejan de gritarle insultos a los barbudos y a los tlaxcaltecas. Luego Tonatiuh trae a otro de los miembros de la nobleza y le da un tiro en la frente. El cadáver cae al patio de la misma forma. Todos los danzantes y sacerdotes que se hallan en el patio corren estremecidos a la salida, pero en el intento suscitan que las mujeres, niños y ancianos sean rápidamente aplastados por la estampida. Tonatiuh y otros capitanes repiten la misma acción de hacer estallar sus armas de fuego en las cabezas a los miembros de la nobleza. Otros disparan desde la azotea hacia el tumulto de gente que hace todo lo posible por salir del patio.

Los soldados, que habían salido a la ciudad y se subieron a las azoteas y a las cimas de los teocallis, han escuchado las ráfagas y desde ahí han comenzado a disparar a todo el que intenta acercarse a ellos. La música ha dejado de sonar y los gritos de las mujeres y los niños es ahora el ruido que más se escucha después de los disparos. Todos corren aterrados sin saber qué hacer. Nadie tiene una sola flecha ni macahuitl para defenderse. No hay cerbatanas ni lanzas ni cuchillos ni piedras para lanzarles.

Los disparos caen por todas partes. Todos corren, se arrastran heridos, lloran, gritan. Una mujer corre con sus dos hijos en los brazos y de pronto un disparo en la espalda la derriba. Los niños, sin poder protegerse de la caída, se rompen la nariz y los dientes. Sangrando, lloran al ver que su madre no reacciona. Uno hombre que pasa corriendo a un lado tropieza con ellos pero al incorporase sigue su huida. A un lado acaba de caer otro hombre con la cabeza destrozada. El niño mayor, de apenas unos cuatro años, cubre al pequeño de año y medio que no para de llorar. Más adelante ocho personas salen volando en pedazos por uno de los cañonazos. Una de las cabezas cae justo frente a los niños, luego un brazo mutilado. Una anciana que trata de detener sus tripas con las dos manos mira con gran desconsuelo a los niños. Otros dos niños se arrastran con las espaldas demolidas. Un hombre contempla su brazo cortado y lo presiona hacia su abdomen para detener la sangre. Una mujer sin ojos camina con los brazos extendidos hacia el frente, hasta que otro disparo la derrumba. Los muertos se multiplican a cada segundo. La gente sigue corriendo para todas partes. Nadie se detiene a rescatar a nadie.

Poco a poco el piso se convierte en un enorme charco de sangre, con plumas de quetzal y faisán. Un joven se arrastra por el piso. Ya no tiene piernas. Al fondo ve las patas de uno de esos venados gigantes que se acercan hacia él. Voltea a su derecha y ve dos niños abrazados que no dejan de gritar. El ruido de las armas de fuego no cesa. La gente sigue gritando. El joven se arrastra para quitar a los niños del camino del venado que corre hacia ellos. De pronto una de las patas del animal le aplasta la cabeza.

Otra señora corre a un lado de los niños cuando de súbito un hombre montado en uno de los venados gigantes se acerca con su largo cuchillo de plata en la mano y se la entierra por la espalda; luego con una patada la empuja para sacarle su filosa arma llena de sangre. Otra niña de ocho años yace en el piso al lado de su padre que tiene las tripas de fuera. De pronto ve a los niños abrazados, decide no ir a socorrerlos. En ese momento cae sobre ella y nueve personas más otra de esas bolas de fuego que lanzan los barbudos.

Los niños gritan desesperados. Sus rostros y sus cuerpos están llenos tierra y sangre. Un hombre pasa corriendo y tropieza con ellos. Atrás viene uno de esos venados gigantes, entonces decide tirarse al suelo, fingir que está muerto. Jala a los niños, les grita que se tiren al suelo, que hagan lo mismo. Ellos obedecen y en ese santiamén pasa el venado gigante y le tritura la cabeza al niño menor y la espalda al mayor. En cuanto el animal se retira el hombre se arrastra para esconderse en otro lugar. Pero nada de esos servirá pues vienen más soldados.

«Vienen a pie, con sus escudos y sus espadas de metal. Rodean a los que estaban bailando, van a donde están los teponaxtles, les cortan las manos, los cuellos, y sus cabezas caen lejos. Todos atacan a la gente con las lanzas de metal. Algunos son cortados por detrás y enseguida sus tripas se dispersan. A algunos les reducen a polvo sus cabezas. Y a otros los golpean en los hombros. A otros los golpean repetidas veces en las corvas, en los muslos; les rajan el vientre y enseguida todas sus tripas se dispersan. Es en vano correr. No queda más que caminar a gatas, arrastrando las entrañas, que se les enredan en los pies. No se puede ir a ningún lado.

»Algunos logran escapar escalando los muros o refugiándose en los aposentos del recinto, otros se meten entre los cadáveres, si los españoles ven que alguno se mueve lo rematan. La sangre corre como agua. Un olor fétido abunda por todas partes. Lanzan grandes gritos: ¡Oh valientes guerreros! ¡Oh, mexihcas! ¡Acudan! ¡Que se dispongan las armas, los escudos, las flechas! ¡Vengan! ¡Acudan! ¡Están murieron los valientes guerreros! ¡Oh, mexihcas! ¡Oh, valientes guerreros! Entonces la multitud ruge, llora, se golpea los labios.»[63]

63   Basado en el *Códice Florentino.*

Después de tres horas han muerto más de seiscientos miembros de la nobleza y más de cinco mil tenochcas. Hay cuerpos mutilados por todas partes. El piso está bañado en sangre. Ya no hay un solo mexihca vivo en el recinto sagrado. La mayoría logró escapar a otros pueblos por las canoas. Otros han decidido refugiarse en sus casas. Mientras tanto los barbudos han subido a la cima de los teocallis a derribar las imágenes de los dioses.

38

OH, MOTECUZOMA. QUÉ DESGRACIA TAN GRANDE. NUNCA antes te habías sentido tan impotente, abandonado por tus dioses y avergonzado por tus actos. ¿Cuántas noches llevas sin dormir? ¿Hace cuántos días que no comes? No has podido dejar de pensar en lo ocurrido. Oh, Motecuzoma. Fue un error que le pidieras permiso al tecutli Tonatiuh de llevar a cabo las festividades de Toxcatl.

Oh, Motecuzoma. Qué desgracia tan grande. ¿Por qué tenía que ocurrir esto? Lo que tú alcanzaste a ver fue poco comparado con la masacre en el recinto sagrado. En cuanto el imbécil de Pedro de Alvarado mató a la mayoría de los que estaban en el patio del palacio ordenó que te trajeran a tu habitación y cuidaran que no te escaparas. Sólo regresó al llegar la noche para reclamarte a gritos por un golpe que recibió en la cabeza. «¡Mira lo que me han hecho tus vasallos!», y enfureció aún más cuando le respondiste: «Si tú no lo hubieras comenzado, ellos no te habrían hecho eso». Salió rabioso y ordenó que no dejaran entrar a nadie a tu habitación. Desde entonces no pudiste enterarte de nada hasta ahora que Alvarado permitió que algunos miembros de la nobleza entraran a hablar contigo.

Te han rogado que comas algo o por lo menos que bebas un poco de agua, pero estás destrozado. Les exiges que te digan lo que ocurrió allá afuera. Y apenas comienzan a informarte, tus ojos se llenan de lágrimas.

—Al llegar la noche los barbudos volvieron aquí y se encerraron —te cuenta el joven Cuauhtémoc, quien ha estado libre todo este tiempo y por lo tanto fue testigo de aquella masacre—. Entonces nosotros salimos a recoger a los heridos y a los muertos. A muchos de ellos no los pudimos reconocer pues sus rostros estaban descuartizados, sus manos y piernas mutiladas, algunos sin cabeza y otros con las tripas de fuera. Comenzamos a guardarlos en bultos y a cargarlos lejos antes de que salieran los barbudos. Por todas partes había penachos desbaratados y pedazos de sus ropas llenos de sangre y lodo. Nuestros dioses también fueron demolidos e incendiados. Había por todas partes mujeres, niños, ancianos y hombres con los rostros empapados de llanto.

»Terrible, mi señor. Lo peor que he visto en mi vida. Para estos barbudos la muerte no es más que vano entretenimiento. Los días siguientes los dedicamos a las exequias de nuestros muertos. Los incineramos a todos en el *Cuauhxicalco* (en la casa del águila), y en el *Telpochcalli* (las casas de los jóvenes). Hubo gran concurrencia de todos los pueblos vecinos, pues ni siquiera había amanecido y ya se habían enterado de la masacre.

»Entonces nos reunimos y decidimos juntar nuestras armas, que teníamos escondidas en los montes y venir a acabar con esos barbados. Le prendimos fuego a sus casas flotantes y comenzamos a lanzar flechas y piedras a todos los soldados que vigilaban desde las azoteas del palacio. Ahora ya nada les importa, mi señor, ya nadie quiere esperar a que lo liberen, ya nadie espera verlo vivo, ya lo dieron por muerto desde aquella noche. No hay un solo mexihca que esté dispuesto a esperar un día más para liberarlo, para elaborar otro plan, para pedirle a esos malditos extranjeros que se larguen de nuestras tierras. Ya no, señor Motecuzoma, ya no. Se acabó. No hay más opción más que dar la vida con tal de recuperar lo que es nuestro. Ya murieron miles aquella noche y otros cientos en los últimos días, pues los barbudos no han dejado de atacarnos con sus armas de fuego. Algún día se les tienen que acabar, y algún día morirán de hambre. El otro día logramos prenderle fuego a un extremo de las azoteas. También hicimos un gran agujero en la tierra para entrar, pero ellos lo descubrieron y nos atacaron; luego lo llenaron de tierra toda la noche. También logramos derribar parte del muro, pero otra vez los barbados lograron alejarnos con sus troncos de fuego. No hemos permitido que salgan ni que nadie les lleve alimentos. Y a los tlaxcaltecas —que se disfrazan de mexihcas— y a los mismos tenochcas —aliados de los barbudos— que han intentado traerles comida los hemos matado a golpes. Incluso en tres ocasiones descubrimos a los mensajeros que Tonatiuh envió a Malinche, y los capturamos y los matamos. Muy pronto van a morir de hambre, será la única forma que podremos liberarnos de ellos.

»Es por ello que Tonatiuh me permitió venir a verlo. Quiere que usted le ordene al pueblo mexihca que cese en sus ataques. Nos lo ha rogado muchas veces. El miedo en sus ojos se ve desde lejos cuando grita, pero nadie lo escucha y siguen lanzando piedras cada vez que se asoma por la azotea. Por eso quiere que usted los tranquilice y les ordene que les traigan de comer.

Desde que Cuauhtémoc comenzó a hablar no has levantado la mirada. Ahora que ha callado tampoco quieres verlo.

Oh, Motecuzoma, cuánta agonía. Vuelve a tu mente la idea de abdicar. Estás dispuesto a renunciar con tal de que tu pueblo se salve. Aunque el costo sea muy elevado. ¿Estás seguro, Motecuzoma? Tragas saliva antes de levantar la mirada. Te sientes avergonzado ante ellos. No puedes soportar más el fracaso. Sabes que ha llegado el momento de elegir a un nuevo tlatoani, a uno que esté libre y que pueda organizar a las tropas. Como aquel día en que te lo propusieron por primera vez, hoy te tiembla todo el cuerpo, Motecuzoma.

¿Cuántas veces lo pensaste? ¿No te dijiste que abandonar el gobierno sería lo mismo que la rendición? ¿Te estás rindiendo, Motecuzoma? No. Estás haciendo lo que es mejor para Méxihco Tenochtitlan. Qué importa que todos crean que fuiste incapaz de salvar a tu pueblo.

Levantas la mirada y te encuentras con los miembros de la nobleza. Cuitláhuac, Cuauhtémoc e Itzcuauhtzin están frente a ti. Faltan muchos. Están muertos. Tú fuiste testigo de cómo Alvarado les disparó en la cabeza y los empujó por el pretil.

Sigues sintiendo el mismo vacío interior que has sentido desde que Malinche te encerró aquí. Te enderezas. Te observan en silencio. Como siempre, quieren saber en qué estás pensando, Motecuzoma. El desconsuelo se ha apoderado de ti. Se te quiebra la voz. Carraspeas.

Te pones de pie y das media vuelta. Te llevas las manos al rostro, inhalas lentamente, cierras los ojos y exhalas.

—Se acabó —aprietas los puños, tragas saliva, las piernas se te doblan. Sientes un golpeteo muy fuerte en tu pecho—. Ha llegado el momento de elegir a un nuevo tlatoani.

¿En verdad se acabó, Motecuzoma? ¿Estás seguro? Todos se quedan boquiabiertos. ¿En verdad estás dispuesto a renunciar al trono, Motecuzoma?

—Elijan a un nuevo tlatoani —levantas la cara e inflas el pecho—. No importa que yo muera aquí. Junten a las tropas.

Cuauhtémoc baja la mirada y se queda en silencio por un instante.

—Hay otra cosa que debo decirle, mi señor.

—Habla...

—Nuestros informantes dicen que Malinche logró vencer a su enemigo y que viene en camino con un ejército más grande y también trae muchísimos soldados tlaxcaltecas y totonacas.

—No queda otra más que seguir embistiendo a los enemigos —interviene Cuitláhuac—. Tenemos que acabar con los barbudos antes de que llegue Malinche con refuerzos.

—Otro de los problemas que tenemos allá afuera es que hay muchos traidores —informa Cuauhtémoc—. Ya no están dispuestos a colaborar con nosotros. Se han vuelto informantes de Malinche.

—¿Saben quiénes son?

—Algunos sí. Otros son escurridizos.

—Acaben con todo el que descubran traicionando al imperio mexihca.

Los pocos miembros de la nobleza que siguen contigo están enclenques y sudorosos. Te preguntas si los han torturado.

—¿Los han alimentado?

Todos niegan con las cabezas.

—Sólo nos han dado agua.

Fijas la mirada en la comida que te llevaron los soldados barbudos en la mañana. Sólo intentaron alimentarte a ti, Motecuzoma. Eres el único motivo por el que ellos siguen vivos. Ahora vales más que todo el oro que han conseguido en estos meses. ¿En qué estás pensando, Motecuzoma? No, eso es muy...

—Coman —señalas los alimentos que yacen sobre una pequeña mesa de madera.

—Pero...

—Obedezcan.

Es muy poco para los catorce sobrevivientes. Apenas si les alcanza una tortilla por persona. En cuanto terminan de comer te acercas a ellos, te sientas —igual que ellos— en cuclillas, pones tus antebrazos sobre tus rodillas y los miras de frente. Nunca antes habías estado más seguro de tus palabras como en este momento, Motecuzoma.

—Tonatiuh vendrá en cualquier momento a exigir que salga a hablar con los mexihcas —te limpias el sudor de la frente—. Voy a pedirle a cambio que los libere a ustedes.

Los miembros de la nobleza bajan las miradas.

—¿Y tú? —pregunta Cuitláhuac alzando ligeramente los ojos.

—A mí jamás me dejarán en libertad. Por lo mismo no se ha atrevido a salir a combatirlos en las calles: teme que yo me escape. Quiero que después me traigan alimentos envenenados.

Todos levantan las miradas llenos de asombro. Hablan al mismo tiempo. Unos preguntan por qué y otros se niegan rotundamente. ¿En verdad quieres hacer eso, Motecuzoma?

—Si no lo hacen, moriré de hambre —les respondes con la frente en alto—. De esa manera tardaré más pero lo haré. En cuanto el pueblo mexihca sepa de mi muerte ya nada lo detendrá. Podrán liberarse del yugo de los barbudos sin culpa alguna.

—Creerán que usted no fue capaz de combatir a los extranjeros.

—Es verdad… —haces una larga pausa. Bajas la mirada, te limpias el sudor de la cara y continúas—: fracasé. Asegúrense de que el próximo tlatoani sea valeroso, honesto y humilde. Mi soberbia los llevó a la ruina. Hagan alianzas con todos los pueblos. Llegó el momento de unirnos contra los extranjeros. Muy pronto Malinche llegará con un número mucho mayor de soldados. Vienen tiempos muy difíciles, pero sé que ustedes lograrán derrotarlos. Por lo pronto asegúrense de que Tonatiuh y sus hombres no reciban nada de alimento, y de que no logre comunicarse con el exterior. También deben evitar que Malinche y su gente entren a la ciudad.

En cuanto dejas de hablar Cuitláhuac toma la palabra.

—No creo que Tonatiuh nos permita salir a todos.

Cuánta razón tiene tu hermano, Motecuzoma. Si tú pudieras lo elegirías a él como tlatoani.

—Entonces pediré que te liberen a ti…

Los demás miembros de la nobleza se muestran recelosos con tu elección. La irritación en el señor de Tlatelolco es la más evidente. Jamás lograste tenerlos a todos contentos. Siempre hubo envidia entre ellos. Los ideales de juventud se evaporan cuando el poder les escurre entre los dedos a los gobernantes.

El joven Cuauhtémoc se arrodilla ante ti y pide permiso para despedirse. En cuanto se lo concedes él se pone de pie y se dispone a salir, pero tú lo mandas llamar, te acercas a él y los abrazas sin decirle más. Cuauhtémoc asiente con la mirada y se retira sin darte la espalda.

Poco después entra Pedro de Alvarado como si lo estuviesen persiguiendo. No saluda ni pregunta a qué acuerdo llegaste con Cuauhtémoc.

—¡Anda, perro pulguiento —ordena que te pongas de pie y te jala del brazo—, id a calmar a los de tu raza!

Los miembros de la nobleza intentan defenderte pero los soldados se interponen. Malintzin está ahí, asustada y despeinada. Tiene un ojo negro y el labio superior hinchado.

—El señor Tonatiuh quiere que vaya a hablar con los tenochcas que no han dejado de lanzar piedras a las Casas Viejas.

De pronto el odio que habías acumulado hacia esa niña parece desaparecer.

—¡Vamos! —Tonatiuh te empuja con la punta de su arma de fuego para que avances.

Al ver a Malintzin caminar hacia la salida te percatas de que se mueve con mucha dificultad. Su huipil tiene manchas de tierra en toda la parte trasera y una gran huella de sangre a la altura de las nalgas.

—¡Anda, piojoso! —Tonatiuh te da una patada en el trasero.

—No hablaré con el pueblo hasta que liberes a uno de ellos —señalas a los miembros de la nobleza.

—¿Me estáis dando órdenes a mí? —te grita enfurecido—. Yo soy el que manda aquí.

—Entonces mátame —te das media vuelta.

—¡India!, ¿qué está diciendo este perro?

—Dice que lo mate.

Tonatiuh pone su índice en el gatillo. Le tiembla el dedo. Le suda todo el rostro. Muestra sus dientes tan amarillos como sus barbas.

—¡Llevad a este perro a la azotea! —dirige la mirada a los miembros de la nobleza—. También a esos —señala a dos de tus hijos.

En cuanto llegas al patio sientes el intenso calor en tu frente. Escuchas con mayor claridad los gritos de la gente. Los rayos del sol te impiden ver con claridad. Oh, Motecuzoma, cuántos días sin ver las nubes y el sol. De pronto una piedra cae muy cerca de ustedes.

—¡Decid a tus perros que dejen de atacarnos! —te grita al subir a la azotea. Malintzin va detrás de ustedes.

No puede verse mucho pues el muro es bastante alto. La gente que está sobre las puntas de los árboles, las azoteas de los otros edificios y los teocallis es la que informa a quienes se encuentran en las calles. Alvarado te empuja hasta el pretil. Luego te sostiene del cabello para evitar que te tires al vacío. Malintzin camina detrás de ustedes.

—¡Calladlos! —grita y una piedra cae cerca de ustedes.

La gente que está en los árboles, las azoteas y los teocallis se da cuenta de que estás aquí, Motecuzoma. Grita que estás afuera; amenaza con seguir atacando si no te liberan, Motecuzoma. Entonces Alvarado desenvaina el cuchillo que trae en el cinto y te lo pone en el pecho. Él cree que el filo del cuchillo te lastima. ¿Cuántas veces no te hiciste heridas más severas, Motecuzoma? Tu cuerpo está hecho para el sacrificio. No importa cuántos cuchillos entierre en tu pecho, tu abdomen, tus orejas, tus labios; tu cuerpo conoce perfectamente el dolor.

—¡Lo mataré! —grita Alvarado con desesperación—. ¡Lo mataré! ¡Lo mataré a puñaladas!

—¡Tiene a Motecuzoma! —gritan los que están sobre los árboles, las azoteas y los teocallis.

—¡Libera a mi hermano Cuitláhuac! —le gritas y Malintzin traduce rápidamente.

—¡No!

—¡Ellos no pueden escucharme! ¡No cesarán sus ataques hasta que él vaya y los tranquilice!

—¡No! —te entierra el cuchillo—. ¡Ya os dije que quien da las órdenes soy yo! —se percata de que tu pecho está sangrando.

Una piedra golpea la cara de Tonatiuh, quien apurado te jala del cabello para correr hasta un lugar más seguro. Uno de los soldados lanza un disparo y se escuchan los gritos de la gente, que asustada corre en todas direcciones.

—¡Mataremos a todos! —Alvarado está empapado en sudor.

—¡Cuitláhuac es el único que podrá tranquilizarlos! ¡Yo ya no puedo hacer nada desde aquí! ¡Tú los provocaste!

—¡Maldito perro del demonio! —comienza a golpearte con los puños.

Enseguida los demás soldados se apresuran para detenerlo. Las piedras no han cesado de caer en el piso de la azotea.

—¡Libera a mi hermano Cuitláhuac! —le gritas.

Malintzin grita y llora:

—¡Liberad a Cuitláhuac! ¡Él los tranquilizará!

Los hombres de Malinche deciden intervenir: unos obligan a Alvarado a que se tranquilice y otros te cargan de los brazos y piernas para llevarte al interior del palacio. Al llegar a la sala principal Alvarado grita enardecido a sus soldados, les ordena que salgan a la azotea a combatir, pero otro de los capitanes lo contradice sin temor a ser castigado. Le recrimina todos sus errores. Lo culpa de la desgracia por la que están pasando. Alvarado camina en círculos por toda la sala. Cada vez que sus ojos se cruzan con los tuyos la ira en su rostro se incrementa. Los demás capitanes no dejan de decirle que libere a Cuitláhuac. Repiten hasta el cansancio que cuando Malinche vuelva él será castigado con severidad. Alvarado les ordena que se callen y grita que ninguno de los miembros de la nobleza saldrá de ahí:

—¡Y si no os calmáis mataré a este perro! —te señala con el dedo índice.

39

23 de junio de 1520

A PESAR DE QUE LOS ATAQUES CESARON, LOS MEXIHCAS impidieron que Pedro de Alvarado y sus hombres salieran del palacio de Axayácatl. Sin embargo él logró enviar mensajeros para que informaran a Malinche sobre lo acontecido, argumentando que los tenochcas se habían levantado en armas apenas él se había marchado.

Malinche le respondió en varias cartas que ya había logrado vencer a Pánfilo de Narváez; que iba en camino rumbo a Méxihco Tenochtitlan con un ejército de mil trescientos españoles, entre ellos noventa y seis jinetes, ochenta ballesteros y otros tantos escopeteros; y que no dejara libre a Motecuzoma, pues muy pronto le haría pagar su traición. Había logrado convencer a los soldados de Pánfilo de Narváez para que se unieran a él, con la promesa de que gozarían de los mismos beneficios que sus hombres y que por supuesto tendrían muchas riquezas.

Mientras uno de sus hombres reunía víveres en Tlaxcala, otro se dirigió al camino por donde venía Malinche, acompañado de mil quinientos tamemes cargados de comida, agua y animales vivos, para los soldados que estaban hambrientos, muchos de ellos a punto de morir de sed. Los encontró dispersos por el camino, algunos derrumbados sobre la yerba, incapaces de caminar, escondiéndose del sol, seguros de que no sobrevivirían.

En cuanto vieron a los tamemes con agua y comida caminaron lo más rápido que pudieron para beber y comer. Hubo algunos a los que tuvieron que despertar con agua en la cara pues ya estaban desmayados. Esa misma noche llegó otro de los hombres de Malinche con dos mil quinientos tamemes que les llevaban más agua y comida. Y al día siguiente llegó otro hombre que también había reunido otros mil tamemes con alimento y agua en un pueblo cerca de Tepeaca. De igual forma siguieron el camino para auxiliar a los que se habían quedado en el camino, hasta llegar a las costas totonacas.

Mientras tanto Malinche se adelantó, acompañado de cinco jinetes hasta Tlaxcala, donde fue bien recibido por los señores principales.

—¿Qué ocurrió en *Temixtitan*? —les preguntó Malinche una y otra vez, mientras comen.

—Motecuzoma lo preparó todo —dijo uno de ellos con tanta certeza como si él hubiese estado presente en el momento de la conjura.

—Usted prometió que los castigaría por todos sus abusos. Ya es tiempo. No deje a ninguno de ellos con vida.

—Os prometo que cumpliré con mi palabra, pero necesitaré de vuestra ayuda y confianza.

—Nosotros le seremos fieles hasta la muerte —dijo otro de los señores principales—. Cuidaremos de sus soldados y de sus mujeres. En este momento organizaremos dos mil guerreros para que marchen con usted.

Malinche sonrió, se quitó la gorra y se limpió el sudor de la frente con la manga de su jubón.

—Voy a necesitarlos, pero no en este momento. Si entramos todos al mismo tiempo será caótico, pues nos matarían a todos.

Ese mismo día Malinche y sus hombres se dirigieron a Tezcuco, el cual estaba casi despoblado, pues los acolhuas —desobedeciendo las órdenes del tlatoani que había impuesto Malinche— estaban auxiliando a los mexihcas en el sitio del palacio de Axayácatl. Nadie salió a recibirlos a las afueras de la ciudad. Decidieron pasar esa noche en un paraje cercano a Tezcuco, siempre con vigías rondando la zona. Ixtlilxóchitl llegó a la mañana siguiente y le ofreció a Malinche más de cincuenta mil hombres para que entraran a Méxihco Tenochtitlan por Iztapalapan.

—Puedo reunir otros doscientos mil en dos días —prometió Ixtlilxóchitl.

—¿Habéis ido a Méxihco Tenochtitlan? —preguntó Malinche.

—Yo no, pero mis espías sí. Sus hombres siguen vivos. Aunque tienen varios días sin comer.

Al día siguiente llegó en una canoa uno de los hombres de Alvarado que habían logrado fugarse en la madrugada. Se veía demacrado y extremadamente sucio.

—Los mexicanos no han dejado de atacarnos día y noche —dijo sin saludar a Malinche.

—¿Cuántas bajas habéis tenido?

—Menos de diez, pero estamos al borde de la muerte. No hemos comido ni bebido nada en muchos días.

A pesar de que sus hombres de confianza hicieron todo lo posible por convencerlo de que entrar a Méxihco Tenochtitlan era como una trampa mortal, y de que lo mejor era establecer una tregua con los tenochcas, Malinche decidió salir con sus tropas hacia Méxihco a la mañana siguiente. Con ellos iban soldados y miembros de la nobleza de Tlaxcala, Huexotzinco y Cholula.

—Ya logré un gran triunfo sobre Narváez —se jactó—. A estos perros los acabo en unos cuantos días.

—La soberbia os ha cegado —le dijo uno de sus hombres de confianza.

—En cuanto estos indios vean el poder de mis tropas, se humillarán ante nosotros.

A su llegada a Méxihco Tenochtitlan por la calzada de Tepeyacac muchos gritan desde las canoas, desde las copas de los árboles y desde las azoteas:

—¡Ahí viene Malinche! ¡Ahí viene Malinche!

Unos tañen los teponaxtles; otros les impiden el paso, pero Malinche no está dispuesto a negociar. Los soldados los amenazan con sus armas. Los caballos y la infantería marchan despacio, empujando a quienes se ponen en su camino. Muchos mexihcas caen al lago, pues es imposible para ellos detener a los caballos. Entonces se escuchan varios disparos. Malinche se percata de que ya han quitado algunos puentes.

Mientras tanto las tropas de Ixtlilxóchitl entran por las otras calzadas. Atacan las fortalezas y los tenochcas sufren muchas bajas.

El pueblo entero está que arde. Los gritos y las pedradas no han cesado.

—¡Ahí viene Malinche! —sigue gritando la gente por toda la ciudad—. ¡Ahí viene Malinche!

—¡Hay que matarlo!

—¡No! ¡No! —grita uno de los soldados—. Hay que avisarle a Cuauhtémoc.

Todos le cierran el paso a Malinche. Las miradas de odio lo tienen sin cuidado. Pronto se empieza a abrir un estrecho entre la gente. Cuauhtémoc viene caminando. Infla el pecho, levanta la quijada, aprieta los dientes y arruga los labios.

—Soy el único que puede ayudaros —dice Malinche.

Quienes están más cerca repiten lo mismo a gritos para que los demás los escuchen. La tensión se incremente. No quieren dejarlo entrar.

—Si no me dejáis entrar, mis hombres asesinarán a Motecuzoma y todos los miembros de la nobleza.

—¡Libera a Motecuzoma! —grita Cuauhtémoc con su macahuitl en la mano.

—Así lo haré —responde Malinche—. Os lo prometo.

Cuauhtémoc le exige a Malinche que lo deje entrar con él para rescatar a Motecuzoma pero no entiende la respuesta de los extranjeros que siguen avanzando muy lentamente a pesar de los insultos y las pedradas. Cuauhtémoc sabe que no podrá detenerlos con el diálogo. Asimismo comprende que si intenta atacarlos en ese momento perderían el combate. Finalmente, para evitar otra tragedia como la ocurrida en la fiesta del Toxcatl, ordena a su gente que los dejen pasar.

Al entrar, Malinche mira a Tonatiuh, le sonríe, de manera casi imperceptible, jalando hacia arriba la comisura izquierda de los labios e hinchando el pómulo. Tonatiuh asiente con los párpados. En cuanto entran al palacio Malinche cambia de actitud y le grita en público, lo humilla, le reclama por haber hecho tales atrocidades. Tonatiuh baja la cabeza. Los gritos se siguen escuchando. Malinche camina hacia los aposentos de Motecuzoma. La guardia que está en la entrada lo saluda en voz alta.

El tlatoani se encuentra desolado y enclenque. Ha perdido tanto peso que apenas si se le puede reconocer. Sus ojeras son tan negras que parece que se ha echado en la cara esas pinturas que se ponen para los rituales. Tiene las uñas muy largas. Su cabello le llega casi a la cintura. Huele muy mal, ya no quiere bañarse. Está enterado de todo lo que ha ocurrido allá afuera. En cuanto Malinche entra Motecuzoma le da la espalda y se dirige a la pared. No puede controlar sus manos. De un tiempo para acá le tiemblan todo el día.

—¿Qué habéis hecho, perro del demonio? —grita Malinche.

Motecuzoma voltea la cabeza y mira a Malinche por arriba del hombro con tanta rabia que el otro no hace más que bajar la mirada por unos segundos.

—Escuchad... —dice Malinche y se acerca a Motecuzoma, quien lo recibe con un golpe certero.

La boca de Malinche comienza a sangrar. Dos soldados acuden con gran agilidad en defensa de su capitán. Toman a Motecuzoma de los brazos, lo jalan hacia atrás.

—¡Lárguense! —jamás se había visto tanta rabia en los ojos de Motecuzoma—. ¡Lárguense! —el dolor de la derrota a liberado a Motecuzoma de sus dudas, precauciones, estrategias, e incertidumbre.

En ese momento llega uno de los capitanes para informar que los mexihcas han comenzado su ataque: están arrojando piedras de todos los tamaños, flechas y bolas de fuego.

—Han herido a cuarenta y seis de nuestros soldados.

Malinche y sus hombres salen a contraatacar. Los tenochcas pretenden incendiar las azoteas del palacio, asimismo han derribado parte del muro para entrar, pero los soldados de Malinche los mantienen afuera con disparos, mientras otros hacen todo lo que está a su alcance para apagar las llamas. Entonces Malinche entra al palacio lo más pronto que puede y se dirige al tlatoani.

—Quiero que habléis con vuestro pueblo —dice Malinche.

Motecuzoma se niega a salir.

—¿Tenéis miedo? —pregunta Malinche.

—No —el tlatoani responde con tanta seguridad que Malinche se intimida.

—¿Entonces?

—Tú quieres que los tranquilice; yo no.

—¡Vamos! ¡Andad! —Malinche lo toma del brazo. Dos soldados lo ayudan a levantar al tlatoani.

—¡No hablaré con ellos!

—¿Por qué no?

—Porque no me escucharán.

—Claro que os escucharán. Sois el tlatoani de estas tierras.

—Eso ya no importa. Están tan enfurecidos que no me escucharán. Te lo advertí, pero no me hiciste caso. Destruyeron las imágenes de nuestros dioses y Pedro de Alvarado mató a miles en la fiesta de Toxcatl.

Malinche aprieta los dientes.

—Pues os tendrán que escuchar —se dirige a los soldados y con la mirada les indica que se lleven al tlatoani.

Al llegar a la azotea se escuchan los gritos de la gente enardecida que ha logrado entrar al patio. En el cielo se refleja la luz de la ciudad. Cada casa, casa esquina, cada canoa, cada hombre y cada mujer tienen una antorcha. Jamás había brillado tanto la ciudad, ni siquiera en las más importantes celebraciones. Malinche ordena que algunos de sus soldados se asomen para que les avisen que Motecuzoma va a salir para hablar con ellos. En cuanto los mexihcas los ven les lanzan piedras, ellos las esquivan y regresan apurados, tapándose con los brazos.

Malinche mueve la cabeza de un lado a otro: busca a Tonatiuh, y al encontrarlo le reclama lo que hizo.

—¡Andad! —dice Malinche a gritos y apenas si se escucha su voz—. ¡Hablad con ellos!

—¡Ellos sólo quieren que ustedes vuelvan a sus tierras!

Malinche ordena que traigan los escudos y las armas. La lluvia de piedras no cesa. Los soldados de Malinche las toman y las devuelven con la misma rabia. En cuanto llegan los escudos y las armas Malinche ordena que hagan una barrera para avanzar todos al mismo tiempo. Se agachan para cubrirse lo más posible y escuchan los fuertes golpes de las piedras sobre los escudos. En cuanto llegan a las almenas Malinche ordena que disparen tres veces al aire. Hay un silencio repentino. Malinche aprovecha para gritar:

—¡Alto! ¡*Mutezuma* está aquí! —lo señala.

Tres piedras caen en la azotea. Se escuchan varios gritos lejanos. Malinche ordena que lancen otro disparo. Vuelve un breve silencio.

—¡*Mutezuma*! —insiste Malinche—. ¡Aquí! —lo jala del brazo y lo obliga a ponerse de pie.

Los que se encuentran más cerca de las Casas Viejas se percatan, aunque no lo escucharon, de que se trata de Motecuzoma.

—¡Motecuzoma! ¡Motecuzoma está en la azotea!

Otros comienzan a gritar al mismo tiempo:

—¡Motecuzoma está en la azotea!

—¡Ahí está Motecuzoma!

—¡Ahí está el traidor de Motecuzoma!

—¡Ahí está la mujer de los tecutlis barbados!

Uno de ellos lanza una piedra; luego otro y finalmente vuelve la lluvia de piedras.

—¡No! ¡No! ¡No! —Cuauhtémoc intenta detenerlos, grita pero nadie lo escucha. Los empuja, a los que puede les detiene las manos antes de que lancen otra piedra, pero detener miles de piedras con dos manos es imposible—. ¡No! ¡Alto! ¡No lo ataquen, es Motecuzoma! ¡El no es ningún traidor! ¡Alto!

Malinche y sus hombres se protegen con los escudos y se asoman, pero pronto se ven obligados a esconderse y gritan entre sí para darse instrucciones.

—¡Defiendan su tierra! —grita Motecuzoma al ponerse de pie.

—¡Callad que os van a matar! —grita Malinche y lo jala del brazo para que se cubra de las piedras—. ¡Os van a matar!

—¡Alto! —grita Cuauhtémoc y los empuja, pero la multitud está cegada por la rabia.

—¡Acaben con ellos! ¡Recuperen Tenochtitlan! —grita Motecuzoma pero nadie lo escucha—. ¡Acaben con ellos! ¡Rescaten a Méxihco Tenochtitlan de estos invasores! ¡Se los ordeno!

—¡Muere traidor!

—¡Que muera el cobarde Motecuzoma!

—¡Callad que os van a matar! —vuelve a gritar Malinche, pero Motecuzoma no lo escucha.

Por primera vez Malinche se percata de la fuerza que tiene Motecuzoma, pues por más que ha intentado jalarlo de los brazos y piernas no puede. Las piedras siguen cayendo. Los gritos de la gente son ensordecedores. Cuauhtémoc intenta detenerlos, pero no ha logrado nada. A Motecuzoma no le importa morir ahí, él quiere que su gente lo escuche.

—¡No soy ningún traidor! —grita lo más fuerte que puede a pesar de que sabe que nadie lo escucha—. ¡Yo no soy ningún traidor! ¡Perdónenme! —grita con agonía—. ¡Perdónenme! ¡Perdónenme!

—¡Muere traidor!

—¡Maten a Motecuzoma!

—¡Os van a matar! —grita Malinche una y otra vez, agachado detrás de las almenas. Jala del brazo a Motecuzoma, pero él ha logrado liberarse ya en varias ocasiones con mucha facilidad. Malinche no entiende de dónde sacó tanta fuerza el tlatoani.

—¡Traidor! —se escucha al unísono.

—¡Perdónenme!

Uno de los soldados de Malinche le cubre la cara al tlatoani para que una piedra no lo golpee.

—¡Cobarde! ¡Cobarde! ¡Cobarde!

—¡No soy ningún traidor! ¡No soy ningún cobarde!

El soldado de Malinche insiste en cubrirle la cara pero él se asoma para que lo vean, quita el escudo con las manos. Quiere que vean que él, Motecuzoma Xocoyotzin, está ahí, para dar la cara, para decirles que él no es ningún traidor, que no es ningún cobarde, que quiere proteger e Tenochtitlan.

—¡Perdónenme —grita Motecuzoma—. ¡Perdónenme!

Entonces una piedra golpea Motecuzoma en la cabeza, quien en ese momento deja de gritar.

¡Perdónenme! —No sabe si lo gritó o creyó que lo había gritado. Se tambalea, pero no se deja caer.

Perdónenme.

Motecuzoma siente que se le nubla la mirada.

Perdón.

Puede ver la ciudad alumbrada, pero ya casi no escucha los gritos.

Per...

—¡Traidor!

Sabe que ya no hay salida. Se siente arrepentido de todas sus decisiones.

Yo no quería esto para ustedes —cree que grita pero está hablando en voz baja. *Perdónenme. Perdón. Per...*

—¡Maldito traidor! —escucha un grito muy lejano.

Perdónenme —abre los ojos y ve el rostro barbado de Malinche que lo tiene en sus brazos. Las piedras no dejan de caer. Escucha las voces que le gritan: *¡Muere traidor! ¡Mujercita de los españoles! ¡Cobarde! ¡Traidor!,* aunque Malinche es quien está más cerca de él y le grita que no se muera.

—*Perdónenme, perdónenme por haberles fallado* —y unas lágrimas se deslizan por sus sienes.

40

29 de junio de 1520

Ha llegado el fin, Motecuzoma. Tu cuerpo ya no aguanta más. No eres más que un cúmulo de huesos. Apenas si puedes moverte. Tienes ya seis días acostado aquí, escuálido y sin ganas de vivir. Malinche y su gente creen que se debe al golpe que recibiste en la cabeza, pero tus deseos por morir son el único motivo por el cual te rehúsas a comer.

Malinche dejó de ser el hombre que fingía ser tu amigo. Ahora no le importa seguir con su farsa, pues sabe perfectamente que ya no conseguirá ningún beneficio. Más aún cuando se enteró de que dentro del palacio ya no había comida y que nadie se las estaba subministrando. Y cuando mandó a sus soldados a conseguir alimentos al tianguis de Tlatelolco descubrieron que no había nada. Entonces llegó a reclamarte por haber ordenado que lo clausuraras; y aunque le respondiste que tú no tenías nada que ver en ello no te creyó.

Por primera vez el tecutli Malinche se comportó igual que Alvarado. «Vaya para perro, que tianguis no quiere hacer, ni de comer nos manda dar. ¿Qué cumplimiento he de tener con un perro que se hacía con Narváez secretamente, y ahora véis que aun de comer no nos dan?».

Aún así vino a hablar contigo hace cinco días, pues comprendió que si no hacía algo al respecto morirían de hambre aquí dentro.

—Levantaos.

Estabas acostado de lado y él puso su pie en tu espalda para moverte, como si empujara cualquier costal tirado en el piso. Cuántas humillaciones, Motecuzoma. ¿A cuántos no mandaste castigar cuando se atrevían a mirarte a los ojos o a responderte irrespetuosamente? Ahora estos hombres barbados se han dado ese privilegio tantas veces.

—¿Qué quieres? —dijiste sin girarte para verlo.

—Os exijo que ordenéis a vuestros vasallos que paren de atacarnos.

—Ya no puedo hacer nada. Ellos ya no me escuchan.

—¡Andad! ¡Os lo ordeno! —te empujó nuevamente con el pie—. ¡Decidle a vuestros vasallos que nos traigan de comer e instalad el tianguis de Tlatelolco!

Oh, Motecuzoma. Estabas tan indignado con sus abusos. Estabas dispuesto a morir ahí, ese mismo día, asesinado por ellos a golpes, ahorcado, quemado o por sus armas de fuego, con tal de que murieran de hambre aquí, en este palacio. Pero sabías que faltaba algo. Tenías que liberar a Cuitláhuac para que organizara las tropas. Era tu última opción, tu última estrategia. Debías fingir igual que Malinche lo había hecho por tanto tiempo. Sólo así podrías alcanzar tu objetivo: liberar a los tenochcas del yugo de los barbudos.

—Tecutli Malinche —te giraste con mucha dificultad para verlo a los ojos—. Yo ya no puedo hacer mucho —no necesitabas fingir demasiado pues la herida en tu cabeza, tus ojeras y tu cuerpo esquelético hablaban por ti—. Sabes que mis vasallos ya no me escuchan. Hubo muchas traiciones en mi gobierno y se encargaron de ponerlos en mi contra. Pero el único al que sí escucharían en este momento es a mi hermano Cuitláhuac. Sólo él puede ir a convencerlos de que te traigan comida y que instalen nuevamente el tianguis para que ustedes puedan comprar todo los alimentos y animales que deseen.

—No.

—Es tu única opción.

Malinche caminó de un lado a otro sin quitar la mano de su largo cuchillo de plata. Miró con ansiedad a sus hombres, habló con ellos en voz baja. Volvió hacia ti y te miró con tirria.

—No os atreváis a engañarme, perro asqueroso —se dio la vuelta y habló con uno de sus capitanes para que liberaran a Cuitláhuac.

Sentiste un gran alivio, Motecuzoma. Una tranquilidad insuperable. Malinche cayó en tu trampa. Él que se había jactado de ser tan astuto ignoraba que la sucesión en el gobierno mexihca no era hereditaria de padres a hijos, sino que se podía elegir de entre los hermanos y sobrinos del tlatoani. Por lo mismo se había asegurado de que ninguno de tus hijos fuese liberado. Tú sabías que Cuitláhuac era el más apto para sucederte en el gobierno; y Malinche jamás puso interés en él, su capacidad de liderazgo y su aversión hacia los barbudos.

Aunque Malinche no te permitió hablar con Cuitláhuac en ese momento sabías que ya no era necesario que se despidieran ni que le dieras instrucciones, pues ya lo habían hecho muchas veces. Tu hermano entendía perfectamente su misión: él y Cuauhtémoc organizarían las tropas y los atacarían a pesar de todo, a pesar de tu muerte. También estaba claro que no les traerían comida ni reinstalarían el tianguis. Mientras tanto, tú, Motecuzoma, te dejarías morir de hambre o por envenenamiento, lo que llegara primero.

Con la liberación de Cuitláhuac se cumple tu última y más importante acción como huey tlatoani de Méxihco Tenochtitlan. Desde ese día no has podido enterarte de nada de lo que ocurre allá afuera, Motecuzoma. Malinche está más enojado que nunca, pues Cuitláhuac no cumplió con la promesa de tranquilizar a los mexihcas, de mandarles comida y de restablecer el tianguis. De las pocas veces que ha venido a verte sólo te ha recriminado tu supuesta traición, como si en algún momento él y tú hubiesen sido aliados. Sus insultos no han sido menores. En sus ojos puedes ver sus deseos de matarte. Si pudiera ya lo habría hecho, pero sabe que te necesita para sobrevivir al cerco. Los ataques no han cesado. Por lo mismo quiere que comas, que te recuperes del golpe que recibiste días atrás. Entiende perfectamente que si tú mueres ya no habrá nada que detenga al pueblo mexihca.

Cuando los mexihcas traen algo para que comas los deja llegar hasta la entrada de tus aposentos y los obliga a que dejen los alimentos en esa mesita sin decir una sola palabra. Luego te pide que comas, y al no recibir respuesta tuya insiste, pues está muy asustado. Presiente lo peor. Ya entendió que no quieres vivir más, pues te has negado a comer lo que te traen. Todo el tiempo te preguntas cuántos tenochcas habrán asesinado. Oh, Motecuzoma, qué desgracia la de tu pueblo.

Los alimentos que te trajeron hoy son distintos a la de los días anteriores. Cuitláhuac y tú lo platicaron muchas veces. La comida envenenada tenía que ser distinta a las demás. Acordaron que esa sería la señal de que las tropas estaban listas y que el tiempo de tu muerte había llegado. Oh, Motecuzoma.

¿Algún día imaginaste que tu hermano decidiría el día de tu muerte? Los tamales rellenos de carne de guajolote con salsa de chile verde están ahí, en esa pequeña mesa, a un lado tuyo. ¿Cuánto tiempo llevas contemplando esos tamales que tanto te gustan? La muerte está cerca, Motecuzoma. ¿Le tienes miedo? No, jamás le has temido a la muerte. Pero te duele el futuro incierto de tu pueblo.

Oh, Motecuzoma, cuánta tristeza hay en ti. Cuánto odio, cuánto resentimiento hacia esos extranjeros que decían venir de parte de un dios misericordioso, un dios bondadoso, amoroso, un dios que había dado su vida por sus hijos. ¿Los mexihcas valorarán de igual manera tu sacrificio, Motecuzoma? Malinche y el sacerdote que vino con él no se cansaban de decirte que ese dios era el único y verdadero y que él perdonaba todos los pecados. ¿Les perdonará la miseria en la que han dejado al pueblo mexihca? ¿Sabrá perdonar la maldad de estos hombres que hablan de amor y ahorcan, fusilan y queman a los que no creen en él? Cuánta crueldad hay en estos extranjeros, Motecuzoma. Qué bien hiciste en jamás aceptar esa religión sangrienta. Y ellos que tantas veces te exigieron que dejaran de hacer sacrificios, argumentando que no era más que una religión sangrienta.

Te acercas a los alimentos que te esperan sobre la mesa y los olfateas. Tienes muchísima hambre, Motecuzoma. Hace tantos días que no te llevas una tortilla a la boca. Tragas saliva y miras en varias direcciones. Nadie te observa. Tienes muchos días en soledad, tantos que ya perdiste la cuenta. El último día de tu vida estás completamente solo, Motecuzoma Xocoyotzin. Los días de gloria han quedado atrás. Están tan lejanos que ya ni parece que hubiesen sido reales. Oh, Motecuzoma, cuánto dolor.

Come, come de una vez. ¿Qué esperas? Acaba con esto. Salva a tu pueblo. Motecuzoma Xocoyotzin, hijo de Axayácatl y nieto de Motecuzoma Ilhuicamina, tu labor como huey tlatoani de Méxihco Tenochtitlan ha terminado. Hiciste todo lo posible por ganarle la batalla a Malinche.

Le diste cuantos regalos fueron posibles para que se saciara su ambición.

Sí, así, come. Acaba con esto. Creíste en sus promesas de que muy pronto volverían a su reino, allá muy lejos, del otro lado del mar, donde se encuentra el tlatoani Carlos del que tanto te habló y ese dios cruel y ambicioso. Malinche quedó fascinado con la cultura y construcciones de este lado de la Tierra pero tú, Motecuzoma quedaste hechizado ante la belleza europea, pensaste que podrías adoptar sus estrategias de guerra, que podrían intercambiar conocimientos religiosos; creíste en las promesas del tecutli Malinche, ese hombre que bien supo hipnotizarte con su trato espléndido y sus relatos fabulosos. Fallaste, le fallaste a tu pueblo. Sólo te queda salvar tu dignidad.

Otro bocado. Así, otro más. No debes salir vivo de aquí. El sacrificio es tu única salida. Si no lo haces, tarde o temprano Malinche te quitará la vida. No le des ese privilegio. Quítale esta pesada carga a tu pueblo que tanto ha esperado para arrancarse el yugo de los enemigos. Entrégales su libertad con tu muerte; permíteles alcanzar el triunfo en esta batalla. Los tienen cercados. No hay escapatoria. En cuanto mueras toda la nobleza que está prisionera contigo se encargará de anunciarlo a todos los tenochcas, y todos los pueblos aliados y a todos los vasallos. Entonces tu gente quitará los puentes de las calzadas, cercarán a los blancos, lanzarán miles de piedras y flechas, incendiarán el palacio, y a los que pretendan escapar les cortarán las cabezas con sus macahuitles.

Anda, come, acaba con esto que ya pronto lograrán vencerlos. Tú bien sabes que el pueblo mexihca es fuerte y valeroso; ha ganado muchas batallas. No sabían cómo combatir a estos enemigos, pero ya aprendieron. Lograrán vencerlos, Motecuzoma. Su nuevo tlatoani, tu hermano

Cuitláhuac, sabrá llevarlos a la victoria. De igual manera castigará a los tlaxcaltecas, a los huexotzincas, totonacas, cholultecas, acolhuas, y los demás pueblos ingratos. Y cuando los tengan a todos, se los entregarán en sacrificio al dios portentoso, al dios del sol, al dios de la guerra, a nuestro amado y venerado Huitzilopochtli; enseguida todos los mexihcas prepararán ricos tacos, tlacoyos, tamales, atole y chocolate; y vestirán sus mejores atuendos y más hermosos penachos; y celebrarán con magníficas danzas, y... •

México, mayo de 2013

bibliografía

ACOSTA, José de, *Historia natural y moral de las Indias*, ed. de José Alcina Franch, Dastin, sin lugar ni fecha de edición.

Anales de Tlatelolco, CONACULTA, México, 1948.

Anónimo de Tlatelolco, Ms., (1528). ed. facsimilar de E. MENGIN, Copenhague, 1945, fol. 38.

ALVA IXTLILXÓCHITL, Fernando de, *Obras Históricas,* t. I, *Relaciones*; t. II, *Historia chichimeca*, publicadas y anotadas por Alfredo CHAVERO, México, 1891-92. Reimpresión fotográfica con prólogo de José Ignacio DÁVILA GARIBI, Editora Nacional, México, 1965, 2 vols.

ALVARADO TEZOZÓMOC, Hernando de, *Crónica mexicana*, anotada y con estudio cronológico de Manuel OROZCO Y BERRA, Porrúa, México, 1987, reimpresión de la primera edición de 1878.

BENAVENTE, fray Toribio Paredes de, *Relación de la Nueva España,* edición de la Universidad Nacional Autónoma, introducción de Nicolau d'Olwer, México, 1956.

BARJAU, Luis, *La conquista de la Malinche*, Instituto Nacional de Antropología e Historia y Planeta, México, 2009.

CASAS, Bartolomé de Las, *Los indios de México y Nueva España*, prólogo, apéndices y notas de Edmundo O'GORMAN, Porrúa, México, 1966.

CHAVERO, Alfredo, *Resumen integral de México a través de los siglos*, t. I, Bajo la dirección de Vicente Riva Palacio, Compañía General de Ediciones, México, 1952.

——, *México a través de los siglos*, t. I-II, Cumbre, México, 1988.

CHIMALPAIN CUAUHTLEHUANITZIN, Domingo, *Las ocho relaciones y el memorial de Colhuacan*, CONACULTA, México, 1998.

CLAVIJERO, Francisco Javier, *Historia Antigua de México*, con prólogo de Mariano CUEVAS, Porrúa, México, 1964, de la primera edición de Colección de Escritores Mexicanos, México, 1945. Original de 1780.

C. MANN, Charles, *1491, Una nueva historia de las Américas antes de Colón*, Taurus, México, 2006.

Códice Florentino, «Textos nahuas de los informantes indígenas de Sahagún, en 1585», Dibble y Anderson: *Florentine codex*, Santa Fe, Nuevo México, E.E. U.U., 1950.

Códice Matritense de la Real Academia de la historia, textos en náhuatl de los indígenas informantes de Sahagún, edición facsimilar de Francisco del PASO Y TRONCOSO, vol. VIII, Madrid, España, fototipia de Hauser y Menet, 1907.

Códice Ramírez, con estudio cronológico de Manuel OROZCO Y BERRA, Porrúa, México, 1987, de la primera edición de 1878.

CORTÉS, Hernán, *Cartas de relación*, Grupo Editorial Tomo, México, 2005.

CRESPO, José Antonio, *Contra la historia oficial*, Random House Mondadori, México, 2009.

DAVIES, Nigel, *Los antiguos reinos de México*, Fondo de Cultura Económica, México, 2004.

DÍAZ DEL CASTILLO, Bernal, *Historia verdadera de la conquista de la Nueva España*, Porrúa, México, núm., 5, 1955.

DURÁN, fray Diego, *Historia de las indias de Nueva España*, 1581, Porrúa, México, 1967.

DUVERGER, Christian, *Cortés, la biografía más reveladora*, Taurus, México, 2010.

DYER, Nancy Joe. *Motolinia, fray Toribio de Benavente, Memoriales*, edición crítica, introducción, notas y apéndice de Nancy Joe Dyer, El Colegio de México, México, 1996.

FERNÁNDEZ DE ECHEVERRÍA Y VEYTIA, Mariano, *Historia antigua de México*, t. II, Editorial del Valle de México, México, 1836.

GARIBAY, Ángel María, *Llave del Náhuatl*, Porrúa, México, 1999, reimpresión de la primera edición de 1940.

——, *Panorama literario de los pueblos nahuas*, Porrúa, México, 2001, reimpresión de la primera edición de 1963.

——, *Poesía náhuatl*, t. II, *Cantares mexicanos*, manuscrito de la Biblioteca Nacional de México, primera parte (contiene los folios 16-26, 31-36, y 7-15), Instituto de Investigaciones Históricas, UNAM, México, 1965.

——, *Teogonía e Historia de los mexicanos*, Porrúa, México, 1965.

HILL BOONE, Elizabeth, *Relatos en rojo y negro, historias pictóricas de aztecas y mixtecos*, Fondo de Cultura Económica, México, 2010.

ICAZBALCETA GARCÍA, Joaquín, *Documentos para la historia de México*, t. I y II, Porrúa, México, 1971.

KRICKEBERG, Walter, *Las Antiguas Culturas Mexicanas*, Fondo de Cultura Económica, México, 1961.

LEÓN-PORTILLA, Miguel, *Aztecas-mexicas, Desarrollo de una civilización originaria*, Algaba, México, 2005.

——, *El reverso de la conquista*, Joaquín Mortiz, México, 2006.

——, *Historia documental de México*, t. I, UNAM, México, 1984.

——, *Los Antiguos Mexicanos a través de sus crónicas y cantares*, Fondo de Cultura Económica, México, 1961.

——, *Toltecáyotl, aspectos de la cultura náhuatl*, Fondo de Cultura Económica, México, 1980.

——, *Trece poetas del mundo azteca*, UNAM, Instituto de Investigaciones, México, 1967.

——, *Visión de los vencidos, relación indígena de la conquista*, Biblioteca del Estudiante Universitario, UNAM, México, 1959.

López de Gómara, *La conquista de México*, edición de José Luis Rojas, Dastin, 2001

Martínez, José Luis, *Nezahualcóyotl, vida y obra*, Fondo de Cultura Económica, México, 1972.

——, *Hernán Cortés*, unam y Fondo de Cultura Económica, México, 1990.

——, *América antigua*, Secretaría de Educación Pública, México, 1976

Matos Moctezuma, Eduardo, *La muerte entre los mexicas*, Tusquets, México, 2010.

Mendieta, Jerónimo, *Historia eclesiástica indiana,* edición de Joaquín García Icazbalceta, Antigua Librería Robredo, México, 1870.

Montell, Jaime, *La conquista de México Tenochtitlan*, Miguel Ángel Porrúa, México, 2001.

Motolinia, fray Toribio. *Historia de los indios de la Nueva España*, Porrúa, México, 2001.

Orozco y Berra, Manuel, *Historia Antigua y de las Culturas Aborígenes de México,* Tomo primero y segundo, de 400 ejemplares, Fuente Cultural, México, 1880.

——, *La civilización azteca*, Secretaría de Educación Pública, 1988.

Piña Chan, Román, *Una visión del México prehispánico*, Instituto de Investigaciones Históricas, unam, México, 1967.

Pomar, Juan Bautista, *Relación de Tezcoco*, 1582, en Joaquín García Icazbalceta, *Nueva colección de documentos para la historia de México*, México, 1891.

Revista Arqueología Mexicana, números 12, 19, 34, 39, 47, 49, 57, 59, 63, 74, 78, 94, 98, 99, 101, 102, 104, 111, 112, y ediciones especiales, números 31 y 40.

Romero Vargas Yturbide, Ignacio, *Los gobiernos socialistas de Anáhuac*, Sociedad Cultural In Tlilli In Tlapalli, México, 2000.

Solís, Antonio de, *Historia de la conquista de México*, t. I y II, Editorial del Valle de México, México, 2002.

SAHAGÚN, fray Bernardino de. *Historia general de las cosas de la Nueva España*, Editorial Porrúa, México, 1982.

TAPIA, Andrés de, *Relación de la conquista de México*, Colofón, edición especial para librerías Gandhi, México, 2008.

TORQUEMADA, fray Juan de. *Monarquía Indiana*, UNAM, selección, introducción y notas de Miguel LEÓN-PORTILLA, México, 1964.